中国古典小说 青少版

东周列国演义 上

冯梦龙 蔡元放 著

朱传誉 改写

人民文学出版社

图书在版编目(CIP)数据

东周列国演义/朱传誉改写.—北京:人民文学
出版社,2012

(中国古典小说:青少版)

ISBN 978-7-02-008906-2

Ⅰ.①东… Ⅱ.①朱… Ⅲ.①章回小说-中国-明代
-缩写 Ⅳ.①I242.4

中国版本图书馆 CIP 数据核字(2011)第 264528 号

总 策 划:黄育海
责任编辑:葛云波
选题策划:韩伟国　尚 飞
装帧设计:董红红　高静芳
图片编辑:贺霹雳　汪佳诗

出版发行　人民文学出版社
社　　址　北京市朝内大街 166 号
邮政编码　100705
网　　址　http://www.rw-cn.com
印　　制　山东临沂新华印刷物流集团
经　　销　全国新华书店等
字　　数　315 千字
开　　本　890×1240 毫米　1/32
印　　张　18.25　插页 6
版　　次　2012 年 1 月北京第 1 版
印　　次　2012 年 1 月第 1 次印刷
书　　号　978-7-02-008906-2
定　　价　48.00 元

如有印装质量问题,请与本社图书销售中心调换　电话:010-65233595

经典的触摸

◎梅子涵

著名儿童文学作家　上海师范大学教授

　　有很多经典文学一个人小的时候不适合读，读了也不是很懂；可是如果不读，到了长大，忙碌于生活和社会，忙碌于利益掂记和琐细心情的翻腾，想读也很难把书捧起。所以做个简读本，收拾掉一些太细致的叙述和不适合的内容，让他们不困难地读得兴致勃勃，这就特别需要。

　　二百多年前，英国的兰姆姐弟就成功地做过这件事。他们把莎士比亚的戏剧改写成给儿童阅读的故事，让莎士比亚从剧院的台上走到儿童面前，使年幼也可以亲近。后来又有人更简化、生动地把莎士比亚的戏做成鲜艳图画书，儿童更是欢喜得拥抱。

　　二十年前，我也主编过世界经典文学的改写本，55本。也是给儿童和少年阅读。按照世界的统一说法，少年也属于儿童。

我确信这是一件很值得做的事情，而且可以做好。最要紧的是要挑选好改写者，他们要有很好的文学修养和对儿童的认识，心里还留着天然的儿童趣味和语句，举重若轻而不是呲牙咧嘴，该闪过的会闪过，整个故事却又夯紧地能放在记忆中。

　　这也许正成为一座桥，他们走过了，在年龄增添后，很顺理地捏着这票根，径直踏进对岸的经典大树林，大花园，而不必再文盲般地东打听西问讯，在回味里读到年少时被简略的文字和场面，他们如果已经从成长中获得了智慧，那么他们不会责怪那些简略，反倒是感谢，因为如果不是那些简略和清晰让他们年幼能够阅读得通畅、快活，那么今天也未必会踏进这大树林、大花园，没有记忆，便会没有方向。

　　即便长大后，终因无穷理由使一个从前的孩子没有机会常来经典里阅读，那么年幼时的简略经典也可以是他的永恒故事，担负着生命的回味和养育，简略的经典毕竟还是触摸着经典的。

　　我很愿意为这一套的"经典触摸"热情推荐。

　　这套书的改写者里有很杰出的文学家，所以他们的简略也很杰出。不是用笔在简单划去，而是进行着艺术收拾和改写。

　　杰出的笔是可以让经典照样经典的。

改写者的话

笔者幼时,喜欢看《西游记》,被祖父知道了,他便搬出一部线装的《东周列国志》给我看,我爱不释手,为之废寝忘食。第二年,祖父教我读《春秋》,我有"如见故人"之感,兴味盎然,印象特别深刻。直到今天,我仍旧对历史比较有兴趣,可以说是受《东周列国志》的启发与影响。

这部书是明朝的余邵鱼写的,后来经冯梦龙改编,到清代,又经蔡元放删订,在取材上,因为是以《左传》为蓝本,以《战国策》、《国语》、《公羊》、《谷梁》作参考,所以最接近史实,也是过去最标准的通俗读物之一。但是,就今天的眼光来看,这部书的缺点很多:第一,它是用文言写的,不是今天的一般读者所能接受。第二,头绪太乱,阅读费力。第三,有些地方太芜杂,或不适应时代。第四,因为这书是明代人写的,其中有很多地方出现了明代的器具、服饰,举个例子说,原书中有"忽闻炮声四举",远在春秋时代就有了"炮",岂不可笑!

针对以上缺点,笔者在改写的时候,根据以下几个原则:(一)文字改写成语体文,力求通俗、简洁,使小学程度的人都能够看得懂。(二)为便利阅读,改写时,或以地域为中心,或以战役、人物为中心,因此不得不打破原书的组织体系,而加以重订、改编。不过,仍尽可能按事件发生的先后排列,以年代为经,以地域、战役、人物等为纬,前后呼应,使读者不致有茫然之感。(三)原书为章回体,约八十万字,一百零八回,两百一十六题,经删节改写,约得二十六万余字,分七十多篇,篇篇可独立,也都互有联系,读者可当作长篇故事读,也可当作短篇故事读。(四)改写取材,以能适应时代,阐扬我国固有文化、道德为主,凡是诲盗诲淫,或不合时代精神的,都删节省略。(五)原书虽然是根据史实而编,但究竟是小说体裁,而不是历史,因此,改写时尽可能保持原书趣味。

原书是中国通俗小说名著之一,拥有大量的读者,重加改写,需要很大的勇气。笔者虽然勉力完成,但是自觉缺点仍旧很多,希望读者指示,好在再版的时候改正。

● 中国古典小说 · 青少版 丛书

现任湖北深圳
原荀淯
曹荀淯
实验中学校长
黄冈中学校长
学校校长

苏立康
北京师范大学
中央教育科学
研究所研究员
著名儿童文学
教育专家

曹文轩
北京大学中文系
教授、著名儿童
文学作家

梅子涵
上海师范大学
教授、著名儿童
文学作家

专家推荐

黄蓓佳
著名作家

得时
编著
著名儿童
文学改写作家

林海音
名家改写

专家推荐

——梅子涵

我很愿意为这套经典的改写本推荐。这里有很多写作的热忱出去，所以他们是进行着笔的简略而不是改写和收拾。也很单薄，可以让收拾和改写经典的书文学也很杰出。

——曹文轩

我以为一个正当的阅读应该分成两个部分，一个是对经典的阅读，而每一个中国的孩子应该从这套"精典"里开始，记忆我们母语的经典语言。希望人们从"中国青少年共读"里打好地阅读小说，理解更多的古典。

——苏立康

从小说伍种信种的孩子，从台湾引进的这套丛书，书目的精选良，这套"精华文化素养盛宴"，都让人相信我们会从中获得传统的中华宝贵的中国古典无论一队，产生一生的精华文化素养。

——曹衍清

一个儿童对中国古典的阅读和历史的民族精神是他发育的中华文化。如此丛书内容博洽而精当，"精神母乳"，适宜青少年阅读的孩子，从中汲取到青少年阅读的养分。

全国新华书店、99网上书城（www.99read.com）
99读书人俱乐部（订购热线：400-6699-699）有售

东周列国演义　上

◉ 周幽王

　　是西周最后一代君主，宠爱褒姒，不理朝政；为了要褒姒笑一笑，无缘无故地放起狼烟，各地诸侯以为犬戎入侵，都带兵去救援，没想到遭受戏弄。后来，犬戎真的入侵，他再放狼烟的时候，诸侯都不再来，他被犬戎所杀，西周从此灭亡。他的儿子宜臼做了周王，叫平王。为了躲避犬戎，平王迁都洛阳，叫东周。从此以后，周室的势力就一天比一天弱了。

◉ 管仲

　　是春秋时代的政治家、经济学家，因为他的谋划，齐桓公才能成为春秋的第一个霸主，齐国才能成为当时的一个强大国家。

⊙ 齐桓公

　　是齐国国君。周室的势力一天比一天弱，诸侯互相侵略、并吞，他打起了尊王攘夷的旗帜，尊重王室，团结诸侯，抵抗夷狄的侵略，九合诸侯，成为春秋的第一个霸主。

⊙ 宋襄公

　　是宋国国君。他想利用楚国的势力来威胁各诸侯，要诸侯们拥护他做领袖，结果受到楚成王的侮辱，丢了大脸。跟楚兵打仗，他大谈仁义，被楚兵打败，自己受了伤，也受到人民的嘲笑。

⊙ 晋文公

　　是晋国国君。被迫流浪各地，到六十多岁，才回到晋国做了国君。这时候，楚国的势力一天比一天大，开始侵入中原，想做中原各国诸侯的领袖，他独力抵抗，跟楚兵在一处叫城濮的地方打了一仗，把楚兵打败，他因此成名，也成了中原的霸主。

⊙ 秦穆公

是秦国国君。跟晋国争霸,连打了几次败仗,但是他对他的将领孟明还是很信任,最后孟明果然打败晋国,洗雪了前耻。西戎的二十多个国家,尊他为西戎伯主,他虽然没有能够领导中原的国家,但是他安抚西戎,对中原各国有很大的贡献。

⊙ 楚庄王

是楚国国君。晋楚争霸多年,但是最后还是楚国占了优势。他在孙叔敖的协助下,使楚国一天比一天强盛。他虽然盗用王号,不能尊重周室,但是却负起了领导中原的责任,使纷乱的中原各国能够和平相处,过一段安宁的日子。

⊙ 晏平仲

　　是齐国大臣。他人矮心高,代表齐王,出使楚国的时候,凭三寸不烂之舌战胜了存心跟他为难的楚国君臣。齐王信任三个武士,三个人跋扈得不得了,他用计使这三个人自杀,然后另外向齐王推荐一个贤能的将领,使齐国扬威诸侯,恢复了齐桓公时代的光荣。

⊙ 伍子胥

　　是吴国大夫,军事家,原为楚国人。因为父、兄被杀,他逃出楚国,做了吴国的谋臣。他利用吴国的力量,几乎灭掉楚国。他虽然报了父兄之仇,但是自己却被吴王逼得自杀。

⊙ 孔子

　　是春秋时期伟大的思想家和教育家。博学多闻,很想实现他的政治理想,做一番救国救民的事业。可惜,鲁国国君不肯重用他,他就周游列国,希望其他国家给他一个机会,结果他仍失望地回到鲁国,一边教育学生,一边整理文献,成了中国历史上最伟大的人物。

东周列国演义　上

目录

目录

周幽王和褒姒

在咱们中国，"皇帝"这个词是秦始皇发明的。此前周朝的时候，还没有"皇帝"这个词；他们管皇帝叫"王"，要不就叫"天子"。现在咱们就从周朝第十一代天子——周宣王那个时候讲起。

有一天，周宣王偶然听到街上的小孩子们唱歌。歌的意思，大概是这样的：丁丁东！丁丁东！芦苇编的箭袋儿，桑木做的弓，要把周朝捣个大窟窿。

周宣王听到了这个歌，很不高兴，马上下了一道命令，不准老百姓再卖这两样东西。谁不服从命令，就砍谁的头。没多久，城里的人都知道这个命令了，只有乡下人还不完全知道。

一天，一对乡下夫妻，带了这两样东西到城里来卖。女的在前头走，男的跟在后头。他们刚走到城门口，就被守城的官兵看到了。女的马上被官兵抓住，男的一看情形不对，扔下弓就跑了。第二天，那男的偷偷地跟旁人打听消息，听说他妻子已经被官兵杀了，并且还要捉拿他。他吓得不敢回家，就向没有人的地方逃去。他走到一条小河边儿上，看到一个草席包儿，浮在水面儿上，顺着水慢慢地往前漂。他觉得奇怪，就跳下水把那个草席包儿拖上岸，打开来看。好家伙，原来里头包着个小女孩儿。于是他脱下身上的布衣服，把这个小女孩裹好，抱在怀里，到褒城去找他的一个朋友。

到了褒城，他就把小女孩送给一个叫姒大的人去养。姒大就给这小女孩起了个名字叫褒姒。褒姒到十四岁的时候，已经长得跟十六七岁的大姑娘差不多，长得非常好看。

这时候，周宣王已经死了，他的儿子周幽王喜欢长得好看的女人，命人到各处去找。当时有一个大臣，叫赵叔带，劝幽王不要这样胡来，幽王一生气就把他免职了。另一个大臣叫褒珦，听到这消息，赶紧去见幽王，请幽王收回把赵叔带免职的命令。幽王的气更大了，就把褒珦关在牢里，关了三年没放他出来。

褒珦有个儿子叫洪德，一天，他到乡下去收田租，恰好碰见褒姒在门外打水，见她长得这么好看，大为惊讶。于是他就跟姒大商量，讲好用三百匹布，把褒姒买回家，给她吃好的、穿好的，教她礼节，然后带她去镐京。洪德通过贿赂幽王的宠臣虢石父，把褒姒献给幽王。褒姒到幽王面前，跪下磕头，幽王见她长得这么好看，高兴极了，就立刻下令把褒珦从牢里放出来，并且恢复他的官职。褒姒进宫，幽王也没告诉王后申氏，就教褒姒住在一处叫琼台的宫里，每天跟褒姒在一起，一连十天不上朝。

幽王自从有了褒姒，就一直住在琼台，差不多有三个月，没有进王后所住的正宫。王后很生气，就带了几个宫女到琼台去，幽王怕王后动手打褒姒，就站到褒姒前头，用身子挡住说："这是我的新妃子，明天就教她去拜见你。"王后没办法，骂了几句就走了。褒姒没吭声儿，第二天，她仍旧没去朝见王后。

为了这件事，王后很不高兴，太子宜臼问是怎么回事，王后就把事情经过告诉太子。第二天早上，太子故意派几十个宫女去琼台下边逗褒姒出来。趁褒姒不防备，太子赶上一步，就把褒姒打了一顿。褒姒知道是太子给王后出气，含羞忍痛，回进琼台，伤心得直哭。幽王退朝回来，就问："你怎么啦?"褒姒说："太子打我! 我死不要紧，可是我已经怀了两个月的身孕。我这一条命就是两条命。求大王放我出去，保全我娘儿俩这两条命。"幽王气得立刻下了一道命令，说："太子宜臼，不懂礼节，暂时送到申国去。"

过了几个月，褒姒生下一个儿子，幽王喜欢得什么似的，给他起了个名字叫伯服，心里就打算不要宜臼，另外立伯服做太子，只怕臣子们不服从。褒姒说："您是王，他们是臣子。您打算做什么，谁敢不服从？"幽王点了点头说："你说的有道理。"第二天早上，群臣行完朝拜礼，幽王问："王后嫉妒、埋怨、骂我、咒我，不配再当国母，是不是可以抓来审问？"

虢石父回答说："王后虽然有罪，抓来审问总不大妥当，如果您觉得她不好，可以不要她，另外选择好的做后。"接着，尹球说："听说褒妃很好，可以做王后。"幽王说："太子在申国，如果不要王后，太子怎么办？"虢石父说："既然不要王后，自然也不能要太子，我们愿意支持伯服做太子。"幽王听了很高兴，就按照虢石父跟尹球两个人的话做了；并且说，有谁为太子宜臼讲话的，就杀掉。很多大臣心里不服气，就各自辞职回家。朝廷中只剩下尹球、虢石父这一班坏蛋。幽王干脆不再上朝，一天到晚都在宫里跟褒姒玩乐。

褒姒虽然做了王后，可是却从没有笑过一次。幽王为了要她高兴，教人给褒姒演奏音乐、跳舞。褒姒仍旧不笑。幽王问她："你既不喜欢听音乐，又不喜欢看跳舞，你究竟喜欢什么？"

褒姒说："我什么都不喜欢。不过，记得以前我亲手撕绸子的时候，我觉得撕裂的声音还不错。"幽王立刻下令，教管理仓库的每天送一百匹绸子来，然后教有力气的宫女撕给褒姒听。奇怪的是，褒姒听了仍旧不笑。于是幽王就发出一个命令，说："无论宫内宫外，谁能使褒姒王后笑一下，就赏给他一千两金子。"

虢石父知道了这命令，就想了个主意，去跟幽王说："以前因为西戎强盛，我国怕他们侵略，曾经在骊山下，建造了二十多个烽火台，预备了几十个大鼓，西戎来侵犯的时候，就放起烽火。这几年，天下太平，烟也不放了，鼓也不敲了。如果您要王后笑，最好跟王后一起去骊山玩儿，晚上放起烽火，诸侯一定会亲自带兵来，来了一看没有事儿，一定又赶着回去，王后见到这情形，准会笑起来。"

幽王说："这主意很好。"就跟褒姒一起坐车去骊山玩儿。到了晚上，在骊宫摆了酒席，幽王下令在烟墩上放起烽火。附近的诸侯，以为出了什么事儿，一个个带了兵将，连夜赶到骊山，只听见骊宫传出各种乐器的声音，什么事儿也没有。幽王派人向诸侯们说："没什么事儿，你们回去好了。"诸侯们你看着我，我看着你，大家有苦说不出，一个个又卷起旗帜回去。褒姒在楼上靠着栏杆，看见诸侯们慌慌张张地跑来，匆匆忙忙地回去，一点事儿也没有，忍不住大声笑了起来。幽王向她说："你这一笑，好看极了，这是虢石父的功劳！"就赏给虢石父一千两金子。

申国的申侯，听说幽王另立褒姒为王后，立伯服为太子，就上了个报告给幽王，说："以前夏朝的王桀，因为喜欢妹喜而亡国；商朝的王纣，因为喜欢妲己而亡国。现在您喜欢褒姒，恐怕将来要跟桀、纣一样亡国。"幽王看了这报告,气得下令把申侯降级为申伯,并且派虢石父带兵去打申国。

申侯知道了这件事,怕自己的兵少,抵抗不了幽王的军队,就派人去向犬戎借了一万五千兵,加上他自己的军队,浩浩荡荡地先去打幽王,趁幽王不防备,一下子就把镐京包围住,一层又一层,共围了三层。

幽王吓坏了,就派人去骊山放烽火。没想到,放了半天也不见有一个救兵来。原来以前因为幽王开了诸侯的玩笑,这一次诸侯以为又是假的,所以没有一个人带救兵来。

幽王没办法,派虢石父出城去,试探一下犬戎的兵力是强还是弱。虢石父出城不一会儿,就被犬戎的大将杀死。犬戎兵趁这机会杀进镐京。幽王看情势不对,带了褒姒跟伯服,在郑伯友的保护下,冲出包围,逃往骊山。到了骊山,又被犬戎兵包围,就从骊宫后门出去,打算暂时逃往郑国。可是逃了没多远,就被犬戎兵赶上包围住。幽王、伯服、郑伯友,都被杀死。尹球躲在车厢里,也被犬戎兵拖出来杀掉了。褒姒因为长得好看,没有被杀,被犬戎的首领带回去了。

犬戎兵在镐京杀人放火,申侯拦不住犬戎兵,最后只好写了三封信,秘密地派人到晋国、卫国跟秦国去求救兵,并且派人去郑国,把郑伯友被犬戎兵杀死的消息,通知郑伯友的儿子掘突,教他带兵来给他的父亲报仇。

过了没多久，晋国、卫国、秦国的救兵，都到了镐京城外，掘突也带了兵来了。在几国军队合力的攻打下，终于把犬戎兵赶走。褒姒没赶得上犬戎首领的车子，又没有脸再见人，自己上吊死了。

掘突到申国去迎接太子宜臼回镐京做了王，叫周平王。平王封他的母亲申氏为太后，并且大封功臣。平王眼看到镐京被犬戎兵烧得七零八落，又没有钱再盖新宫殿，只好放弃镐京，搬到洛阳去，把洛阳作为首都。

郑庄公和颍考叔

郑伯友的儿子掘突做了国君以后，即为郑武公，郑国开始一天一天地强大起来。他因为帮周朝把犬戎兵赶走，周平王又给了他很多土地，并且请他做周朝的卿士，管理周朝的政事。郑国的首都是荥阳，跟洛阳离得很近，因此他可以两头儿跑。

郑武公的妻子，是申国申侯的女儿，叫武姜。武姜给郑武公生了两个儿子，大儿子叫寤生，小儿子叫段。为什么大儿子叫寤生呢？原来武姜生大儿子是在睡梦中生下的，她醒来以后吓了一跳，所以武姜不喜欢大儿子。武姜常常在郑武公面前说小儿子是多么好，要求郑武公立小儿子为世子。可是郑武公不答应，只把一个很小的城市叫共城，封给小儿子，封号共叔。

不久，郑武公死了，寤生做了国君，叫郑庄公。周朝仍旧请他做卿士。他母亲嫌共叔段的共城太小，要他把京城给他弟弟。

郑庄公就把京城给他弟弟。

共叔段到京城以后不久,就侵占了西鄙、北鄙、鄢和廪延等好几个城市。

郑庄公虽然知道,可是他始终不吭声儿,大臣公子吕却沉不住气了,他请郑庄公赶快出兵消灭共叔段。郑庄公说:"共叔段是我的亲弟弟,我母亲又很喜欢他。他现在虽然侵占了我的一部分土地,却还没有公开造反。如果我出兵去打他,不但我母亲不高兴,国人也会怪我,会说我气量太小。"

公子吕说:"您想得确实很周到,我比不上您。不过,我怕您弟弟的势力越来越大,将来消灭他不容易。现在您最好假说要去洛阳,您弟弟一定会趁这机会出兵来打荥阳。他一出城,我就带兵占领他的京城,然后您再带兵消灭他,不就行了吗!"

郑庄公赞成这计划,叫公子吕不要把这计划告诉任何人。第二天早上,他就下了一个假的命令,教大臣祭足代他处理国事,他自己要去周朝辅政。

武姜听到这消息,很高兴,立刻写了一封信,派人秘密地送到京城去,约共叔段在五月十日左右出兵偷打荥阳。没想到公子吕早派人埋伏在半路上,把这送信的人抓住杀了,把信送去给郑庄公看。郑庄公看了信以后,再封好,另外派一个人送到京城去,假说是武姜派来的,约共叔段五月五日出兵,并且向他要了回信。郑庄公得了回信，高兴地说："我抓到了我弟弟造反的证据，我母亲想给他说话也不行了。"

共叔段接到了他母亲的信以后，一方面教他的儿子公孙滑到卫国去借兵，一方面亲自率领了京城内所有的军队出发。没想到，他出城没有多久，京城就被公子吕带兵占领了。

共叔段听说京城被公子吕占领了，心里着了慌，就逃到共城去。没有多久，郑庄公跟公子吕都带兵又把共城攻破。共叔段听说郑庄公进了城，叹了口气，说："都是我母亲害了我，我怎么有脸再见我哥哥呢？"说完，就自杀死了。

郑庄公检查他弟弟的东西，找出他母亲的信，连他弟弟的回信封在一起，派人送去给他母亲看，并且派人把他母亲送到颍城去居住，向她发誓说："不到地下，绝对不再见你！"

在郑国的颍谷，有一个孝子叫颍考叔。他找了几头猫头鹰，去见郑庄公。郑庄公问他送来的是什么鸟儿，他回答说："这种鸟叫猫头鹰，小时候，它母亲喂它东西吃，它长大以后，就吃掉它母亲。这是一种不孝的鸟，所以我抓它来送给您吃。"

郑庄公知道颍考叔故意用这种鸟来讽刺他，没吭声儿。恰好这时候，厨子送上一大盘清蒸的羊肉，郑庄公教人割一个羊肩膀给颍考叔吃。颍考叔用手拣好的肉，用纸包好藏在衣袖里。郑庄公觉得奇怪，就问他为什么这样做。颍考叔回答说："我还

百姓看见郑庄公又迎接他母亲回去，都称赞郑庄公孝顺。

有一个老母亲，我因为家里穷，平日只能打一些鸟兽给她吃。她从没有吃过这么好的东西。现在您送给我吃，我母亲却没法吃到。我想起了老母亲，怎么能吃得下去呢？所以我准备带回去，做成汤给我母亲吃。"

郑庄公说："你真可以说是一个孝子了！"说完，不禁难过地叹了口气。颍考叔假装不知道他的事情，故意跟他说："您也有母亲呀。"

郑庄公就把他母亲偏心，他弟弟造反，他怎样逼死弟弟、赶走母亲的事情，讲了一遍，最后说："我已经向我母亲发过誓，除非到地下才见她，现在我虽然后悔，却已来不及了！"

颍考叔回答说："我倒有一个办法，可以既不违背您所发过的誓，又可以见到您的母亲。"

郑庄公问有什么办法，颍考叔回答说："您在地底下挖一个地道，在地道里搭一所房子，然后请您母亲先住到里头去，派人告诉她您是多么想念她，我相信您母亲一定也很想念您，您就在地底下的房子里跟您母亲见面，不就行了吗！"

郑庄公觉得这办法很好，心里很高兴，就派了五百个人，在曲洧地方的牛脾山下，挖了一个十多丈深的洞，在洞底搭了一所木头房子，洞里放了一个长梯子。颍考叔先去见武姜，把郑庄公后悔的事情告诉她，现在要迎接她回去养她。武姜又难过又高兴。颍考叔先把武姜送到地洞的房子里去，郑庄公也跟着坐车子来了，他从梯子上爬下去，拜倒在地上。武姜就把郑庄公扶起来，娘儿俩抱头大哭。然后两个人从梯子爬上来。

郑庄公亲自扶他母亲上车，自己抓着马辔伺候。百姓看见郑庄公又迎接他母亲回去，都称赞郑庄公孝顺，却不知道这完全是颍考叔的功劳。

郑庄公为了感谢颍考叔，请他做大夫的官，跟公孙阏共同掌管郑国的兵权。有一次，郑国攻打许国，在出发以前，郑庄公教人做了一面很大很大的旗，下令说，谁能够抓着这面大旗走路，就送给他一辆战车，请他做先锋官。颍考叔不但能抓着这面大旗走，并且能够舞这面大旗，郑庄公自然就把战车送给他，请他做先锋官。没想到公孙阏不服气，他也想要这辆战车，要做先锋官，叫颍考叔让给他，颍考叔不答应，两下里就结了怨。

在打许国城市的时候，许国人守城守得很好，郑国的兵打了很久，都没有能打进城。最后，颍考叔把那面大旗夹在胳膊下边儿，从车子上向城头上一跳，就跳上了城。公孙阏的眼睛尖，看见颍考叔上了城，一方面记起以前的仇恨，一方面嫉妒他的功劳，就在城下发了一枝冷箭，正射中颍考叔的后心。颍考叔站不住脚，立刻连旗带人从城上倒着摔了下来，死了。

大义灭亲的石碏

　　跟郑庄公同时的卫国国君，叫卫庄公。卫庄公的妻子，是齐国世子得臣的妹妹，叫庄姜。庄姜长得很好看，却没有生儿子。卫庄公有一个妃子，叫厉妫，是陈国人。她也没有生育，可是她有一个妹妹，叫戴妫，是跟她一起嫁给卫庄公的，却生了两个儿子，一个叫完，人们管他叫公子完，一个叫晋，人们管他叫公子晋。庄姜虽然没有儿子，可是她并不嫉妒别人生儿子，她不但把公子完当作自己的儿子一样看待，并且又选了个宫女给卫庄公。卫庄公很喜欢这个宫女，这个宫女给他生了个儿子，叫州吁。

　　卫国大夫石碏有个儿子，叫石厚，跟州吁很要好。他们俩常常同坐一辆车子出去打猎，找老百姓的麻烦。石碏知道了，就打了他儿子五十鞭子，把他关在空房间里，门上上了锁，不许他出去。没想到石厚竟爬墙出去，逃到州吁家里，索性不回家了。

　　石碏就割破了手指头，用手指头上的血，写了一封信，秘密派可靠的手下人送到陈国去给子针，请他把这封信转给陈桓公。

不久，卫庄公去世，公子完做了卫国的国君，叫卫桓公。卫桓公个性懦弱，石碏知道他没什么出息，就辞职回家，不管国事。石碏一辞职，州吁的胆子更大，一天到晚跟石厚商量夺取君位的计划。恰好这时候，周平王去世，周桓王接着做了王，卫桓公准备去周朝奔丧并拜贺。石厚跟州吁说："行了，明天您哥哥要去周朝，您可以在西门摆一桌酒席，给他钱行。门外先埋伏五百名兵士，喝过几杯以后，您就用短剑刺死他。他手下如果有不服从的，就立刻杀掉。这样您不是很容易地就做了卫国的国君了吗？"

州吁很高兴，就教石厚带了五百名兵，预先埋伏在西门外边儿。州吁自己驾车去迎接桓公。州吁用双手端了一杯酒给桓公，卫桓公也斟了满满一杯酒回敬州吁。州吁用双手去接，假装不小心把金杯掉在地上，慌忙去捡杯子，亲自擦洗洒在地上的酒。卫桓公不知道这是他弟弟的诡计，吩咐另外拿一只金杯来，打算再斟一杯给州吁。州吁趁这机会，赶紧到卫桓公后头，抽出短剑向桓公刺去，剑尖从桓公背上刺进，从前胸出来，桓公立刻倒在地上死了。

州吁做了三天国君，听外边儿闹得很厉害，都是传说他杀他哥哥的事情。他心里觉得不安，就跟石厚商量。石厚说："我们可以请几个国家帮忙去打郑国转移国人的视线，树立您的威信。

陈国、蔡国，一向服从周王，最近郑国跟周王闹别扭，陈国、蔡国一定知道。宋殇公的堂弟公子冯住在郑国，宋殇公一直担心公子冯跟他捣乱，抢他的君位，只要我们派一个人去跟他讲一讲这情形，他也一定会帮我们的。"

郑国出兵抵抗，被石厚打败，州吁因为打了一个胜仗，洋洋得意地回国。

没想到国人还是不服从他，并且埋怨他出兵打仗，使国内不能太平。石厚说："我父亲做过卫国的上卿，人民很相信他。如果您能够请他出来做官，就行了。"州吁就教人去请石碏出来做官。石碏说："这很简单，如果他去朝见周王，奉周王的命令做国君，国人就没有话说了。"石厚说："这话很对，可是无缘无故地去朝见周王，周王一定会起疑心，最好请一个人预先跟周王讲一下。"石碏说："现在要算陈侯对周王最忠心，周王很喜欢他。我们跟陈国相处得一向不错，最近他们还曾出兵帮忙打郑国。如果先到陈国去，请陈侯去跟周王讲一下，不就行了吗？"

石厚就把他父亲的话，告诉州吁。州吁很高兴，就预备了一些礼物，亲自跟石厚一起去陈国。

石碏跟陈国的大夫子针很要好，就割破手指头，用指头上的血，写了一封信，秘密派可靠的手下，送到陈国去给子针，请他把这封信，转呈给陈桓公。这封信的大意是：

　　"我最钦佩的陈侯：卫国虽然很小，却出了大乱子。国君不幸被杀。这虽然是国君的弟弟州吁做的，可是我的儿子石厚，因为一心想做官，也曾帮他的忙。不杀掉这两个人，就将有很多坏蛋拿他们做榜样了。"

　　陈桓公看了这封信，问子针说："你看怎么办？"子针回答说："卫国的坏蛋，就是陈国的坏蛋。现在这两个坏蛋来这儿，是自己送死，不能放过他们。"

　　陈桓公说："好。"就准备好了抓这两个坏蛋的计划。

　　州吁跟石厚到了陈国，大模大样地进城，陈桓公派公子佗迎接他们，请他们住在客馆里，并且告诉他们，陈桓公准备第二天在太庙里跟他们见面。州吁见陈桓公对他们招待得很周到，非常高兴。

　　第二天，石厚先去太庙，看见太庙门口竖着一个白牌子，上头写着："做臣子不忠心，做儿子不孝顺的，不许进庙！"石厚吓了一跳。不一会儿，州吁坐车子来了，石厚用手搀着他下车。州吁就带了石厚进庙。到了陈桓公面前，州吁正准备鞠躬行礼的时候，突然站在陈桓公旁边的子针就命人先把州吁抓住。石厚赶紧拔佩剑，因为心里太慌，一时拔不出鞘，只用手抵抗。埋伏在庙里的兵士，一起上前把他抓住，用绳子绑好。州吁带来的兵士，都在太庙外头，子针把石碏给陈桓公的信，向他们念了一遍。

大家才知道州吁跟石厚被抓，完全是石碏的主意，就解散，各自回国去了。

陈侯打算立刻把州吁跟石厚杀掉，他的臣子们都说："石厚是石碏的亲生儿子，不知道他是不是舍得杀石厚，最好请卫国人自己处分这两个人，免得将来被人家说话。"陈桓公说："你们说得对。"就把州吁关在濮邑，把石厚关在本国，不让他们两人通消息。然后派人去卫国，向石碏报信。

石碏辞职以后，很少出门，见陈桓公派人送信来，立刻吩咐车夫驾车伺候，同时派人请其他的官员，到朝廷中见面。大家都说："杀州吁就够了，石厚是帮凶，处分应该轻一点。"石碏很生气地说："州吁做这些坏事，都是我儿子造成的。你们不主张杀他，是不是怕我舍不得杀他？你们要是这样想就错了，我要亲自去，亲手杀了他。否则，我将没脸进我祖先的庙！"石碏的家臣獳羊肩说："您不必生气，我代您去好了。"石碏就教右宰丑去濮邑杀州吁，教獳羊肩去陈国杀石厚。另一方面，派人去邢国迎接公子晋回来做国君。公子晋即位后，叫卫宣公。从此以后，陈国跟卫国就格外要好了。

哥儿俩争死

卫宣公做人不规矩，他在做公子的时候，就偷偷地跟他父亲的一个姬妾夷姜要好，生了个儿子，叫急子，寄养在老百姓的家里。他做了卫国的国君以后，不喜欢他妻子邢妃，一天到晚跟夷姜在一起，答应夷姜立急子为世子，请公子职做急子的保护人。急子十六岁的时候，卫宣公派人去齐国，请齐僖公把他的大女儿嫁给急子。去齐国说亲的人回来，跟卫宣公说齐僖公的女儿长得非常好看，卫宣公心里很羡慕，想自己娶她，可是不好意思开口。就在淇河附近，建筑了一个高台，叫新台，建筑得非常华丽。他嫌急子在眼前碍事，就先故意找了个差事，教急子到宋国去，然后派公子泄去齐国迎接齐僖公的女儿齐姜，迎接回来以后，就教她住在新台，变成了他的姬妾。

急子从宋国回来，去新台见他父亲，他父亲叫他见齐姜，喊齐姜姨娘。急子虽然已经知道了这件事,可是他一点儿也不埋怨。

卫宣公自从有了齐姜,就一直宠幸齐姜,不再理会夷姜。齐姜在新台住了三年,给卫宣公生了两个儿子,大儿子叫寿,小儿子叫朔。以前卫宣公曾经答应夷姜立急子为世子,现在他又一心想把卫国的江山传给公子寿、公子朔哥儿俩,反而觉得急子在眼前讨厌。幸亏公子寿跟急子很要好,常常在父母面前护着急子,说急子的好处,所以卫宣公才没有公开地说不要急子,只私下里请公子泄将来辅佐公子寿做国君。

公子朔虽然跟公子寿是一个母亲生的,可是两个人的性格、做人完全不同。公子寿好得不能再好,公子朔坏得不能再坏。公子朔虽然年纪还小,可是他的心眼儿却不小,他仗着他母亲喜欢他,暗地里养了一批肯给他卖命的人,不打好主意。他常常用话挑拨他母亲,说:"父亲虽然喜欢我们,可是急子究竟是哥哥,我们是弟弟,将来总不免把君位传给急子。将来如果急子做了国君,我们可就完了!"齐姜本来是急子的未婚妻,现在跟了卫宣公,又生了儿子,也觉得急子在眼前碍事。就跟公子朔商量害急子,常常在卫宣公面前说急子的坏话。

一天,急子过生日,公子寿预备了一桌酒席,给急子祝寿。公子朔也在座。急子跟公子寿有说有笑,谈得很亲热,公子朔插不上嘴,觉得再坐下去没意思,就假说不舒服,先离开。他去他母亲那儿,撒了个大谎:"我好意跟哥哥去给急子祝寿,没想到急子喝酒喝得半醉的时候,跟我开玩笑,喊我为儿子。他说:'你母亲本来是我的妻子,你就是喊我父亲,按照道理讲也是应该的。'我再要开口,他就举起拳头来要打我,幸亏哥哥劝住,我才能够逃回来。"

齐姜听了,以为是真的,等卫宣公进宫的时候,就把公子朔所说的,哭哭啼啼地告诉卫宣公,并且加油添醋地说:"他还打算欺侮我,他跟朔说:'我母亲夷姜,本来是我父亲的姨娘,竟变成我父亲的妻子。何况你母亲本来就是我的妻子,我父亲只能算是暂时借去,将来免不了要跟卫国的江山一起还我。'"卫宣公就把公子寿叫去问,公子寿回答说:"没这回事。"卫宣公弄不清楚究竟有没有这回事,因此没有处分急子,可是他却派人去夷姜那儿,责备她没教养好儿子。夷姜一肚子冤屈,没有地方说,就上吊死了。

急子想念母亲,又怕父亲见怪,只是暗地里哭,公子朔又跟齐姜说急子的坏话,说急子为母亲是因冤枉死的,一直在埋怨,将来要给他母亲报仇。卫宣公本来不相信有这回事,可是,经不住齐姜跟公子朔一天到晚在他面前说急子的坏话。不过,他想来想去,还是觉得没有理由杀急子,必须让别人动手,使急子死在路上，才能不使人们觉得是他杀的。

恰好这时候，齐僖公要打纪国，请卫国出兵帮忙去打。卫宣公就跟公子朔商量好一个办法："名义上是派急子去齐国，约出兵的日子，实际上是打算趁这机会害急子。"去齐国一定要经过莘野这地方，船到这儿，急子一定要上岸，就在这地方埋伏人等急子。通常使臣出国，都有一面旗子作标志，卫宣公决定给急子一面白旗，教他插在船上，这样就可以使埋伏在莘野的人容易辨认。

公子寿看见父亲单独叫公子朔去商量事情，起了疑心，就进宫去见他母亲，探他母亲的口气。他母亲并不瞒他，把卫宣公跟公子朔商量害急子的话，完全告诉了他，并且嘱咐他说："这是你父亲为你们哥儿俩着想，你可不要告诉别人。"

公子寿知道他父亲已经决定了这件事，去跟他说也是白费，就偷偷地去见急子，把父亲的计划告诉他，并且劝他说："你这一趟路实在太危险，我看你最好还是暂时逃到其他国家去，过一些时候再说。"

急子说："做儿子的，一定要听父亲的话，才能算是孝顺。父亲要我做什么，我就应该按照他的话去做，怎么可以违背他呢？"就不听公子寿的劝告，带了行李下船，开始出发。

公子寿心里想："我哥哥真是一个好人！如果这一趟他死在

强盗手里,父亲立我为世子,人家一定会怀疑我害死哥哥,我怎么受得了,做儿子的不能不听父亲的话,做弟弟的也不能眼看着哥哥死。我应该在我哥哥前头走,让埋伏在那儿的人杀掉我,他们就不会再杀我哥哥了。父亲听说我代替哥哥,说不定会受感动,饶了哥哥,我就是死也值得了。"

于是他另外坐了一只船,带了酒赶上急子,说要给急子饯行。急子说:"办公事要紧,我不能耽搁。"公子寿就带了酒,去他哥哥船上,满满斟了一杯酒,端给他哥哥。还没有开口,公子寿忍不住流出眼泪,泪珠落在杯子里。急子赶紧把酒接过去,喝掉。公子寿说:"酒已经脏了,您怎么还喝?"急子说:"我不是喝酒,是喝你对我的恩情。"公子寿拭了拭眼泪,说:"今天这酒,是咱们哥儿俩永远道别的酒。哥哥如果瞧得起我,请多喝几杯。"急子说:"我一定喝个够!"

哥儿俩流着眼泪,你劝我喝,我劝你喝,喝个没完。公子寿存心少喝。急子端起酒杯来就干杯,不一会儿,就醉倒在席上,呼呼大睡。公子寿向他哥哥的手下人说:"不能因为我哥哥喝醉了酒耽误公事,我代他去好了。"就拿了急子手里的白旗,故意把旗子插在船头上,嘱咐急子的手下人,好好地伺候急子,并且从衣服袖子里拿出一封信给他们,说:"等我哥哥酒醒以后,把这封信拿给他看。"然后带了自己的手下人,吩咐开船。到了莘野,刚打算上岸，埋伏在那儿的人，望见河里白旗飘扬，以为急子一定来了，就赶紧出来，一起向船跑去。急子走出船舱，大声喊："我是卫国的世子，奉命去齐国，谁敢拦我?"埋伏的人一起说："我们是奉命来杀你的!"说完，举起刀就砍。手下人见来势汹汹，都吓跑了。可怜公子寿立刻被杀。埋伏的人砍下他的头，盛在木盒里，一起下船，把白旗放倒在船上，开始向回开。

急子醉得并不厉害，不一会儿就醒了，看不见公子寿，就问手下人，手下人把公子寿留下的信拿给他，他拆开信，看见信上只有两句话："我已经代你去了，你赶快逃走。"急子忍不住流着眼泪，说："弟弟代我去送死，我应该赶快去，免得他被错杀了!"幸亏手下人都在，就坐了公子寿的船，吩咐划船的赶快划。过了没有多久，他看见前头有一只船，就高兴地说："还好，我弟弟还在!"手下人报告说："这是来的船，不是去的船!"急子起了疑心，就叫划近那只船。两船靠近，一切可以看得很清楚，只见那只船上都是强盗模样的人，看不见公子寿，心里格外疑惑，就假装问："主人教你们做的事情，办完了没有?"那些凶手以为是公子朔派去接应的，就送上木盒，回答说："办完了。"急子打开木盒，见是公子寿的头，忍不住大声哭着喊："冤哪!"凶手们吓了一跳，一起问："是他父亲要我们来杀他的，冤什么?"急子说："我是真的急子。我得罪我父亲，所以我父亲教你们来杀我。这是我弟弟寿，你们为什么杀他？赶快砍下我的头，拿了去给我父亲，说不定他可饶了你们错杀我弟弟的罪。"凶手里有认得公子寿跟急子的，就在月光下仔细辨认，最后说："真的杀错了！"于是他们就砍下急子的头，也放在木盒里，连夜赶进卫城，先去见公子朔，呈上白旗。然后把杀死公子寿跟急子的经过情形，详细地讲了一遍。

公子职是急子的保护人，公子泄是公子寿的保护人，急子跟公子寿坐船出发，两个人都很关心他们的下落，各自派人打听他们的消息。知道了他们哥儿俩先后被杀以后，两个人都很伤心，商量一起报告卫宣公。

卫宣公听见两个儿子同时被杀，吓得脸上颜色都变了，老半天说不出话来，越想越难过，眼泪像雨水一样地往下落，接二连三地叹息，说："齐姜坑了我，齐姜坑了我！"立刻派人把公子朔叫来问。公子朔推说不知道。卫宣公很生气，就叫公子朔抓凶手。公子朔虽然嘴里答应，一离开他父亲，就把这件事扔开了，哪里肯交出凶手。

不久，卫宣公生病，去世，公子朔做了卫国国君，叫卫惠公。这时候，他才十五岁，他把公子泄、公子职两个人免职，两个人一直想给急子跟公子寿报仇，都没有机会。

过了一些时候，卫惠公有一次带兵去打郑国，公子泄跟公子职趁这机会立公子黔牟为卫国国君。卫惠公打郑国没有成功，回到半路上,听说国内出了乱子,公子黔牟已经做了国君,就不回国,去齐国找他的舅舅齐襄公。齐襄公答应出兵,送他回去。

一直过了七年,齐襄公才约了宋国、鲁国、陈国、蔡国,一起出兵去打卫国。公子黔牟是周庄王的女婿,听说五国出兵去打他,就派人去求周庄王帮忙。周庄王虽然派了一支军队去,可是数目太少了,到了卫国城外,就被五国军队打垮。接着,卫城也被打破,卫惠公进城,重新做了卫国的国君。公子泄、公子职都被杀。

鲍叔牙和管仲

鲍叔牙是齐国人，他有一个朋友叫管仲。有一次，他们俩合伙做买卖，到分金子的时候，管仲比他多拿了一倍金子，他的手下人对管仲不满意，可是鲍叔牙说："这不能怪管仲，他不会贪这一点点金子，是我知道他家里穷，自愿让给他的。"

还有一次，管仲带了一部分兵跟着军队出发，到打仗的时候，他总是故意地落在后头，打完仗回来，他就跑到最前头去，很多人笑话他没有勇气。可是鲍叔牙说："他家有老母亲，他要活着回家奉养他母亲，并不是真的不敢打仗。"

管仲常常跟鲍叔牙计算事情，总是不对。鲍叔牙说："这是因为他运气不好，如果他运气好，一定不会出错。"管仲听了，感激地说："父母是生我、养我的人，鲍叔牙是最了解我的人！"

齐襄公有两个儿子，大儿子叫公子纠，母亲是鲁国人；第二个儿子公子小白，母亲是莒国人。他们的母亲，都是齐襄公的妃子。他们长大以后，齐襄公打算给他们各请一个老师，辅导他们。

管仲知道了这消息，就跟鲍叔牙说："国君只有这两个儿子，将来的世子，不是公子纠就是公子小白。我跟你各辅助一个人好了。"鲍叔牙觉得这主意不错。于是管仲跟一个叫召忽的人，做了公子纠的老师，鲍叔牙做了公子小白的老师。

齐襄公跟他的堂妹文姜鬼混，鲍叔牙教公子小白去劝一劝，公子小白就去见他父亲，没想到他父亲生气地说："小孩子废话什么！"就用脚踢他。他赶快跑出来。鲍叔牙说："你父亲再这样胡闹下去，一定不会有好结果。你最好暂时到其他国家去。"公子小白问："去哪一国好呢？"鲍叔牙说："大国的国君不容易相处，最好去莒国。莒国小，离齐国又近。小国的国君不会怠慢你，离齐国又近，可以随时回来。"公子小白说："好，就这么办。"

不久，齐襄公果然被杀。公孙无知做了齐国的国君。他请管仲做官，管仲不愿意，跟召忽商量，一起保护公子纠到鲁国去了。

公孙无知做了一个多月的国君，又被杀死。齐国的大臣们派人去鲁国迎接公子纠回去做国君。鲁庄公听了很高兴，就亲自带兵送公子纠回齐国。管仲跟鲁庄公说："公子小白在莒国，莒国离齐国比较近,如果他先回齐国,我们就麻烦了。请给我一匹好马,一部分兵,我先去拦他。"

公子小白听说他父亲被杀,齐国很乱,就跟鲍叔牙商量,向莒国的国君借了一支军队,送他回齐国。管仲带着一部分兵,不分日夜地跑,到即墨城的时候,听说莒国军队已经过去,就拼命在后头追。又追了三十多里,看见莒兵在前头做饭,公子小白坐在一辆车子里,就上前鞠躬,说:"公子近来还好吧,现在打算去哪儿?"公子小白说:"我要回齐国去给我父亲办丧事。"管仲说:"公子纠是你哥哥,丧事应该由他主办,请公子不必去了。"

鲍叔牙忍不住向管仲说:"你走吧,你为你的主人尽力,我也要为我的主人尽力。各走各的路,不必多废话!"管仲见莒国的兵一个个睁着眼睛瞪他,像是要准备打的样子,怕自己带来的兵少,打不过他们,就假装答应走。没想到他走了没多远,突然转过身来,向公子小白射了一箭。公子小白大叫,口吐鲜血,倒在车子上。

管仲以为这一箭已经把公子小白射死,就带着他的兵赶快跑,一面跑,一面高兴地想:"真是公子纠的福气,命里注定了要做国君!"回到鲁庄公那儿,把经过情形告诉鲁庄公,酌酒跟公子纠一起庆祝。现在他们放下了心,就慢慢地走。

没想到管仲这一箭,只射中公子小白的带钩,公子小白知道管仲的箭射得很准,怕他再射,急中生智,故意咬破自己的舌尖,喷出血,假装倒在车子上,连鲍叔牙都被瞒过去了。鲍叔牙说:"管仲虽然已经走了,可能会再来,我们应该赶快走。"就教公子小白换了衣裳,另外坐了一辆车子,从小路拼命向齐国跑。快近国都临淄城的时候,鲍叔牙先一个人坐车进城,拜访各大臣,称赞公子小白的好处。各大臣说:"如果公子纠来了,怎么办?"鲍叔牙说:"齐国接连被杀了两个国君,实在太乱,非得有好的国君,才能恢复国内的秩序。何况你们本来是派人去迎接公子纠,而现在公子小白却先来了,这应该说是天意!鲁国送公子纠来,不会白送,一定要我们给他报酬。你给他一次,他就会要第二次,第三次,像这样子没结没完,齐国怎么受得了?"大臣隰朋跟东郭牙说:"这话说得对。"于是就一起迎接公子小白进城,做了齐国的国君,叫齐桓公。

鲁庄公听说公子小白不但没有死,并且已经做了国君,很生气地说:"公子纠是大儿子,应该做国君,怎么能便宜公子小白,我不能这样空着手回去。"就准备打齐国。齐桓公没办法,只好亲自带兵去抵抗。双方在一处叫乾时的地方,打了一仗。结果鲁国被打败,鲁庄公差一点儿被齐兵抓住。齐国大将隰朋跟东郭牙,一直追过汶水,占领了鲁国汶阳一带的田地以后才回去。

第二天早上,大臣们都向齐桓公道贺。鲍叔牙说:"公子纠还在鲁国,有管仲、召忽辅助他,再加上鲁国人支持他,对我们仍旧是一大威胁,现在就道贺未免太早。"齐桓公说:"照你说该怎么办?"鲍叔牙说:"乾时一仗,已经吓破了鲁国君臣的胆子!如果现在带兵去鲁国边境,向他们要公子纠,鲁国一定不敢不答应我们的要求。"齐桓公说:"好,你看着办好了。"鲍叔牙就亲自带了大批的齐兵,到鲁国汶阳一带,清理疆界。派隰朋带一封信去给鲁庄公,要鲁国杀掉公子纠,交出管仲跟召忽两个人。

隰朋临走的时候,鲍叔牙吩咐他,说:"管仲很有才干,我将请国君重用他,你无论如何不能让他死掉。"隰朋说:"如果鲁国要杀他怎么办?"鲍叔牙说:"你就说管仲曾经用箭射我们的国君,是我们国君的大仇人,我们的国君要亲手杀他,鲁国就一定会相信了。"隰朋就带信去见鲁庄公。

鲁庄公看了鲍叔牙的信,就跟大臣施伯商量,问他是不是应该答应齐国的要求。施伯说:"公子小白刚做了国君,就能够用人,在乾时打败我们,确实要比公子纠强得多,何况齐国兵已经开到我们的边界上,我们犯不着为公子纠出兵,出兵也未必打得过他们,不如杀掉公子纠,跟他们讲和算了。"

这时候,公子纠跟管仲、召忽都在生窦,鲁庄公就派公子偃带兵去那儿,趁公子纠不防备,杀掉他,抓住管仲跟召忽,去见鲁庄公。鲁庄公命人把管仲跟召忽装上囚车,召忽突然仰起头,伤心地喊："做儿子的应该尽孝，做臣子的应该尽忠！公子纠已经死了，我还活着做什么？"就用头撞大殿的柱子死了。管仲说："我不能这样白白地死掉，我要去齐国，给公子纠伸冤。"就很从容地上了囚车。施伯私下里跟鲁庄公说："我看管仲的样子，好像他已经知道齐国有人帮他的忙，他一定不会死。这人确实真了不起，如果他不死，齐国一定重用他，他也一定能使齐国称霸，到那时候，鲁国就只有伺候他们的份儿了。您最好请求齐国饶了他。他一定会感激我们，为我们做事，我们就不必再怕齐国了。"鲁庄公说："他是齐国国君的仇人，我如果留下他，恐怕齐国国君不会答应。"施伯说："如果您觉得没法用他，就干脆杀了他，把他的尸首送去给齐国。"鲁庄公说："好，就这么办。"

隰朋听说鲁国准备杀管仲，赶紧去见鲁庄公，说："管仲曾经用箭射我们的国君，虽然只射中带钩，可是这仇不能不报，我们的国君恨透了他，准备亲手杀他。如果您把他的尸首给我带回去，又有什么用？"鲁庄公相信了隰朋的话，就教把管仲装上囚车，把公子纠跟召忽的头，放在木盒里封好，一起交给隰朋。隰朋道谢之后就动身回齐国。

管仲早就料到鲍叔牙一定会救他，向鲁国要他回去，就一定是一条计策。在路上，他怕鲁庄公后悔，派兵追他回去，就想了一个主意，编了一首歌儿，教车夫唱。车夫一面唱，一面走，一点儿不觉得累，一天跑了两天的路，很快地就走出鲁国国境。鲁庄公越想越不对，果然后悔，派公子偃带兵去追，没追上，只好回去。

到了齐国的堂阜地方，鲍叔牙已经先在那儿等着，看见管仲，高兴得不得了，忙迎接他说："我真高兴见到你回来！"就教人打开囚车，放他出来。管仲说："你没有接到国君的命令，怎么能随意放我呢？"鲍叔牙说："没关系，我即将去向国君推荐你。"

鲍叔牙就请管仲暂时住在堂阜，自己回临淄去见齐桓公，一见了齐桓公的面，就向他道贺。齐桓公觉得奇怪，就问他，说："你为什么事情向我道贺？"鲍叔牙说："管仲是一个很了不起的人物，我已经想法子把他弄回来。您将得到一个好的宰相，我怎么敢不向您道贺呢？"齐桓公说："管仲曾经用箭射我，射中我的带钩。这支箭现在我还藏着。我一想起这件事情，就想剥他的皮，吃他的肉，怎么能再用他？"鲍叔牙说："这不能怪他。他用箭射您的时候，心里只有公子纠，没有您。如果您现在用他，他将给您射得天下，岂止是一个人的带钩？"齐桓公说："我暂时听你的，饶了他。请不要再提起用他的事情。"

国内的秩序逐渐地恢复了，齐桓公打算请鲍叔牙做上卿，负责治理齐国的政事。鲍叔牙说："您给我好处，使我不挨冻不挨饿，我就感激不尽了！至于治理国家，我可没有这才干。"齐桓公

鲍叔牙就教人打开囚车，放管仲出来。

说："我了解你，你不必再推辞啦。"鲍叔牙说："您了解我，是了解我能小心谨慎，奉公守法罢了。这些大多数人都能够做到，跟治理国事不同。治理国事对内要使老百姓生活安定，对外要教落后民族、野蛮民族服从，支持周王，帮助其他国家。要能使国家兴盛繁荣，使您能够成就霸业，这必须有很大才干的人才能做到。凭我这样怎么行呢？"

齐桓公听了，就问鲍叔牙："现在是不是有像你所说的这种人呢？"

鲍叔牙说："怎么没有呢？远在天边、近在眼前，这人就是管仲。我有五点不如他：第一，对老百姓宽大、慈爱，我不如他；第二，治理国家有条理，我不如他；第三，爱护老百姓，对老百姓讲信用，使老百姓听话，我不如他；第四，订出法律规则，使老百姓都能遵守，我不如他；第五，打仗的时候，使老百姓勇敢向前，不后退，我不如他。"

齐桓公说："你叫他来，我跟他谈一谈看。"鲍叔牙说："如果您打算用管仲，就应该立刻请他做宰相，给他很高的俸禄，用待父亲、哥哥的礼节对待他。如果您就这样叫他来，等于瞧不起他。您应该选择一个好日子，亲自去郊外迎接他。各地方的人，听说您尊重有才干的人，不计较私人间的仇恨，请问哪一个不愿意给您服务？"齐桓公说："好，我听你的。"就教人选择一个好日子,亲自去郊外迎接管仲,跟他同坐一辆车子进朝。看热闹的老百姓人山人海,见到这情形,没有一个不惊奇的。

管仲进朝,齐桓公请他坐下,跟他谈论国事。越谈越起劲,接连谈了三天三夜,一点儿也不觉得累。齐桓公非常高兴,就正式拜管仲做宰相,尊称他为仲父,下命令说:"国家大事,先报告仲父,再报告我。要做什么事情,完全听仲父决定。"管仲推荐隰朋、宁越、王子成父、宾须无、东郭牙等五个人,齐桓公按照他所推荐的,请这五个人担任很重要的职务。

齐桓公把国家大事,都交给管仲,自己一天到晚跟女人在一起喝酒玩乐。有去向他报告国事的,他总是说:"你为什么不去报告仲父?"他喜欢三个人,一个叫竖刁,一个叫易牙,一个叫开方。这三个人都是坏蛋,常常在齐桓公面前说管仲的坏话,齐桓公笑着说:"我跟管仲的关系,有如四肢跟身体的关系。身体不能没有四肢,我不能没有管仲。你们这些小人懂得什么?"他们就不敢再开口。管仲做了三年的宰相,齐国一天比一天富强。齐桓公对管仲格外信任,管仲也格外努力,终于使齐国称霸诸侯。

周襄王七年的冬天,管仲生病,齐桓公亲去问候,见他瘦得皮包骨头,就抓住他的手,跟他说:"我看你病得很厉害,万一你好不了,我应该请谁代替你的职位呢?我打算请鲍叔牙做宰相,你看行不行?"管仲回答说:"鲍叔牙是一个好人。可是他不能治理国事。他对好坏分得太清楚。喜欢好的,没问题,可是过分讨厌坏的,谁能受得了? 人总免不了有过失,他见到人家的一件过失,就永远记在心里,对这人没有好印象,这是他的短处。"齐桓公接着问:"隰朋呢?"管仲回答:"他还可以。他很虚心,很负责任。"说完,又叹了口气,说:"隰朋实在不错,可惜您用他用不了多久!"齐桓公继续说:"那么,易牙呢?"管仲说:"您就是不问,我也会跟您说的。易牙、竖刁、开方这三个人,千万近不得!"

齐桓公说:"易牙把他的亲生儿子杀了给我吃,可以说喜欢我胜于喜欢他的儿子,这还有问题吗?"管仲说:"按照人情来讲,人总是最喜欢自己的儿子。他能够忍心杀掉他自己的儿子,怎么能谈得上喜欢您?"齐桓公说:"竖刁为了要来伺候我,宁愿不成家立业,一辈子跟着我。"管仲回答:"按照人情来讲,人总是要结婚成家的,他能够不结婚,怎么会喜欢您?"齐桓公又说:"卫国的公子开方,不愿意做卫国的太子,宁愿伺候我。他父母死了不回去奔丧,喜欢我胜于喜欢他父母,这应该没有问题了。"管仲回答说:"按照人情来讲,人最亲近的是父母,他连自己的父母都忍心不管,怎么会喜欢您呢? 并且,谁都希望做一个国家的太子,他不愿意做太子而来伺候您,一定抱着比做太子还大的野心。这种人您千万近不得,否则一定会出乱子!"齐桓公说:"这三个人伺候我已经相当久了，为什么你平常没有讲过一句关于他们的话呢?"管仲回答:"因为您喜欢他们，我不愿意使您不高兴，所以不讲，他们好比是河水，我好比是河堤，有我在，他们不会捣乱，我一死，就很难说了。希望您离他们远一点儿!"齐桓公不再说什么就走了。

关于管仲跟齐桓公所谈的这一段话，旁边有听到的人，去告诉易牙，易牙就去见鲍叔牙，跟他说:"管仲做宰相，是您推荐的。现在管仲病了，国君去问候他，他竟跟国君说您不能治理国事，而推荐隰朋，我真为您抱不平。"鲍叔牙笑着说:"这就是我推荐他做宰相的原因。他完全是为国家着想，不愿意用公家的事情来讨好朋友。要我做法官，专门对付坏人，我自信还没有问题，可是如果要我做宰相，像你们这一班人还能站得住脚吗?"易牙听了很不好意思地走了。

过了一天，齐桓公再去瞧管仲，管仲已经病得不能说话。鲍叔牙跟隰朋，都难过得掉下了眼泪。那天晚上，管仲去世。齐桓公哭他，哭得很伤心，教上卿高虎办理他的丧事。

齐桓公果然听管仲的话，请隰朋做宰相。不到一个月，隰朋就生病死了。齐桓公说:"管仲真了不起，他怎么能预先知道我用隰朋用不了多久呢?"就请鲍叔牙接隰朋的职位。鲍叔牙说什么也不答应。齐桓公说:"现在已经没有人比你更好，你不干打算让给谁?"鲍叔牙回答,说:"我喜欢好人,讨厌坏人,是您所知道的。如果您一定要用我,那么,我要先请您不再接近易牙、竖刁跟开方这三个人,我才敢答应。"齐桓公说:"管仲已经一再跟我说过,我一定听你的!"立刻下令把易牙、竖刁、开方三个人免职,不许他们进朝见面。鲍叔牙就接替隰朋的职务,做了齐国的宰相。

　　齐桓公把易牙、竖刁、开方三个人免职以后,吃不好,睡不好,不再有说有笑。他的妃子长卫姬跟他说:"您赶走易牙他们,国家并没有能治理得格外好,而您却已一天比一天瘦。我看在旁边伺候您的人,都不能使您满意,您为什么不再叫易牙他们来呢?"齐桓公听了她的话,就派人去叫易牙。鲍叔牙知道了这件事情,立刻去见齐桓公,跟他说:"您难道已经忘了管仲所说的话了吗? 为什么又去叫他呢?"齐桓公说:"这三个人对我有好处,对国家没坏处。管仲所说的,也未免太过分了!"就不听鲍叔牙的话,另外派人去叫开方、竖刁,教三个人同时复职,在他身边伺候。鲍叔牙又气又难过,不久就生病去世,从此以后,齐国就一天不如一天了。

玩笑开不得

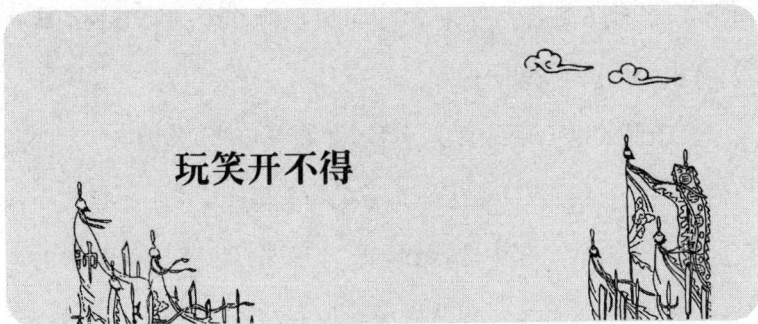

齐桓公派鲍叔牙带兵打鲁国，在鲁国的长勺吃了败仗。齐桓公是一个要面子的人，心里不服气，就派人去宋国，请宋国出兵，一起去打鲁国。这时候，宋国的国君是宋闵公，自然答应出兵帮忙。双方约好，在六月初，各派军队去鲁国的郎城相会。

到时候，两国的军队都到了郎城，齐军的带兵官是鲍叔牙跟仲孙湫，宋军的带兵官是南宫长万跟猛获。齐国的军队驻扎在郎城的东北，宋国的军队驻扎在郎城的东南。

鲁庄公说："鲍叔牙是为报长勺一仗的仇而来，来势汹汹，加上宋国帮忙，南宫长万很厉害，鲁国没有一个是他的对手，现在这两国的军队，都已经驻扎在城外，我们应该怎样抵抗？"

大臣公子偃说："鲍叔牙有戒心，军队很整齐。南宫长万仗着他勇敢，没人打得过他，他的队伍很乱。如果我们悄悄地从雩门出去，趁他不防备去打他，一定可以把他打败。宋国的军队一败，齐国的军队就站不住脚了。"

公子偃就用一百多张老虎皮，蒙在马身上，趁月光不太亮，悄悄地跑出雩门，快接近宋军军营的时候，宋国兵还一点儿不知道。公子偃就教点起火把，敲起鼓，向前头冲。宋国兵营里的人马，在火光中，远远看见一队老虎向他们冲来，都吓得四下奔逃。南宫长万虽然很勇敢，可是他手下的兵士都逃走了，他不能一个人打，只好也跟着后退。

鲁庄公也带着兵来了，跟公子偃的兵合在一起，追杀宋兵。追到乘丘的地方，南宫长万跟猛获说："今天我们必须拼命，否则就逃不了。"于是两个人又转身抵抗。猛获跟公子偃打，南宫长万抓着一根长戟，冲进鲁国的军队中，见人就刺，鲁国兵都怕他，不敢走近他。鲁庄公跟他的一个大将颛孙生说："你的本事不错，敢不敢去跟南宫长万拼一拼？"颛孙生就抓着一根长戟，去跟南宫长万打。鲁庄公站在车前的横木上前望，望见颛孙生打不过南宫长万，就教手下人把弓箭拿给他，他弯弓搭箭，射中南宫长万的右肩。南宫长万用手拔箭，颛孙生趁这机会，用力一戟，刺透他左大腿。南宫长万再也支持不住，倒在地上。他努力挣扎，还想再爬起来，没想到颛孙生赶快跳下车，用双手紧紧地摁住他，兵士们一拥上前，把他抓住。猛获见主将被抓住了，知道没法再打下去，就扔下车子逃走。鲁庄公打了一个大胜仗，鸣锣收兵。颛孙生把南宫长万押到鲁庄公面前报功。鲁庄公喜欢他的勇敢，不但没有杀他，反而好好地招待他。鲍叔牙知道了宋国军队被打败的消息，就带兵回齐国去了。

第二年，周王把女儿嫁给齐桓公，请鲁庄公做主婚人。由于这一原因，齐国跟鲁国，都不再记以前的仇恨，又和好了。那年秋天，宋国闹水灾，鲁庄公说："我们已经跟齐国和好了，何必还跟宋国过不去？"就派人去宋国慰问。宋闵公很感激，就也派人去鲁国，向鲁庄公道谢，同时请求鲁庄公放回南宫长万。鲁庄公就放南宫长万回国。

南宫长万回到宋国，宋闵公跟他开玩笑说："以前我很尊敬你，现在你是鲁国的囚犯，我不再尊敬你了。"南宫长万很不好意思地走了。大臣仇牧就向宋闵公说："国君跟臣子，应该互相尊重，不能够开玩笑。开玩笑就不尊重，不尊重就容易起冲突，出乱子，希望您以后不要这样！"宋闵公说："我跟南宫长万开玩笑开惯了，没关系。"

周庄王十五年，王得病去世，太子胡齐做了周王，叫周僖王。周僖王派人去宋国报丧。这时候，宋闵公跟宫人在蒙泽玩，正教南宫长万表演掷戟。原来南宫长万有一样本事，能够把戟掷出好几丈高，然后等它掉下来，用手接住，无论掷多少次，都不会有一次接不住。宫人想看南宫长万的这一本事,因此宋闵公就叫南宫长万一起去。南宫长万奉命玩了一会儿,宫人们都很夸奖他。宋闵公听了,心里有点儿嫉妒,就教手下人拿棋给他跟南宫长万下,用大金杯盛酒,谁输了就罚酒。下棋是宋闵公的拿手本事,南宫长万自然下不过他,连输了五盘,罚喝了五大杯酒,已经有八九分醉了,心里不服气,请求再下。宋闵公说:"你这囚犯下多少盘也是输,怎么敢再跟我下?"南宫长万又害羞,又生气,没吭声儿。

就在这时,手下人来报告:"周王派人来有事见您。"宋闵公就问周使者什么事,使者说是来报丧,并且说周已立了新王。宋闵公说:"周已立新王,应该派人去道贺。"南宫长万说:"我从没有去过周都城,请让我去开开眼界。"宋闵公笑着说:"宋国再没有人,也不能派一个囚犯去!"宫人们听了都大笑了起来。南宫长万羞得满脸通红,再也忍耐不住,趁着醉酒,大骂宋闵公说:"混蛋的东西,你口口声声骂我囚犯,你知道不知道囚犯会杀人?"宋闵公也生了气,骂南宫长万:"你这死囚犯,怎么敢骂我!"就去抢南宫长万的戟,想拿来刺他。南宫长万顺手拿起棋盘,把宋闵公打倒,再打了几拳,就把他打死了。宫人们都吓跑了,南宫长万仍旧一肚子火,提着戟走回去。走到朝门口,遇见大臣仇牧,仇牧问:"国君在哪儿?"南宫长万气呼呼地说:"这混蛋得罪

　　南宫长万顺手拿起棋盘，把宋闵公打倒，再打了几拳，就把他打死了。

我，我已经把他杀掉了。"仇牧笑着说："你是不是喝醉了?"南宫长万说："我没有醉，我说的是实话。"就把手上的血给他看。仇牧脸色立刻变了，大声骂道："你这坏蛋，竟敢做出这种事来!"就举起手里的朝笏去打南宫长万。南宫长万把戟扔在地上，用左手把朝笏打落，右手一挥，正打在仇牧的头上，把头打得粉碎，牙齿被打断，顺势飞走，钉在门上，嵌进门三寸深。打死了仇牧，南宫长万就又捡起戟，慢慢地走上车，对谁都不怕。宋闵公做了十年的国君，只因为开了一个玩笑就被杀，实在不值得!

南宫长万立宋闵公的堂弟公子游做国君，把宋戴公、宋武公、宋宣公、宋穆公、宋庄公五族的族人都赶走。这五族的公子都去萧城避难，公子御说逃往亳城。南宫长万说："公子御说很有才干，并且又是闵公的亲弟弟，不去杀掉他，将来一定有麻烦。如果杀掉他，其余的公子都没有什么可怕的。"就教他的儿子南宫牛跟猛获带兵去包围亳城。

十月间，守萧城的大夫大心，率领了戴、武、宣、穆、庄五族的族人，加上曹国的兵，一起去亳城帮公子御说。公子御说开城门接应，里外一起打，把南宫牛打败。南宫牛被杀，他带来的兵都投降了公子御说。猛获不敢回去，逃到卫国去了。戴叔皮给公子御说想了个主意，说："南宫牛被打败的事情，南宫长万一定还不知道，我们趁这机会用南宫牛的旗号，假说已经打破亳城，抓住公子御说，打了胜仗回去，他一定不会防备。"公子御说觉得这主意不错，就按照这样做，并且先教几个人，在一路上散布传言。南宫长万果然相信，不做防备。公子御说带兵到城门口，骗开城门，一拥而进，大声喊："只抓南宫长万一个人，其余的都不必怕。"南宫长万慌得不知道怎样是好，就赶紧到朝廷里去，打算跟公子游一起逃走。没想到他到朝门口，看见满朝都是兵士，有一个在宫里伺候公子游的人出来，说："公子游已经被兵士们杀掉了。"南宫长万很难过地叹了一口气，心里想，在各国中，只有陈国跟宋国没有交情，打算逃到陈国去。又想起家里有八十多岁的老母亲，叹了口气说："说什么我也不能扔下我母亲走！"就又转身回家，搀扶他母亲上车，左手拿戟，右手推着车子走，冲出城门，快得跟风一样，没有一个人敢拦他。陈国离宋国二百六十多里，南宫长万推着车子走，只走了一天就到了。

群公子杀掉公子游，就推公子御说做国君，叫宋桓公。宋桓公请戴叔皮做大夫的官，在戴、武、宣、穆、庄五族的族人里，选出有才干的，请他们做公族大夫。大心仍旧回去守萧城。宋桓公升萧城为附庸，称大心为萧君。

国内安排好以后，宋桓公派人去卫国，请卫国代抓住猛获。再派人去陈国，请陈国代抓住南宫长万。这时候，公子目夷才五岁，站在宋桓公身旁，他笑着说："南宫长万抓不来了！"宋桓公说："小孩子懂什么？"公子目夷说："谁都喜欢有本事的人，宋国不要南宫长万，陈国一定会帮他的忙。陈国跟我们没有交情，我们派人空着手去向他要求，他凭什么要听我们的？"宋桓公猛然明白了，就预备了很贵重的宝贝，让去陈国的人带了去，先送给陈国的国君，再提抓南宫长万的事情。

宋国的使者，到陈国以后。先把礼物送给陈宣公，再提关于南宫长万的事。陈宣公贪宋国所送的礼物，就答应把南宫长万给宋国。可是陈宣公怕南宫长万太凶，就想了一个抓他的好主意。他教公子结跟南宫长万结拜为兄弟。第二天，南宫长万亲自到公子结家里去道谢。公子结又招待他，请他喝酒，南宫长万喝得大醉，倒在他的座位上睡着了。公子结就教几个勇士用牛皮把他包裹起来，然后用牛筋紧紧地捆扎好。同时绑了他的老母亲，派人连夜地送到宋国去。在半路上，南宫长万酒醒了，知道自己上了陈国的当，心里很气，快到宋国的时候，牛皮竟被挣破了不少，手脚都露了出来。押送的军人用槌敲他，把他脚上的踝骨都给敲断了。到了宋国，宋桓公立刻下令把由卫国抓回来的猛获跟南宫长万一起押到大街上去杀掉，把他们两个人的尸首剁成肉泥，教厨子做成肉酱，给臣子们吃，说："做臣子不能好好伺候国君的，就将跟他们的下场一样！"

南宫长万的母亲虽然已经八十岁，可是也不免被杀。

春秋第一霸——齐桓公

　　齐桓公的名字叫小白，是齐襄公的儿子。他因为有管仲做宰相，齐国一天比一天强盛。

　　周僖王元年正月，齐桓公上朝受群臣拜贺以后，管仲就说："现在各国中，比齐国强大的有很多，像南方的楚国、西方的秦国、晋国，都很厉害。可是他们都自以为了不起，不知道尊重周王，所以不能成霸，做各国的领袖。现在新的周王刚就职，宋国最近出了乱子，您可以趁这机会派使者去朝见周王，请周王给您权力集合诸侯，立定宋君。各国知道您完全为了公共的安全和利益，没有一点儿私心，就都会服从您，来齐国朝见您。这样，您不必出兵，不必费多大的力量，就可以称霸，做各国的领袖了。"

　　齐桓公听了管仲的话，很高兴，就派使者去洛阳朝贺周僖王，请周王命令齐国集合诸侯，承认宋君的君位。周僖王感激齐国尊重他,答应了齐国的请求。于是,齐桓公把周王的命令,通知宋、鲁、陈、蔡、卫、郑、曹、邾等国,约好三月一日,在齐国的北杏地方会面。

到了约定的日子,宋桓公御说先到,向齐桓公道谢。接着陈宣公杵臼、邾子克、蔡哀侯献舞也都去了。只有鲁、卫、郑、曹四国的国君没有去,齐桓公看人没到齐,打算改期举行。管仲说:"不能改期,一改期就失了信用,第一次集合诸侯就不守信用,怎么能称霸?"

齐桓公听了管仲的劝告,在三月初一早上,跟四国诸侯,在盟坛下见面。行完了相见礼,齐桓公跟各国诸侯说:"现在大家必须先推选一个人做盟主,然后他才能集中权力,推行周王的政事跟命令。"陈宣公杵臼说:"既然周王命令齐国集合诸侯,我们就应该推选齐国做盟主。"大家都赞成,于是齐桓公做了这一次会议的盟主。

开会的时候,管仲向各国建议,说:"鲁、卫、郑、曹故意违背周王的命令,不来开会,大家应该出兵去惩罚他们。"齐桓公接着向四国的国君说:"我国的兵车不够,希望诸位帮忙!"陈、蔡、邾三国的国君说:"我们一定尽力支持。"只有宋桓公不吭声儿,也没通知齐桓公,天刚亮就上车,回国去了。

齐桓公听说宋桓公逃回去了,很生气,准备派兵去追他。管仲说:"追他不妥当,最好请求周王派兵去打他。鲁国没有来开会,您应该先去打鲁国,鲁国服从您以后,再去打宋国,宋国就害怕了。"

齐桓公听了管仲的话,就亲自带兵去打鲁国。鲁国怕打不过齐国,愿意跟齐国讲和,服从齐国,双方约好在齐国的柯地会谈,并订立盟约。

到了约定的日子,鲁庄公带了大将曹沫一起去。在订立盟约的时候,曹沫用剑威胁齐桓公,要他把汶阳一带的田地还给鲁国。齐桓公没办法,只好答应了曹沫的要求。散会以后,齐桓公就教边界守城的人,把汶阳一带的田,全部还给鲁国。

各国听到了这件事情,都佩服齐桓公的信用跟义气。于是,卫国跟曹国,都派人向齐国道歉,请求订约。齐桓公约他们打了宋国以后再说。就派使者去周朝,报告宋桓公在开会时逃走的经过,请周王派兵一起去打他。周僖王就派大夫单蔑带兵跟齐国一起去打宋国。

管仲带了一支军队从南门出去,约走了三十多里,到猛山的地方,看见一个乡下人,穿着破衣裳,戴着破斗笠,光着脚,在山下放牛。管仲在车上,见这人相貌不凡,就教人给他东西吃。他吃完东西,说要见管仲,手下人就带他去见管仲。管仲问他姓什么叫什么,他回答说:"我是卫国人,姓宁,名字叫戚。听说您征求人才，所以我特地来这儿。"管仲跟他谈了一会儿，觉得他的学问实在不错，就写了封信，交给宁戚，然后带兵走了。过了三天，齐桓公带着军队来了，宁戚拿管仲的信去给他看。他看了信，再跟宁戚谈了一下，觉得很满意，当天晚上，就准备拜宁戚为官。手下人向他说："卫国离齐国不远，您为什么不派人去卫国打听一下他的为人，如果他果然好，再请他做官也不晚。"齐桓公说："这人很豪爽，可能不拘小节，他在卫国恐怕免不了会有一点小过失，如果我知道他的过失再请他做官，就不大光彩，不用他又会觉得可惜！"于是，就立刻请宁戚做大夫，教他跟管仲一起治理国事。

齐桓公带兵到了宋国边界，陈宣公杵臼、曹庄公射姑已经先到那儿。接着单蔑带着周兵也来了。宁戚向齐桓公建议，说："您奉周王的命令，集合诸侯，目的是要使不服从您的服从您，最好能不用兵就不用兵，我可以去见宋国国君，教他服从您。"齐桓公接受了他的建议，就下命令把军队驻扎在边界上，派宁戚去见宋国国君。

宋桓公听说有好几个国家的军队来打他，并且其中还有周王的军队，心里本来就害怕，再经宁戚一劝说，就表示愿意服从齐国，派了使者跟宁戚一起去见齐桓公，请求讲和。单蔑见宋国已经服从，就带兵回去了。齐桓公跟陈、曹两国的国君，也各自带兵回国。

齐桓公回国以后，管仲又跟他说："自从周平王迁都洛阳以后，郑国竟一天比一天强盛。现在郑国跟楚国要好，楚国本来是野蛮民族，现在地大兵强，居然敢自称为王，跟周朝作对。您如果要支持周王，做诸侯的领袖，就必须抵抗楚国；要抵抗楚国，必须先使郑国服从您。"

齐桓公说："郑国的地势很重要，我早就想去打他，可是一直没想出一个妥当的法子。"宁戚说："郑国的公子突，做了两年国君，被他的大臣祭足赶走，立忽做了国君。高渠弥又杀掉忽立公子亹；祭足又想法子杀了公子亹跟高渠弥，又立公子仪做了国君。祭足是臣子，不应该赶走国君；公子仪是公子突的弟弟，不应该抢他哥哥的地位。最近祭足又死了，郑国已经没有什么了不起的人，您只要派宾须无带兵去栎城，帮公子突做郑国国君，公子突一定会感激您、服从您。"

公子突听说祭足死了，正想出兵打公子仪，现在听说齐国又派军队来帮他的忙，自然很高兴，就迎接宾须无进城，商量打公子仪的事情。

要打公子仪，必须先打下大陵城。守城的将领叫傅瑕，他已经在大陵守了十七年，抵抗公子突，公子突恨透了他。

公子突带兵打大陵，傅瑕带兵出城抵抗，没想到宾须无带兵绕到傅瑕的背后，先打破大陵，在城上插了齐国的旗子。傅瑕知道没法再打下去，只好下车投降。公子突本来要杀傅瑕，傅瑕说："如果您饶了我，我愿意回去把公子仪杀了，把他的头送来给您。"

公子突就放了傅瑕，傅瑕就去荥阳，在晚上偷偷地去见叔詹，把齐国派兵帮公子突打大陵的事情告诉他，并且向他说："齐国的军队马上就要来了，情势已经很紧急，如果您能杀掉公子仪，开城门迎接公子突进城，就可以免掉一场战争，否则，就很难说了。"

叔詹听了傅瑕的话，就偷偷地派人去跟公子突联络。然后傅瑕去见公子仪，报告齐兵帮公子突打破大陵城的事情，公子仪听了心里慌得不得了。叔詹向公子仪说："我带兵出去抵抗，您跟傅瑕守城好了。"公子仪相信了他的话。

公子突带兵先到，叔詹跟他打了一会儿，就转过车子逃走，傅瑕在城头上大声喊："郑国兵被打败了！"公子仪的胆子一向很小，听见傅瑕喊，立刻准备下城。傅瑕在他身后给他一剑，把他刺死在城上。叔詹叫开城门，公子突跟宾须无一起进城。于是公子突又做了郑国的国君，叫郑厉公。

过了几天，国内的人心定了，郑厉公向傅瑕说："你守大陵城十七年，努力抵抗我，对公子仪可以说是够忠心的了。没想到现在你又贪生怕死，为了我而杀掉公子仪，你这人实在太危险，我不能对你放心，我要给公子仪报仇！"就教人把傅瑕押到大街上去杀了。

宋、鲁、郑都已经服从齐国，齐桓公就在周僖王三年的冬天，约宋、鲁、陈、卫、郑、许等国，一起在幽地集合，订立盟约，大家推齐桓公做盟主。

在周的北方，有一个野蛮民族叫戎。因为他们是在北方，所以管他们叫北戎。在北戎中，有一个部落叫山戎。山戎在令支成立了一个国家。他的西边是燕国，东边跟南边是齐国跟鲁国。他仗着地势好、兵马强，常常侵略东周各国。以前曾侵略齐国，被郑国的世子忽所杀败。现在听说齐桓公作了盟主，就出兵杀燕国，阻止燕国跟齐国来往。燕庄公抵抗不了，派人去齐国，请齐国帮忙。管仲向齐桓公说："我们现在的最大敌人，南边是楚国，北边是戎，西边是狄。抵抗他们是您应尽的责任。"齐桓公觉得管仲的话很对，就亲自带兵去救燕国，向西北的方向前进。

山戎的头儿叫密卢，侵略燕国已经两个月，听说齐国来了，就回国去了。齐桓公带兵到蓟门关，燕庄公出城迎接，向齐桓公道谢。管仲说："山戎得了甜头走了，没有吃一点儿亏，我们如果一退兵，他们一定又会来。我们应该趁这机会去消灭他们，免得他们将来再捣乱。"

北戎头儿密卢，听说齐兵来了，就跟他的大将速买商量抵抗的方法。速买建议用木头、石头把黄台山谷口堵死，使齐兵无法进去；然后堵住濡水，使齐兵没有水喝。密卢就按照他所建议的做了。

齐国的兵没有水喝，都慌了起来。隰朋说："蚂蚁在冬天喜欢暖和，大多是把窝做在太阳容易晒到的山一边儿，夏天则喜欢凉快，大多是把窝做在太阳晒不到的山一边儿。现在是冬天，你们要在太阳容易晒到的山一边儿找，找到蚂蚁窝，就可以找到水了。"兵士们按照他的话去刨，果然在山腰挖出泉水。齐桓公说："隰朋真可以说是圣人了！"就称这泉水为圣泉，把伏龙山改为龙泉山。

水的问题解决了，齐兵继续前进，杀进了龙泉山谷口。

密卢正跟速买喝酒，听说齐兵杀进龙泉山谷口，立刻跨上马，准备抵抗。还没有走，又听说西路又有齐兵杀到，知道没法再杀，就跟速买向东南方向逃走。

齐桓公带兵进入令支城，戎人都投降了。齐桓公吩咐不许杀他们，然后问他们密卢大概逃往什么地方。他们说："在东南方有一个大国叫孤竹国，跟我们相处得很好，我们的国君一定是去那儿了。"齐桓公说："我们应该趁这机会去把他们一起消灭掉。"休息了三天，就又带兵出发。走了约一百多里，到卑耳河。

燕庄公说："过了河就是孤竹国了。"

齐桓公就分成二路过河，一路是宾须无，打河左边过去，管仲跟燕庄公在后头接应。一路是王子成父，打河右边儿过去，齐桓公亲自接应。这两路兵约好在团子山集合。

孤竹国的国君叫答里呵，他还没来得及出兵，听说齐兵已经到了卑耳河，正在过河，可吓坏了，教他的大将黄花赶紧出兵去抵抗。同时请密卢去帮忙把守团子山。

黄花带兵出城，还没到卑耳河，就遇见王子成父率领的齐兵，两下里就打了起来。齐兵上岸的越来越多，黄花所带的五千人马，被杀死大半，其余的都投降了。只剩下黄花一个人逃走了。

黄花回到无棣城，跟答里呵说："齐兵实在厉害，我们没法抵抗。现在唯一的办法是，把密卢跟速买杀了，拿他们的头去给齐国，跟齐国讲和。"宰相兀律古说："我倒有一个方法，可以打败齐兵。"答里呵问什么办法，兀律古说："我们的北边儿不是有一个地方叫旱海吗，那地方的风沙很大，没有水草，谁去那儿都活不了。那儿还有一个谷叫迷谷，如果进了迷谷，就等于是送死，再也出不来了。最好有一个人假投降，引诱他们去那儿。"答里呵说："恐怕齐兵不肯去那儿。"兀律古说："我还有一个主意，您暂时去阳山，教城里的老百姓都到山谷里去躲避，只剩下一个空城,然后教假投降的人告诉他们,说您逃往沙漠向外国借兵,他们一定会来追赶,就上我们的当了。"黄花愿意假装去投降,就带了一千骑兵出发。在路上,他想:"不带密卢的头去,齐国怎么肯相信? 只要我能够成功,相信国君一定不会怪我。"就去马鞍山,趁密卢不防备,把他杀了,砍下他的头。

黄花带了密卢的头去见齐桓公,说:"我们的国君已经带了国人逃往沙漠,向外国借兵,我劝他投降,他不听我的。现在我已经杀了密卢,带他的头来见您,愿意带我自己的兵马,给您领路,去追赶我们的国君。"

齐桓公见了密卢的头,不由得不相信,就用黄花作前锋,带兵出发。到了无棣城,果然是个空城,格外相信他说得不错。怕答里呵逃得太远,只留燕庄公率领了一支军队守城,其余的都立刻出发,连夜追赶。黄花请求让他先到前头去打探情形,齐桓公答应了他。

到了沙漠,齐桓公催促军队赶快走。走了很久,不见黄花回来。眼看着天快黑了,只见白茫茫一片平沙,冷风吹在人身上,使人打哆嗦。管仲跟齐桓公说:"我听说北方有一个叫旱海,是很厉害的地方,恐怕就是这儿,我们不能再向前走了。"齐桓公赶紧下令收兵。前后队已经联系不上,带来的火种,一遇风就被吹灭,怎么点也点不着。管仲保护着齐桓公,掉转马头赶紧向回走，跟在后头的兵士们敲锣打鼓，使各队兵士听到声音，可以跟着来。好不容易挨到天亮，点查人马，损失无数。管仲见附近的山谷很险恶，赶紧教人找一条路出去。可是兵马东冲西撞，弯弯曲曲，说什么也找不到一条能够走出去的路，管仲说："我听说老马能够认识路，无终国跟山戎很近，他们的马都是打沙漠北边儿来的，可以选择几匹老马，让它们在前头走，看它们去什么地方，我们就跟着走，说不定可以出去。"齐桓公按照他的话做，果然大家走出了谷口。

齐桓公带兵出了迷谷，向无棣城去。一路看见很多老百姓，管仲问他们去什么地方，他们回答说："我们的国君已经赶走燕国的兵，回进城里。我们本来躲在山谷里，现在听说已经太平了，所以也都回家去。"管仲跟齐桓公说："我有一个打败他们的主意！"就教几个兵士，伪装成城里的老百姓，跟着大家，混进城去，到夜里放火接应。虎儿斑去了，管仲就教一个大将打南门，一个大将打西门，一个大将打东门，只留北门让他走。然后教王子成父跟隰朋分作两路，埋伏在北门外头，等答里呵出城，就上前拦住杀了。

齐兵终于占领了无棣城，齐桓公就在城中犒赏军队，休息了五天，开始出发回国。到葵兹，齐桓公教燕庄公派兵把守，把齐兵撤回。燕庄公送齐桓公，舍不得告别，送了又送，不觉送进齐国，离燕国的边界五十多里。齐桓公跟管仲说:"诸侯相送,不出国境。我不能对燕国国君没有礼貌,就把这五十多里地割送燕国。"后来燕国在这地方建筑了一个城市,叫燕留城,意思是把齐桓公的恩德留在燕地。从此以后,燕国在北方增加了五百多里地,在东边也增加了五十多里地,开始成为北方的大国。

就在齐桓公救燕回国后的那年秋天,鲁庄公去世,鲁国大乱。鲁庄公有两个哥哥,一个叫庆父,一个叫叔牙,都是他的姨娘生的;他有一个亲弟弟叫季友。兄弟三人的职位虽然都是大夫,可是,由于庆父、叔牙跟鲁庄公不是同一个母亲生的,加上季友做人又好,所以鲁庄公只喜欢季友。

鲁庄公的妻子姜氏,没生儿子。他有三个姬妾,一个叫孟任,生了一个儿子叫公子般;一个叫风氏,生了一个儿子叫公子申;一个叫叔姜,是姜氏的妹妹,生了一个儿子叫公子启。

鲁庄公得病去世,季友怕叔牙造反,先派人毒死他,然后扶立公子般做了鲁国国君,准备第二年正月改国号。没想到那年十月里,庆父派人刺杀公子般。季友知道是庆父做的,怕庆父害他,就逃到陈国去了。

庆父就立公子启做国君,叫鲁闵公。这时候,鲁闵公才八岁。他是齐桓公的外甥,想请齐桓公支持他,就约齐桓公在落姑见面。他抓着齐桓公的衣裳,偷偷地告诉齐桓公关于庆父捣乱的事情。齐桓公问他现在鲁国的大夫谁最好，他说："只有季友最好，现在陈国避难。"齐桓公问："为什么你不叫他回国呢？"他说："恐怕庆父不答应。"齐桓公说："就说是我的意思，谁敢不答应。"

于是鲁闵公就派人去陈国，请季友回来，说是齐桓公的意思。季友回到鲁国，鲁闵公就拜他做宰相。

鲁闵公二年，庆父急着想做国君，终于跟大夫卜齮商量，派人在夜里杀掉鲁闵公。季友听到这消息，连夜去敲公子申的门，把他叫起来，告诉他庆父造反，两个人就一起逃到邾国去避难。

鲁国人一向喜欢季友，听说鲁闵公被杀，季友逃往邾国，大家都恨透了卜齮跟庆父。那天，全国罢市，一会儿就聚了一千多人，先包围卜齮的家，把他的一家人杀光。跟着准备去杀庆父，人越聚越多。庆父知道鲁国人民不服从他，就用车子满装了财宝，伪装成商人，逃往莒国。

季友听说庆父已经去莒国，就跟公子申一起回鲁国，同时派人去齐国报告。齐桓公就教上卿高傒带三千兵去鲁国，吩咐他说："你到那儿瞧着办好了，如果公子申还不错，就扶立他做国君，如果他实在不行，就干脆占领鲁国好了。"高傒接受了命令出发。到了鲁国，恰好公子申跟季友也到了。高傒见公子申相貌很好，说话很有条理，心里对他很敬重，就跟季友商量，扶立公子申做国君,叫鲁僖公。季友派人去莒国,要他们杀庆父,答应给他们金子。庆父知道季友不会饶了他,又没有别的地方可去,就上吊死了。

鲁僖公请季友做宰相,把费邑给他。季友说:"我跟庆父、叔牙都是桓公的孙子,为了国家的缘故,我不得不逼死庆父跟叔牙。现在他们俩都绝了后,只有我一个人做大官、享大福,将来我死了怎么有脸见桓公?"于是鲁僖公就教公孙敖做庆父的后代,把成邑给他,叫孟孙氏;教公孙兹做叔牙的后代,把郈邑给他,叫叔孙氏。鲁僖公除了给季友费邑以外,并且把汶阳一带的田给他,叫季孙氏。于是季孙、孟孙、仲孙三家一起治理鲁国的国事,鲁国人管他们叫"三桓"。

北狄侵略邢国,又去打卫国。齐桓公问管仲:"应该不应该去救邢国?"管仲说:"如果您不能救卫国,又不去救邢国,谁还服从您?"齐桓公说:"好。"就派人去宋、鲁、曹、邾各国,请他们出兵,一起去救邢国,都在邢国的聂北集合。宋、曹两国的兵先到。齐桓公要等鲁、曹两国的兵到了以后一起打北狄兵,就把兵驻扎在聂北,派人打听邢国跟北狄打仗的情形。

齐、宋、曹三国的兵,在聂北空等了两个多月。在这两个多月里,北狄兵一天到晚都在打邢国。最后,邢国人实在支持不住,冲出北狄兵的包围圈,到聂北齐国的兵营里,请齐国出兵帮忙。北狄兵抢光了邢国的财宝,已经达到目的,听说齐国、宋国、曹国三国的兵去打他,就在邢国城里放起一把火,向北溜走了。等到各国兵到达邢国的首都,只见城里起了大火,北狄兵早走了。

这时候,卫国的国君卫懿公已经被北狄兵所杀,新国君公子燬在卫国的漕邑就职,叫卫文公。齐桓公带兵去卫国,卫文公跑了很远的路来迎接。齐桓公见他穿的仍旧是孝服,心里难过了半天,就问他:"我打算靠大家的力量,给你建筑一个新的首都,不知道建筑在什么地方最好?"卫文公说:"我已经选好了一个地方,在楚丘。可是建筑费用,我实在负担不起!"齐桓公说:"没关系,这完全由我负责好了。"立刻命令三国的兵,都去楚丘动工。运来木材,重新建筑宫庙。

齐桓公救邢、卫两国的事情,受到各国的称赞,只有楚成王熊恽听了不高兴。楚成王就派大夫斗章带兵去打郑国。

郑文公赶紧派人去齐国,请齐国出兵帮忙抵抗楚兵。管仲跟齐桓公说:"现在楚国出兵打郑国,您与其去救郑国,不如干脆去打楚国。楚国见您去打他,自然会撤回打郑国的兵。蔡国得罪您,您可以假说打蔡国,实际上却是去打楚国,楚国一定不防备。"

第二年正月里,齐桓公派管仲为大将,带领隰朋、宾须无、鲍叔牙、公子开方、坚貂等将士一万人，分队开向蔡国。蔡穆公吓坏了，当天晚上就带了一家人，开门逃往楚国。蔡穆公一走，蔡国全城的兵士也都四散逃走。楚成王明白齐国的计策，就撤回打郑国的兵，下令准备抵抗齐国的军队。

楚国虽然已经有了防备，可是知道各国的兵力很强，不容易抵抗，就派大夫屈完去见齐桓公，跟齐桓公讲和，答应派人去向周王朝见、进贡。齐桓公接受楚国的请求，就在楚国的召陵地方，跟楚国订立了互不侵犯的和好条约。

齐国退兵以后，楚国就派屈完带了礼物去向周王进贡。周惠王非常高兴。屈完刚走，齐国又派了隰朋来了，报告征服楚国的事情。

隰朋回到齐国，跟齐桓公说："周恐怕要出乱子了！"齐桓公问是怎么回事。隰朋说："周王的大儿子叫郑，是王后姜氏生的，已经被立为太子。后来姜后去世，周王又立妃子陈妫为王后。陈妫生了个儿子叫带。带会奉承，周王很喜欢他，管他叫太叔带，打算立他为太子，而不要郑。您是霸主，对这件事应该打一打主意。"

齐桓公跟管仲商量，管仲说："我有一个办法，您向周王报告，说诸侯要见太子，请太子跟诸侯见面。太子一出来，周王想立带也不行了。"齐桓公接受了这意见，就派人向周王请求这件事。周惠王本来不愿意教太子郑去跟诸侯见面，可是没有理由拒绝，只好答应。

第二年春天，齐桓公先派陈敬仲去卫国的首止，建筑宫殿等太子郑去，到了五月里，齐、宋、鲁、陈、卫、郑、许、曹八国诸侯，都到了首止。就决定在八月里跟各国订立拥护太子郑的盟约。

过了没有几年，周惠王去世，齐、宋、鲁、卫、陈、郑、曹、许共八国诸侯，各派大夫去周朝，请求朝见新王。周、召二公就扶立太子郑做了周王，叫周襄王。

贪小便宜吃大亏的虞公

在周襄王时期，有两个国家，一个叫虞国，一个叫虢国。虢国常常侵略晋国的边蜀。晋献公问大臣荀息："我们可不可以打虢国？"荀息回答说："虢国跟虞国很要好，我们打虢国，虞国一定出兵救虢国，如果我们再去打虞国，虢国又一定会出兵救虞国。"晋献公说："照你这样说，我们就对虢国没有办法了吗？"

荀息说："我听说虢公喜欢女人，您在国内选几个好看的女人，教她们唱歌跳舞，把她们打扮得漂漂亮亮的，然后用车子装了去送给虢公，跟他说好话，请他以后不要再侵略我们，他一定会接受。我们再派人送礼物去给犬戎，教犬戎出兵打虢国，然后您送很贵重的礼物给虞公，向他借路去打虢国。"晋献公说："我们刚跟虢国讲了和，没有去打他的理由，虞公怎么相信呢？"荀息说："您教边界上的人，故意找虢国的麻烦，虢国守边界的人，一定派人来责备我们,我们不就有出兵去打他们的理由了吗?"晋献公用了他的计策,虢国边界上的人,果然派人责备晋国,情势立刻紧张起来,双方都准备打仗。

荀息说:"虞公最喜欢璧玉和宝马。您不是有垂棘地方出产的璧跟屈地出产的马吗? 请送这两样东西去给他。虞公见了这两样东西,一定会答应借路给我们。虢国一灭亡,虞国就不攻自破,而您只不过是把璧跟马暂时寄放在虞国罢了。"晋献公就按照这计策去实行。

虞公最初听说晋国向他借路打虢国,很生气。可是,当他见到璧玉和宝马之后,又高兴起来。大臣宫之奇就说:"您千万不要答应,这是晋国的诡计。虢国跟虞国的关系,好比是嘴唇跟牙齿的关系。没有嘴唇的保护,牙齿一定保不住。如果虢国今天灭亡,明天虞国就危险了!"虞公说:"你也未免太多心了,晋国国君把他最好的宝贝送给我,要跟我做朋友,我怎么能连一条路都舍不得借给他走?"

宫之奇打算再说,百里奚用手拉了拉他的衣裳,他就不再说了。离开虞公以后,宫之奇跟百里奚说:"你不但不帮我说话,反而不要我说,是什么意思?"百里奚说:"你跟他说这些话,等于对牛弹琴,不但没有用处,恐怕还有危险!"宫之奇就带了他的族人离开了虞国,谁也不知道他去了什么地方。

荀息回去报告晋献公，说虞公已经收下璧、马，答应借路。晋献公就请里克为大将，教荀息辅助他，带了四百辆战车出发去打虢国。虞公愿意出兵帮忙，荀息跟他说："我听说虢公正在桑田抵抗犬戎兵，您假说帮他，送他战车，我们派人躲在战车里，只要能进入下阳关就行了。"虞公就按照他的计策行事。下阳守关的人不知是计，就打开关门，让虞公的车子进关。一进关，躲在战车里的晋国兵，都杀了出来，里克趁机带兵杀进下阳关。

晋兵打下了下阳，开始向上阳前进。虢公在桑田，听说晋兵打来，占领了下阳，赶紧把军队开回去。犬戎兵趁这机会打他，虢公大败，只剩下几十辆战车，逃回上阳，不知道怎样是好。晋兵一到，就把上阳城包围。从八月一直包围到十二月，城里粮草俱绝。虢公就在夜里打开城门，带了一家老小，到洛阳去了。

里克派人去报告献公，说已经灭了虢国，自己假说有病，把兵驻扎在虞城外休息，等病好以后才走。这样过了一个多月，突然有人来报告，说晋国国君带兵来了，已经到了郊外，虞公问："他为什么来？"报告消息的人说："他怕里将军打不下虢国，所以亲自带兵来帮忙。"虞公说："我正要跟他谈谈，他来得正好。"就赶紧亲自去郊外迎接晋献公，两个国君见了面，谈得很好。

晋献公约虞公一起到箕山去打猎。那天，他们打猎从早上一直打到下午，还没有打完，突然有人来报告，说城里起了火，晋献公说："这一定是老百姓不小心，过不多久就会扑灭的。"百里奚偷偷地跟虞公说："听说城里出了事情，您应该回去看一看。"虞公就向晋献公告别，带兵先回去。走到半路上，看见很多逃难的人，就问他们是怎么回事，他们说："城已经被晋兵攻破占领了，我们怕被杀害，所以赶快逃出来。"虞公气坏了，大声下令人马赶快前进。到了城下，见城楼上有一个大将，靠栏杆站着，盔甲鲜明，威风凛凛地向虞公说："上次您借路给我，现在您又把国借给我，我在这里向您道谢！"原来这大将就是里克，他等晋献公把虞公骗去打猎以后，就带兵把城占领了。

虞公进不能进，退不能退，不知道怎样是好，叹了口气，说："我真后悔没有听宫之奇的话！"看见百里奚在身边，就问他："当时你为什么不讲话？"百里奚说："您不肯听宫之奇的话，能听我的话吗？我当时不说话，就是要留在您身边伺候您，否则，我恐怕已经被您杀掉了。"

虞公还没决定是走还是投降，晋献公已经来了，派人来请他去谈话。虞公不敢不去。晋献公见了他，笑着说："我来这儿，是跟您要璧、马的代价的，我怎么能把我最心爱的宝贝，白送给您呢？"就把虞公带去，教他住在晋国的兵营里。百里奚紧紧地跟着虞公，有人劝他走，他说："我为他做事很久，怎么能在他倒霉的时候，扔下他走呢？"

五羊皮——百里奚

百里奚是虞国人,他三十多岁才结婚,妻子叫杜氏,给他生了个儿子叫孟明。他因为家里穷,想出去碰碰运气。可是,他总是舍不得走,倒是他妻子看不下去,跟他说:"一个男人应该到外头去闯事业,你年纪已经不小了,不出去找个事情做做,尽呆在家里看着我有什么用? 我自然会有办法过日子,你不必管我!"

百里奚受了妻子的鼓励,就决定出门。临走的那一天,妻子给他预备了点儿好吃的东西。家里实在没什么可吃的东西,只有一只正在孵蛋的老母鸡,妻子特地杀了给他吃。厨房里没有烧的,妻子就把门闩拿下来,劈了当柴烧。然后煮了点小米饭,给他吃个饱。

他吃完饭,动身的时候,妻子抱着儿子,拉着他的衣裳袖子,哭着跟他说:"希望你出门以后,自己保重自己的身体,有了办法就来接我们去，千万不要忘了我们！"

他离开家以后，先去齐国。当时，齐国的国君是齐襄公。他希望齐襄公能用他，可是，因为没有人推荐他，所以始终没法子见到齐襄公的面。后来穷得没饭吃，就在齐国一个叫铚的地方讨饭。这时候，他已经四十岁了。

在这叫铚的地方，有一个人叫蹇叔，他偶然见到百里奚，见他相貌不凡，不像是要饭的样子，就问他姓啥名谁，给他饭吃，跟他谈时事，百里奚回答蹇叔的问题，讲得头头是道。蹇叔听了，非常佩服，跟他说："你有这么好的学问，却穷得要饭。"就留他在家里，跟他结拜兄弟。蹇叔比百里奚大一岁，百里奚就管蹇叔叫哥哥。

蹇叔家里也很穷，养不起百里奚。百里奚就给村里的人放牛，混口饭吃。

不久，公子无知杀了齐襄公，做了齐国国君。他贴出告示，征求人才。百里奚打算去，蹇叔跟他说："齐襄公还有儿子在国外，轮不到公子无知做齐国的国君，他绝做不了多久，你最好不要去给他做事，免得将来惹麻烦。"

后来，百里奚又听说，周庄王的儿子颓，喜欢牛，给他养牛的待遇都很好，就跟蹇叔告别，准备去给王子颓养牛。他临走的时候，蹇叔跟他说："一个人不能随便给人家做事。给人家做事以后，就不能随便离开他。离开他就是不忠心。你既然要去，我没法拦你，可是，我希望你谨慎。我料理一下家里的事情，就去看你。"

百里奚到了周朝，就去见王子颓，向他建议养牛的方法，王子颓很高兴，准备用他。恰好这时候，蹇叔去了，说："我看王子颓没什么出息，他所喜欢的都是向他说好话的人，还是不给他做事好。"

百里奚因为离开他妻子很久，想回虞国去看看他妻子。蹇叔说："虞国有位贤臣，叫宫之奇，是我的朋友，我很久没见他，也打算去看看他。如果你要回虞国，我可以跟你一起去。"

于是，蹇叔跟百里奚一起去虞国。这时候，百里奚的妻子，因为穷得实在没法子过日子，已经带着儿子离开家，不知道到什么地方去了。百里奚回家，看不见妻子和儿子，心里很难过。

蹇叔见了宫之奇，就跟他说百里奚很有才干。宫之奇就把百里奚推荐给虞国的国君虞公。虞公就请百里奚做中大夫。

蹇叔跟百里奚说："我看虞公是一个贪小便宜的人，只相信自己，不爱听别人的话，也没什么大出息，如果你能够忍耐，最好还是不给他做事。"

百里奚说："我实在穷得太久了，好像鱼到了陆地上一样，迫切需要一勺水湿润湿润身子！"因此，他就在虞国留了下来。

虞国灭亡以后，百里奚仍旧跟着虞公，不肯离开，人家劝他走,他说:"我本来就不应该给虞公做事,既然给他做事,就应该跟着他。我给他做事,只能怪我自己不聪明;如果我再离开他,就是不忠心。我已经不聪明了,怎么能再不忠心呢?"因此,虞公被带到晋国去,他也跟到晋国去。

晋国国君晋献公,知道了他的才干,要他给晋国做事,他说:"晋国灭掉虞国,是虞国的敌人,也就是我的敌人。我到敌人这儿来,已经不应该,怎么能再给敌人做事呢?"因此,他说什么也不愿意给晋国做事。

晋献公把大女儿伯姬,嫁给秦国的国君秦穆公,要找陪嫁的人,跟伯姬一起去秦国,因为百里奚不愿意给晋国做事,对他不放心,就教他陪嫁,跟伯姬到秦国去。

在路上,百里奚心里想:"我一肚子学问,却因为遇不到好的国君,不能实现我的志愿。现在我到了这一把年纪,还要给人家作陪嫁的。"他越想越气,到半路上就逃走了。

他本来打算去宋国找蹇叔,因为路走不通,没法去,就改去楚国,给楚王养牛。

楚王派人把百里奚叫了去,问他养牛的方法。百里奚回答说:"养牛的方法很简单,应该给它吃的时候,要给它吃;要爱惜它,不要让它太累;要时时刻刻关心它,照管它。"

楚王听了,说:"你说得对。按照你所说的这种方法,不但可以养牛，也可以养马。"就派他到南海去养马。

晋献公的女儿伯姬，到了秦国，秦穆公见她陪嫁人的名单上，有百里奚的名字，可是却看不见这人，觉得很奇怪，就问去晋国迎接伯姬的公子絷，究竟是怎么回事。公子絷回答，说："这个人本来是虞国的臣子，在半路上他逃走了。"

公子絷从晋国迎接伯姬回秦国的时候，在路上曾经遇见一个人叫公孙枝，见他人很不错，就带他回秦国，秦穆公请他做大夫。因为他在晋国住过不少时候，秦穆公就向他打听百里奚的情形。他回答，说："这人是一个很有才能的人，可惜因为运气不好，遇不上好的国君，没有机会发挥。"

秦穆公问："有没有办法请他来给我做事呢？"

公孙枝回答说："我听说他的妻子跟儿子在楚国，他一定也是逃到楚国去，您可以派人去楚国打听打听他的消息。"

秦穆公就派人去楚国打听。不久，打听的人回来报告秦穆公，说百里奚在楚国海边上，给楚王养马。

秦穆公就问公孙枝："我派人多带一点礼物去，送给楚王请他把百里奚给我，他会不会答应？"

公孙枝回答说："如果您这样做，等于告诉他百里奚是一个人才。他知道了百里奚是一个人才，怎么肯给你呢？您最好派人去跟楚王说，百里奚是您的一个小臣子，您打算要回来，处罚他,楚王一定会答应您。"

秦穆公听了公孙枝的话,就派人带了五张羊皮去楚国赎百里奚。楚王怕得罪秦国,就派人去南海,抓住百里奚,交给秦国的使者。百里奚到了秦国,秦穆公问他多大年纪,他回答说:"我才七十岁!"

秦穆公听了,叹息说:"可惜你年纪大了!"

百里奚说:"如果您要教我抓飞鸟、打野兽,我年纪确实太大,做不了这些事。可是,如果您要我坐着计划国家大事,我觉得我还年轻。从前,姜子牙给周文王做事的时候,已经八十岁,我现在才七十岁,比他还小十岁哩!"

秦穆公听了他的话,心里很钦佩,就跟他谈论国家大事,一连谈了三天,觉得他学问确实很好,就准备请他做秦国的宰相。

没想到百里奚不肯接受,他说:"我有一个朋友叫蹇叔,他现在住在宋国的鸣鹿村,他的才干要比我强十倍,如果您需要治理国家的人才,最好派人请他来,我愿意做他的下手,帮他的忙。"

秦穆公就派公子絷带了礼物去宋国请蹇叔。蹇叔到了秦国,秦穆公跟他谈了谈,觉得他的学问果然很好,就请他做右相,请百里奚做左相。秦国有了这两个宰相以后,一天比一天强盛。蹇叔有个儿子叫蹇丙,也很有才干,秦穆公就请他做大夫。

百里奚的妻子杜氏,自从丈夫出门以后,她就靠纺纱过日子。后来，遇到荒年，她实在没法过日子，就带着儿子到别的地方去找饭吃。从一个地方到另一个地方，她去了很多地方，最后到了秦国，给人家洗衣裳过日子。

百里奚做了秦国的宰相，他妻子听说过他的姓名，也曾见他坐车子在街上经过，可是不敢喊他。有一次，百里奚的宰相府里，要找一个洗衣裳的女人，杜氏就去应征。

一天，百里奚坐在大厅上，奏乐器的人在走廊下面奏乐。杜氏向府里的人说："我懂得一点儿音乐，请带我去听一听。"府里的人就带她去奏乐器的人那儿。奏乐器的人问她会什么音乐，她说她会弹琴、唱歌。

于是，奏乐器的人就教她站在大厅的左边儿唱了起来，歌词的大意是：

> 百里奚，五羊皮！
>
> 想当年你动身的时候，
>
> 我把正在孵蛋的老母鸡杀了给你吃，
>
> 我拿门闩当柴烧，给你做小米饭。
>
> 现在你富贵了，
>
> 为什么就忘了我？
>
>
> 百里奚，五羊皮！

父亲大鱼大肉吃不完,儿子没饭吃,

丈夫穿绸缎,妻子给人家洗衣裳。

天哪,你富贵,

为什么就忘了我?

百里奚,五羊皮!

从前我舍不得你走而哭,

今天你坐着看我吃苦。

天哪,你富贵,

为什么就忘了我?

百里奚听了这歌儿,吓了一跳,就把杜氏叫到他面前去问,一看正是他的妻子。于是,两个人互相抱着大哭。他们已经离别了三十多年,做梦也没有想到还能再见面。

第二天,百里奚带了儿子孟明去朝见秦穆公,向他道谢。秦穆公也请孟明做大夫。秦国有一个人叫西乞术,很有才干,秦穆公请他做大夫。孟明、蹇丙跟西乞术,这三个人,都是将军的职位,秦穆公管他们叫"三帅",教他们管打仗的事情。

后来,秦穆公做了霸主,完全是"二相"跟"三帅"的功劳。百里奚退休死了以后,他的儿子孟明做了秦国的宰相,他们父子俩对秦国的贡献都很大。

没有第三条路

晋国是姬姓国家，侯爵，到晋武公的时候，才逐渐强大，首都叫绛城，晋武公去世以后，他的儿子佹诸做了国君，叫晋献公。

晋献公做世子的时候，娶贾姬为妻。贾姬没生儿子，他就又娶了一个姬妾，是犬戎主的侄女儿，叫狐姬。狐姬给他生了个儿子，叫重耳。后来又娶了一个姬妾，是小戎人，给他生了个儿子，叫夷吾。

晋武公年老的时候，曾娶了个姬妾，叫齐姜，是齐国人。齐姜年纪很轻，长得很漂亮，晋献公很喜欢她，与其私通。齐姜给他生了一个儿子，偷偷地交给一个姓申的人家代他们养这孩子，他们就管这孩子叫申生。

晋献公做了国君以后，他的妻子贾姬已经死了，就立齐姜为后。这时候，重耳已经二十一岁了，夷吾的年纪也比申生大。可是,因为齐姜做了王后,齐姜生的儿子申生,自然就做了太子。晋献公就请大夫杜原款和大夫里克,做申生的老师。齐姜又生了一个女儿叫伯姬,后来嫁给秦国的国君秦穆公,做了秦穆公的妻子。

晋献公十五年,出兵打骊戎,骊戎打不过他,请求跟他讲和,把两个女儿送给他。这两个女儿大的叫骊姬,小的叫少姬。骊姬长得好看,人又聪明,晋献公非常喜欢她。过了一年,骊姬生了一个儿子,叫奚齐。又过了一年,少姬也生了一个儿子,叫卓子。骊姬有了儿子,晋献公格外喜欢她,这时齐姜已死,他就立骊姬为后。

晋献公因为喜欢骊姬,就想让骊姬的儿子做太子。骊姬知道申生已经做了太子,无缘无故地不要他,晋国的大臣们一定不服气,就劝晋献公暂时不要提这件事。

除了骊姬以外,晋献公还喜欢三个人,一个叫梁五,一个叫东关五,还有一个叫优施。优施是一个戏子,梁五跟东关五是大夫,仗着晋献公喜欢他们,常常做出不合法的事情。优施年纪轻,长得好看,人又聪明伶俐。

骊姬跟优施偷情,只瞒着晋献公。骊姬希望他的儿子奚齐做太子,就跟优施商量。他们商量的结果是:先想办法教申生、重耳、夷吾三个人离开首都。骊姬就教优施带了礼物去送给梁五跟东关五,请他们两人帮忙,这两人就向晋献公建议,教太子去曲沃防守,教重耳去蒲城,教夷吾去屈城。

然后骊姬又跟优施商量,打算害死太子。可是,太子的老师里克,因为带了兵灭了虢国跟虞国,功劳很大,如果他支持太子,就没法对付。优施跟骊姬说:"里克灭掉虢国跟虞国,完全是荀息出的主意。荀息比里克聪明,功劳并不比里克小。如果能请荀息做奚齐的老师,就可以对付里克了。"

骊姬接受了优施的建议,向晋献公请求,晋献公就请荀息做奚齐和卓子的老师。接着,骊姬又跟优施说:"荀息已经站在我们这一边了,可是,里克在我们眼前总是碍事,你有没有办法除掉他,能除掉他,对付太子就容易了。"

优施说:"里克这人的个性,我知道得很清楚。表面上很坚强,实际上心里的顾虑很多。如果我去跟他说一说利害关系,他一定会守中立,不帮奚齐,也不帮申生。他一守中立我们就可以慢慢地收买他,教他帮我们的忙了。他喜欢喝酒,请您预备一点儿吃的、喝的,我们可以在伺候他喝酒的时候,找个机会用话试探他。"骊姬认为这办法不错,就去给优施预备吃的东西。

优施就带了菜跟酒到里克家里去。他伺候里克夫妇两个人喝酒,有说有笑,大家都很高兴。喝了一会儿,优施跳舞给他们夫妇俩看。跳完舞,他又唱了一首歌儿。歌词的大意是:

你孤零零的,不如合群的好。别的鸟儿都停在枝叶茂盛的树上,只有你在枯树上。枝叶茂盛的树前途无限,枯树要被砍伐!砍柴的就要来砍伐枯树了,你怎么办?

里克听了歌词,心里很不高兴,酒也不喝了,一个人在院子里,走来走去。那天晚上,他连饭都没心思吃,就点灯上床睡觉。在床上,他翻来覆去,说什么也睡不着。捱到半夜,他实在等不及第二天,就吩咐手下人秘密地去叫优施来。

里克说:"教我服从国君,杀掉太子,我实在不忍。帮太子对抗国君,我没这能力。如果我守中立,不帮忙国君,也不帮忙太子,是不是可以不受牵累?"

优施回答:"如果你守中立,自然可以不受牵累。"

第二天,里克偷偷地跟另一个大臣丕郑父说:"昨天晚上,优施告诉我,国君准备杀申生,立奚齐做太子。"

丕郑父说:"你跟优施说这话,就好像是见到火,再加上木柴一样,只有把事情越弄越糟。这显然是骊姬教优施去试探你的口气的。为你着想,你应该假装不相信。优施见你不相信他的话。他回去报告骊姬,他们就暂时不敢害太子了。"

里克听了丕郑父的话,猛然明白过来,顿了顿脚说:"我真糊涂,先跟你商量一下就好了!"说完,他就告别上车,假装从车子上摔下来。第二天,就假说脚摔坏了,不能上朝。

优施知道里克守中立以后，就回去报告骊姬，骊姬很高兴，就用计策陷害太子申生，说太子申生想杀晋献公。晋献公听了骊姬的话，就教东关五跟梁五，带兵去曲沃杀太子。

狐突知道了这件事，赶紧秘密地派人去报告太子。杜原款劝太子逃走。太子说："我如果逃走，人家就会以为我真的想害我父亲，不如干脆死了的好。"就上吊死了。

晋献公做了二十六年国君，得病去世，荀息扶立奚齐做了晋国国君，这时候，奚齐才十一岁。奚齐做国君没有几天，里克就跟丕郑父派人把他刺死。接着，荀息又扶立卓子做国君，这时候，卓子才九岁，卓子做了国君没有几天，也被里克派人杀死。这一次，不但卓子被杀，荀息、东关五、梁五、优施也都被杀，骊姬也跳入水里淹死了。

里克派人去翟国，迎接重耳回来做国君，重耳不愿意。里克又派人去梁国，迎接夷吾。夷吾回到晋国，做了晋国国君，叫晋惠公。晋惠公知道里克拥护重耳，不是真心拥护他做国君，对里克不满意，就派人去责备他不应该杀奚齐跟卓子，要他自杀。里克说："我不杀奚齐跟卓子，夷吾能做国君？千不怪，万不怪，只怪我自己不应该守中立，教骊姬害死了太子，这也可以说是我应得的下场！"说完，自杀死了。

假仁假义的宋襄公

宋襄公的名字叫兹父，是宋桓公御说的儿子。他自从打败了齐兵，帮助齐国的太子昭做了齐国国君以后，自以为了不起，想约各国国君会面，代替齐桓公做盟主。他怕大国不理会他，就先约滕、曹、邾、鄫等小国的国君，在曹国南部一个地方开会。

曹、邾两国的国君先到，滕国的国君婴齐，到得比较迟，宋襄公很不高兴，就不许他参加会议，并且把他关在一个房间里。鄫国国君很害怕，就赶紧去参加会议，但迟到了两天，宋襄公就教人把他杀了，祭神。滕国的国君婴齐吓坏了，送了很多财宝给宋襄公，宋襄公才放了他。

曹共公见宋襄公这样坏，就回去了，也不教人招待宋襄公。宋襄公很气，就教公子荡带兵去打曹国，打了三个月，没有能打胜曹国。这时候，郑文公约了鲁、齐、陈、蔡四国的国君，跟楚成王在齐国开会，准备服从楚国的领导。宋襄公慌了，他怕公子荡被曹国打败，给各国笑话，就教公子荡带兵回国。曹共公也怕宋国的军队再去，就派人去跟宋国讲和。

宋襄公一心想做诸侯的领袖，没想到小国的诸侯不服从他，反而去巴结楚国，心里又急又气，就跟公子荡商量。公子荡说："现在楚国很强盛，大家都怕他。您最好派人送礼物去给楚王，借他的力量集合诸侯，再借诸侯的力量对付他。"

宋襄公听了公子荡的话，就教公子荡去楚国见楚成王，楚成王答应第二年的春天，在鹿上的地方相会。公子荡回去报告宋襄公，宋襄公说："鹿上是齐国的地方，不能不跟齐国讲一下。"就又教公子荡去齐国，把这件事告诉齐孝公，齐孝公也答应了。

第二年二月间，宋襄公、齐孝公、楚成王，在鹿上见面。宋襄公定了座位的次序，他自己是公爵，居第一位，齐孝公是侯爵，居第二位，楚成王虽然自己称王，实际上是子爵，因此排在最后头。到开会的时候，宋襄公以盟主自居，一点儿也不谦让。楚成王心里很不高兴。宋襄公说："我打算集合诸侯，开一次和平会议，可是，我怕人心不齐，想借你们二位的力量，通知各国诸侯，八月间在我国的盂地开会。我已经写好这一通知，现在就请二位签名。"说完，就拿出通知，不送给齐孝公，却先到楚成王面前去，请他签名。齐孝公以为宋襄公瞧不起他，心里很不高兴。

楚成王回到楚国以后，把这件事情告诉宰相子文。子文说："宋襄公自以为了不起，您为什么还答应帮他忙？"楚成王笑着说："我并不是帮忙他，我早就想做诸侯的领袖，一直没有机会。现在这一个机会不是很好吗？"大夫成得臣说："宋襄公这人死要面子，不实在，耳根软，自己没有一点儿主张。如果我们埋伏一些兵，就可以把他抓住。"楚成王说："我正想这样做。"就教成得臣、斗勃两人准备这件事。

　　到了八月间，宋襄公带了公子目夷去盂地。不久，楚、陈、蔡、许、曹、郑六国的国君，也都去了。齐孝公对宋襄公不满意，鲁僖公跟楚国没有来往，因此他们俩没有去。

　　开会的那一天，各国的国君在推选盟主的时候，宋襄公用眼睛看着楚成王，指望楚成王开口推选他。没想到楚成王低下头，不吭声儿。其他各国的国君，都你看着我，我看着你，没有一个人敢先开口说话。

　　最后，宋襄公憋不住了，就向人家说："今天我们开这个会，是为了商量维持和平，消灭战争的办法，大家认为怎样？"各国诸侯还没有答话，楚成王走向前，说："你说得很对，可是，不知道由谁来主持这会议？"

　　宋襄公说："谁的功劳最大推谁主持，否则，就由爵位最大的人来主持，那还有什么说的！"

楚成王说:"我早就称王了,你虽然是公爵,可是仍旧没有我大。对不起,我要占先了。"说完,就站在第一个位次。

公子目夷拽了拽宋襄公的衣袖,要他暂时忍耐。可是,宋襄公眼看盟主的位置被人抢了去,怎么受得了,他气呼呼地向楚成王说:"我这公爵是真的,连周王都用对待宾客的礼节待我。你自己称王,是假的,怎么可以用假王来压真公呢?"

楚成王说:"我既然是假王,谁教你请我来这儿的?"

宋襄公说:"你来这儿,是遵守鹿上的约定,并不是我一定要你来。"

成得臣在旁边大声喊道:"今天的事情,只好问诸侯们,是为楚国来的? 还是为宋国来的?"

陈、蔡等小国,一向怕楚国,都一齐说:"我们实在是接受楚王的命令,不敢不来。"

楚成王哈哈大笑,向宋襄公说:"你还有什么话说?"

宋襄公见情势不对,想走开,却没有人保护,心里打不定主意,不知道怎么是好。就在这时候,成得臣、斗勃脱掉礼服,露出里头打仗穿的衣裳,拔出插在腰间的一面小红旗,向坛下一招,跟楚王来的差不多有上千人,一个个都抓着武器,飞奔上坛。各国诸侯都吓坏了。成得臣先紧紧抓住宋襄公的两个衣袖,跟斗勃指挥兵士们,抢走坛上的东西。宋襄公低声向站在旁边的公子目夷说："看样子我走不了了，你想办法逃回去再说吧！"公子目夷知道跟着宋襄公也没什么用处，就趁大家不注意他的时候，逃回去了。

公子目夷逃回睢阳，把经过情形告诉公孙固。公孙固说："国家不能一天没有国君，您应该暂时代理国君，才能指挥军队，人心才能安定下来。"

公子目夷对公孙固说："楚王抓了我们的国君来打我们，是想敲诈我们。我们必须假说已经有了国君，楚王才会放我们的国君回国。"

公孙固说："您说得对。"就向官员们说："国君恐怕不能回来了，我们应该拥护公子目夷做国君，好主持国家大事。"官员们都知道公子目夷很好，没有一个不赞成、不高兴。

于是，公子目夷就做了宋国国君，派兵把守各城门，刚安排好，楚国的军队已经开来了，楚成王教斗勃向睢阳城的城头上喊："你们的国君已经被我们抓住了，你们还是早点儿投降！"

公孙固在城头上回答说："我们已经有了新的国君了，绝不投降。"

斗勃见公孙固回答的语气很硬，就回去报告楚成王。楚成王很气，就命令攻城。城上射下箭，扔下石头，像雨一样，楚兵损失不少。连打了三天，楚兵不能得胜。

楚成王打算杀掉宋襄公,成得臣说:"您怪他不应该杀鄫国的国君,现在您又要杀他,不是学他的样子了吗?不如放掉他算了。"

楚成王说:"我不能无缘无故地放他,总得找个理由才行!"

成得臣说:"我有一个办法。鲁国一向瞧不起我们,我们把从宋国弄来的东西,送一部分给鲁国,请鲁国的国君到亳都跟您见面。鲁国跟宋国一向很好,鲁国国君来了以后,一定会给宋公求情,到那时候,您就假装是看在鲁国的面上,放了宋公。这样一来,鲁国跟宋国不是都感激您,服从您了吗?"

过了没有多久,鲁僖公到亳都,见了楚成王。接着,陈、蔡、郑、许、曹五国的国君,也都从盂地去亳都,加上鲁僖公,共是六位,大家在一起商量。郑文公建议推选楚成王做盟主。鲁僖公说:"楚国如果放掉宋公,跟宋国讲和,我一定尊重大家的意见。"

楚成王知道了这件事,就放掉宋襄公,教他跟各国国君见面。宋襄公又羞又气,一肚子不高兴,却又不得不向诸侯们道谢。然后,大家开会,推楚成王做盟主,讲好以后大家和平相处。

散会以后,宋襄公听说公子目夷已经做了宋国国君,就打算去卫国居住。就在这时候,公子目夷派人来请他回去,把国君的位置让给宋襄公,自己仍旧做臣子。

宋襄公一心想做诸侯的领袖,没想到被楚人捉弄一场,又丢了脸，心里恨透了楚国，同时，却又怪郑文公推楚成王做领袖，就想跟郑国作对。周襄王十四年三月，郑文公去楚国朝拜，宋襄公得到这消息，气得不得了，就发动全国的军队，亲自率领了去打郑国。他自己率领中军，由公孙固做副统帅，大夫乐仆伊、华秀老、公子荡、向訾守等都跟着出发。

郑文公听说宋襄公带兵来打他，心里很慌，就赶紧派人去楚国，请楚成王出兵帮助。楚成王准备出兵去救郑国，成得臣说："救郑国，不如去打宋国。"楚成王采纳了这意见，就派成得臣做统帅，斗勃做副，带兵去打宋国。

宋襄公听到这消息，赶紧撤兵回国，驻扎在泓水的南边儿，抵抗楚兵。成得臣派人去下战书。公孙固跟宋襄公说："楚兵来打我们，是为了救郑国。现在我们已经从郑国撤退，楚兵必退。"

宋襄公说："楚国虽然兵强马壮，可是他们缺少仁义。我们虽然兵力不够，但是我们有的是仁义。从前，周武王只有三千兵，打败了殷朝千千万万的人，完全靠的是仁义。"就不听公孙固的话，跟成得臣约好，定十一月初一日，在泓阳打一仗。他并且教人做了一面大旗，旗上写着"仁义"两个大字。

公孙固心里只叫苦，偷偷地跟乐仆伊说："在战场上，不是你死就是我活，谈什么仁义，我真为国君担心！"

到了十一月初一日，天还没有亮，公孙固就起身，请宋襄公排好阵势,等待楚兵来。

天亮以后,楚兵陆续过河。

公孙固跟宋襄公说:"楚兵到了天亮才过河,明明是瞧不起我们。我们现在趁他们军队一半过河的时候,突然地上前打他们,就等于我们用全部的力量,对付他们一半的力量,说不定可以打败他们。"

宋襄公用手指着大旗,说:"你有没有看这大旗上的'仁义'两个字? 我们堂堂大国的军队,怎么能趁人家过一半河的时候打人家?"

过了一会儿,楚兵都过了河了。

公孙固跟宋襄公说:"楚兵的阵势还没有排好,我们只要一敲战鼓,他们就乱了。"

宋襄公向公孙固的脸上吐了一口唾沫,说:"去你的,你只知道想打胜仗,而不顾仁义。我们堂堂大国的军队哪有不等人家排好阵势就敲战鼓的道理?"

楚兵的阵势排好了,兵强马壮,漫山遍野,向宋兵杀来,宋兵见了都很害怕,宋襄公下令敲鼓,楚国的军队中也敲起了鼓。

宋襄公抓着一把长戈,带着公子荡、向訾守两个大将,跟他的一群卫士,冲向楚阵。成得臣下令开了阵门,只放宋襄公这一队车、马进去。公孙固从后头赶上,宋襄公已经杀进阵里去了。

公孙固想冲进阵去,保护宋襄公,到阵门口,就被楚国的大将斗勃挡住。于是,两个人就打了起来。打了没有多久,宋将乐仆伊也带兵来了,斗勃见了有点儿慌,恰好楚阵又冲出一位大将芿吕臣,跟乐仆伊杀在一起。

公孙固不愿意再跟斗勃打下去,找机会拨开斗勃的刀头,跑进楚军。斗勃提刀去追赶,宋将华秀老又来了,斗勃只好跟华秀老打。

公孙固冲到东,冲到西,到处找宋襄公。找了很久,望见东北角上有一大队楚兵包围着一队宋兵,包围得很紧,就赶紧去那儿。正好遇见宋将向訾守。他满脸都是血,一看见公孙固,就大声地喊:"快跟我去救国君!"

公孙固跟着向訾守,杀进楚兵的包围圈,只见宋襄公的卫士们,一个个身上都受了重伤,但是仍旧在跟楚兵拼命。

楚军见公孙固很勇敢,稍微向后退。公孙固上前去看,见公子荡受了重伤,躺在车子下面。那面"仁义"大旗,已经被楚军抢去了。宋襄公身上受了好几处伤,右边的大腿上中了一枝箭,膝筋被射断,不能站起来。

公子荡见公孙固到来,睁开眼睛,说:"请好好地照应国君,我不能回去了!"说完就死了。公孙固心里很难过,把宋襄公扶上自己的车子,用身子挡着他,奋力杀出。向訾守跟卫士们在后头对付楚兵，一面打一面走。到杀出楚国兵阵的时候，卫士们一个也不剩了。宋国的兵车，损失了十之八九。

乐仆伊、华秀老见宋襄公已经逃出危险，也都各自逃回。成得臣带楚兵在后头追赶，宋兵大败，粮食、武器都扔掉，逃走。公孙固保护着宋襄公，连夜逃回睢阳城。

这一仗，宋兵被杀死很多，他们的父母、妻子，都埋怨宋襄公因为不听公孙固的话，才吃了这一败仗。宋襄公听到了，叹息说："已经受伤的，不能再伤害他；年纪已经半老的，不能抓他。我打仗是靠仁义，怎么能趁人家不防备而去打人家呢？"全宋国的人听了，没有一个人不笑他。

一战成名的晋文公

晋文公的名字叫重耳，晋献公听了骊姬的话，派人去抓他，他就带着狐毛、狐偃逃到翟国去，除了赵衰以外，跟他一起走的人有胥臣、魏犨、狐射姑、颠颉、介子推、先轸，都是晋国很有名的官员。此外还有壶叔等几十人，都是愿意来给重耳背行李、跑腿，专门伺候他的。

重耳在翟国住了十二年，翟国打咎如的时候，得到两个美丽的女人，一个叫叔隗，一个叫季隗，就把季隗给重耳做妻子，把叔隗给赵衰做妻子，两个人都生了儿子。

这时候，晋献公已经去世，骊姬的儿子奚齐被杀，她妹妹的儿子卓子也被杀，最后连她自己也自杀。晋国的官员们迎接夷吾回晋国做国君，叫晋惠公。

晋惠公以前跟重耳很要好，可是做了国君以后，时时怕重耳抢他的位置,想杀掉重耳,就派勃鞮到翟国去暗杀重耳,限他三天以内就动身。

没想到这件事被老国舅狐突知道了,就赶紧派人去翟国,告诉他的儿子狐毛、狐偃,教他们劝重耳赶快逃走。

狐毛、狐偃就把这消息告诉重耳,劝他暂时到齐国去住一些时日。重耳接受了这一意见,就跟他的妻子季隗说:"晋国国君派人来暗杀我,我不能不走,希望你好好教养两个儿子。"

第二天早上,重耳来不及等车子,就跟狐毛、狐偃向城外走。壶叔见重耳已走了,也来不及准备好车子,只找了一辆牛车,赶上重耳,给他坐,赵衰他们陆续赶上,也都是步行。重耳问头须怎么不来,有人说,头须已经拿了所有的金子、绸子逃走,不知道哪儿去了。

去齐国要经过卫国,重耳到了卫国的城门口,卫文公不让重耳他们进城。到了中午的时候,他们走到一处叫五鹿的地方,看见几个农人,在田边儿上一起吃饭。重耳就教狐偃去向他们要饭吃。

农人故意开狐偃的玩笑,抓了一个土块给狐偃,说:"你们可以用这土去自己做!"

重耳见了很生气,要用鞭子打这农人,狐偃赶紧劝住他,跟他说:"得饭容易,得土难,土地是国家的基础。上天借这农人的手,把土地给您,这是您得国的预兆。"

重耳他们要不到饭吃,又走了十多里,他们实在饿得走不动了,就都停下来,在树下边儿休息。

大家饿得没有办法,都去采野菜来煮了吃。重耳吃惯了好东西,吃野菜自然吃不下去。就在这时候,他突然见介子推端了一碗肉汤来给他吃,他觉得味道很好,吃完了就问介子推:"在这种荒僻的地方,怎么会有肉呢?"

介子推说:"这是我大腿上的肉。我听说,做孝子的要能够为他的父母牺牲;做忠臣的,要能够为他的国君牺牲,现在您没有吃的东西,所以我把大腿上的肉割下一块,煮了给您吃。"

重耳感动得流下眼泪,说:"我连累你们受这么大的罪,实在过意不去,教我将来怎样报答你呢?"

就这样,他们一路上找吃的,要吃的,半饱半饿地到了齐国。

这时候,齐国的国君是齐桓公,他早就听说重耳的贤名,就派人去郊外迎接他,把他接到宾馆里居住,亲自请他吃饭。并在他同姓的家中,选了一个好看的女人叫齐姜的嫁给重耳做妻子。重耳在齐国一住就是七年,在这七年中,齐桓公去世,他的几个儿子抢着做国君,国内很乱,直到齐孝公做了国君,才逐渐安定下来。

赵衰怕重耳贪图齐国的享受,不再想晋国,就用酒把他灌醉,用车子运他出齐国。

他们经过曹国,向宋国前进,希望宋国出兵送他回晋国。

宋国的大臣跟重耳说:"如果公子要在我们这儿休息一个时期,我们还供应得起。可是,如果要我们出兵,我们最近吃了大败仗,这一点恐怕没法办到。"

狐偃回去报告重耳,立刻收拾行李,离开宋国,又向郑国前进,快到郑国的时候,郑文公把城门关上,不让重耳进城。

重耳就又去楚国。楚成王对待他很好。一天,楚成王跟他们说:"如果你回到晋国以后,将怎么报答我?"他回答说:"如果我能够回晋国,我希望我们互相和好。如果我们非打仗不可的时候,我一定让您九十里,算是报答您对我的招待。"

这时候,晋惠公有了病,他的儿子圉原本作人质押在秦国,知道了这消息,就扔下他的妻子怀嬴,自己逃回晋国去了。秦穆公很生气,向他的大臣们说:"夷吾父子都不是东西,我不会就这样放过他们。"他就派公孙枝去楚国,见楚成王,说要迎接重耳去秦国,然后送他回晋国做国君。

重耳知道这消息很高兴,向楚成王谢了又谢,开始动身,楚成王送了他很多金子、绸子跟车马。

在路上走了好几个月,重耳才到秦国。秦穆公非常高兴,亲自去郊外迎接,把他接到宾馆中居住。

秦穆公的妻子穆姬，也很喜欢重耳，而恨晋惠公的儿子圉，就劝秦穆公把女儿怀嬴再嫁给重耳做妻子。秦穆公就派公孙枝去跟重耳说亲。怀嬴原是重耳的侄媳妇，重耳本来不打算答应这门亲事，可是他怕秦穆公不高兴，就答应了下来。

晋惠公的病始终没有好，不久就去世了，他的儿子圉，做了晋国的国君，叫晋怀公。晋怀公要狐突把他的两个儿子叫回来，狐突说什么也不答应，晋怀公就叫人把他杀了。

狐突家里的人，去秦国把这消息告诉狐毛和狐偃。狐毛、狐偃很伤心，就去请求重耳，给他们父亲报仇。重耳就去跟秦穆公商量。秦穆公决定在十二月亲自带兵送他回去。

秦穆公亲自率领了谋臣百里奚，大将公孙枝、公子絷等，送重耳回晋国。到了黄河边上，秦穆公叫公子絷率一半军队，送重耳过黄河，自己带着其余的兵，暂时驻在黄河的西边儿。

重耳过了黄河，晋怀公派他最相信的两个人吕省、郤芮出兵抵抗，没想到这两人都向重耳投降了。晋怀公知道没法抵抗，就逃到高梁去居住。

晋国的官员栾枝、郤溱率领了士会、羊舌职、荀林父等三十多人，到曲沃城迎接重耳。郤步扬、韩简等一批官员，在绛城的郊外迎接。重耳进入绛城，做了晋国的国君，叫晋文公。

吕省跟郤芮虽然投降，可是心里还是怕晋文公杀他们，就准备造反杀了晋文公，另外请别的公子做国君。他们知道勃鞮跟晋文公是死对头，就跟勃鞮商量。

没想到，勃鞮把吕省、郤芮谋反之事偷偷告诉了晋文公，晋文公不但不再恨他，并且很感谢他。勃鞮向晋文公说："现在城里都是他们的人，您最好去秦国借兵，才能消灭他们。"

于是晋文公就假说有病，不能上朝，实际上，他是打后门出去，和狐偃到秦国去了。

吕省跟郤芮听说晋文公有病，很高兴，就在一天晚上，带了人到宫里去杀他。他们进宫以后，先放起火，然后找晋文公。没想到他们找了半天，没找到晋文公，心里都慌了，怕狐毛、赵衰他们带人来救火，就逃到城外去，打算去其他的国家。勃鞮向他们说："我们到秦国去好了，就说宫里不小心起了火，重耳被烧死，准备从秦国迎接公子庸回去做国君。"

吕省、郤芮接受了勃鞮的建议，就一起去见秦穆公。于是晋文公就教勃鞮杀掉吕省、郤芮，然后跟秦穆公说，准备迎接他妻子怀嬴回去。秦穆公很高兴，就请晋文公跟他一起去秦国的首都雍州。然后他亲自送晋文公跟怀嬴回晋国。

翟国的国君，听说晋文公已经做了国君，就派人向他道贺，并且把季隗送回晋国。齐孝公也派人把齐姜送到晋国去。

晋文公为了报答对他有功劳的人，把他们集合到一起，按照他们功劳的大小,分成三等,分别封给他们土地,赏给他们金子、绸子等。其中功劳最大的是赵衰跟狐偃,其次是狐毛、胥臣、魏犨、狐射姑、先轸、颠颉等。介子推不愿意接受晋文公的酬报,背了他的母亲,跑到一处叫绵上的深山里去居住,晋文公没有看到他,也就把他给忘了。他的一个邻居去报告晋文公,晋文公就亲自去绵上找他,找不到他,就放火烧山,以为他一定会出来,没想到他偏不肯出来,跟他母亲都被烧死了。

兵士找到了他的尸骨,领晋文公去看。晋文公见了,难过得流下眼泪,就派人把他埋葬在绵上山山脚,盖了一个祠堂祭祀他。

后来,人们在绵上成立了一个县,叫介休县,意思是介子推长眠之地。烧山的那一天,正是三月五日清明节。晋国人很想念介子推,因为他是被火烧死,每逢此日,人们不忍心起火,就吃冷的东西,吃一个月,后来渐渐地减少到三天。到现在,太原、上党、西门、雁门等地方,在每年冬至后的第一百零五天,预先做好干粮,用冷水泡了吃,叫"禁火",也叫"禁烟"。后来,人们就管清明节的前一天叫"寒食节"。

晋文公做了国君以后,努力治理国事,晋国一天比一天强盛。这时候,周襄王的弟弟太叔带造反,周襄王暂时逃到郑国去居住。晋文公知道了这消息,就亲自带兵去帮周襄王,把太叔带杀掉,送周襄王回洛阳。

楚国出兵打齐国,打了胜仗以后,又去打宋国。齐、宋两国,都派人去晋国,请晋文公出兵帮忙。晋文公就出兵打曹国跟卫国,预料楚国一定会把打宋国的兵撤回去救曹国、卫国。

晋文公很容易地打垮了曹国跟卫国,楚兵果然把攻打宋国的兵撤回去打晋国。晋、楚两国的军队在一处叫城濮的地方,打了一个大仗,结果楚国被打败,晋国打了一个大胜仗。

周襄王知道了这消息,很高兴,派人去跟晋文公说,他准备亲自来犒赏晋国的军队。晋文公就跟周襄王约好,在五月里,请他到一处叫践土的地方去。

晋文公一方面派人去践土建筑临时的王宫,一方面派人去各国,请各国的国君,在五月一日以前,一律要赶到践土会齐。

周襄王二十年五月,周襄王亲自去践土,晋文公率领了宋、齐、郑、鲁、陈、邾、莒等国的国君,到践土三十里以外的地方去迎接,请周襄王到临时的王宫中居住。

晋文公把打败楚国所俘获的人、马、战车献给周襄王,周襄王封他为方伯,可以代表周王征伐不听命令的国家。

然后,晋文公跟各国订立了互相友好的条约,周襄王又任命他为会议的盟主。散会以后,晋文公回国,晋国的老百姓都出来迎接他,大家都说:"我们的国君真是英雄!"

晋楚城濮大战

　　齐桓公去世以后，他的儿子昭做了齐国的国君，叫齐孝公。齐孝公也想跟他的父亲一样，做诸侯的领袖。可是因为做人做事都不好，各国都不再敬重他。他很生气，先出兵打鲁国。鲁国不愿意受齐国的欺侮，派人去楚国，请求楚国出兵打齐国跟宋国。楚国跟齐、宋两国相处得不好，就派成得臣带兵去打齐国，占领了齐国阳谷一带的地方，把这地方给了齐桓公的另一个儿子公子庸。成得臣留下了一千兵，带了其余的兵回楚国。

　　楚成王接着任命成得臣作大将，自己亲自率领了陈、蔡、郑、许四国的兵，一起去打宋国，包围了宋国的城市缗邑。

　　宋成公派公孙固去晋国，请晋文公帮忙。

　　晋文公怕晋国的兵太少，就增加了不少兵士，分成中上下三军，请郤縠担任中军元帅，郤溱担任副元帅，祁瞒掌管中军的旗鼓。请狐毛担任上军的元帅，狐偃为副元帅。请栾枝担任下军的元帅，先轸为副元帅。请赵衰担任军法官。然后，郤縠亲自指挥三军操练，一连操练了三天，大家对他都很服从。

第二年春天，晋文公先出兵打卫国，先轸趁卫国不防备，带兵占领了卫国的五鹿地方。卫国的国君卫成公，就派人去楚国，请楚国出兵帮忙。这是二月间的事，就在这一月中，中军元帅郤縠生病去世。晋文公很难过，就把先轸升作元帅，教胥臣担任下军副元帅，他代替先轸的位置。

晋文公打算灭掉卫国，先轸劝他，说：“我们来打卫国，本来是为救齐国跟宋国，现在楚国打齐国跟宋国的兵还没有撤退，我们救人家没救成，先灭掉一个国家，在道理上讲不过去。我们最好立刻去打曹国。”

晋文公听了先轸的话，就在三月间，调兵去打曹国。只几天的时间，就占领了曹国。曹共公被抓住，晋文公命把他暂时扣押在军营中，等赢了楚国再说。

曹国有一官员，叫僖负羁，以前晋文公经过曹国的时候，他曾经送了些吃的东西给晋文公。晋文公为报答他，就下了个命令，说：“不许打扰僖负羁所住的地方，谁违反这命令的就砍头！”

魏犨跟颠颉两个人，仗着曾跟了晋文公十九年，立了不少大功，一向很骄傲，听了晋文公这个命令，都不服气。

于是,两个人在晚上私下里带了兵去包围僖负羁的家,在前后门放起火来。结果,僖负羁被烧死。晋文公知道了这消息,很生气,亲自到僖负羁家里去,僖负羁的妻子抱着她五岁的儿子,哭拜在地上。晋文公安慰她,请她的儿子做大夫。

然后晋文公问军法官赵衰,魏犨、颠颉违背命令,私自放火,应该受什么处分。赵衰说:"这两个人曾经跟您十九年,最近又立了大功,您饶了他们算了。"晋文公很生气地说:"这怎么行,如果大家都跟他一样,不听命令,我还能做什么事?"结果,因为颠颉是主犯,就把他杀掉,魏犨只被革职,准许他立功赎罪。其他将官和兵士们,见到这情形,都很害怕,格外小心谨慎。

楚成王打宋国,占领了缗邑,接着又包围了睢阳,突然听说晋兵占领了卫国的五鹿,就留下成得臣、斗越椒、斗勃等一班大将,跟陈、蔡、郑、许四国的兵,继续打宋国,自己带了一部分兵,亲自去救卫国。

楚成王带兵走到半路上,听说晋兵已经去打曹国,正在商量去救曹国,忽然又有人去向他报告,说晋兵已经打败曹国,抓住了曹国的国君。他吓了一跳,说:"晋国的军队,怎么打得这样快?"他心里有一点儿害怕,不敢跟晋国打仗,就把军队暂时驻扎在申城,一方面派人去跟齐国讲和,撤回驻守在阳谷的军队,叫回公子雍,把阳谷还给齐国;一方面派人去宋国,叫成得臣退兵。

　　阳谷的兵撤回来了，成得臣仗着他自己有本事，不肯撤退。他叫使者回去报告楚成王，请等他打垮了宋国再回去。如果遇上晋国兵，他也决定跟晋国拼一下，假使他被晋国打败，他愿意被处死刑。楚成王就又派人去告诉成得臣，教他尽可能避免跟晋国打，能讲和就讲和。

　　成得臣听说楚成王已经答应不叫他撤兵，心里很是高兴，就拼命地打宋国，日夜不停地打。

　　宋成公慌了，就派门尹般跟华秀老两个人，带了宋国的财宝名册，再去见晋文公，告诉他，只要他肯出兵帮忙打楚国，宋国愿意把国库里的财宝，都送给他。晋文公向先轸说："宋国的情况很紧急，如果不去救，宋国恐怕就要投降或者灭亡了。"

　　先轸回答说："我有一个办法，可以叫齐国、秦国愿意跟我们联合打楚国。"晋文公听了很高兴，就问他有什么办法。先轸说："我们如果接受了宋国的财宝，再去救他，一定会被人家讲闲话。您最好不要接受，叫宋国把他们的财宝，送给齐国跟秦国，求这两国给宋国说好话，请楚国退兵。如果楚国不答应，齐国跟秦国，一定会对楚国不满意，而愿意跟我们合作。"

　　晋文公说："你这主意好是很好，可是，如果楚国接受了齐国跟秦国的请求而退兵，那么，齐国、秦国、宋国就都跟楚国要好了，对我们有什么好处呢？"

先轸回答，说："我还有一个办法，可以让楚国不答应齐国和秦国的请求。"晋文公问他有什么办法，他说："楚国喜欢曹国，卫国讨厌宋国。现在曹国跟卫国，都在我们手里。这两国的国界，跟宋国相连，我们把这两国的土地，割一部分送给宋国，楚国一定恨透了宋国，就绝不会答应齐国、秦国的请求，撤回打宋国的兵。齐国、秦国一定会同情宋国，对楚国不满意，自然会跟我们合作。"

晋文公称赞这主意，就教门尹般把宋国财宝名册上的财宝，分成两部分，一部分送给齐国，一部分送给秦国。然后门尹般就去秦国，华秀老就去齐国。

门尹般跟华秀老完成任务以后，又回到晋文公那儿去，报告经过情形。晋文公跟他们两个人说："我已经占领了曹国跟卫国，我不能独自要这两个国家，这两国靠宋国一带的田地，我可以送给宋国，你们去接收好了。"于是，他就教狐偃陪着门尹般去接收卫国的田地，教胥臣陪着华秀老去接收曹国的田地，把当地的官员都赶走。

崔夭、公子絷正在成得臣那儿给宋国讲和，恰好那些被赶走的曹、卫两国的官员，也都去见成得臣，说是宋国官员门尹般、华秀老，仗着晋国的帮忙，把他们的土地割据了一部分。

成得臣准备去救曹国、卫国，向将士们说："不光复曹国、卫国,我们绝不回去。"有一个叫宛春的将官说:"我有一个办法,可以用不着打仗,就光复曹国、卫国。"成得臣问他有什么办法,他说:"晋国打曹国、卫国,主要是为了救宋国。您派一个人到晋国军队里去,跟他们讲和,只要他们撤退,我们就不再打宋国,大家都不打仗,不是很好吗?"成得臣说:"如果晋国不答应怎么办?"

宛春说:"你不妨把这计划先告诉宋国,宋国自然希望这计划能够实现。如果晋国不答应,不但曹国、卫国恨他,连宋国也一定恨他。这样一来,晋国就有了三个敌人,我们就有打胜仗的希望了。"成得臣采用了这个计划,一方面停止打宋国,一方面派宛春去见晋文公。

宛春见了晋文公,就表示只要晋国能恢复曹国、卫国,成得臣一定不再打宋国,大家讲和,不要打仗。他话还没说完,站在晋文公旁边的狐偃就说:"这是什么话,他放过一个没有灭亡的宋国,却要我们放弃两个灭亡的国家,天下没有这么便宜的事!"

先轸赶紧踢了狐偃一脚,向宛春说:"你说的有道理,我们的国君也打算恢复曹国、卫国。不过,最好请你暂时住在这儿,等我们商量一下再答复你。"

晋文公就叫人把宛春带到军队的后营去住下。狐偃问先轸:"你真的要听宛春的话吗?"先轸说:"宛春的话不能够听,不能够不听。"狐偃问:"你这是什么意思?"

先轸说:"这完全是成得臣的诡计,想自己做好人,叫我们做坏人。我们如果不答应他的建议,曹国、卫国、宋国这三个国家,就会埋怨我们;如果答应了呢? 这三个国家一定会感谢楚国。现在我有一个办法是,我们私下里告诉曹国、卫国,只要他们跟楚国断绝邦交,我们就退兵。然后再扣押宛春,不放他回去。成得臣的脾气很坏,一定很生气,撤退打宋国的兵来跟我们打,这样,我们就等于救了宋国了。"晋文公赞成先轸的这一计划,就派人把宛春押送到五鹿去看管。

成得臣听说宛春被晋国抓住,不放回来,气得直跺脚,大声骂:"重耳,你这老不死的,以前你在楚国的时候,我们没有亏待你,现在你才回国做了国君,就这样欺侮人!"就下令撤退所有打宋国的兵,去打晋国的军队。

他手下的大将斗越椒说:"王曾嘱咐您不要轻易跟晋国打仗,如果您一定要打,最好先向王报告一下。我们虽然有陈、蔡、郑、许四国的军队帮忙,恐怕还是打不过他们。"成得臣说:"那么就请你去好了,越快越好。"

斗越椒就到申城去见楚成王,请求加派军队去打晋国。楚成王生气地说:"我叫他不要跟晋国打,他偏要打,他有把握一定打胜仗吗?"

斗越椒回答说:"成得臣已经说,如果他打不了胜仗,他愿意被处死。"

楚成王终究不乐意,他担心成得臣会被打败,不肯多派兵,只叫斗宜申率领西广的兵去。楚国的兵分两广,东广在左,西广在右。东广的兵很强,西广的兵比较弱,楚成王叫斗宜申带一千人去。成得臣的儿子成大心,聚集他本族的兵,约六百人,请求去帮他父亲,楚成王答应了他。

斗宜申跟斗越椒带兵到宋国,成得臣见派来的兵这么少,心里格外生气,夸口说:"就是不添兵,难道我就赢不了晋国了吗?"立刻通知陈、蔡、郑、许四国的兵,一起出发。

成得臣把他的军队分成三军,他率领西广跟他本族的兵,算是中军。叫斗宜申率领申城跟郑、许两国的兵,算是左军。叫斗勃率领息城跟陈、蔡两国的兵,算是右军。三路大军,开到晋军军营附近,分成三处驻扎。

晋文公把所有的将官们召集到一起,商量抵抗楚军的方法。

先轸说:"楚兵打齐国、宋国,拖了相当久的时间,够累的了。我们一直想要他们来,给他们一个打击。现在应赶快打他们,不要错过机会。"

狐偃向晋文公说:"您以前在楚国的时候,曾经向楚王说过,如果将来跟楚国打仗,要让楚兵九十里。现在您如果跟楚兵打,不是失去信用了吗?我觉得您让楚兵不要紧,可不能不讲信用。"晋文公说："狐偃说得对。"就下令退兵，退到一处叫城濮的地方，刚好退了九十里，才下令扎营。

这时候，齐国的国君齐孝公，派国归父跟崔夭两个大将，带兵去帮晋国；秦穆公派了小子慭跟白乙丙两个大将，带兵去帮晋国。两国的军队，都开到城濮扎营。宋成公派公孙固去向晋文公道谢，并且叫他留在晋国军队中帮忙。

楚兵见晋兵后退，都很高兴。斗勃向成得臣说："晋军让我们，我们已经有面子了，不如趁这机会回去，虽然没有功劳，也不至于受处罚。"成得臣生气地说："我已经请求加派了军队来，如果不打一仗，怎么回去交待？晋国退兵，是怕我们，我们应该赶快追！"楚兵追了九十里，到了城濮，看见晋国的军队驻扎在那儿，就也停下来，在离晋国军队不远的地方扎营。

第二天天一亮，晋文公叫先轸检阅一下军队，共有七百辆战车，精壮的兵士五万人。齐国跟秦国的军队，还不算在内。

先轸派狐毛、狐偃率领上军，跟秦国的白乙丙，打楚国斗宜申所率领的左军。派栾枝、胥臣率领下军，跟齐国的崔夭，打楚国斗勃所率领的右军。并分别告诉他们打楚军的计策，叫他们按照计策去做。他自己跟郤溱、祁瞒在中军，对抗成得臣。另外派荀林父、士会，各自率领五千人，在左右两边，准备接应。再叫国归父、小子慭，各自率领他们本国的军队，从小路到楚军的背后去埋伏，等楚军被打败的时候，就占据他们的营盘。最后叫魏犨率领一支军队，到一处叫空桑的地方埋伏。这地方在有莘的南边儿，跟楚国的连谷交界。楚兵回去一定要经过这地方，叫魏犨拦杀他们。赵衰跟其他的文武官员，保护晋文公，在有莘山上观战。

第二天早上，晋国的军队，在有莘的北边儿排列，楚国的军队，在有莘的南边儿排列。双方都排好队以后，成得臣叫左右二军先前进，中军跟着前进。

晋下军元帅栾枝，打听到楚国的右军，是用陈、蔡两国的军队作前锋，很高兴地说："元帅曾经跟我说，陈、蔡两国的军队，经不住打，先打败这两国的军队，楚国的右军，用不着打就完了。"于是，他就叫白乙丙去打。陈国军队的将领辕选、蔡国军队的将领公子印，都抢着乘战车出去抵抗。双方还没有打，晋兵忽然退后。辕选跟公子印刚打算追，只见晋国军队中，胥臣领着一阵大车，冲了出来。驾车的马背上都蒙着老虎皮，陈、蔡两国军队的马，以为是真的老虎，都吓得跳了起来，驾车子的抓不住马辔，只好转过车身，向回跑，反而冲动斗勃所率领的楚右军，胥臣跟白乙丙，趁机大杀一阵，胥臣一斧头把公子印劈死，白乙丙一箭射中斗勃的脸，斗勃脸上带着箭逃走，楚右军整个儿被打败，满地都是楚兵的尸首。栾枝派兵士假装成陈、蔡两国的兵士，抓着这两国军队的旗子，到楚中军去报告，说楚右军已经打了胜仗，催成得臣赶快进兵。成得臣扶着车子前头的横木,向前头望,望见晋国的军队向北跑,以为晋国的下军真的被打败了,就赶紧催左军努力前进。

斗宜申看见对面晋国军队中高挂着一面大旗,知道晋国的主将在那儿,就冲杀过去。晋军中狐偃迎住,才打了几下,看见军队后头乱了起来,就转过车头,向回走,大旗也跟着后退。斗宜申以为晋军被打败了,就叫郑国跟许国的两个大将赶紧追。没想到忽然晋军中响起了鼓声,先轸、郤溱率领了一支军队,打半腰里横冲过来,把楚军拦腰截成两段。狐毛、狐偃又转过身来打。郑国跟许国的兵先吓跑了,斗宜申支持不住,拼命杀出,把车马、武器都扔掉,混在步兵里,爬山逃走。

原来,这都是先轸预先定下的计策。他叫下军假装向北败退,引诱楚左军去打,再叫狐偃假装败下去,引诱楚军追赶。然后他叫祁瞒守住中军,不许他跟楚军打,免得被打败,他自己则率领了一支军队,打后头绕过去,横冲向楚左军,跟狐毛、狐偃两下里一夹攻,因此打了一个大胜仗。

楚军元帅成得臣,以为他的左右二军已经打了胜仗,就叫他的儿子成大心去进攻晋国的中军。祁瞒最初还听先轸的话,不理会楚兵的进攻,后来听说楚兵的带兵官是一个十五岁的孩子,就再也忍耐不住,驾车出来,跟成大心打。两个人打了一会儿,没有输赢。楚将斗越椒见成大心赢不了祁瞒,就驾车出来,一箭射中祁瞒军盔上的盔缨。祁瞒吓了一跳,不敢回去,怕冲动自己的军队,就绕着阵外走。

斗越椒跟成大心,并不去追祁瞒,他们直接杀进晋国的中军。成得臣也亲自率领楚兵,杀向晋军。幸亏荀林父、先蔑所率领的两路接应兵来了,晋军才稳住。接着,先轸、郤溱、栾枝、胥臣、狐毛、狐偃都来,像铜墙铁壁一样把楚兵包围住。

成得臣这才知道他的左右两军已经被打败,不想再打下去,赶紧下令敲锣收兵。可是,因晋兵太多了,把楚兵、楚将分成十多个地方包围住。成大心保护他父亲,拼命杀出包围圈,接着斗越椒也杀出来了,三个人合在一起,拼命逃走。

晋文公在有莘山上,望见晋兵已经打了胜仗,就赶紧派人去叫先轸下令,不要再追楚兵,只要把他们都赶出宋国、卫国就算了。先轸就不再追楚兵,收兵回营。

陈、蔡、郑、许四国的军队损失了很多兵马,剩下的各自逃回本国去了。成得臣打算回自己的军营,没想到哨兵来向他报告,说军营中已竖起了齐、秦国的旗子。原来,国归父跟小子慭,趁成得臣去打晋兵的时候,杀进楚军军营,把守营的楚军杀散,就占据了楚军的军营。成得臣不敢回去,就转身,绕到有莘山后,顺着睢水一路逃走。走了没有多久,斗宜申、斗勃也率领了剩下的兵来了，就合在一起走。

没想到他们走到空桑附近，埋伏在那儿的魏犨，又带兵杀了出来，拦住他们。斗越椒、斗宜申、斗勃都去跟魏犨打，魏犨一个打三个，一点儿也不在乎。打了没有多久，忽然有一个人骑着马，飞也似的跑了去，说是奉先轸元帅的命令，叫魏犨放楚国的兵将回去，不要再拦他们。魏犨才住手，叫兵士分开站在路两边，让楚国的兵将过去。

成得臣回到自己国内一处叫连谷的地方，整理剩下的军队，中军剩下十分之六七，左、右二军中，申、息两地的兵，只剩下十分之一二，损失够大的了。楚成王听说成得臣被打败，气得不得了，就派人叫他自杀，成得臣就自杀死了。

晋文公怪祁瞒违背了先轸的命令，跟成大心打，差一点儿惹出大乱子，就下令把他杀掉了。

回国以后，晋文公赏有功劳的将官，认为狐偃的功劳最大，其次是先轸。大家听了都认为他说得对，没有话说。晋文公就因为这一仗出了名，代替齐桓公成了霸主。

爱国的商人——弦高

郑国有一个商人,名叫弦高,靠买卖牛过日子。

一天,他赶了几百头肥牛,到周朝去卖。走近一处叫黎阳津的地方,他遇见一个朋友,名字叫蹇他,是从秦国来的,弦高跟他打听关于秦国的事情,他说:"秦国最近出兵,打算偷偷攻打郑国,他们是十二月间出兵的,不久就到了。"

弦高听到这消息,吓了一跳,他心里想:"郑国是我的祖国,现在突然遇到这种危险,我不知道就算了,如果我知道了而不想办法去救,万一祖国灭亡了,我还有什么脸回家乡?"想到这儿,他打定主意。他辞别了蹇他,一边派人不分日夜地赶回郑国去报信,请郑国赶快准备抵抗秦国的军队;一边准备了一些劳军的礼物。他选了二十头肥牛,把其余的牛,暂时寄养在所住的那家旅馆中,然后坐了一辆小车,赶着这二十头牛,一路去迎接秦国

弦高坐了一辆小车赶着二十头牛，一路去迎接秦国的军队。

的军队。他走到滑国一处叫延津的地方,恰好遇见秦国军队的前锋,他拦住他们,大声喊:"我是郑国派来的,请带我去见你们的元帅!"

前锋就赶回去报告他们的元帅孟明。孟明吓了一跳,心里想:"郑国怎么会知道我们出兵,派人到这么远的地方来迎接我们? 不管他,且看他来干什么?"就跟弦高在车子前头见面。

弦高假说是奉了郑国国君的命令,向孟明说:"我们的国君,听说您要带兵到我们国家去,他怕您的军队走累了,所以特地派我带了点儿礼物来,表示我们对您的一点敬意。我们的国家,夹在几个大国中间,常常受到侵略。秦国派了军队,帮我们守卫,我们很感激,可是我们怕万一不小心,出了事情,连累你们的军队,所以很担心,不分日夜地都在防备,希望您放心!"

孟明说:"既然是你们的国君派你来劳军,怎么连封信都没有呢?"弦高说:"您是十二月间出兵的,我们的国君,听说您的军队走得很快,他怕信还没有写好,您已经到了,所以干脆不写了,教我口头上跟您讲一声,请您原谅。"

孟明附在弦高耳边小声地说:"我们出兵,是想打滑国,并不是去郑国,你放心回去好了!"说完,就立刻下命令,军队就驻扎在延津! 弦高向他道过谢以后,走了。

秦国的另外两个元帅西乞术跟白乙丙,问孟明为什么把军队驻扎在延津，孟明说："我们的军队长途跋涉，只打算趁郑国不防备，我们就可以打败他们。现在，连我们哪一天出兵的，他们都知道了，可见他们早就有了防备。如果我们去攻城，不一定能攻破；如果用兵包围，我们的兵不够。现在滑国没有防备，我们不如就偷打滑国，打败他们以后，可以得到一些胜利品，回去好向国君有个交代，免得白出兵一次，给人家笑话。"

西乞术跟白乙丙听了，都没有话说。那天半夜里，秦兵分成三路，三个元帅各自率领了一路，合力攻破了滑城。滑国国君逃到翟国去了，秦兵见人就抓，见东西就抢，滑国城里什么都没有了，滑国的国君再也没有力量复兴他的国家。秦兵走了以后，这一带地方就被卫国占领。

郑国的国君郑穆公，接到弦高的报告，最初还不大相信。正在二月头上，他派人去宾馆，偷看秦国派驻在郑国、帮郑国防守的几个将官在做什么。这几个秦国的将官，一个叫杞子，一个叫逢孙，一个叫杨孙。他们正在收拾战车，整顿武器，磨刀的磨刀，喂马的喂马，只等秦兵一去，就准备打开郑国的城门，放秦兵进城。

郑穆公才完全相信弦高的报告是真的，心里可慌了，就派老大夫烛武，带了一点儿礼物，去送给杞子、逢孙、杨孙，向他们三个人说："你们在这儿住了很久，你们虽然是一片好心，帮我们防守,可是我们实在供应不起你们的吃用。为了供应你们吃的,我们养的鹿都杀光了。现在听说你们收拾战车,整顿武器,是不是打算离开我们这儿?"

杞子听了,吓了一大跳,当天就带了几十个人,逃到齐国去了。逢孙跟杨孙,也逃到宋国去了。

这一次郑国没有受到秦兵的侵略,可以说完全是弦高的功劳。郑穆公为了报答弦高,请他做军尉官。

秦晋崤谷之战

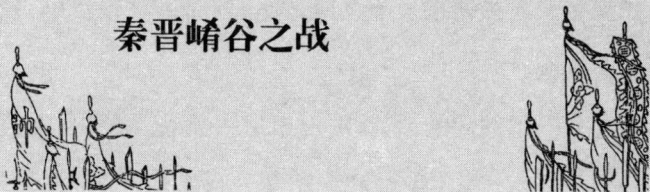

周襄王十二年的时候，郑国又不理晋国，去跟楚国要好。晋国的国君晋文公很生气，就约秦国的国君秦穆公出兵，一起去打郑国。晋、秦两国的军队，到了郑国城外，郑国自然没法抵抗，就派了一个叫烛武的老大夫，去秦国的军营中，劝秦国退兵，不替晋国打仗。

秦穆公果然听了烛武的话，不但撤退秦兵，并且派杞子、逢孙、杨孙三员大将，率领两千秦兵，留在郑国，帮郑国防守。然后，也没通知晋军，就悄悄地撤兵回秦国去了。

晋文公知道了这件事，自然很生气，有的大将主张去打秦兵，晋文公没答应，他说："没有秦国，难道我们就不能打郑国了吗？"就继续率领军队打郑国。

郑文公跟烛武说："秦国退兵，是你的力量。可是现在晋国还没有退兵,我们将怎么办呢?"

烛武回答,说:"您弟弟公子兰在晋国,听说晋国国君很喜欢他。如果您派人去迎接公子兰回来,一方面请求跟晋国讲和,晋国一定会答应。"

郑文公听了烛武的话,就派石申父去见晋文公,晋文公要郑国立公子兰做太子,才肯讲和。郑文公也答应了,于是,晋文公派人去请公子兰来,送他进城。郑文公立刻立他做太子,晋国才退兵。

到了周襄王二十四年,郑文公死去,公子兰就做了郑国的国君,叫郑穆公。这一年的冬天,晋文公也死了,他的儿子骧,做了晋国的国君,叫晋襄公。

秦国派驻在郑国的三个将官杞子、逢孙和杨孙,见晋国送公子兰回郑国,他们心里很不高兴,就一起商量对策。正在商量的时候,又听说晋文公死了,他们格外高兴,就派人回秦国,跟秦穆公说:"郑国让我们防守北门,如果您派兵来偷偷来打郑国,我们开城门,让您所派的军队进来,一定可以灭掉郑国。晋国的国君死了,公子兰刚做了郑国国君,还没有能顾到守城,这是一个再好也没有的机会,您千万不能放弃。"

秦穆公果然接受了杞子他们的意见,就跟他们派来的人约好,在二月初左右,秦国的军队开到郑国的北门,准备进城。

然后,秦穆公派孟明做元帅,派西乞术、白乙丙做副元帅,带了三千兵、三百辆战车,从东门出发。孟明是百里奚的儿子,白乙丙是蹇叔的儿子。百里奚跟蹇叔,都是秦国的宰相,他们俩都反对秦穆公出兵打郑国,可是秦穆公不听他们的话。

　　出兵的那一天,百里奚跟蹇叔哭着送他们的儿子。秦穆公知道了,很生气,就派人去责备他们,他们俩回答说:"我们并不是哭军队,我们是哭自己的儿子!"

　　白乙丙见他父亲哭得很伤心,就打算辞职不去。蹇叔说:"秦国待我们很好,你就是为秦国死也是应该的。"说完,就秘密地给白乙丙一封封得很牢的信,嘱咐他:"你可以按照我信里的话做。"

　　白乙丙拿了他父亲的信出发了,心里又担心又难过。只有孟明自以为了不起,认为准可以打胜仗,一点儿也不在乎。

　　孟明他们带兵出发以后,蹇叔就向秦穆公辞职。百里奚去看蹇叔,跟他说:"国君不听我们的话,我实在也不想干了。我留在这儿,是希望我儿子能够活着回来,我能再见他一面,请告诉我,你有没有救他们的办法?"

　　蹇叔回答说:"秦兵这次去郑国一定失败,你不妨悄悄地告诉公孙枝,托他预备一只船,停在靠近晋国的河里,万一孟明他们能够逃走,就可以用船接他们回来。你千万不要忘掉这件事!"百里奚就把蹇叔的话，告诉公孙枝，请他帮忙。公孙枝说："好，我一定按照你的话去做。"就准备船只去了。

孟明看见白乙丙接了他父亲的一封信，以为信里有打败郑国的计策，那天晚上扎营以后，就去见白乙丙，要看那封信。白乙丙拆开信，看见信上只有两行字，写的是："你们这一趟，郑国没有什么可怕的，可怕的是晋国。崤山的地势很险，到那儿你要特别小心，晋兵一定会埋伏在那儿等你们，你可能就死在那儿！"

孟明见了信上所写的字以后，赶紧用手蒙住眼睛，走开，接二连三地说："呸！呸！晦气！晦气！怎么好话不说，尽说这些不吉利的话！"

白乙丙也觉得他父亲说得太过分了，不再理会。

他们是在十二月间出发的，到第二年的二月初，他们到达滑国，在一处叫延津的地方，遇见郑国的一个商人弦高。弦高说郑国国君已经知道他们要去郑国，特地派他来劳军的。孟明他们吓了一跳，因为他们本来是打算趁郑国不防备，偷偷地去打，没想到郑国已经知道，自然也有了防备。郑国一有了防备，他们就没有把握能打胜仗。于是，他们商量了一下，决定不去打郑国，趁滑国不防备，攻打滑国。滑国国小、兵少，自然打不过秦兵。秦兵抢了滑国所有值钱的东西，装在车子上，就开始回国。

秦国出兵打郑国的事情，晋国早就打听清楚。晋国的中军元帅先轸去见晋襄公，说："以前我们曾经跟秦国约好了一起出兵去打郑国，没想到秦国没通知我们一声就退兵，并且还留下一部分兵，帮郑国抵抗我们。现在，您父亲刚去世，他们不但不派人来慰问，反而趁这机会出兵，经过我们的国土去打郑国，这明明是欺侮我们。我们应该出兵，给他们点儿教训，否则，我们就站不住脚了！"

晋襄公接受了先轸的意见，问他："据你看，秦兵什么时候会来，会从哪一条路走？"

先轸算了一算，说："据我看，秦兵一定不能战胜郑国，他们跑这么远，后头又没有支援，一定不会耽搁太久，来回大概要四个多月，夏初一定经过渑池。渑池是秦、晋两国交界的地方。这地方的西边儿，有两座山，一座叫东崤，一座叫西崤，合起来就叫崤山。从东崤到西崤，约三十五里，秦兵回来，一定要打这儿经过。这地方满生着树，到处都是石头，有好几个地方连车子都不能走。如果我们在这地方埋伏军队，等他们来的时候，趁他们不防备，一定可以打败他们，把他们的兵士、将官都抓住。"

晋襄公说："好，你看着办好了。"

先轸就派他的儿子先且居和屠击两个人，带五千兵埋伏在崤山的左边；派胥臣的儿子胥婴和狐鞠居带五千兵，埋伏在崤山的右边。

　　然后,先轸又派狐偃的儿子狐射姑跟韩子舆,带五千兵,埋伏在西崤山,预先砍下不少树木,把路给塞住。派梁繇靡的儿子梁弘跟莱驹,带五千兵,埋伏在东崤山,等秦兵走过以后,就从后头追他们。先轸自己同赵衰、栾枝、胥臣、阳处父、先蔑等一班老将,跟着晋襄公,在离崤山二十里的地方扎营。他们各带一支兵,准备分头接应。

　　秦兵在二月十五日左右,灭了滑国,用车子满装着从滑国抢来的东西,开始回国。四月初,他们到达渑池,白乙丙跟孟明说:"从渑池向西走,就是崤山了,路很难走,我父亲一再嘱咐我,要我到这地方的时候特别小心,你千万不要掉以轻心。"

　　孟明说:"你这样怕晋国,就让我先走好了,如果遇到晋国埋伏的军队,由我自己来对付!"就派了一个勇敢的将官褒蛮子,打着元帅的旗号,在前头开路。孟明在第二队,西乞术在第三队,白乙丙在第四队,各队之间的距离,都只一二里路。

　　褒蛮子喜欢用的一种武器,叫方天画戟,虽然有八十斤重,可是他却能舞动得像飞一样,他自以为了不起,认为没有一个人能打得过他。他带着一队兵,经过渑池,向西前进。走到东崤山,突然从山坳里传出鼓声,接着出来一队车马,车子上站着一个大将,拦住褒蛮子的去路,问褒蛮子:"你是不是秦国的将官孟明? 我已经等了你很久了。"

褒蛮子问:"你叫什么名字?"

对方回答,说:"我是晋国的大将莱驹!"

褒蛮子说:"叫你们的大将栾枝跟魏犨来,我还可以陪他们打一会,你算什么东西!"

莱驹见褒蛮子这样瞧不起他,自然很气,就挺起长戈,向褒蛮子胸口刺去,褒蛮子轻轻拨开,接着,一戟向莱驹刺来,莱驹赶紧躲开,由于这一戟刺得很重,虽然没有刺中莱驹,却刺在莱驹战车的横木上。褒蛮子把戟一拉,横木就被折成两段。莱驹见褒蛮子这么勇猛,不觉赞叹了一声,说:"好孟明,果然了不起!"

褒蛮子哈哈大笑地说:"我是孟明元帅手底下的一个小将官褒蛮子;我们的元帅怎么会愿意跟你打?"

这一下可把莱驹吓住了,他心里想:"一个小将官就这么了得,孟明一定更厉害。"就高声向褒蛮子喊:"好,好,我放你过去,你可不能伤害我的兵士!"喊了以后,他就把车马让到路边,让褒蛮子一队车马过去。

褒蛮子就派兵士到后头去报告元帅孟明,说:"有一小队晋兵埋伏在前头,已经被我杀退,请赶快上前,把兵合在一起,只要过了崤山,就没有事了。"孟明很高兴,就催西乞术、白乙丙两队车马,赶紧一起前进。

孟明他们进了东崤,走了约数里,越来越难走,到后来,只能走人，车马没法再走了。前锋褒蛮子，已经去得很远。孟明说："褒蛮子去那么远没出事儿，大概前头已经没有晋兵了。"就吩咐兵士跟将官们下马，脱了甲胄，或者牵着马走，或者扶着车子走，走一步，跌两跌，简直困难极了，将士们三三两两的，完全不成一个队伍。前头的几处地名，叫：上天梯、堕马崖、绝命岩、落魂涧、鬼愁窟、断云峪，一处比一处难走。

孟明他们过了上天梯，正走着的时候，突然听见打鼓和吹号角的声音，后头有人来报告："晋兵从后头追来了！"孟明说："我们既然难走，他们也不会容易走，只怕前头有人拦路，怕什么后头的人追？"就教白乙丙在前头走，自己留在后头抵抗追兵。

好不容易过了堕马崖，将近绝命岩的时候，前头的兵士们，突然喊了起来，有人来报告："前头有很多木头塞住路，人跟马都不能走，怎么办？"

孟明心里想："这些木头是哪儿来的？难道前头真的有晋兵埋伏不成？"就亲自到前头去看。见岩旁边儿有一块石碑，碑上刻着"文王避雨处"五个字。碑旁边儿竖着一面红旗，旗杆约三丈多长，旗上有一个"晋"字。旗下都是木头，乱七八糟地放着。

孟明说："这一定是晋国故意竖在这儿吓唬我们的，不要说不会有晋兵埋伏，就是有，我们已经到了这地方，也得向前走。"就下命令，让兵士们把旗杆放倒，然后搬开木头，好继续前进。

没想到这面红旗，是晋兵的记号，他们埋伏在岩谷僻静的地方，望见旗杆倒下，就知道秦兵已经到了，立刻冲出来。

秦兵正在搬运木头，猛然听见前头传来鼓声，敲得像雷一样响，远远望见无数的旗子，看样子真不知道有多少兵马。白乙丙命兵士安排器械，准备硬向前冲。只见山岩高处，站着一位大将，就是晋国的狐射姑，他大声喊："你们的先锋褒蛮子，已经被我们抓住，绑在这儿了。你们赶快投降，免得被杀！"

白乙丙见褒蛮子被晋兵抓去，心里可慌了，赶紧派人去告诉西乞术跟孟明，叫他们来，一起商量对策。

孟明看这条路，只有一尺多宽，一边儿是很高的山崖，一边儿是深不见底的水，这山崖就是绝命岩，这水就是落魂涧。到了这地方，不管你有多少兵马，不管你多么厉害，也没有办法。

孟明心里有了一个主意，就下命令说："这地方没法打仗，我们且暂时退回去，退到东崤比较宽阔的地方再说。"

白乙丙奉了命令，把兵马退回，一路上不断地听说东边儿出现了无数的旗子，原来是晋国的大将梁弘跟莱驹，带着五千兵马，一步步从后头打来。

秦兵过不去，只好又转回头。这时候，秦兵就像热锅上的蚂蚁一样，转来转去，不知道去哪里好。

孟明叫兵士们从左右两边爬山过河，找条出路，只见左边的山头上敲锣打鼓,出现一支兵马,一位大将大声向下头喊:"我是晋国的大将先且居,我们已经等了很久了,孟明赶快投降!"

接着,右边河对面又竖起了晋大将胥婴的旗号。

孟明这时候急得什么似的,不知道怎样是好。秦兵爬山过河,到处乱跑,都被晋兵杀的杀,抓的抓。

孟明气极了,就跟西乞术、白乙丙两个人,拼命杀向堕马崖。没想到乱放在路上的木头上,都抹着硫黄等引火的东西,被晋国的大将韩子舆放起火来,立刻噼噼啪啪烧得火星四冒,烟雾冲天,后头梁弘的兵马又到了,逼得孟明等三个大将,只是叫苦,左右前后,布满晋兵,秦兵挤在一起,动弹不得。

孟明哭着向白乙丙说:"你父亲预料得不错,现在我们到这地步,还有什么话说。我是死定了,你们赶紧换上兵士或者老百姓的衣服,各自逃走。万一你们间有人能逃回秦国,希望你们报告国君,出兵给我报仇,我就是死了,也觉得痛快!"

西乞术跟白乙丙一起哭着说:"我们要活一起活,要死一起死。不要说不容易逃得出去,就是能够逃出去,也没有脸独自回国……"话还没有说完,只见手下的兵士,越来越少,被抓的被抓,被杀的被杀,路上满堆着兵士们扔掉的战车、兵器。

孟明他们三个人,实在没有办法,只好坐在一起等死。晋兵从四周向中间包围,圈子越缩越小,秦国的兵士、将官全部被抓住，不要说是人，连一匹马都没有能逃走。

先且居等一班晋国的大将，在东崤会合，把孟明、西乞术、白乙丙和褒蛮子，都装上囚车，把得到的秦国兵士、车马，跟秦国兵从滑国抢来的财宝，一起送到晋襄公的大营里去。

晋襄公因为刚死了父亲，穿着孝衣接受秦国的俘虏，所有的晋国兵士、将官，都高兴得大声欢呼。晋襄公听说褒蛮子很勇猛，怕他惹麻烦，教人先把他杀掉，然后带了孟明他们回晋国。

晋襄公的母亲怀嬴是秦国人，她正在晋国的曲沃城为丈夫文公守丧。孟明他们被抓，她已经知道了消息，晋襄公到了曲沃，她故意问他：“听说我们打了胜仗，孟明他们都被抓住，这真是我们国家的运气。可是不知道你是不是已经把他们杀了？”

晋襄公回答说：“还没有。”

怀嬴说：“秦国跟晋国一向很要好，只因为孟明这一班人喜欢打仗，使两国结了怨。我相信秦国国君，一定很恨孟明这三个人。我们杀掉他们没有用处，倒不如放他们回秦国，让他们的国君自己杀他们，这样一来，秦国一定感谢我们，会跟我们恢复过去的友谊，不是很好吗？”

晋襄公说：“秦国国君很信任孟明这三个人，如果我放掉他们，他们将来再出兵来报仇，可不就麻烦了吗？”

怀嬴说：“谁带兵打了败仗，谁就得被处死刑，各国的法律都是一样,难道秦国就没有法律吗?以前晋惠公被秦国抓住,秦国的国君对待他很好,送他回晋国;现在我们抓住秦国几个被打败的将官,就一定要杀掉他们,不是显得我们太没有情义了吗?"

晋襄公最初不肯放孟明,后来听他母亲提到秦国放还晋惠公的事情,心肠不禁软了下来,立刻教人把孟明他们放掉,让他们回秦国去。孟明他们获得自由以后,连谢都不去谢晋襄公一声,赶紧逃走。

先轸正在家里吃饭,听说晋襄公放了孟明他们,气得不得了,就赶紧去见晋襄公,问他:"孟明他们呢?"

晋襄公说:"我母亲教我把他们放回国去,由秦国自己杀他们,我已经听她的话,教人放掉他们了。"

先轸气得向晋襄公脸上吐了口吐沫,说:"呸!小孩子不懂事到这地步,我们千辛万苦才抓住这几个人,你听了你母亲两句话就把他们放掉,这等于放虎回山,将来你后悔就来不及了!"

晋襄公听了先轸的话,才明白过来,拭掉脸上的吐沫,向先轸道歉,说:"这是我不对!"就问他的大将们,谁愿意去追孟明他们。阳处父说愿意去。先轸向他说:"你要用心,如果你能够把他们再抓回来,就是一件大功劳。"

阳处父立刻上车,拿起大刀,带了一支人马,从曲沃城的西门出去追孟明他们。

孟明他们跑了一会儿,在路上商量说:"我们如果能够过河,就算是又活了,不然的话,恐怕晋国国君后悔,派人来追我们,怎么办?"

三个人到了河边上,见河里一只船都没有,都很着急,叹了口气,说:"老天爷存心不要我们活,还有什么可说的!"话没说完,看见一个打渔的老头儿,摇着一只小船,从西边来,一边摇船,一边嘴里唱着歌,歌词的大意是:

猿离囚笼,鸟儿出笼。谁遇到我,失败变成功。

孟明听了这歌儿,觉得奇怪,就大声喊:"老先生,请送我们过河!"打渔的老头儿说:"我只接秦国人过河,不接晋国人!"

孟明说:"我们是秦国人,请赶快送我们过河!"

打渔的老头儿问:"你们是不是在崤山吃了败仗的人?"

孟明回答说:"是。"

打渔的老头儿说:"我奉公孙枝将军的命令,特地预备了船在这儿等你们,已经等了很多天了。这只船太小,不能接你们过去。离这儿约半里路有一只大船,你们赶快去。"说完,就摇船向西,像飞一样地去了。

孟明他们顺着河边向西走,不到半里,果然看见有几只大船停在河里,离河边只有几丈远。打渔的老头儿,正在那儿向孟明他们打招呼。

孟明他们就光着脚下水,到大船那儿,被拉上船去。船还没有撑开,靠东边的河岸上,早有一位将官,坐着车子来了。这位将官就是晋国的大将阳处父。

阳处父还没到河边就大声喊:"秦国的将官们请等一等!"

孟明他们吓了一跳。就在这时候,阳处父已经到河边上,停住车子。他看见孟明他们已经上了船,就灵机一动,解下自己所乘车子上左边的一匹马,假说是奉晋襄公的命令,送给孟明的,他喊:"我们的国君恐怕你走路不方便,特地教我来,送这匹马给你,表示他对你的敬重,希望你接受!"

阳处父本来是打算唤孟明到岸上见面,趁他收马道谢的机会,把他抓住。没想到孟明就像漏网的鱼一样,心里早就防到这一着,怎么肯再下船登岸送死?因此,他站在船头上,远远地望着阳处父,点头道谢说:"你们的国君没有杀我,我已经感激不尽了,怎么敢再接受他所送的好马?这次我们回去,如果我们的国君不杀我们,三年以后,我们一定亲自来晋国,向你们的国君报答他对我们的好处!"

阳处父还要再开口,只见船上的水手们摇动桨,放下篙,船已经慢慢地荡到河中间去了。阳处父干瞪着眼,望着孟明他们所坐的船,离岸越来越远,最后完全消失,只好回去,报告晋襄公了事。

秦穆公听说孟明他们三个人被晋国抓住,心里又闷又气,连饭都没心思吃，睡也睡不着。过了几天，又听说孟明他们被放回来了，立刻显得很高兴。手下人都认为孟明他们打了败仗，应该杀掉，可是秦穆公说："只怪我自己不听蹇叔、百里奚的话，要出兵去打郑国，连累孟明他们吃了这么大的亏，是我不对，不能怪他们。"于是他换上素净的衣裳，亲自到郊外去迎接孟明他们，哭着慰问他们，仍旧请他们主持全国的军事，对待他们比以前还要好。

百里奚叹息说："我爷儿俩能够再见面，已经很难得了！我还指望什么？"就向秦穆公辞职，不愿意再做官。秦穆公就请蹨余、公孙枝做左右宰相，代替蹇叔、百里奚的职位。

独霸西戎的秦穆公

秦穆公是秦国的国君，姓嬴，名字叫任好。他父亲叫秦文公，祖父叫秦襄公。

周平王的时候，西方的野蛮民族犬戎族起兵捣乱，周平王被逼得把首都搬到东部的洛阳去。搬的时候，秦襄公曾经带兵一路保护着周平王，送他到洛阳。

周平王很感激秦襄公，跟他说："岐、丰一带的土地，大半被犬戎所占领，如果你能赶走他们，我就把那一带的土地都送给你，算是报答你对我的功劳。"

秦襄公谢了周平王，就告辞回国。回国以后。他立刻出兵打犬戎，不到三年，把犬戎都赶走，于是，原属周朝的岐、丰一带上千里的土地，都变成了秦国的土地，秦国就由一个小国，而变成一个大国，首都叫雍州。从这时候开始，秦国跟其他国家才有外交上的来往。

秦穆公采用蹊余的计划,派孟明、西乞术、白乙丙三帅带兵去打西戎。西戎国君赤斑不能抵抗,只好向秦国投降。赤斑是西方各野蛮民族的领袖,各野蛮民族一向听他指挥。现在听说赤斑向秦国投降,都怕得不得了,怕秦国去打他们,也都一一向秦国投降。从此以后,秦国就一天比一天强大起来。

秦国一天比一天强盛,晋国却一天比一天乱。

晋献公死了以后,晋国的官员们派人去翟国迎接重耳回晋国做国君,重耳不愿意,就又派人去梁国迎接夷吾。

夷吾很高兴,可是他怕回晋国以后,有人反对他,就派人去秦国,请求秦穆公出兵送他回去。并且说,如果秦国肯帮忙,他愿意把晋国的五个城市送给秦国。

秦穆公就派公孙枝带了三百辆战车,送夷吾回晋国。

夷吾回到晋国,做了晋国国君,叫晋惠公。他立他的儿子圉做太子。公孙枝见夷吾已经做了晋国国君,晋国已经安定下来,就向晋惠公要他答应给秦国的五个城市。没想到晋惠公又后悔了,不愿意把土地割让给秦国。

夷吾做了晋国国君以后,一连几年,都是荒年。到第五年,又是一个大荒年,粮食都空了,老百姓都没有吃的,晋惠公打算派人到其他国家去借粮食,想了想只有秦国离晋国最近,就派人到秦国去借粮食。

秦穆公跟他的官员商量,问是不是应该借粮食给晋国,蹇叔跟百里奚说:"哪一国不闹荒年呢? 我们应该救济受灾害的人,帮助邻国。"公孙枝跟繇余都赞成蹇叔、百里奚的意见,秦穆公就决定借粮食给晋国,运了十多万石粮食到晋国去,晋国人没有一个不感谢秦穆公。

第二年冬天,秦国荒年,晋国反而收成很好。秦穆公就派人到晋国去借粮食。没想到晋国不但不肯借粮食给秦国,反而打算趁秦国荒年,约梁国一起出兵去打秦国。

秦国的使者回国一五一十地都报告秦穆公,秦穆公气得直嚷:"一个人不通情理,居然会到这种地步。现在我不能等他们出兵来打我,我就先出兵向他们要粮食。"

于是,秦穆公留蹇叔、繇余帮助太子罃防守国内,派孟明带兵巡逻边界,防备西方的野蛮民族捣乱,自己亲自跟百里奚、西乞术、白乙丙、公孙枝、公子絷等一班大将,带了四百辆战车出发,杀向晋国。

晋惠公得到这消息,出动战车六百辆抵抗。在晋国一处叫龙门山的地方,两国的军队,打了一场大仗,结果晋国被打败,晋惠公被抓住。

秦穆公打算把晋惠公杀掉祭天,公孙枝主张送他回晋国。

秦穆公说:"这样一来,我们这场仗不是白打了吗?"

公孙枝回答说:"我的意思并不是就这样送他回去,一定要他答应给我们的五个城市给我们,再教他的太子圉来,押在这儿,然后再跟他讲和。"

秦穆公接受了公孙枝的意见,教人送晋惠公到灵台山的离宫中居住,派了一千个兵士看守他。

就在这时候,来了一群宫中伺候穆姬的佣人,一个个都穿着孝衣。秦穆公以为是他夫人穆姬死了,刚打算问,那些佣人们向他报告,说穆姬听到晋惠公被抓住,心里很难过,如果秦穆公杀掉她兄弟晋惠公,她就立刻自杀。秦穆公叹息说,幸亏公孙枝劝我不要杀掉晋国国君,不然的话,我夫人一定自杀了! 就教那些佣人们脱掉孝衣,回去报告他夫人穆姬,说他准备送晋惠公回去。

过了几天,秦穆公派公孙枝去灵台山问候晋惠公,跟他说:"只要你把以前答应给我们的五个城市,赶快交给我们,再教你的儿子圉来,押在这儿,你就可以回去了。"

晋惠公就教人回晋国,把五个城市的地图拿来,和钱粮户口的数目,一起交给秦国。并且保证,等晋惠公回国以后,就教太子圉来。

秦穆公就派孟明去接收晋国的五个城市,然后请晋惠公到郊外的宾馆中居住,用对待宾客的礼节招待他,派公孙枝带兵送他回晋国。

到了晋惠公十四年，晋惠公的病很重。太子圉听说他父亲有病，就逃回晋国去了。秦穆公听到这消息，心里很气，向他的官员们说："夷吾父子俩都对不起我，我一定要报这个仇！"就派公孙枝去楚国，跟楚王说，打算迎接重耳去秦国，然后出兵送他回晋国，做晋国的国君。

第二年，晋惠公死了，子圉做了晋国的国君，叫晋怀公。

就在这一年的正月里，秦穆公亲自带了四百辆战车，送重耳去晋国。晋怀公不能抵抗，逃到一处叫高梁的地方去。于是重耳就做了晋国的国君，叫晋文公。

周襄王二十七年二月间，孟明请求秦穆公出兵打晋国，报在崤山被晋国打败的仇，秦穆公答应了他的请求。孟明就跟白乙丙、西乞术，带了四百辆战车出发去打晋国。双方的军队，在一处叫彭衙的地方碰头，打了起来，结果，秦兵被打败。

孟明回到秦国，自以为一定会被处死刑，没想到秦穆公一点儿也不怪他，仍旧派人到郊外去迎接他，慰问他，请他治理国事。

孟明觉得很惭愧，努力治理秦国，把家里的钱都拿出来，分送给因打仗而死的兵士家属，每天操练军队，要他们报效国家，准备第二年出兵再去打晋国。

第二年的五月里，孟明把军队训练好了，请秦穆公去监督他们攻打晋国。他说:"这一次我如果不打胜仗,绝不活着回来!"

秦穆公说:"我们已经三次败给晋国了,这一次如果再吃败仗,我也没有脸回来!"就选了五百辆战车,选择一个好日子出兵,每一个兵士家里,都送去一大笔慰劳金,兵士们大受感动,没有一个人不愿为国家流血、牺牲。军队从蒲津关出去,一过黄河,孟明就下命令把船都烧掉。

孟明亲自担任前锋,一直杀进晋国,占领了晋国的王官城。

晋襄公得到这消息,就召集所有的官员们,商量抵抗的方法。赵衰跟先且居都说秦兵这次是来拼命,最好让一让。不要跟他们打。晋襄公就通知各地守城的官员,不要跟秦兵打。

繇余向秦穆公说:"晋国怕我们了,您应该趁这机会,把崤山死亡秦兵的尸骨,收集到一起埋葬,洗雪那一次吃败仗的耻辱。"

秦穆公听到他的话,就带兵去崤山,教兵士们在堕马崖、绝命岩、落魂涧等地方,收殓尸骨,埋在山谷僻静的地方。然后杀牛杀马,祭祀死亡将士的英魂。

秦穆公穿着孝衣,亲自在阵亡将士的灵位前洒酒,放声大哭。孟明他们跪在灵位前,伤心得站不起来,所有的秦国兵,没有一个不难过得掉眼泪。

秦穆公带兵回国,把蒲津关改叫作大庆关,纪念这一次的胜利。孟明、西乞术、白乙丙等有功的将士,都升了官,受到奖赏。

西戎的国君赤班，最初见秦兵常常失败，以为秦国不行了，准备领导各野蛮民族去打秦国。

秦穆公打了晋国回来，打算趁这机会去打西戎。繇余建议通知西戎各民族，教他们来拜见，如果他们不来，再出兵去打他们。秦穆公就按照这建议做了。

赤班打听到孟明打了胜仗回国，心里正害怕秦国出兵去打他，一见到秦国的通知，就立刻率领了西方的二十多个国家，向秦国投降，推秦穆公为西戎的领袖。

周襄王听到秦穆公成了西戎的领袖，就派人去秦国，给秦穆公金鼓，庆祝他的胜利。秦穆公说他年纪大了，不能去拜见周襄王，就派公孙枝去周朝，向周襄王道谢。

这一年。繇余生病，死了，秦穆公心里很难过，就升孟明做右宰相。公孙枝从周朝回来，知道秦穆公很看重孟明，就辞职，让孟明一个人治理国事。

周襄王三十一年，秦穆公去世，他做了三十九年的秦国君，活到六十九岁。

赵盾和晋灵公

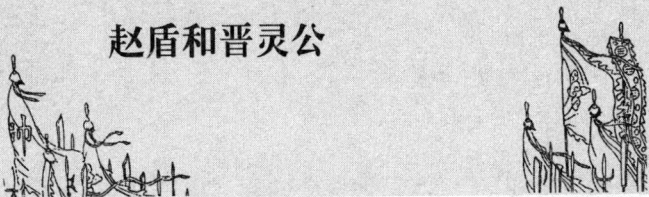

　　晋灵公的名字叫夷皋,是晋襄公的儿子,他做晋国国君的时候,年纪才七岁。晋国的国事,都是由他的宰相赵盾管,他自己一点儿也不管。后来,他长大了,还是不管国家的事情,一天到晚吃喝玩乐,搜括老百姓的钱,大量地盖房子。他喜欢一个官员,名字叫屠岸贾。屠岸贾很会讨他欢心,他就什么都听屠岸贾的。他教屠岸贾在绛州城里盖了一个花园,到处找好的花草,种在这花园里。在所有的花草里,要算桃花最多,开得也最好看,所以他就管这座花园叫桃园。他教屠岸贾在桃园里建了一座三层高的台,台上盖了一所房子,叫绛霄楼。楼的四周围着栏杆,靠着栏杆向底下看,城里的街道、房子可以看得清清楚楚。他看了很高兴,就常常到这楼上去看,有时候,他用弹弓弹鸟,或者跟屠岸贾比赛喝酒玩儿。

一天，他叫很多唱戏的，在台上唱戏，园外的老百姓看到了，都聚在一起看。他跟屠岸贾说："弹鸟没有意思，现在花园外头站着很多人，为什么我们不弹人玩儿呢？我跟你比赛，谁弹中眼睛就算谁赢，弹中肩膀跟胳膊的，不赢不输，连身子都没有弹中的，就罚他喝一大杯酒。"

屠岸贾赞成他的建议，他们分两边儿向下弹，晋灵公向右边儿弹，屠岸贾向左边儿弹，台上高喊一声："看弹！"弹子就像流星一样向老百姓们飞去。老百姓们有的被弹掉了半只耳朵，有的被弹中了肩膀，吓得他们赶紧逃走，乱嚷乱挤，一起喊："赶紧跑呀，弹子又来了！"

晋灵公见了很生气，索性教会放弹的卫士们，一起向下放。弹丸像雨点一样向老百姓飞去，老百姓来不及躲，有的被弹破头，有的被弹出了眼珠子，有的被弹落门牙，哭喊的声音，听了真让人心里难过。有哭爹喊娘的，有抱着头跑的，有被推挤跌倒的，慌慌张张、奔跑躲避的样子，教人不忍心看。可是，晋灵公在台上看到这情形，却把弓向地上一扔，哈哈大笑，跟屠岸贾说："我常常来这台上玩儿，没有比今天玩得更痛快的了！"从此以后，老百姓一看到台上有人，就不敢在桃园前头走。

周人送了一只狗给晋灵公，这只狗的名字叫灵獒，它有三尺高，全身的颜色是红的，能够懂得人的意思。晋灵公的手下人，有做错了事的,晋灵公就教这狗去咬他。这狗会立刻站起来,去咬那个人的脖子,把那个人咬死。晋灵公教一个人专门负责养这狗,每天给他几斤羊肉吃,狗也听这人的话。晋灵公管这人叫獒奴,给他中大夫的俸禄。

不久,晋灵公懒得上朝,把他的卧室当作了办公之地,官员们有什么事,都到他卧室里去见他。他不管是办公,或者出去玩儿,总教獒奴用细铁链子拴着狗,站在他旁边,看到的人没有一个心里不害怕。这时候,其他国家都不再服从晋国的领导,晋国的老百姓没有一个不埋怨。赵盾他们经常劝他尊重好人,不要理坏人,努力治理国家,爱护老百姓,可是,他不但不听,反而觉得他们讨厌,是在找他的麻烦。

一天,晋灵公上完朝,官员们都回去了,只有赵盾跟士会仍旧在晋灵公的卧室门口,商量国家大事,都埋怨晋灵公不好。就在这时候,他们看见两个伺候晋灵公的人,抬着一个竹笼,从宫里出来。赵盾说:"宫里怎么会有竹笼送出来?一定有原因。"说完,就远远地向那两个抬竹笼的人喊:"来!来!"那两个人低着头,没有答应。赵盾问他们竹笼里放的是什么东西?他们回答,说:"您是宰相,您要看可以自己来看,我们不敢说。"

赵盾心里格外疑惑,就请士会一起去看。他们看见一只人手,稍微露出笼外,就拉住竹笼仔细看。他们看了吓了一大跳,因为竹笼里装的是一个被切成好几段的死人。

到了第二天，晋灵公没有办公，坐车去桃园玩儿。赵盾知道了，就先去桃园，在门口等着。晋灵公一到，他就上前去拜见。晋灵公奇怪地说："我并没有派人去叫你，你来这儿干什么？"

赵盾连鞠了好几个躬，说："请原谅我，我有话跟您说，希望您采纳！我听说：'好的国君，使别人快乐；不好的国君，只顾自己快乐。'有好的房子、好看的女人，能够打猎玩儿，就够乐的了，没有听说拿杀人来玩儿的。现在您教狗咬人，放弹打人，厨子有一点小错，就把他剁成好几段，好的国君绝不会这样做，而您却做了。老百姓现在都埋怨您，各国都不再服从您的领导，我恐怕再这样下去，不但晋国要灭亡，连您也很危险了！"

晋灵公觉得很不好意思，用衣袖挡着脸，说："你暂时回去，让我今天再玩儿一天，下次一定听你的话，不再来玩儿。"

在桃园里，屠岸贾伺候晋灵公玩儿，正玩得高兴的时候，屠岸贾突然叹了口气，说："以后我们不能再像这样玩儿了！"

晋灵公问："你干么叹气？"

屠岸贾说："明天早上宰相一定又来啰嗦，恐怕不会让您进来玩儿了！"

晋灵公生气地说："世上只有臣子听国君的话，从没有听说国君听臣子的话。这老家伙活着，对我很不方便，有没有办法杀掉他?"

屠岸贾说:"有一个朋友叫钮麂,他家里很穷,我常常帮助他,他很感激我,愿意给我卖命,如果教他去杀掉宰相,您就可以爱怎么玩儿就怎么玩儿,还怕谁呢?"

晋灵公说:"好,就这么办! 如果这件事情能够办成功,你的功劳不小!"

那天晚上,屠岸贾秘密地派人把钮麂叫了去,给他酒喝,跟他说:"赵盾欺侮国君,不把国君放在心上,国君教我派人去杀他。你埋伏在赵盾的家门口,等他明天早上出门的时候,你就杀掉他。"

钮麂接受了这一差使,一切准备好,就带了一把锋利的匕首,埋伏在赵盾家附近。到天快亮的时候,就悄悄地到赵盾家门口,看见他家里一道一道的门都开了,车子已经停在门口,门里头的大厅上有一点微弱的灯光。钮麂找机会偷偷地进了门,躲在黑暗的地方,向大厅上仔细看。看见大厅上有一个官员,穿着礼服,端端正正地坐着。这官员就是赵盾,准备去上朝,因为天还没有亮,就坐在大厅上等天亮。

钮麂见了,很受感动,退出门外,叹了口气,说:"赵盾实在是一个好宰相,我怎么能忍心杀掉他呢? 可是,我是奉国君的命令来杀他,不杀他,又怎么向国君交待呢?"他想来想去,觉得很为难。最后，他站在门口，向里头喊："我叫钼麑，是奉国君的命令来杀你的，可是现在，我实在不忍心杀你，我准备自杀。恐怕以后还有人来害你，希望你小心防备！"说完，就向门前的一棵大槐树，一头撞去，把脑子撞碎，死了。

这时候，已经惊动了看门的人，就把钼麑的话跟他自杀的情形，报告赵盾。赵盾的侍卫提弥明说："宰相今天最好不要去上朝，恐怕会出事情。"赵盾说："国君要我今天早上去，我不去怎么行呢？天要我死，就得死，要我活，谁也害不了我，我担心什么呢？"说完，就吩咐佣人暂时把钼麑埋葬在槐树的旁边，然后坐车去上朝。

晋灵公见赵盾没有死，就问屠岸贾怎么回事。屠岸贾回答，说："钼麑去了没有回来，听说他撞在槐树上撞死了，不知道是什么原因。"

晋灵公说："这一个计策不成功，怎么办？"

屠岸贾说："我还有一个计策，可以杀赵盾，一定能够成功。"

晋灵公问："你有什么计策？"

屠岸贾说："您请赵盾明天到宫里来喝酒，预先在墙后头埋伏好卫兵。等喝了三杯以后，您向赵盾要他的佩剑看，赵盾一定会拿剑给您，这时候，我就在旁边喊：'赵盾在国君面前拔剑，想害国君，大家快来救国君！'卫兵们就可以立刻冲出来，把赵盾抓住,杀了。不知道的人,都会说赵盾自己找死,谁也不会怀疑他是您用计策杀死的,您看这计策怎么样?"

晋灵公说:"好极了,好极了! 就按照这计策进行。"

第二天,晋灵公又上朝,看见赵盾,就跟他说:"为了感谢你劝我,我预备了一点儿酒菜,慰劳你。"就叫屠岸贾领赵盾进入宫中。赵盾的侍卫提弥明也跟了进去,将踏上台阶的时候,屠岸贾说:"国君请宰相喝酒,别人不能够来。"提弥明就站在台阶下等着。

赵盾坐在晋灵公的右边,屠岸贾站在晋灵公的左边。厨子送上酒菜,喝了三杯酒以后,晋灵公跟赵盾说:"我听说你佩带的剑很好,你解下来给我看一看好不好?"

赵盾不知道这是晋灵公要害他的计策,刚打算解剑,提弥明在台阶下望见了,立刻大声喊:"臣子陪国君喝酒,照规矩不能喝过三杯,为什么喝酒后在国君面前拔剑?"

赵盾听了,立刻明白了过来,就站起来,打算告别。提弥明气呼呼地踏上台阶,扶赵盾下来。

屠岸贾喊灵獒,叫灵獒追赵盾。灵獒像飞一样向赵盾追去。这时候,赵盾还没有逃出宫门。提弥明便赶紧转过身来,对付灵獒,赤手跟灵獒打,把它的脖子扭断,灵獒立刻死了。

晋灵公气极了,叫埋伏着的卫士们出来进攻赵盾。提弥明用身子挡着赵盾，叫他赶紧逃走。由于卫士们太多，他全身都受了伤，终于倒在地上，死了。

赵盾走了没有多远，突然有一个人拼命追上了他。他吓坏了，没想到那个人说："宰相不要怕，我是来救你的，不是来害你的。"

赵盾问："你是什么人？"

那个人回答说："我叫灵辄。我曾经饿倒在桑树下边儿，宰相还记得吗？"

原来在五年前，赵盾曾经去九原山打猎，回来的时候，在一棵桑树下休息，看见地上躺着一个男人，怀疑他是刺客，就抓住他。他已经饿得站不起来。问他叫什么，他说叫灵辄，到卫国去游学三年，回来时身边没有钱买东西吃，已经饿了三天了。

赵盾很可怜他，叫人给他饭跟肉，他拿出一个小篮子，先藏起一半饭跟肉，然后再吃。赵盾问他："你干吗藏一半起来？"他回答说："我家里有老母亲，住在西门，我出门很久，不知道她是不是还活着。我离家只有几里，如果她还活着，我就把您给我的饭菜，留一半给她吃。"

赵盾说："原来你还是一个孝子！"就叫他不要留，都吃掉，另外拿了一份饭菜给他，叫他带回家去。灵辄向赵盾道谢了以后，就走了。后来，晋灵公招考卫士，灵辄去报名，考上了。他为了报答赵盾以前对他的恩德,所以特地追上来救他。

这时候,赵盾的侍从们都吓跑了,灵辄就背着赵盾跑了出来。卫士们杀了提弥明,又一起追了上来。恰好赵朔得到消息,带了家里所有的卫士来迎接,扶赵盾上车。赵盾赶紧喊灵辄也上车,灵辄已经逃走了。晋灵公的卫士们见赵盾的卫士很多,不敢再追。

赵盾向赵朔说:"我们不能够回去了!现在我们去翟国或者秦国,暂时在国外住一些时候再说。"于是,父子俩一起出西门,向西前进。

在路上,他们遇见了赵穿。赵穿刚打猎回来,看见赵盾他们,就问他们去哪儿。赵盾就把晋灵公要害他的事情告诉赵穿。赵穿听了很生气,就回绛州城,想办法把晋灵公给杀了。老百姓听说晋灵公被杀,没有一个人不高兴,也没有一个人怪赵穿不对。

第二天,赵盾坐车回到绛州城,到桃园去看,官员们也都去了。赵盾趴在晋灵公的尸体上,痛哭了一场,哭的声音,一直传到园外。老百姓听到了,都说:"宰相对国君这样忠心,这样爱他,国君被杀,是自己找死,不能怪宰相。"

赵盾叫人把晋灵公埋葬,一方面集合晋国的官员们,商量立新的国君。最后采纳了士会的意见,立晋文公的另一个儿子黑臀做国君。黑臀在周朝做官,赵盾怕赵穿因为杀晋灵公的罪被处罚,就叫他去周迎接黑臀。黑臀回到晋国,做了晋国的国君,叫晋成公。

晋成公仍旧请赵盾做宰相,把女儿庄姬嫁给赵盾的儿子赵朔。赵穿仍旧做中军的副统帅。一天,赵穿私下里跟赵盾说:"屠岸贾跟我们作对,我们在桃园所做的事,别人都没有话说,只有屠岸贾不高兴。如果我们不杀掉他,恐怕将来要害我们!"赵盾说:"你杀掉国君,人家不怪你,你倒怪起人家来了?我们这一族的人很多,并且都在做大官,怕他什么,我们应该跟他和好,不要再互相作对了。"赵穿听了,就不再找屠岸贾的麻烦。屠岸贾怕赵盾、赵穿杀他,也很小心地伺候他们。

对晋灵公被杀的事情,赵盾始终觉得愧疚。一天,他到国史馆去,看见编写历史的太史官董狐,正在竹片上刻写历史,就向他把竹片要过来看。他看见竹片上刻着"秋七月,赵盾在桃园杀了他的国君夷皋"。

赵盾吓了一大跳,向董狐说:"你错了,我已跑到河东去,离绛州城两百多里,你怎么能说是我杀的呢?"

董狐说:"你是宰相,虽然逃出绛州城,可是并没有出国,回来又没有处罚杀国君的人,如果说这件事情不是你出的主意,有谁相信呢?"

赵盾说："是不是可以改写改刻呢？"

董狐说："写历史要公正确实，对就是对，不对就是不对。你可以砍掉我的头，这竹片上的历史绝不能改！"

赵盾叹了口气，说："唉！你的权利，比宰相都大！我只恨自己当时没有立刻出国，现在不免得到这一罪名，后悔已经来不及了。"

从此以后，赵盾伺候晋成公，格外小心谨慎。赵穿仗着自己有迎接新国君回来的功劳，请求赵盾升他的官。赵盾怕人家说闲话，没有答应。赵穿很生气，背上生了一个毒疮，不久就死了。赵穿的儿子赵旃，请求担任他父亲的职位，赵盾说："等你将来有功劳的时候再说吧。"赵盾这样做，可以说完全是受董狐的影响。

一鸣惊人的楚庄王

楚国从熊通自立为楚武王以后，一天比一天强盛。楚武王去世，他的儿子熊赀做了楚王，叫楚文王。楚文王去世，他的儿子熊囏做了楚国国君。熊囏不管国事，一天到晚玩儿，做了三年国君，一点儿成绩也没有，被他的弟弟熊恽所杀。于是熊恽做了楚国国君，叫楚成王。楚成王请一个叫子文的人做宰相，子文很能干，把楚国治理得很好。

这时候，齐桓公为帮助别的国家，被各国的国君推为领袖。楚成王很羡慕，想跟齐桓公竞争，就出兵打郑国，开始向北方侵略。郑国派人去齐国，请齐国出兵帮忙抵抗楚国。

齐桓公也不去救郑国，干脆出兵去打楚国。楚国不敢跟齐国打，就在一处叫召陵的地方，跟齐国订立了友好条约，愿意尊重周王，不再向北方侵略。

不久，齐桓公去世，楚成王又继续向北方发展，想做北方各国的领袖，幸亏北方又出了一个晋文公，在一处叫城濮的地方，跟楚国打了一仗，把楚国打败，楚国才不敢再向北方侵略。

楚成王做了四十七年的楚国国君，被他的儿子商臣所杀。商臣就做了楚国国君，叫楚穆王。

这时候，晋国又衰弱了，楚穆王出兵打郑国，郑国被打败，只好投降。跟着，陈国、宋国又向楚国投降。楚穆王竟把自己看作北方各国的领袖，晋国一点儿办法也没有。

过了没有几年，楚穆王去世，他的儿子旅做了楚王，叫楚庄王。晋国趁这机会想恢复领袖地位，通知各国国君，在一处叫新城的地方开会。到时候，宋、鲁、陈、卫、郑、许各国的国君，都到了开会的地方。宋、陈、郑三国的国君，都说以前服从楚国是不得已，晋国一一安慰他们，各国才又服从晋国的领导。

楚庄王做了三年国君，对国家的事情，一点儿也不管，他不是出去打猎，就是在宫里跟女人喝酒玩儿。

一天，有一个叫申无畏的官员，去见楚庄王，说："有一只五颜六色的大鸟，落在楚国高地，已经三年了。没见它飞，也没听它叫，不知道这是一种什么鸟？"

楚庄王知道这是讽刺他，就笑着说："我知道这是什么鸟，这不是普通鸟，它虽然三年没有飞，可是，它飞起来，比任何鸟儿飞得都要高；它虽然三年没有叫，叫起来比任何鸟儿叫得都要响。"

申无畏不再说什么，向楚庄王拜谢了以后就走了。

过了几天，楚庄王仍旧跟以前一样喝酒，玩女人，仍旧不管国事。楚国另一个叫苏从的官员，去见楚庄王。到了楚庄王面前，他什么也没说，只是哭个没完。

楚庄王问他："你为什么这样哭？"

苏从回答说："我哭我自己将要死去，哭楚国将要灭亡！"

楚庄王问："你自己为什么会死？楚国为什么会灭亡呢？"

苏从说："我来是要劝您治理国事的，您不但不会听我的话，并且一定会杀我。我死了以后，楚国不会再有人来劝您，您可以爱怎么做就怎么做。您不管国事，楚国很快就要灭亡了。"

楚庄王听了苏从的这些话，气得脸色都变了，他说："我曾经下过命令：'谁敢来说我，就杀他！'你明知道我会杀你，却又故意来说我，不是太傻了吗？"

苏从说："我即使傻，也不会比您更傻！您杀掉我，后代的人会说我是忠臣，我还是不能算傻。您呢？恐怕要做一个老百姓都不能够了。好，我没有别的话说了。请把您身边的佩剑借给我，我就在您面前自杀，用不着您叫人来杀我！"

楚庄王立刻站起来，说："算了算了！你所说的都是好话，我听你的好了。"

从此以后,楚庄王努力治理国家,用了很多贤人做官。他叫郑公子归生带兵去打宋国,在一处叫大棘的地方,跟宋兵打了一仗,打败宋兵,抓住宋国的大将华元。然后,他又派芳贾带兵去救郑国,跟晋国军队在一处叫北林的地方打了一仗,抓住晋国的大将解扬,第二年才放他回去。楚国的势力一天比一天强大,楚庄王也开始想做北方各国的领袖了。

　　一天,楚庄王大摆酒席,请所有的官员吃饭,一直吃到太阳下山,大家的兴致还是很好。楚庄王叫点起蜡烛来,继续吃喝,并且叫他所喜欢的一个姬妾许姬,给每一个人酌酒。

　　就在这时候,忽然吹来一阵风,把酒席上点着的蜡烛都给吹灭了,有一个人,见许姬长得很好看,暗地里用手拉她的衣袖。许姬左手向后挣扎,右手去抓这人的帽缨子,一把抓了下来,这人吓得赶紧放手。许姬拿了这人的帽缨子,到楚庄王面前去,贴近楚庄王的耳朵说:"有一个人对我无礼,我已经拉下他的帽缨子。"

　　没想到楚庄王不但没有叫人点蜡烛,还跟管灯的人说:"暂时不要点蜡烛! 今天我要跟大家喝个痛快,大家把帽缨子都拉掉,如不去掉他的帽缨子,就表示他不痛快。"这样一来,就没人知道拉许姬衣袖的究竟是谁。

　　后来人们就管这一宴会叫"绝缨会"。

有一次，楚庄王带兵去打郑国，出发的时候，一个叫唐狡的将官说："郑国是一个小国，用不着这么多的兵去打，我愿意带一百个人，先走一天，给军队开路。"

唐狡每到一处地方，拼命地打，谁都打不过他。每天晚上，打扫扎营的地方，等后头的军队去。

楚庄王带领军队，一直到达荥阳城外，没有遇到一个兵抵抗，没有耽误一天，就叫人把唐狡叫了去，准备大大地赏他。

唐狡回答说："您赏我已经太多了，现在我是为了报答您，才这么做，怎么敢再接受您的赏赐呢？"

楚庄王觉得很奇怪，问唐狡："我以前从没有见过你，你在什么地方受我赏赐的呢？"

唐狡回答说："在绝缨会上，拉美人衣袖的就是我，您当时没有杀我，所以我卖命报答您。"

楚庄王听了，叹息说："嘻！如果当时我点蜡烛处罚他，今天他怎么会这样给我卖命呢？"

好心得好报的孙叔敖

孙叔敖是楚国人，他本来姓芴，名字叫敖，可是因为他号孙叔，人们就管他叫孙叔敖。他父亲叫芴贾，祖父叫芴吕臣，都在楚国做过大官。尤其是他父亲芴贾，从小就很聪明，对楚国的贡献不小。

有一次，楚国的国君楚庄王，带兵去打陆浑一带地方的野蛮民族。临走以前，他怕他的宰相斗越椒造反，特地留芴贾在国内，看着斗越椒，没想到他一走，斗越椒就把芴贾杀死，真的造起反来。孙叔敖见他父亲被杀，就扶着他母亲，逃到一处叫梦泽的地方去躲难。

在梦泽，孙叔敖种田，养他母亲，日子过得很苦。一天，他扛了锄头到田里去干活，看见田里有一条两个头的蛇，这可把他吓坏了。因为他曾经听人家说，两头蛇是不吉利的东西，谁见了就会死,他担心他自己不久就将死去,可是,他心里又想:"我见了这条蛇,算我倒霉,如果别人再看到这条蛇,不是也要死去了吗?不如让我一个人死好了,不要让别人再死!"于是,他就用锄头把蛇杀死,埋在田边。然后他跑回家去,对着他母亲哭。

他母亲问他为什么哭,他回答说:"我曾经听人家说,谁见了两头蛇,一定会死,今天我见到这种蛇了,我怕我不能再活多久,不能再奉养你,所以我难过得哭了。"

他母亲问他:"蛇呢?"

他回答说:"我怕别人再看到这条蛇会死去,就把这条蛇杀死,埋掉了。"

他母亲说:"一个人心肠好,上天一定会保佑他。你见到两头蛇,怕它连累别人,把它杀死、埋掉,可见你的心肠很好。你不但不会死,说不定会因此有好运气呢!"

后来,楚国的一个官员虞邱,奉楚庄王的命令去请孙叔敖。孙叔敖就和他母亲,跟虞邱去郢城。

楚庄王见到孙叔敖,跟他谈了一整天以后,很高兴地说:"楚国的官员中,没有一个比得上你!"就立刻请他做楚国的宰相。

孙叔敖说:"我是乡下种田的,现在一下子就做了宰相,恐怕别人不服气!"

楚庄王说:"不要紧,只要我相信你就行了!"

　　孙叔敖怕别人见了两头蛇会死掉，就在地上刨了个坑，把被他打死的两头蛇给埋了。

孙叔敖没办法，只好接受这一职位。

孙叔敖在楚国做了很多年的宰相，立了很多的功劳。终于有一天，他病了，并且病得很厉害。他向他的儿子孙安说："我有一封给楚王的信，我死了以后，你把这封信拿去给楚王。如果楚王要你做官，你可不要接受。假使他封给你一个大的城市，你也不要接受。如果他一定要封你的话，你就跟他要寝丘这一地方。这地方很穷，没有人要，将来不会有人抢你的，你就可以一代一代地传下去，子孙不愁没有吃的了。"说完这些话，他就断气了。

孙安把他父亲的信拿去给楚王，楚庄王打开信，见信上写着说："自从您叫我做楚国的宰相以后，我对楚国没有什么大的贡献，辜负了您对我的期望，我觉得很惭愧。现在，我能够安安静静地死去，已经觉得很满足了。我只有一个儿子，没有什么出息，不能做官，您不必给他官做。晋国是一个大国，虽然被我们打败，却不要小看他们。老百姓都不愿意再打仗，能够避免打就避免打。我说的是良心话，希望您能够接受！"

楚庄王看完了这封信，叹息说："孙叔敖临死的时候，都不忘掉国家，他的死，实在是我最大的损失！"就亲自到孙安家里去，看着孙叔敖的尸体被放进棺材，手扶棺材，哭个没完，跟去的人见到这情形，也都哭了。

第二天，楚庄王要孙安做官，孙安听他父亲的话，不肯接受，回到乡下种田去了。

楚庄王喜欢一个戏子，叫优孟。优孟的个儿很矮，常常说笑逗楚庄王，或者表演给楚庄王看。因此，楚庄王很喜欢他，常拿他解闷儿。一天，优孟到郊外去，看见孙安砍柴，砍下了柴，自己背着回家。

优孟回去以后，做了一套孙叔敖平常所穿的衣裳、帽子、鞋跟佩剑，并且学习孙叔敖在世时的说话、动作，模仿了三天，没有一处地方不像孙叔敖，就像孙叔敖又活了一样。

一天，楚庄王在宫里喝酒玩儿，叫戏子们演戏给他看。优孟叫别的戏子扮楚庄王想念孙叔敖的样子，然后自己假扮成孙叔敖的样子上场。楚庄王见优孟的说话动作像孙叔敖，心里很难过，就叫优孟去叫孙安。

孙安不愿意做官，楚庄王说："既然你不愿意做官，就封给你一个大城市好了。"孙安说什么也不肯接受。他说："如果您同情我，愿意给我饭吃，请把寝丘封给我，我就心满意足了。"

于是，楚庄王就把寝丘封给孙安。

惹祸的手指头

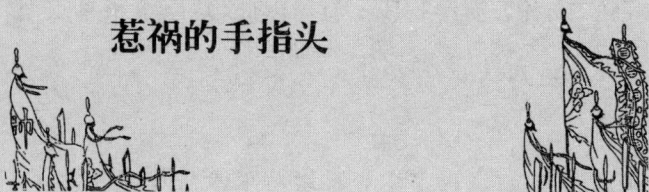

郑穆公去世以后,他的儿子夷,做了郑国国君,叫郑灵公。这时候,郑国的国事,都是由公子归生跟公子宋主持。

一天,公子宋跟公子归生约好,一早起来去见郑灵公。就在他们一起走的时候,公子宋的食指突然跳动了起来。他把食指跳动的情状,拿给公子归生看。公子归生觉得很奇怪。

公子宋说:"这没什么,我的这一个指头常常跳动,每逢它跳动的时候,那天准有好东西吃。以前我到晋国去,它跳动了一次,我就吃到石花鱼。后来我去楚国,它又跳动,我吃到天鹅肉跟合欢橘。没有一次不应验。现在又跳动了,不知道有什么好东西吃?"

他们将进朝门的时候,看见郑灵公的侍从喊厨子,看样子很急。公子宋问那个侍从喊厨子干什么,他回答,说:"有一个人,从汉江来,得到一只大甲鱼,有两百多斤重,送给国君,国君给那个人一笔钱。现在那只大甲鱼,拴在大厅上,国君叫我喊厨子去,把那只大甲鱼杀了,煮给你们吃。"

公子宋向公子归生说:"你瞧,我的食指不会白动吧!"进了朝门,果然看见大厅的大柱上,拴着一只大甲鱼,两个人不禁对看着笑了起来,见到郑灵公的时候,还在笑着。郑灵公问他们为什么事笑。公子归生回答,说:"公子宋跟我一起来的时候,他的食指突然跳动,据他说,他常常这样,只要食指一动,就准有好东西吃。我们进来,看见柱子上拴着一只大甲鱼,相信您煮好以后,一定会给我们尝一尝。因而想到他的食指果然没有白动,所以忍不住笑了起来!"

郑灵公开玩笑地说:"他的食指是不是灵验,权还在我!"

两个人出来以后,公子归生跟公子宋说:"好吃的东西虽然有,可是如果国君不给你吃,你怎么办?"

公子宋说:"只要他请大家吃,绝不会不给我吃。"

到了中午的时候,侍从果然奉郑灵公的命令,请各官员去,公子宋很高兴地进朝,看见公子归生就笑着向他说:"我早就知道国君不会不请我来。"

不久官员们都到了,郑灵公命人安排好座位,各人按照自己的官阶大小,顺着次序坐,郑灵公对大家说:"甲鱼可以说是一种好吃的东西，我不愿意留一个人吃，所以请大家来，一起尝一尝。"大家听了，都站起来向他道谢。

坐好以后，厨子来报告甲鱼已经做好了，先端了一碗给郑灵公，郑灵公尝了尝，觉得味道很好，就吩咐在每个人面前放一双象牙筷，放一碗甲鱼汤，从下席放起，一直放到上席。恰好到第一第二席，只剩下一碗。厨子向郑灵公报告说："汤没有了，只剩下一碗，请问放在谁面前？"

郑灵公说："给公子归生好了。"厨子就把那最后一碗汤放在公子归生面前。

郑灵公笑着向大家说："大家都有了，只有公子宋没有，大概是他不应该吃甲鱼，他的食指灵在什么地方呢？"原来郑灵公故意吩咐厨子，在盛汤的时候，缺这一碗，打算让公子宋的食指不灵，逗大家笑一笑。

没想到公子宋已经在公子归生面前夸了口，现在大家都有吃的，只有他没有，脸上挂不住，不禁气了起来，跑到郑灵公面前，用指头在郑灵公碗里，拿了一块甲鱼肉，吃了，然后说："我已经吃了，怎么能说我的食指不灵验呢？"说完，就出门去了。

郑灵公也气极了，把筷子扔在地上，说："公子宋这样没有礼貌，未免欺我太甚，难道我就不能砍他的头吗？"

公子归生跟其他官员都离开座位，跪在地上，说："公子宋仗着您喜欢他,才开这个玩笑。他绝不敢欺侮您,希望您饶了他!"郑灵公仍旧骂个不停,大家都没喝甲鱼汤,不欢而散。

公子归生立刻去公子宋家里,告诉他郑灵公很生气,叫他第二天早上去道歉。公子宋说:"一个人不尊重别人,别人自然也不尊重他。国君先开我的玩笑,他不怪自己,难道要怪我吗?"

公子归生说:"不管怎么说,究竟他是国君,你是臣子,你还是向他让步的好。"

第二天早上,两个人一起进朝,公子宋并没有向郑灵公道歉,倒是公子归生心里不安,向郑灵公说:"公子宋为昨天的事,特地来向您道歉,他因为太心慌,说不出话来,希望您原谅他!"

郑灵公说:"我怕得罪他,他怕我什么?"说完,不高兴地一甩衣袖,站起来走了。

公子宋出了朝门以后,请公子归生到他家里去,秘密地跟他说:"看样子,国君恨我很深! 恐怕他要杀我,倒不如我们先下手杀他。"

公子归生用两只手捂着耳朵,说:"养的家畜,养久了都不忍心杀它们,何况一个国君,你怎么可以随便地说要杀他呢?"

公子宋说:"我是说了玩儿的,你不要跟别人讲。"

公子归生告别走了。

公子宋知道公子归生跟郑灵公的弟弟公子去疾很要好,就造了一个谣言说："公子归生跟公子去疾，一天到晚在一起，不知道他们在谈些什么，可能不是好事，对国家不利。"

公子归生听到了，赶紧拉住公子宋的胳膊，把他拉到僻静的地方，跟他说："你无缘无故地要害我干什么？"

公子宋说："你不跟我合作，我就叫你死在我前头！"

公子归生的个性一向很懦弱，不能决断，听了公子宋的话，害怕地说："你打算怎么办？"

公子宋说："从分甲鱼汤这件事情上看，就可以知道国君没什么出息。如果能杀掉他，我就让你立公子去疾做国君，跟晋国亲近，郑国可以太平几年。"

公子归生想了一会儿，慢慢地回答他，说："你爱怎么办就怎么办吧，我不告诉别人好了。"

公子宋就暗地里集合家里的卫士，趁郑灵公秋祭，睡在斋宫的时候，用钱买通伺候他的人，在半夜里偷偷地进入斋宫，用土袋硬把郑灵公压死，假说是被鬼压死的。公子归生知道是公子宋害死的，却不敢说。

第二天，公子归生跟公子宋一起商量，准备请公子去疾做国君。公子去疾不答应，就请郑穆公的另一个儿子公子坚做了郑国国君，叫郑襄公。

公子宋派人去晋国，跟晋国订了和平互助条约，希望晋国支持他。周定王三年,楚国出兵打郑国,晋国果然出兵帮忙,打败了楚兵。周定王四年,楚国又出兵打郑国,责备公子归生跟公子宋不应该害死郑灵公,恰好公子归生死了,公子去疾做了郑国的宰相,调查害郑灵公的事,杀掉公子宋,毁掉公子归生的棺材。然后,郑襄公派人去见楚王,请求跟楚国讲和,楚王答应了这一请求,就退兵回国去了。

不要笑话客人

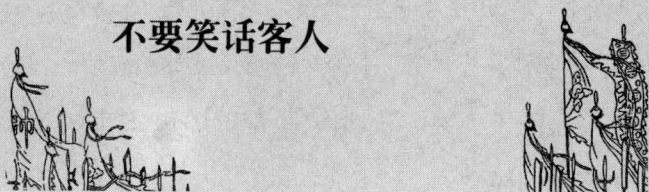

晋景公打败秦兵，灭掉潞国以后，又想恢复晋国以前的地位，做各国的领袖。他先派上军之帅郤克到鲁国和齐国去联络，准备将来一致对付楚国。

这时候，鲁国的国君叫鲁宣公，齐国的国君叫齐顷公。郤克先去鲁国联络，问候了鲁宣公以后，准备再去齐国。恰好鲁宣公也准备派人去齐国，问候齐顷公，就叫季孙行父跟郤克一起去齐国。刚到齐国的郊外，又遇见卫国所派的特使孙良夫和曹国的特使公子首，他们也是去齐国作友善访问的。于是，四个特使一起进齐国，住在客馆里。

第二天早上，四个人一起去拜见齐顷公。齐顷公看见这四个人的相貌，暗地里觉得奇怪。他跟他们说："请各位暂时回客馆去，过一天我要请你们参加我的宴会。"四个人听了，都告别退出朝门,回客馆去了。

齐顷公进宫,见到他的母亲萧太夫人,忍不住咧着嘴笑。他母亲问他:"外头有什么可笑的事情,你笑得这么厉害?"

齐顷公回答,说:"外头没什么可笑的事,倒是有一件怪事:晋、鲁、卫、曹四国,各派一个使者来访问。晋国的使者郤克,是一个瞎子,只有一只眼睛看人。鲁国的使者季孙行父,是一个秃子,头上没有一根头发。卫国的使者孙良夫,是一个跛子,两只脚一高一低,曹国的使者公子首,是一个驼背,两只眼只向地上看。身体残废并不稀奇,稀奇的是,四个人的残废不一样,又同时到齐国来,朝堂上如同出现一班鬼怪,你说可笑不可笑?"

他母亲不相信地说:"我是不是可以看一看?"齐顷公说:"明天我在后花园里请他们,他们来参加我的宴会时,一定从崇台的底下经过。您在台上拉起帐幕,偷偷地看好了!"

第二天,齐顷公宴请各国使者的时候,他母亲早已在崇台上等着了。按照老规矩,使者到哪一国,车马、侍从跟佣人,都由哪一国供应。齐顷公存心逗他母亲笑,故意秘密地选了一个瞎一只眼的、秃子、跛子跟驼子,叫他们分别驾驶四个人的车子。

郤克一只眼,他的车夫也是瞎一只眼;季孙行父是秃子,他的车夫也是秃子;孙良夫是跛子,他的车夫也是跛子;公子首是驼子,他的车夫也是驼子。

不一会儿,四国的使者来了,车上两个瞎子、两个秃子、两个跛子、两个驼子,经过台下,齐顷公母亲在台上揭开帐幕看到,忍不住大声笑了起来,她身旁的女佣人,虽然不敢笑出声,也都用手捂着嘴笑。

郤克最初见他的车夫跟他一样,瞎了一只眼,以为是偶然的,不觉得奇怪。后来,听见台上头有女人笑的声音,就起了疑心。在酒席上,他只匆匆喝了几杯酒,就起身,告别,回到客馆,打听在崇台上笑的是谁,知道是齐顷公的母亲,心里很生气。

过了一会儿,鲁、卫、曹三国的使者,都来跟郤克说:"齐国故意派车夫耍我们,给女人们看了笑话,这太不像话了!"

郤克说:"我们好意来,作友好访问,联络感情,没想到反而受到侮辱,如果不报这仇,我们就不能再做人了!"

季孙行父等三个人一起说:"你说得对,如果你出兵来打齐国,我们回去以后,一定也报告国君,尽我们所有的力量,支持你。"四个人在一起商量了一夜,一直到天亮,也没有向齐顷公告别,就各自上车,回本国去了。

齐国宰相国佐叹息说:"从此以后,齐国要不太平了。"

季孙行父、郤克、孙良夫跟公子首回国以后,各自请求本国的国君,出兵打齐国。不久,四个人果然各自率领了本国的军队去打齐国,齐顷公出兵抵抗被打败,差一点儿被抓住。后来,被逼得实在没有办法,齐顷公叫国佐送几件贵重的宝物去给郤克,请求跟四国讲和,并且愿意把以前齐国侵占鲁国、卫国的土地,分别还给鲁、卫两国。晋、鲁、卫、曹四国才各自退兵。

搜孤救孤

晋景公打了几次胜仗以后，开始骄傲起来。他宠信屠岸贾，一天到晚吃喝玩儿，跟以前的晋灵公一样。

晋国有一座山叫梁山，无缘无故地塌了下来，塞住河流，三天不能流通。晋景公教太史算一算卦，屠岸贾用钱买通太史，教他报告晋景公，梁山塌下来，是因为刑罚不公平。

晋景公说："我处罚人并不算过分，怎么能说是不公平呢？"

屠岸贾说："所谓刑罚不公平，并不一定是说您处罚人太过分，该处罚的不处罚，也是不公平。赵盾在桃园杀晋灵公，国史上记得很明白，这是应该砍头的罪，晋成公不但没有杀他，反而请他做宰相。到现在，他的子孙都做着晋国的大官，像这种情形，怎么能警惕后世的人呢？并且我听说，赵盾的儿子赵朔，仗着他的势力大，准备造反。梁山塌下来，实在就是上天代晋灵公申冤，要您处罚赵盾。"

晋景公见赵家的势力太大，本来就不满意，听了屠岸贾的话觉得也有道理。他问韩厥有什么意见，韩厥说："晋灵公被杀，跟赵盾有什么关系呢？何况赵家这几代以来，对晋国的贡献很大。您为什么要听坏人的话，怀疑功臣的后代呢！"

晋景公还是不放心，又问栾书、郤锜。这两个人跟屠岸贾要好，早就受过屠岸贾的嘱咐，因此他们都不肯为赵家辩护。晋景公就相信了屠岸贾的话，认为他说得对。晋景公把赵盾的罪状，写在一块木板上，交给了屠岸贾，跟他说："你照着去办吧，只是不要惊动了国人！"

韩厥知道了屠岸贾的阴谋，先去赵朔所住的下宫，通知赵朔，教他赶快逃走。赵朔说："我父亲因为不愿意被晋灵公杀掉，又没有逃到国外去，遂被太史冤枉，说晋灵公是他杀的。现在屠岸贾奉的是国君的命令，一定要杀我，我怎么敢逃避呢？可是我妻子怀了孕，快要生了，如果生的是女儿就不必说了，假使生的是男的，我希望你给我保全，为赵家留一个后代，我就是死也安心了。"

韩厥哭着说："我完全是你父亲提拔，才有今天这样子，你父亲把我当作儿子看待，我也把你父亲看作我的父亲。我觉得惭愧的是，我的力量太小，不能帮你砍屠岸贾的头！你吩咐我的事,我怎么敢不尽力去做？可是,屠岸贾恨透了你一家,到时候,恐怕我想尽力也没有办法。现在他还没有下手,你为什么不先把公主悄悄地送到宫里她母亲那儿去呢？将来她如果生下一个儿子,长大了不是可以给你报仇了吗?"

赵朔说:"你这主意很好!"两个人就哭着告别。

赵朔私下里跟他妻子庄姬约好,如果生下的是女儿,就管她叫赵文,如果生下的是男儿,就管他叫赵武。他把他跟庄姬的这一约定,告诉他的一个手下程婴。教庄姬打后门上车,由程婴护送,到宫里找她母亲成夫人去了。

第二天早上,屠岸贾亲自率领兵士,包围了下宫,把晋景公所写赵盾的罪状,挂在赵家的大门上。然后把赵家的人,不分男女老幼,全部杀掉。只有赵朔的一个侄子赵胜,因为封在一处叫邯郸的地方,没有被杀。后来,他听到这消息,逃到宋国去了。

屠岸贾检点赵家被杀的人,单单不见庄姬。他说:"公主逃走不要紧,可是听说公主已经怀孕将要生产,万一生下一个男的,可就麻烦了。"

有人报告说:"半夜里曾经有一辆车子进宫。"

屠岸贾说:"这一定是庄姬。"他立刻去报告晋景公,说:"赵朔一家都被杀掉了,只有公主进入宫里,您看怎样处理?"

晋景公说:"我母亲很喜欢公主,她既然已经进宫去找我母亲,你就不要管了,随她去吧。"

屠岸贾又报告说:"公主已经怀孕,将要生产,万一生下一个男孩子,将来长大了,一定会给他父亲报仇,恐怕对您不利,您应该考虑一下!"

晋景公说:"如果生下的是男的,杀掉好了。"

屠岸贾就教人一天到晚打听庄姬生产的消息。过了几天,庄姬果然生下一个男孩子。成夫人吩咐宫里的人,假说生的是女的。屠岸贾不相信,派他家里的奶妈进宫去查看。庄姬心里慌了,跟她母亲成夫人商量,说她所生的女儿已经死了。

这时候,晋景公一天到晚喝酒玩女人,一切国家大事都交给屠岸贾处理。屠岸贾要怎么做就怎么做,晋景公一点儿也不管。

屠岸贾不相信庄姬生的是女的,更不相信她所生的女儿已经死掉,因此他亲自率领了女佣人,到宫里去搜查。

庄姬把孤儿藏在裤子里,向上天祝告说:"如果上天要赵家灭绝,我儿子哭好了。如果赵家不该灭绝,我儿子就不要吭声儿。"

等到屠岸贾的女佣人拉出庄姬,搜她宫里,什么也没搜到。庄姬的裤子里一点儿声音也没有。

屠岸贾见搜不到孤儿,只好出宫去了。可是他心里还是很疑惑。有人说孤儿已经被送到宫外去了,屠岸贾就贴出布告说:

"有人报告孤儿消息的,给他一千两金子;知道而不来报告的,全家砍头。"同时派人在宫门口盘问进出的人。

赵盾有两个手下心腹,一个叫公孙杵臼,一个叫程婴。赵盾在世的时候,非常相信他们,对待他们很好,他们对赵家也很忠心。他们听说屠岸贾带兵包围了下宫,曾准备跟赵家的人一起死。

程婴说:"我们都死了,对赵家有什么用呢!"公孙杵臼说:"我也明知道没有用,可是赵家对我们这么好,现在他们遭遇大难,我们怎么能忍心离开他们呢?"

程婴说:"我听说庄姬已经怀孕,如果生下的是男的,我就跟你一起养他成人;如果不幸生下的是女的,我们再死也不晚。"

等到听说庄姬生下的是女的,公孙杵臼哭着说:"难道上天真的灭绝赵家了吗?"

程婴说:"这消息未必靠得住,我再打听打听看。"就用钱买通宫里的人,跟庄姬联络。庄姬知道程婴很靠得住,就秘密地写了一个"武"字,教人送出去给程婴。程婴见了,高兴地说:"公主生的果然是男的!"

屠岸贾在公主宫里搜查的时候,程婴跟公孙杵臼很担心。后来,听说屠岸贾没有搜到,程婴跟公孙杵臼说:"赵家的孤儿明明还在宫里,屠岸贾却没有搜到,真是孤儿的运气。可是,这只能瞒过一时,将来免不了还是要被人家知道,屠岸贾一定又会搜索。我们必须想办法,把孤儿偷出宫门,藏到很远的地方去才行。"

公孙杵臼想了很久以后,问程婴:"你看是死难呢? 还是养孤儿难?"程婴说:"当然是养孤儿难,死容易。"

公孙杵臼说:"那么你负责难的,我负责容易的,好不好?"

程婴说:"你打什么主意?"

公孙杵臼说:"最好另找一个孤儿来,冒充赵家的孤儿,我抱到首阳山去,你去报告屠岸贾,告诉他我跟孤儿所藏的地方。屠岸贾得到假的孤儿,真的孤儿就安全了。"

程婴说:"另找一个孤儿容易,难的是,要先把真的孤儿偷抱出宫门才行。"公孙杵臼说:"赵家对韩厥不错,偷孤儿的这件事,可以请韩厥帮忙做。"

程婴说:"我最近生了一个儿子,跟赵家孤儿诞生的日期很近,可以冒充赵氏孤儿。可是,如果屠岸贾从你那儿搜出来,你一定要被杀。我怎么能忍心,看你死在我前头呢?"说完,哭了起来。

公孙杵臼生气地说:"这是一件大事,也是一件好事,你哭什么呢?"程婴听了,就拭干眼泪,走了。到了半夜里,他把他的儿子抱给公孙杵臼,然后立刻去见韩厥,告诉韩厥,庄姬生下的是男的,并且把公孙杵臼的计策告诉他。韩厥说:"庄姬正好有病,叫我给她找医生。如果你能够哄屠岸贾亲自去首阳山,我自然有偷出孤儿的办法。"

程婴就故意向人们宣传,说:"屠岸贾要得到赵氏孤儿吗,干吗在宫里搜呢?"

屠岸贾的手下听到了,问他:"你知道赵氏孤儿藏在哪儿吗?"程婴说:"只要你真的给我一千两金子,我就告诉你。"那人就带他去见屠岸贾,屠岸贾问他姓什么叫什么。程婴回答说:"我姓程,叫婴,跟公孙杵臼都曾给赵家做事。公主生下孤儿,就教一个女人抱出宫门,托我们两个人藏起来。我怕这件事情被人家知道了,人家报告你,可以拿一千两赏金,我却要全家被杀,越想越觉得不合算,所以才来告诉你。"

屠岸贾说:"孤儿现在藏在哪儿?"

程婴说:"请叫你身旁的手下人走开,我才敢讲。"

屠岸贾就叫他手下人出去。程婴告诉他说:"在首阳山,赶紧去还可以找到他们,否则,他们就要到秦国去了。最好你亲自去,因为别人大多跟赵家认识,恐怕不可靠。"

屠岸贾亲自率领了三千兵,让程婴作向导,出发去首阳山。他们进山后弯弯曲曲走了好几里,路很幽僻,看见一条小河旁,有几间草房,门关着。程婴用手指着这几间草房说:"公孙杵臼跟赵氏孤儿,就藏在那房子里。"

程婴先去敲门,公孙杵臼开门,看见门外头有很多兵,赶紧关门,往里头躲。程婴喊:"你不要走,赶快把孤儿抱出来。"话还没说完,兵士们已经把公孙杵臼绑了去见屠岸贾。

屠岸贾问公孙杵臼孤儿在什么地方,公孙杵臼说不知道。屠岸贾就教兵士到房子里去找,看见有一间房间的门锁着。兵士们砸开锁,进去,见房间里相当暗。一只竹床上,有孤儿哭的声音,就把他抱出来,公孙杵臼一看就要上前去抢,可是他被绑住了,不能上前,就大声骂程婴说:"程婴,你这禽兽不如的东西!以前赵家全家被杀的时候,我约你一起死,你说公主有孕了,死了就不能给她养孤儿,现在公主把孤儿交给我们两个人,躲在这儿,你却又贪一千两的赏金,背地里出卖我。我死没有关系,你怎么对得住赵家对你的一番好处呢?"他把程婴骂个没完,程婴显得很惭愧,向屠岸贾说:"为什么不杀掉他呢?"屠岸贾教人杀掉公孙杵臼,自己举起孤儿,摔在地上,孤儿只哭了一声,就被摔成肉饼。

屠岸贾带兵去首阳山抓孤儿,城里的人都知道了,有的为屠家高兴,有的为赵家难过。宫门口的盘问就松了。韩厥教他的一个手下假装成医生,进宫去给庄姬看病,把预先写好的一个"武"字,粘在膏药上。庄姬看见,明白了他的意思。诊了脉以后，庄姬讲了几句关于生产的话，就用衣裳把孤儿裹好，放在药包里。没想到孤儿哭了起来，庄姬用手摸着药包说："赵武！赵武！你一家一百多人被杀，等着你长大给他们报仇，出宫的时候，你千万不要哭！"

说也奇怪，庄姬吩咐了以后，孤儿果然不哭了，走出宫门的时候，也没有人盘问。韩厥得到孤儿，像是得到了一件无价之宝，把他藏在家里，教奶妈喂他，连他家里的人都不知道这件事。

屠岸贾回到家里，教人拿一千两金子给程婴，程婴不肯接受。屠岸贾说："你就是为了这一千两赏金，才向我告密的，现在怎么又不要了呢？"

程婴说："我在赵家做了多年的事，赵家待我实在不错。现在我为了救自己的一家人而害死了赵氏孤儿，已经不应该，怎么能再要这些金子呢？如果你肯给我一个面子，希望你让我拿这些金子来埋葬赵家一家人的尸首，也算是表示我对赵家的一点情意。"

屠岸贾高兴地说："你真是一个大好人！赵家的尸首，你尽管去埋葬好了，这一千两金子，就给你作埋葬的费用。"

程婴就接受了这一千两金子，收集赵家一家大小的尸骨，放在棺材里，分别埋葬在赵盾坟墓的旁边。埋葬好以后，又去谢屠岸贾，屠岸贾要用他，他流着眼泪说："我一时贪生怕死，做出这种不应该做的事情，已经没有脸再见晋国人，从此以后，我要去远方混口饭吃了。"

程婴向屠岸贾告别以后，就去见韩厥。韩厥把奶妈跟孤儿都交给程婴。程婴把孤儿当作自己的孩子看待，带他到盂山去躲了起来。由于这座山藏过赵氏孤儿，后代的人管这座山叫藏山。

过了三年，晋景公生病死了，他的儿子州蒲做了晋国的国君，叫晋厉公。没有多久，晋厉公因暴虐被杀，晋厉公的孙子孙周做了晋国的国君，叫晋悼公。

晋悼公早就听说韩厥的贤能，就请他做晋国的宰相。韩厥趁向晋悼公道谢的机会，私下里跟晋悼公说："我们都是仗着先代对晋国的功劳，才有今天这样的地位。可是，先代的功劳，没有比赵家更大的了。赵衰帮助晋文公，赵盾帮助晋襄公，贡献都不少。不幸，晋灵公不管国事，相信奸臣屠岸贾的话，要害死赵盾，赵盾逃走，才没有被杀。晋灵公在桃园被杀。晋景公做了国君，又相信屠岸贾。屠岸贾冤枉赵盾，说晋灵公是他杀的，杀了他的全家。晋国的人都给赵家抱不平，恨透了屠岸贾。总算老天爷有眼睛，赵家的一个孤儿赵武还活着。您要把国家治理好，不能不给赵家申冤！"

晋悼公说："这件事以前我也听我父亲说过，现在赵武在哪儿？"

　　韩厥回答说:"当时屠岸贾到处搜索赵氏孤儿,搜得很紧。赵家有两个手下人,一个叫公孙杵臼,一个叫程婴,公孙杵臼抱着程婴的婴儿,冒充说是赵家的孤儿,甘心被杀,好让赵武能活着。程婴把赵武藏在盂山,到现在已经十五年了。"

　　晋悼公说:"你给我把他们找来。"

　　韩厥说:"屠岸贾还在朝廷里,您最好保守秘密。"

　　晋悼公说:"好,我知道了。"

　　韩厥出了宫门,亲自驾车去盂山迎接赵武回来。

　　回来以后,韩厥带赵武进宫去见晋悼公。晋悼公把赵武藏在宫里,假说有病,不能上朝。

　　第二天,韩厥率领了官员们进宫问安,屠岸贾也在。

　　晋悼公说:"你们知道我害的是什么病吗? 只因为功劳簿上有一件事不清楚,所以我心里不高兴!"

　　官员们问:"不知道功劳簿上,哪一件事不清楚?"

　　晋悼公说:"赵衰、赵盾对晋国的贡献很大,我怎么能忍心教他们绝了后代呢?"

　　大家一起回答说:"十五年前,赵家的人就被杀光了,现在您虽然想念赵家的功劳,可是他们已经没有后代了,怎么办呢?"

　　晋悼公就喊赵武出来,教他向大家行礼。大家都问:"这位公子是谁?"韩厥说:"这就是赵家的孤儿赵武。以前杀掉的,只

屠岸贾吓得魂都没有了，跪在地上，一句话也说不出来。

是赵家手下人程婴的儿子。"

这时候，屠岸贾吓得魂都没有了，像是喝醉了酒似的，跪在地上，一句话也说不出来。

晋悼公说："这件事情，都是屠岸贾一手做的，现在不杀掉屠岸贾一家，怎么能对得住赵家冤死的鬼魂呢？"说完，就教身旁的卫士，把屠岸贾拖出去杀掉。然后又教韩厥跟赵武，带了兵去包围屠岸贾的房子，把他家里的人，不管男女老幼，全都杀死。赵武请求晋悼公允许他拿屠岸贾的头，到他父亲赵朔坟墓前去祭祀。晋悼公答应了他。晋国的人，没有一个不替赵家高兴的。

晋悼公杀掉屠岸贾以后，就任命赵武做大法官，代替屠岸贾的职位。以前没收赵家的田地房产，都还给了赵武。

晋悼公听说程婴的为人，打算给他官做。程婴说："以前我没有跟赵家的人一起死，是为了要养赵氏孤儿。现在，赵武已经长大，并且报了仇了，我怎么能自己贪做官，让公孙杵臼一个人死呢？我也要去找他！"说完，就用佩剑自杀死了。

赵武趴在程婴的尸体上，哭得很伤心，把他跟公孙杵臼一起埋葬在雪中山，管他们的坟叫"二义冢"。

这时候，赵胜还在宋国，晋悼公派人叫他回来，把邯郸还给他。于是，赵家又慢慢地恢复了以前的地位。

神箭手——养由基

养由基是楚国的一个低级军官。有一次,楚庄王带兵到国外去打仗,楚国的宰相斗越椒在国内造反,出兵拦住楚庄王,不让他回楚国。

斗越椒射箭射得很准,在跟楚庄王打的时候,差一点儿射中楚庄王。楚庄王手下有一个将官叫乐伯,养由基就是乐伯手下的一个小军官,他听说斗越椒的箭射得很准,就请求乐伯,让他跟斗越椒比赛射箭。乐伯答应了他的请求。

于是,他站在河边上,向河对面的斗越椒喊:"听说你很会射箭,我愿意跟你比赛一下,你站在桥的那一头,我站在桥的这一头,你射我三箭,我射你三箭,谁被射死了活该!"

斗越椒问:"你是什么人?"

养由基回答说:"我是乐伯将军手下的一个小军官,叫养由基。"

斗越椒从没有听说过养由基这名字,自然不把他放在心上,就说:"你要跟我比赛射箭,得让我先射三箭。"

养由基说:"不要说三箭,你就是射我一百箭,我也不怕!躲的绝不算好汉!"

两人约好以后,就各自把队伍分站在桥两头的后头。斗越椒先射了三支箭,恨不得把养由基的整个头射下来。没想到养由基不慌不忙,看见箭来,只用弓梢一拨,就把斗越椒射来的一支箭,打落在水里。然后高声喊:"快射,快射!"

斗越椒又把第二支箭搭上弓弦,看准了射过来。养由基把身子往下一蹲,那支箭从头上过去。斗越椒喊:"你说不许躲,怎么蹲下身子躲了?你不是男子汉大丈夫!"

养由基回答说:"你还有一箭,你再射来我就不躲了,如果你这支箭射不中,就该我射你了。"

斗越椒心里想:"如果他真的不躲,这支箭准可以射中他。"就拿出第三支箭,向养由基射去。这一次养由基果然没有躲,等箭射到的时候,张开嘴,正好把箭头咬住。斗越椒三射都没有射中,心里慌了。可是他已经跟养由基约好了,不能够说话不算数,只好喊:"好,让你也射三箭,如果射不中,我就再射你。"

养由基笑着说:"要三箭才射中你,还算什么本事。我只要射一箭,就准教你把命送在我手里!"

斗越椒说:"你不要吹牛,有本事,赶快射。"

没想到养由基的箭百发百中,他拿了一支箭在手里,喊一声"看箭",只把弓弦拉了拉,并没有真的放箭。斗越椒听见弓弦响,以为射来了,赶紧把身子往左边一闪。养由基说:"箭还在我手里,没有上弓,你讲过躲的不算好汉,你怎么又躲了?"斗越椒说:"怕人家躲的,也不算最准!"

养由基又把弓弦拉响,斗越椒又把身子往右边一闪,养由基趁他这一闪的时候,射了一箭过去,斗越椒不知道箭到,等他看见时,已经来不及了,这支箭射穿了他的头。可怜斗越椒,做了几年楚国的宰相,现在却被一个小军官一箭射死了!

楚庄王嘉奖养由基的功劳,给了他很多东西,请他做将军,担任亲军的指挥官。

过了十多年,楚庄王死了,他的儿子审做了楚王,叫楚共王。有一次,楚共王出兵跟晋国打,双方的军队,都驻扎在一处叫彭祖冈的地方。扎营后的第二天,因为日子不吉利,双方都没有打。

楚国的兵营里,有一个将官叫潘党,在兵营后头射箭靶,连射三箭,都射中靶上的红心,在旁看热闹的将官们,都一起称赞他。恰好养由基来了,大家都喊:"神箭手来了!"潘党生气地说:

"凭什么说我的箭射得没有他好?"

养由基说:"你只能射中靶上的红心,不算稀奇,我的箭能够百步穿杨!"大家问他什么叫百步穿杨? 他说:"以前有人在杨树的一片叶子上抹上墨作记号,我在一百步以外射这一叶,一箭正好射穿这叶子的中心,所以叫百步穿杨。"

大家说:"这儿有一棵杨树,你射给我们看一看好不好?"

养由基说:"怎么不可以呢?"大家都高兴地说:"今天我们可以看到你的神箭了!"就用墨抹在杨树的一片叶子上作记号,养由基站在一百步以外射。养由基射了一箭,箭没有落下,大家都去看,看见箭被杨树枝挂住,箭头正射穿叶心。潘党说:"这一箭是偶然射中! 如果我在三片叶子上做上记号,你都能够射中,才算你有本事。"

养由基说:"这恐怕不容易做到,不过我可以试一试看。"

于是,潘党在三片杨树叶子上做了记号,叶子有高有低。在三个叶子上写了"一""二""三"三个字。养由基也认过了,退到一百步以外的地方站住,也在三支箭上做上"一""二""三"的号数,按照序号射出去,也按照序号射中了树叶,一号箭射中一号树叶,二号箭射中二号树叶,一点儿也不差。大家都向养由基说:"你真了不起!"

潘党虽然心里佩服,可是嘴上还是不服气,向养由基说:"你箭射得确实很巧、很准,可是杀人还是要力气大,单是准并没有用。我能够射穿七层甲,可以射给大家看看。"大家都愿意看,潘党就教穿甲的兵士,把甲脱下,叠在一起,一共叠了七层。

大家心里想:"七层甲,差不多有一尺厚,怎么能射得穿?"

潘党教把这七层甲,绑在箭靶上,也站在百步以外,对准了,用力一箭射去,噗的一声,只见箭上,不见箭落,大家上前看的时候,都鼓掌喊:"射得好! 射得好!"原来这支箭一直透过七层甲,就像是用钉钉在上头一样,连摇都摇不动。

潘党很得意,教兵士把七层甲连箭一起拿下,打算拿到兵营里去展览。没想到养由基喊:"不要动,我也射一箭看!"

大家都说:"对,我们也要看一看你的力气。"

养由基拿起弓箭准备射,却又停住。大家问:"你怎么不射呢?"

养由基说:"仍旧照这样子射,没什么稀奇,我有一个送箭的方法。"说完,搭上箭,用力向前射去,喊声:"正好!"这支箭不上不下,不左不右,恰好把潘党那支箭,送到靶那一边去了。他这支箭,仍旧穿在甲上的箭眼里。大家看见,都吓得吐出了舌头。潘党才心服口服地向他说:"你的箭的确是了不起,我不如你!"

大家说:"现在我们准备跟晋国打仗,正是用人的时候,你们两位,有这样的本事,应该趁这机会,为国家效力。"就教兵士把甲跟箭,抬到楚共王面前,养由基跟潘党也一起过去。大家把两个人比赛射箭的事情,详细地报告楚共王,向楚共王说:"我们有这样的神箭手,还怕什么晋兵?"

没想到楚共王生气地向养由基说:"打仗是凭用计策,光靠箭射得好有什么用?你这样卖弄你的射箭本事,将来你一定会死在箭上!"就把养由基的箭全部没收,不许他再射。养由基既不好意思,又觉得惭愧,没吭声儿就走了。

第二天天一亮,晋楚双方就鸣鼓进兵。楚国最厉害的军队是亲军,亲军分左、右两广,右广的军队比左广的军队还要强。右军的指挥官,就是养由基。楚共王怪养由基卖弄本事,所以没有跟右广的军队一起出去,反而带了实力比较弱的左广军出阵。

楚共王有一个儿子叫熊茷,年纪轻,爱打仗,他率领了一支军队打前锋,看见晋国国君晋厉公的车辆,陷在泥水坑里,马不能走,就赶紧跑去,想抓住晋厉公。没想到,他刚要赶到那儿,晋国的中军元帅栾书也赶到了。他想逃走已经来不及,被栾书活捉了过去。楚兵一起去救,被晋国的军队拦住,双方打了不久,各有损失,胜败不分,约好了第二天再打。

第二天,晋兵把熊茷关在一辆囚车里,在阵上推来推去,楚共王看到了,又气又难过,亲自去抢囚车。晋军的大将魏锜望见,一箭向楚共王射去,射中楚共王的左眼。潘党努力抵抗,才保护楚共王转过车子,向回走。楚共王忍痛拔箭,眼珠子跟着箭头,被一起拔了出来,扔在地上。有一个小兵,捡起来,给楚共王,说:"这箭头上有您的眼珠子,不能随便扔掉。"楚共王就用手接过来,放在盛箭的袋子里。

这时候,楚共王气极了,派人把养由基叫来。养由基赶紧去见楚共王,身旁一支箭都没有。楚共王打箭袋里抽出两支箭,给养由基,向他说:"射我的是一个穿绿衣裳的人,我要你给我报仇。你箭射得很准,大概两支箭够了。"

养由基接过箭,乘车赶入晋阵,正好撞见一个穿绿色衣裳的晋国将官,知道是魏锜,大声骂他:"你有什么了不得的本事,居然敢射伤我们的国君?"魏锜正打算回答,养由基的箭已经射来,正好射中魏锜的脖子,他的气管被射断,死了。

养由基把剩下的一支箭,交还给楚共王,说:"报告大王,我已经射死晋国那穿绿衣裳的将官了!"

楚共工很高兴,把自己身上的外衣脱下,送给他,并且给了他一百支好箭。从此以后,楚国军队里,都管他叫"养一箭",意思是说,他射死一个人,只需要一箭,绝用不着第二箭!

楚共王的眼睛被射伤以后,晋兵追杀了过来,追得很紧。养由基站在楚军阵前,有追过来的用箭射死他,晋兵才不敢再追。楚共王知道没法再跟晋国打,就退兵回国。

晋国跟吴国合作，联合对付楚国。晋国派人教吴国人射箭、驾车，请他们帮忙打楚国。吴国跟楚国只隔了一条江，因此，吴国的军队常常过江去打楚国。楚国觉得很伤脑筋。有一次，楚国跟吴国打了一仗，楚国大败。

不久，楚共王死了，他的儿子昭做了楚王，叫楚康王。吴国趁这机会，派大将公子党带兵去打楚国。楚国派养由基带兵抵抗。养由基一箭射死了公子党，吴兵被打败，只好退兵回国。

有一次，吴国引诱楚国的附庸国家舒鸠背叛楚国，楚康王就教宰相屈建带兵去打舒鸠。养由基请求做先锋，屈建说："你年纪大了，舒鸠是一个小国，我们准备打胜仗，用不着麻烦你去。"养由基说："我们去打舒鸠，吴国一定会出兵救他们。我常常带兵抵抗吴兵，对他们的军中事情很熟悉，希望你让我去，我就是死，也心甘情愿了。"

屈建听到他提到一个"死"字，心里很难过。养由基又说："我常常想为国牺牲，可惜没有机会。现在我的头发胡子都白了，如果我不幸在国内生病死了，就怪你不给我机会。"

屈建没有办法，只好答应了他的请求，派另一个叫息桓的将官帮助他。他带兵到一处叫离城的地方，吴国也派了救兵来了。息桓要等屈建的主力部队来再打，养由基说："吴国人在船上打仗比较高明，现在他们到陆地上来，既不会驾车，又不能射箭，就要吃亏了。趁他们刚到，还没安定下来，我们应该赶紧去打他们，准可以把他们打败。"说完，就带了弓箭，向晋兵冲去。他每发出一箭，一定会射死一个吴兵。吴兵没法前进，稍向后退，养由基就向前追。遇见晋国一个带兵官，养由基正要用箭射他，他已经转过车子退走，快得跟风一样。养由基吓了一跳，说："没想到吴国人也会驾车，我早点儿射他就好了。"话还没说完，看见很多吴国的战车围了上来，把他包围在中间。战车上的吴国兵士，都会射箭，他们一起向养由基射去，养由基有再大的本事，也没有办法，终于被乱箭射死。

喝 酒 误 事

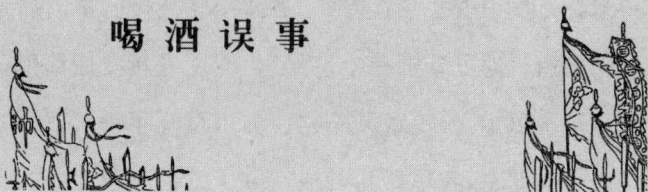

　　楚庄王手下有两个大将,一个叫公子婴齐,一个叫公子侧。
这两个人都很能干,可是他们之间相处得不太好。公子侧喜欢
喝酒,常常为喝酒误事,可是,他说什么也改不了。

　　有一次,楚庄王带兵去打宋国,派他做大将。楚国把宋国
的首都包围,一直围了九个月。楚国兵营里只剩下七天的粮
食,准备退兵。宋国的首都睢阳城里,粮草都没了,兵士跟老百
姓大多饿死。可是双方的实际情况,对方都不知道。楚庄王
教兵士们在城外盖房子、耕田,宋国见了很害怕,以为楚兵还
要继续包围下去,却不知道这是楚庄王的计策,故意吓唬宋
国人的。

　　宋国的宰相华元,见情势很危险,准备偷偷地到楚国兵营里
去,当面见公子侧,强迫公子侧跟他讲和。他冒充楚庄王的手下

人，混到公子侧所住的地方。公子侧因为喝醉了酒，睡在床上。华元坐在他床边上，他一点儿都不知道。华元用手把他推醒，他吓了一跳，想坐起来已经来不及了，华元从衣袖里拿出一把刀子，强迫他跟宋国讲和，如果他不答应，就要杀他。他被逼得没有办法，只好答应。

第二天，公子侧把经过情形报告楚庄王，楚庄王虽然很生气，却没有什么办法了，只好跟宋国讲和，订了和平条约。

后来，楚庄王去世，他的儿子审做了楚王，叫楚共王。这时候，楚国跟晋国都不愿再打仗，双方订了和平条约。楚国的宰相公子婴齐，对这一和平条约的贡献很大。

没想到公子侧因为没有参加这件事，嫉妒公子婴齐的成功，就决心破坏楚国跟晋国之间的和平。楚共王果然听了他的话，教他带兵去打郑国。郑国没法抵抗，就又投降楚国。晋国自然很生气，就又出兵打郑国。

郑国派人去楚国求救兵。楚共王觉得是自己破坏了晋楚之间的和平，不愿意再出兵。问宰相公子婴齐怎么办，公子婴齐也主张不出兵，公子侧自告奋勇，愿意带兵去救郑国。楚共王最后还是听了公子侧的话，就派公子侧做中军元帅，派公子婴齐率领左军，公子壬夫率领右军，他自己亲自率领左右两广的军队，向北前进，去救郑国。

晋、楚两国的军队,在一处叫彭祖冈的地方,打了两仗,楚共王的儿子熊茷被晋兵活捉了过去,楚共王的左眼被射中了一箭。楚共王正准备整顿一下军队再打的时候,忽然听说鲁国跟卫国又出兵帮晋国,已经开到二十里以外的地方,他心里慌了,教手下人请中军元帅公子侧去商量应敌之策。

没想到公子侧又喝酒喝醉了。楚共王知道公子侧有爱喝酒的毛病,每逢出发打仗,总教他戒酒。那天,楚共王中箭回营,气得很厉害。公子侧跟他说:"双方的军队都疲劳了,明天暂时休息一天,让我想出一个计策来,给您报仇。"说完,他就告别,回到自己的营房,坐到半夜,仍旧没想出一个办法。他有一个小佣人,叫谷阳,看见他想心事,想得很苦,就热了一壶酒给他喝。他用鼻子闻了闻,问:"是不是酒?"谷阳知道他爱喝酒,只是怕手下人讲出去,给楚共王知道了不大好,因此就骗他,说:"不是酒,是辣椒汤。"

公子侧明白了谷阳的意思,也不再问,端起壶来,一口气喝光。一面喝,一面说:"这辣椒汤真好,你对我不错!"谷阳见他喝完,就把酒送上去,送上去他就喝,也不知喝了多少,最后竟喝得大醉,倒在座位上。

楚共王派去叫他的人,看见他倒在座位上,喊他他不答应,扶他又扶不起来,只闻得一阵酒臭,知道他是喝醉了酒,就回去报告楚共王。楚共王一连派人催了十多次，他越催得急，公子侧越睡得香。

谷阳见这情形哭了起来，心里想："我本来是好意，给元帅酒喝，没想到反而害了他。楚王知道了，一定会杀我，趁元帅还没有醒，干脆逃了算了。"于是，他趁人不注意，逃走了。

这时候，楚共王见公子侧不去，只好请公子婴齐去商量。公子婴齐与公子侧一向不合就说："我早就知道晋兵的势力强盛，我们不一定能够打胜仗，不如趁晚上悄悄地退兵。"

楚共王说："实在没有办法，自然只好退兵。可是，公子侧喝醉了酒，还没有醒，如果被晋兵抓了去，脸就丢大了。"于是，叫养由基去，教他保护公子侧回国。

养由基心里想等元帅醒了，要到什么时候，就教人把公子侧扶起来，用皮带绑在车子上，在前头走，自己带了三百个会射箭的，在后头慢慢地走，准备抵抗追兵。

走了五十里后，公子侧才酒醒，觉得身子被绑住，就大声喊："是谁绑我的？"旁边伺候他的人说："你喝酒喝醉了，养将军怕你坐不稳车子，所以把你绑在车子上。"说完，就赶紧把皮带解开。公子侧两只眼睛还没有完全睁开，看不大清楚，他问："现在我们向哪儿走？"

他的手下人说："是回去的路。"

公子侧又问:"为什么回去?"

他的手下人说:"晚上国君派人来请你,催了十多次,你因为喝酒喝醉了,不能够起来。国君怕晋兵来打,没人抵抗,只好退兵回国。"

公子侧哭着说:"小鬼害死我了!"赶紧喊谷阳,谷阳已经不知道逃到哪儿去了。

走了两百里以后,楚共王才放了心。他怕公子侧惧罪自杀,就派人去跟他说:"现在我们退兵,是怪我自己,跟你没有关系,你不要难过。"

可是,公子婴齐却怕公子侧不死,也派了一个人去跟他说:"以前成得臣打了败仗,自己自杀,你一定知道。现在你也打了败仗,即使国君不忍心杀你,你还有脸再指挥楚国的军队吗?"

公子侧叹了口气,说:"宰相这样责备我,我还有什么脸活着?"就自己上吊死了。

人不能忘本

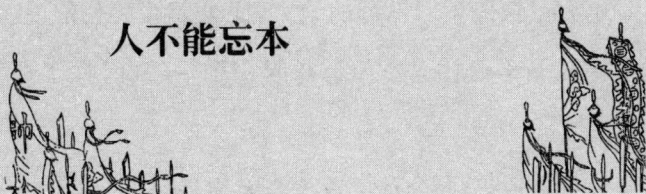

公孙丁是韩国的神箭手，他在卫国国君卫献公手下做事。卫献公得罪了宰相孙林父，孙林父带了人要去杀他。公孙丁叫卫献公赶紧逃走，卫献公就带了两百个卫士，开了东门出去，打算逃往齐国。公孙丁带了弓箭，保护着他走。

孙林父就派庚公差跟尹公佗两个人带兵追卫献公。

原来尹公佗是跟庚公差学射箭，庚公差是跟公孙丁学射箭，论辈分，公孙丁是老师，庚公差是徒弟，尹公佗是徒孙。

庚公差知道了他老师在前头，心里本来不想再追，可是，尹公佗说："不管他是谁，他们在前头不远，我们且追一追看。"

他们追了约十五里路，追上了卫献公。

卫献公的车夫受了伤，由公孙丁在车上抓着马辔驾车。他回头一望，远远地就认出追他的人是庚公差，就跟卫献公说："您不要怕,追我们的人,是我的徒弟,徒弟绝不会害老师。"说完,就干脆把车停下来,等他们。

到了离卫献公车子不远的地方,庾公差跟尹公佗说:"真是我老师。"就下车行礼。公孙丁举起一个手答礼,挥了挥手,叫他走。

庾公差上了车,向公孙丁喊:"今天你是保护你的主人逃走,我是奉我主人的命令来追你们。我如果射你们,是背叛师父;如果不射呢,又违背我主人的命令。现在我有一个两方面都能够照顾到的办法。"说完,他就抽出箭,在车轮上把箭头敲掉,高声喊:"老师,您不要慌!"连射四箭,射中卫献公车子的前后左右,单空着卫献公跟公孙丁没射,然后驾车向回走。公孙丁也驾车走了。

尹公佗一见到卫献公的时候,本来就想射一箭,可是因为庾公差是他的老师,他不能随便动手。

没想到回到半路,他渐渐地后悔起来,说:"公孙丁是您的师父,您不能害他,可是他跟我之间,总隔着一层。我们就是这样空着手回去。怎么行?"

庾公差说:"我老师的箭,射得不比养由基差,你不是他的对手!"

尹公佗不听,立刻转身再去追卫献公。追了二十多里,才追上。公孙丁问他做什么,他回答说:"我老师是你的徒弟。我跟你却没有关系。我怎么可以违背我主人的命令,放你们走呢?"

公孙丁说:"你曾经跟庾公差学射箭,有没有想一想庾公差是跟谁学的? 人不能忘本,快点回去,免得伤害我们间的和气。"

尹公佗不听,把弓拉满,射向公孙丁。公孙丁不慌不忙,把手里的马辔,暂时交给卫献公,等箭到面前,轻轻用手接住,就把这支箭搭上弓弦,回射尹公佗。尹公佗赶紧躲,已经来不及了,扑的一声,箭已射穿他左胳膊。

尹公佗疼得不得了,扔掉弓就跑。可是,公孙丁却不放过他,又射了一箭,把尹公佗射死。

头可断，一字不能改！

　　齐庄公的名字叫光，他有两个宰相，一个叫崔杼，一个叫庆封。崔杼的夫人叫棠姜，长得很好看。有一次，齐庄公到崔杼家里喝酒，崔杼叫他夫人棠姜给齐庄公酌酒，齐庄公见了棠姜，很喜欢她，就跟她私通，常常去找她。

　　崔杼知道了，从此以后，他就想杀齐庄公。

　　齐庄公有一个侍从，叫贾竖，曾经为一点儿小事，被打了一百鞭。崔杼知道他恨齐庄公，就用钱买通他，齐庄公的一举一动，都要他来报告。

　　一次，莒国的国君黎比公，来齐国朝拜齐庄公。齐庄公很高兴，就叫人在城北预备了酒席招待他。崔杼假说有病不能参加宴会。贾竖秘密报告他说："国君等散席以后，就要去问宰相的病。"

崔杼得到这消息,笑着说:"他哪里是来看我的病,他是想利用我生病的机会,来找我的夫人。"

于是,崔杼在家里埋伏了很多人,等齐庄公去就动手。

不一会儿,齐庄公果然去崔杼家里,他的四个勇士州绰、贾举、公孙傲、偻堙,也都跟了去,保护他。

齐庄公进门以后不久,埋伏在门里门外的人都出来,把齐庄公跟他的几个勇士,都给杀死了。

第二天,崔杼立公子杵臼做齐国的国君,叫齐景公。把州绰、贾举等人的尸首,跟齐庄公一起埋在城北,教史官记历史的时候,就说齐庄公是生疟疾死的。史官叫伯,不听崔杼的吩咐,在竹片上刻写道:"五月,崔杼杀了他的国君光。"

崔杼见到了,很生气,就把太史官杀掉,太史官有三个弟弟,大弟弟叫仲,二弟弟叫叔,最小的一个弟弟叫季。仲接替了他哥哥的职位,仍旧写齐庄公是崔杼杀的,崔杼就也把他杀掉。接着,叔也是这样写,崔杼又把他杀掉。季还是这样写,崔杼抓着竹片向季说:"你三个哥哥都死了,难道你也跟他们一样,不爱惜自己的性命吗?如果你改写一下,我就不杀你。"

季回答说:"写历史的人,应该根据事实写。发生什么事情,就写什么事情,是史官的责任,如果他不能尽到责任,还不如死了的好!以前,晋国的赵穿杀死晋灵公,史官董狐认为赵盾是宰相,主持晋国政事,应该处分杀晋灵公的人,却没有处分,就写晋灵公是赵盾杀的。赵盾也没有办法。现在即使我不写,也一定会有别人写,你可以杀掉我哥哥,杀掉我,却杀不尽天下写历史的人。我不写并不能隐没你的罪行,反而给人家笑话,所以我宁愿被杀,也不愿放弃自己的责任,希望你多考虑!"

崔杼听了,把竹片扔还给季,感叹地说:"我因为怕国家灭亡,不得已才这样做。你即使写我,相信别人也会谅解我。"

季捧着竹片出门,将到国史馆,遇见另一个史官走来,季问他来干什么,他回答,说:"听说你几个哥哥都死了,恐怕这件事被埋没,所以我带了竹片来记。"

季把竹片上所记的给他看,他才告别回去。

崔杼虽然跟季说,人家会谅解他,可是他心里总是觉得很惭愧,就把杀齐庄公的罪行,推在贾竖身上,把他给杀掉。

和平会议

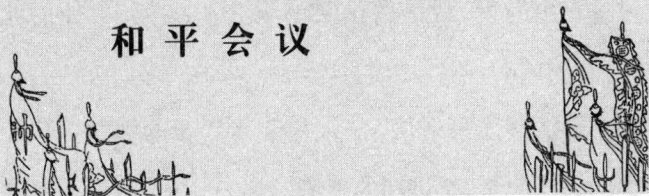

在春秋时代,晋、楚争霸,争得最厉害,时间也最久。你打我,我打你,不但晋、楚两国的人民受不了,连其他比较小的国家,都跟着倒霉,尤其是郑国和宋国。

有一次楚国出兵包围宋国,宋国最后被迫投降。宋国的宰相华元,也被押在楚国。

一天,华元跟公子婴齐说:"据我看,晋国跟楚国的实力差不多,谁也赢不了谁。要是有一个人使这两国讲和,谁也不侵犯谁,晋国的附庸国家,朝拜晋国;楚国的附庸国家,朝拜楚国,双方都不打仗,大家都能过太平日子,这世界就太好了!"

公子婴齐说:"你能不能担负起这一责任?"

华元说:"我跟晋国的将领栾书要好,以前我去晋国访问的时候,也曾跟他谈起这件事。可惜没有人做中间人。"

华元在楚国住了六年，宋文公去世，他的儿子固做了宋国国君，叫宋共公，华元请求回国去奔丧，楚国才让他回宋国。

过了一个时期，晋国的国君晋景公生病死了，他的儿子州蒲，做了晋国国君，叫晋厉公。

宋共公派华元去晋国吊问，并且恭贺新的国君。华元趁这机会跟栾书谈起晋、楚讲和的事情。

栾书就叫他的小儿子栾𬹼，跟华元一起去楚国。

华元跟栾𬹼到了楚国以后，先去见公子婴齐。公子婴齐跟栾𬹼谈了谈，对他的印象很好，就带他去见楚共王，商量好，两国讲和，谁先侵略谁，教上天惩罚他。然后约好了订和平条约的日期。晋国派的代表是士燮，楚国派的代表是公子罢，双方代表在宋国西门外订了和平互助条约。

没想到楚国的公子侧，因为没有参加这一和平会议的讨论，心里很不高兴，他生气地说："晋国跟楚国之间绝交很久了，公子婴齐竟想做和事佬，出风头！"他就努力劝楚共王出兵打郑国。

郑国打不过楚国，自然只好投降。

晋厉公得到这消息，气坏了，立刻出兵去打郑国。

楚共王最后听了公子侧的话，就请他带兵去救郑国。

晋楚两国军队，在一处叫彭祖冈的地方，打了一仗，结果楚兵被打败，楚共王的一个小儿子被晋兵抓了去，他自己也被射瞎了一只眼睛。公子侧觉得对不住国家，自杀死了。

过了很多年，宋国的宰相向戌，又出面给晋、楚两国调解。这时候，晋国的国君叫晋平公，楚国的国君叫楚康王。晋国的宰相叫赵武，楚国的宰相叫屈建。向戌跟赵武要好，也跟屈建是好朋友。有一天，他被派到楚国去作友好访问。跟屈建谈起以前华元要给晋、楚两国调解讲和的事情。

屈建说："这件事本来很好，可惜各国之间分了很多派系，意见太多，所以始终不能成功。"

向戌觉得屈建讲得很对，就建议请晋、楚两国的国君，在宋国相会，当面商量订和平条约的事情。

这时候，吴国常常侵略楚国，楚国受不了，想跟晋国讲和以后，专心对付吴国。晋国也因为楚国常常出兵打郑国，希望这一和平条约订立了以后，郑国可以太平，晋国就也可以不必再出兵了。因此，两国对向戌的建议都很赞成，各自派人去附庸国家，通知开会的日子。到时候，晋国的宰相赵武、楚国的宰相屈建，都到了宋国，各国所派的代表，也都陆陆续续地到了。

双方商量好以后，就在宋国西门外头，订立条约。楚国的屈建没安好心，教兵士们秘密地带武器，想趁这机会杀死赵武，经楚国一个叫伯州犁的官员再三劝说，才放弃这一个阴谋。

赵武也知道了屈建的这一阴谋，跟羊舌肸商量对付的办法。

羊舌肸说:"开和平会议的目的,就是为了消灭战争。如果楚国先用兵,就先对各国失信,还有谁服从他呢?你遵守信用好了,用不着担心。"

在订条约的时候,楚国的屈建硬要先签字,赵武虽然不愿意,可是最后,还是让楚国先签字。

过了几年,晋、楚、宋、鲁、齐、卫、陈、蔡、郑、许各国的代表,在一处叫虢的地方,又开了一次和平会议,这一次没有举行签字仪式,只把上次在宋国订的和平条约念了一遍,让大家都记着。这一次,楚国的代表要先念条约,晋国的代表赵武虽然心里不愿意,但是他也不愿意因为这一点儿小事,引起双方的争执,甚至闹决裂了,就让楚国的代表先念。

不久,赵武死了,韩起做了晋国的宰相。

这时候,楚国的宰相公子围,杀了楚康王,自己做了楚王,叫楚灵王。他很野蛮,不管什么条约不条约,派人去跟晋平公说,要晋国的附庸国家,都服从他的领导。晋平公因为赵武刚去世,不敢得罪他,就答应了他的要求。

过了几年,陈国和蔡国,都发生了内乱,楚灵王趁这机会出兵灭了陈国,接着又去打蔡国。

蔡国派人去晋国求救。这时候晋平公已经去世,他的儿子夷做了国君,叫晋昭公。

晋昭公派人去约各国在一处叫厥憖的地方商量这件事。宋、齐、鲁、卫、郑、曹各国都派了代表参加。晋国的代表是韩起，他提起要大家出兵救蔡国的事情，各国代表都伸了伸舌头，摇了摇头，没一个人吭声儿。

这时候，宋国的宰相华亥也在会场，韩起向华亥说："开和平会议，订和平条约，最初是宋国发起的，也是在宋国开会订条约，大家约好谁也不能出兵侵略谁，谁先出兵侵略，所有别的国家就一致对付他。现在楚国先破坏了条约，出兵打陈国、蔡国，你却一句话都不说！"

华亥说："现在各国都很久不打仗了，军队武器都不行，如果出兵，未必能打败楚国。最好是根据和平条约上所规定的，写一封信去责备楚国，要他撤兵，他一定没有话说。"

韩起见各国代表都怕楚国，就只好跟大家商量，用各国的名义，写了一封信，派人去送给楚灵王。蔡国派到晋国去求救的代表，见各国不肯出兵救蔡国，哭着回蔡国夫了。

楚灵王见了各国给他的信，笑着说："眼看着我就要灭掉蔡国了，他们说几句空话，就要我撤兵，简直是把我当作小孩子看待！"就这样，各国间的和平被楚国所破坏，也没有人再建议开什么和平会议了。

晏平仲使楚

晏平仲是齐国的宰相，因为他很贤能，谁都敬重他。

楚灵王出兵灭掉陈国、蔡国以后，楚国的势力越来越大，小国都派使者去朝见，大国也都派使者去作友好访问。有一次，齐景公派晏平仲去楚国访问。楚灵王得到这消息，向他的官员们说："晏平仲的个儿还没有五尺高，可是，各国都知道他的名字，称赞他，钦佩他。现在，在各国中，只有楚国最强盛，我想等晏平仲来的时候，侮辱他，教各国知道楚国的厉害，你们有没有什么好的主意？"

一个叫薳启疆的楚国官员秘密地向楚灵王说："晏平仲的口才很好，我们必须在多方面侮辱他才行。"于是，他就跟楚灵王说了好几个办法，楚灵王很高兴，全都采纳了。

晚上，薳启疆教兵士在城东门的旁边，另外开了一个小门，刚好五尺高,吩咐看门的兵士,说:"等齐国的使者来的时候,把城门关起来,让他打小门进城。"

不一会儿,晏平仲穿破皮袍,坐着一辆由瘦马拉着的破车,到达楚国首都郢城的东门。他见城门没有开,就停住车子,教驾车的喊看门的兵士开门。

看门的用手指着旁边的小门给晏平仲看,并且向他说:"你从这一个门进去就行了,为什么要我们开城门呢?"

晏平仲说:"这是狗门,不是人进出的! 如果我来的是狗国,就从狗门进去,如果我来的是人国,就应该从人的门进去。"

看门的赶紧去报告楚灵王,楚灵王说:"我想戏弄他,没想到反倒被他戏弄了。"就教把东门开了,让晏平仲进城。

晏平仲进了城,看见城建筑得很牢固,街上很热闹,觉得楚国真是个好地方。当他将进入楚国的朝门时,看见朝门外,有十多个楚国的官员,分站在两旁。一个个穿得很整齐,相貌堂堂。晏平仲知道这些都是楚国人才,赶紧下车,跟他们相见。在等候进朝门的时候,有一个人跟他说:"晏平仲,一个做大事的人,一定很阔气,可是据我看,你却是一个小气鬼?"

晏平仲向他看了看,知道他叫蓬启疆,是楚国的一个高级官员,就问他说:"你怎么知道我小气呢?"

蓬启疆说:"你身为宰相,应该穿好的衣裳,坐好的车子,现在你却穿的是破皮袍,拉车的马瘦得皮包骨头,代表齐国到外国去,像什么话?难道你的俸禄太少,不够用吗?并且我还听说你一件皮袍穿了三十年;祭祖先的时候,舍不得多买肉,放在菜盆里,连豆子都盖不住。这些不算小气吗?"

晏平仲听了,笑着说:"你的见解,怎么这样浅薄呢?我自从做了齐国的宰相以后,我父亲的一族,都有皮袍穿;我母亲的一族,都有肉吃;我妻子的一族,也都有衣穿、有饭吃。此外,靠我接济过日子的,有七十多家。我自己虽然穿得不够好,吃得不够好,可是我却帮助了别人,孝敬了父母,不比只顾自己享受的人好得多吗,你怎么能说我是小气呢?"

他刚说完,又有一个人出来,用手指着他,笑着说:"我听说汤王有九尺高,所以能够成为好的帝王,子桑能够抵抗一万个人,所以能够成为有名的将领。古代有名的国君、将官,都是因为他们个儿长得高大,比谁都勇敢,才能在当时立大功,被后代的人所尊敬。现在你个儿还不到五尺高,杀一只鸡的力气都没有,只会讲话,自以为了不起,难道你不觉得羞耻吗?"

晏子看了看跟他说话的人,知道他叫囊瓦,就笑了笑,回答,说:"秤锤虽然小,能够压一千斤重的东西;船上的桨很长,却没有什么用处。鲁国的侨如个儿够高了,结果不免被杀;宋国的南宫长万,力气够大的了,被剁成了肉酱。我看你个儿高,力气大,

看门的用手指着旁边的小门给晏平仲看，并且向他说："你从这一个门进去就行了，为什么要我开城门呢？"

恐怕和他们差不了多少！我虽然自己觉得没什么出息，可是，只要有人问我问题，我总得回答，怎么敢向人卖弄嘴巴呢？"

囊瓦听了答不出话来。就在这时候，楚国的左相伍举来了，他一面请晏平仲进朝，一面向楚国的官员们说："晏平仲是齐国有名的人，你们怎么可以找他的麻烦呢？"

伍举带着晏平仲去见楚灵王，楚灵王一见到晏平仲，就问："难道齐国没有人了吗？怎么派一个小个儿的人来访问呢？"

晏平仲说："齐国派外交官出国访问有一定的规则，好的外交官派到好的国家去；不好的派到不好的国家去；个儿高大的，派往大国；个儿小的，派往小国。我个儿小，又不好，所以被派到楚国来。"楚灵王听了，觉得很不好意思，可是心里却暗地佩服晏平仲的口才。请他坐下，教人斟酒给他喝。

过了一会儿，有几个武士，绑着一个人从台阶下经过。楚灵王突然问武士："这囚犯是哪儿人？"

武士回答说："是齐国人。"

楚灵王又问："犯的是什么罪？"

武士回答说："他是强盗，抢了人家的东西。"

楚灵王就向晏平仲说："难道齐国人都喜欢做强盗吗？"

晏平仲知道楚灵王这是故意布置了耍他的，就说："我听说，江南的橘子，移植到江北以后，就不再是橘子，变成了枳。这是因为土壤不同的缘故。齐国人在齐国不做强盗,到了楚国,却做了强盗,这是因为楚国的环境跟齐国不同,跟齐国有什么关系呢?"楚灵王再也没有话说,过了很久,才跟晏平仲说:"我本来是要侮辱你的,没想到反而受到你的侮辱。"就好好地招待他,然后送他回齐国。

晏平仲回到齐国以后,齐景公知道了他在楚国的经历,奖赏给他很贵重的皮袍,打算再封给他一部分土地,他却不肯接受。又要给他盖更大的房子,他也极力拒绝了。

有一天,齐景公去他家里,看见他夫人,就问他说:"这是你夫人吗?"晏平仲回答说:"是的。"

齐景公笑着说:"嘻,她又老又难看!我有一个女儿,年轻貌美,我可以把她嫁给你。"

晏平仲回答说:"女人年轻貌美的时候,嫁给一个男人,是指望男人在她年老难看的时候,仍旧爱她。我夫人虽然现在老了,长得很难看,可是以前她嫁给我的时候,年纪很轻,长得也很好看。我怎么能对她变心呢?"

齐景公钦佩地说:"你对你妻子这样的忠心,何况是对国君跟父亲呢?"于是相信晏子对他的忠心,重要的事情都交给他做。

二桃杀三士

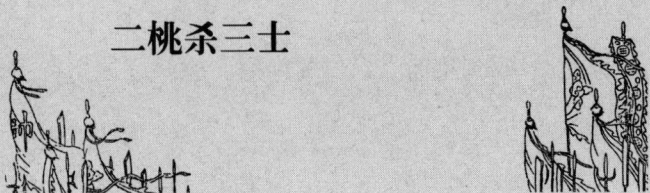

齐景公有三个勇士,一个叫古冶子,一个叫田开疆,一个叫公孙捷。这三个人结拜为兄弟,管他们自己叫"齐国三英雄"。他们仗着自己的功劳,仗着自己勇敢,到处吹牛,欺侮老百姓,瞧不起齐国的一班大官员。在齐景公面前,他们讲起话来也没有一点儿礼貌。齐景公因为觉得他们能干、勇敢,不跟他们计较。

倒是晏平仲看不过去,担心这样下去会对齐国不利。想杀掉他们,又怕齐景公不答应,反而跟三个人结了怨。

一天,鲁国的国君鲁昭公,由叔孙婼陪同到齐国访问,齐景公教人预备了酒席,亲自招待他。

古冶子、田开疆、公孙捷三个人佩戴着宝剑,站在台阶下头。三个人满脸骄傲的气色,好像对谁都瞧不起似的。

齐景公跟鲁昭公,酒喝到半醉的时候,晏平仲向齐景公报告说:"果园里的桃子已经成熟,可以摘来吃了。"齐景公也想起来了,就叫守果园的去摘桃子。晏平仲说:"这种桃子很难得,我要亲自去监视他们摘。"说完,他就拿了钥匙去了。

晏平仲走了以后,齐景公向鲁昭公说:"这种桃子是外国种,以前有一个东海地方的人,送来一颗很大的桃核,把他种在果园里,已经有三十多年了,枝叶很茂盛,每年都开花,就是不结桃子。好不容易今年结了几个桃子,我非常爱惜,平日舍不得吃,把园门锁着。今天你来,机会难得,我叫他们摘几个来,请你尝一尝。"鲁昭公听了,向他道谢。

过了一会儿,晏平仲带着看守果园的人,送来一盘桃子,盘子里堆放着六个桃子,跟碗口差不多大,红颜色,又香又好看,实在是世间少有。

齐景公问:"就只有这几个桃子吗?"

晏平仲回答,说:"还有三四个没有熟,所以我只摘了六个来。"

齐景公叫晏平仲斟酒。晏平仲双手捧了一玉杯酒,恭恭敬敬地放在鲁昭公面前,接着,旁边伺候的人,又送上桃子。鲁昭公喝了酒,吃了一个桃子,果然觉得桃子的味道特别好,夸奖个没完。

跟着齐景公也喝了一杯酒,吃了一个桃子。

齐景公吃完桃子,叫人拿一个桃子给叔孙婼吃。叔孙婼让给晏平仲,齐景公就叫晏平仲也吃一个。两个人都谢了齐景公。

晏平仲吃完了桃子,向齐景公报告说:"盘子里还有两个桃子,您可以下令,让官员们自己报告他的功劳,谁功劳最大,就给他一个桃子,算是表扬他。"

齐景公说:"你说得很对。"就让手下人告诉在台阶下的齐国官员们,有自信功劳很大,有资格吃这桃子的,可以自己出来讲,由宰相晏平仲评判,认为他的功劳确实很大,就给他桃子。

公孙捷立刻走出来,说:"我以前曾经跟国君去桐山打猎,杀死了一只老虎,救了国君,这功劳怎么样?"

晏平仲说:"这功劳不小,可以喝一杯酒,吃一个桃子。"

接着古冶子也走出来,说:"杀死老虎,没什么了不起。以前我跟着国君到晋国去,在黄河里曾经遇到一个大鼋,在水里作怪,我下水把它杀死,使国君没有遇到危险,这功劳怎么样?"他一说完,齐景公就接着说:"这功劳确实不小,当时情势很危急,如果不是他下水杀掉那个大鼋,恐怕船就要翻掉,大家都要淹死在水里了,应该给他酒跟桃子。"

晏平仲赶紧端了一杯酒,拿了一个桃子给古冶子。

就在这时候,田开疆突然走出来,喊:"我曾经奉国君的命令,带兵去打徐国,杀死徐国的大将,抓住了五百个徐国兵,徐国国君吓得向我投降,郯、莒等国家,也都吓得向齐国投降,愿意拥护国君做他们的领袖,这功劳能不能吃桃子?"

晏平仲向齐景公报告说:"田开疆的功劳,比古冶子、公孙捷的功劳,还要大十倍,应该吃桃子,可是,桃子已经没有了,就给他一杯酒,到明年看有桃子再给他吧。"

齐景公听了晏平仲的话,就向田开疆说:"你的功劳确实最大,可惜你讲得太晚了,桃子只有两个,已经给别人,你就委屈一点,到明年再说吧!"

田开疆说:"杀鼋打虎,没有什么了不起,我带兵打仗,为国家立了这么大的功劳,反而吃不到桃子,在两国的国君面前丢这么大的脸,给人家笑话,我怎么还有脸见人呢!"就拔出佩剑,自杀死了。

公孙捷和古冶子见到这情形,吓了一跳,也立刻拔出宝剑说:"我们的功劳不大,能吃到桃子,田开疆有这么大的功劳,反而吃不到桃子。我们应该把桃子让给他,我们却没有让,害得他自杀,这是我们的不对。"说完,也都用宝剑自杀死了。

齐景公赶紧叫人阻止他们,但已经来不及了。

楚 平 王

　　楚平王名字叫弃疾，是楚共王的儿子。楚共王有五个儿子，大儿子叫熊昭，第二个儿子叫公子围，第三个儿子叫子干，第四个儿子叫子晰，弃疾是最小的儿子。楚共王特别喜欢弃疾。

　　他去世的时候，弃疾的年纪还很小，就由熊昭先做了楚王，叫楚康王。楚康王去世以后，楚国的官员们立楚康王的堂弟熊麋做了楚王，不久，公子围杀了熊麋，自己做了楚王，叫楚灵王。子干吓得逃往晋国，子晰逃往郑国。

　　后来，子干、子晰跟弃疾合作，把楚灵王赶走，楚灵王没地方去，自杀死了。弃疾又造谣说楚灵王带兵去打子干、子晰，子干、子晰不知是谣言，也都吓得自杀死了，于是弃疾做了楚王，叫楚平王。

　　楚平王的大儿子叫建，楚平王立他做了太子，教伍奢做他的老师。

这时候，天下太平，楚平王一天到晚吃喝玩儿，不管国事，他喜欢一个人，叫费无极。他的宰相斗成然，跟费无极处得不好，费无极就在他面前说斗成然的坏话，教他把斗成然杀掉。太子建常常说斗成然死得冤枉，费无极心里害怕，暗地里想害太子建。就跟楚平王讲，派太子建去一处叫城父的地方镇守。

伍奢知道了费无极的阴谋，打算去劝楚平王，没想到被费无极知道了，先去跟楚平王讲，教伍奢也去辅助太子。

费无极始终担心太子建跟他作对，怕太子建将来做了楚王以后杀掉他，就找了一个机会向楚平王说："我听说太子跟伍奢想造反，暗地里勾结齐、晋两国，两国已经答应出兵帮忙，您不能不防备。"

楚平王本来打算废掉太子建，改立他的小儿子珍做太子，经费无极一说，就决定下命令废掉太子建。费无极又报告说："太子建手下有军队，您下命令废掉他，他一定会立刻造反。他老师伍奢是他的主谋，您最好派人把伍奢叫回来，然后再派兵去杀掉太子建，这样比较安全一点。"

楚平王听了费无极的话，就派人去叫伍奢。伍奢来了被关在牢里，然后楚平王派人带兵去城父杀太子建。没想到太子建预先得到消息，带了妻子跟儿子，逃到宋国去了。楚平王没有办法，只好算了。

费无极又向楚平王说："伍奢有两个儿子，大儿子叫伍尚，小儿子叫伍子胥，都是人才，如果他们逃到吴国去，一定对楚国不利。您最好叫伍奢写信把他的两个儿子叫来，一起杀掉，免得将来麻烦。"

楚平王听了费无极的话，就叫人从牢里带出伍奢，带到朝廷里去。楚平王跟他说："你叫太子建造反，本来应该把你杀掉；因为你父亲、祖父对楚国都有功劳，所以我不忍心杀你。你可以写封信，叫你的两个儿子来，我因为你这次吃了不少苦，要升他们的官，请他们担任别的职务。他们一来，我就放你回去。"

伍奢知道楚平王没安好心，要把他的两个儿子也杀掉，就回答说："我的大儿子伍尚，很听我的话，见到我的信，一定会回来。我的小儿子伍子胥，能文能武，精明能干，恐怕不一定会回来。"

楚平王说："你只要按照我的话写信去叫他来，他来不来跟你没有关系。"

伍奢不敢反对，只好立刻写了一封信，写好以后，交给楚平王。楚平王就叫人把伍奢关到牢里去，然后派人送信给伍尚跟伍子胥。伍尚果然来了，伍子胥却逃走了。楚平王就叫费无极把伍奢、伍尚押到大街上去砍头。

伍尚骂费无极，骂个没完，他父亲伍奢跟他说："你骂什么呢？谁对谁不对，人家自然会有公正的评判！我担心的是，伍子胥没有来，从此以后，楚国就不要想太平了。"

费无极杀掉伍奢、伍尚以后，回去报告楚平王，楚平王问他："伍奢被杀以前，有没有说什么话？"

费无极说："他没有说什么，他只是说伍子胥不来，楚国不会太平。"

楚平王就下命令到处抓伍子胥，可是始终没有抓到。过了没有几年，楚平王就生病死了。费无极一辈子害了不少人，最后也被杀。

伍子胥逃难

　　楚庄王带兵去打郑国，郑国投降。楚兵回国的时候，遇到来救郑国的晋国军队。有一个小官员叫伍参，劝楚庄王干脆跟晋兵打一仗，宰相孙叔敖不赞成。最后，楚庄王还是听了伍参的话，跟晋兵打了一仗，结果，把晋兵打败。孙叔敖因为觉得自己是一个宰相，见解还不如一个小官员伍参，心里很惭愧，不久就生病死了。伍参则因为这一功劳，升了官。

　　伍参的儿子伍举，是楚灵王的谋士，也立过不少功劳。他去世以后，楚平王就把他的儿子伍奢，封在一处叫连的地方，叫连公。伍奢的大儿子伍尚，也封在一处叫棠的地方，做那儿的县令，叫棠君。

　　伍参就是伍子胥的曾祖父，伍举是他的祖父，伍奢是他的父亲，伍尚是他的哥哥。他生在一处叫监利的地方，个儿很大，能文能武。他父亲伍奢是太子建的老师,在城父辅助太子建。因此,他和哥哥伍尚也跟着他父亲,住在城父。

楚平王听了奸臣费无极的坏话,要害死太子建,杀掉伍奢一家人。伍奢一回到楚国的首都郢城,就被关在牢里。楚平王又叫伍奢写信给伍尚、伍子胥,想把他们哥儿俩骗了去,一起杀掉。

伍奢信写好以后,楚平王就叫一个叫鄢将师的人,送往城父。鄢将师一见到伍尚,就喊:"恭喜!恭喜!"

伍尚说:"我父亲被抓去关在牢里,有什么可喜的?"

鄢将师说:"国君错听了人家的话,把你父亲抓了去。现在,所有的楚国官员们,都给你父亲做保,说你们三代都是忠臣,对楚国有过不少功劳。国王觉得自己错听了人家的话,心里很惭愧,怕人家笑话他,不但不杀你父亲,反而请你父亲做宰相,并且要给你们哥儿俩升官。你父亲因为被关了很久,刚放出来,很想念你们哥儿俩,所以写了封信,教我来迎接你们去,希望你们赶紧动身,免得你们的父亲想念。"

伍尚很高兴,就把父亲的信拿到里头的房间中去给弟弟伍子胥看。伍子胥看了信以后,说:"父亲能够没有事,就算很好了,我们有什么功劳,要升我们的官,这明明是骗我们去,我们去了以后,一定被杀掉。"

伍尚说:"你这完全是推测,不见得真是这样,就算是真的,我们也应该去见一见父亲的面。"

伍子胥说:"国君怕我们哥儿俩在外头,一定不敢杀父亲,如果我们去了,只有教他死得更快一点。"

伍尚说:"我实在舍不得父亲,能够见他一面,我就是死,也心满意足了!"

伍子胥知道没有办法劝他哥哥,叹了口气说:"跟父亲一起被杀,有什么用处呢?哥哥一定要去,我不拦你,可是我决定不去了!"

伍尚哭着说:"你要去哪儿?"

伍子胥说:"谁能够帮我报仇,我就给他做事。"

伍尚说:"你比我能干得多。我去首都,你可以去其他国家。我要陪父亲死,你将来可以给父亲报仇。我们的目标虽然不同,可是都是为了孝顺父亲。从此以后,我们各走各的路,恐怕永远不能够再相见了!"

伍子胥向伍尚拜了四拜,算是向他哥哥作永远的告别。伍尚出去见鄢将师,说:"我弟弟不愿意升官,我不能勉强他。"

鄢将师没办法,只好跟伍尚一起上车。回到首都,见了楚平王以后,楚平王教把伍尚也关在牢里。伍奢见只有伍尚去,叹息说:"我早就知道伍子胥不会来,果然不错。"

费无极又跟楚平王说:"伍子胥没有来,您应该赶快派人去抓住他,晚了恐怕他要逃走了。"

楚平王听了费无极的话,就派一个叫武城黑的楚国将官,带了两百个兵士去抓伍子胥。

伍子胥走了不到半天,来抓他的楚兵来了,把他的家包围起来,到处找也找不到他,武城黑猜想他大概是向东逃走的。就叫赶车的打马,拼命追。追了约三百多里路,到荒野没人的地方,果然追上了。

伍子胥见武城黑追上他,他一箭先射死了武城黑的车夫,接着,又准备射武城黑,武城黑吓坏了,下车想逃走。伍子胥跟他说:"我本来要杀掉你,可是杀了你就没有报信的,现在我饶了你,你回去跟楚王说,要楚国不灭亡,就不要杀我父亲、哥哥,否则的话,我一定要灭掉楚国,亲自砍下他的头,给我父亲、哥哥报仇!"

武城黑抱着头逃走,回去报告楚平王,说:"伍子胥已经逃走了。"楚平王很气,叫费无极先杀掉伍奢跟伍尚。

伍奢跟伍尚被杀了以后,楚平王又派了一个叫做沈尹戌的大将,带了三千兵士去追伍子胥。

伍子胥逃到江边上,心里打了一个主意,把他身上所穿的白色孝袍脱下来,挂在江边柳树的树枝上,又把鞋脱下来,扔在江边,然后换穿上草鞋,顺着江边继续走。

沈尹戍带兵到江边上，看见伍子胥的孝袍和鞋，就拿回去给楚平王，报告说："我只捡到他的衣裳跟鞋，他人不知道哪儿去了。"

费无极向楚平王说："我有一个办法，可以教伍子胥没有地方可以去。"

楚平王问他有什么办法，他回答说："一方面在国内各处贴出告示，不管是谁，能够把伍子胥抓住送来给您的，就给他五万担粮食，请他做大官；收留伍子胥或者私自放掉伍子胥的，就杀掉他全家。命令所有看守关口、河口的官员，对来往或者过河的人，严格盘问。另一方面，派人去各国，请各国不要收留伍子胥。这样，伍子胥无论在国内、国外都站不住脚，即使不能马上抓到他，他也没什么大不了，做不了什么大事了！"

楚平王果然听了费无极的话，教人把伍子胥的形象画下来，画上很多张，分送到各处去张贴。各处抓伍子胥，抓得很紧急。

伍子胥顺着江边向东走，一心想去吴国，可是因为路太远，没法去，他忽然想起："太子建逃到宋国去了，我为什么不去宋国找他呢？"于是，他开始向宋国的首都睢阳前进。

走到半路上，前头来了一辆车子，他以为是楚国的追兵来拦他，不敢出头，躲在树林里向外头看。等车子到了面前，他才看出坐在车子里的，是他的老朋友申包胥，因为被派到别的国家去办事,回来的时候,从这一条路经过。

伍子胥才放下心,就走出来。申包胥见是伍子胥,赶紧下车,问伍子胥怎么一个人跑到这地方来,伍子胥就把楚平王冤枉杀掉他父亲、哥哥的事情,哭着告诉申包胥。

申包胥听了,也为他难过,问他打算去哪儿,伍子胥回答说:"我要去别的国家,借兵来打楚国,给我父亲、哥哥报仇。"

申包胥劝他说:"楚王虽然不对,终究是国君。你一家几代都是在楚国做官,君臣的名分已经定了,臣子怎么可以向国君报仇呢?"

伍子胥说:"国君不对,谁都可以杀他。楚王废掉太子,听奸臣的坏话,杀害忠臣,已经不对了,何况他还杀死我的父亲、哥哥呢? 我如果不灭掉楚国,绝不活在世上!"

申包胥说:"我要教你打楚国,是我对楚国不忠心,我要不教你打,又使你不孝,对不住你父亲。你看着办吧! 看在我们是老朋友的分上,我绝不告诉任何人,说遇到过你。可是,如果你要灭掉楚国,我一定要恢复楚国。"

伍子胥不管这些,就向申包胥告别走了。到了宋国,他见到太子建,两个人抱头大哭,各自说楚平王的坏处,两个人就暂时在宋国住了下来,准备找机会见宋国国君,没想到这时候,宋国正发生内乱,楚国派兵来打宋国,伍子胥跟太子建说:"我们不能够再在宋国住下去了。"就跟太子建一家人一起向西去郑国。

这时候,郑国的宰相子产刚去世,郑定公很难过,知道伍子胥是一个人才,对他来郑国表示很欢迎。没想到,太子建竟跟晋国勾结,准备等晋兵到郑国城外的时候,开城门让晋兵进城。晋国答应灭掉郑国以后,就把郑国封给太子建,请他做郑国的国君。太子建跟伍子胥商量这件事,伍子胥反对说:"郑国待我们很好,我们怎么能做这种事呢?"

太子建不听伍子胥的劝告,继续跟晋国联络。要想人不知,除非己莫为,太子建的阴谋,被郑定公知道了,就把他抓住,杀掉了。伍子胥赶紧带了太子建的儿子公子胜逃走,想了想,实在没有地方可以去,只好逃往吴国。

伍子胥过昭关

伍子胥怕郑国派兵追他,白天躲着,晚上走。千辛万苦,好不容易到了陈国。他知道陈国是楚国的附庸国家,不能停留,就又继续向东走,走了几天,将近昭关,这座关在小岘山的西边儿。两个山并排站着,中间有一个关,是楚国跟吴国之间的交通要道,一出了这关,就是大江,过了江就是吴国了。

这关的形势很险,原来就派有官兵把守。最近因为搜捕伍子胥,楚平王特派大将蒍越,带了一支军队驻扎在这儿。

伍子胥走到历阳山,离昭关大约还有六十里路的时候,暂时在树林里休息。忽然有一个老头儿手持拐杖走进树林中,看见伍子胥,觉得他的相貌很特别,就上前跟他打招呼说:"你是伍子胥吧?"

伍子胥吓了一大跳,问:"你怎么问这个?"

老头儿说:"我是神医扁鹊的徒弟东皋公。我年轻的时候,周游列国,给人家看病,现在年纪大了,懒得再跑,就住在这附近养老。几天前,把守昭关的薳将军生了病,派人请我去给他看病,我见关上挂着伍子胥的像,跟你很像,所以问你一声。你不必瞒我,我就在这山后,请到我家里去坐一下,有什么事跟我商量,我一定帮你的忙。"

伍子胥知道他不是普通人,就带了公子胜,跟着他走。到了东皋公家里,东皋公向伍子胥说:"这地方很荒僻,你且暂时住一些时候再说。等我想一个办法出来,送你们过关。"

伍子胥向他谢了又谢。

东皋公每天用酒饭招待他们,一连七天,没提过关的事情。伍子胥不知道怎样是好,那天晚上,睡不着觉。想辞了东皋公走,恐怕不能过关,可能反而会惹祸。再等下去吧,不知道要等到什么时候,东皋公所等的又是谁呢? 伍子胥在床上翻来覆去,睡不着,索性起床,在房间里走来走去,直到天亮。

东皋公敲门,见了伍子胥,吓了一跳,说:"怎么你的头发跟胡子都白了? 是不是愁思所致?"

伍子胥不相信,自己拿镜子照了照,果然头发花白了。他把镜子扔在地上,大声哭着说:"天哪! 天哪! 什么事也没有做,头发已经白了!"

东皋公说:"你不要难过,这对你是一件好事。"

伍子胥拭了拭眼泪,问:"怎么是好事呢?"

东皋公说:"你长得很高大,人家很容易认出你。现在你头发、胡子都白了,一下子看不出是你。并且,我等的那个朋友,也来了,我的计划准备好了。"

伍子胥问:"你有什么计划?"

东皋公说:"我的朋友姓皇甫,名字叫讷。长得很像你。我打算教他假扮你,你假扮成他的佣人,如果我的朋友被抓,你就可以趁乱混过昭关了。"

伍子胥说:"你这主意虽然很好,可是为了救我而连累你的朋友,我的心里实在过意不去!"

东皋公说:"没关系,我自然有救他的办法,已经详细跟他讲过,他也是一个很慷慨的人,愿意帮这个忙,你用不着担心。"说完,就请皇甫讷来,跟伍子胥见面。伍子胥看他果然长得像自己,心里很高兴。

东皋公又用一种药水给伍子胥洗脸,改变他脸上的颜色。到黄昏的时候,伍子胥脱下孝袍,给皇甫讷穿上。东皋公另外拿了一套佣人穿的衣裳,教伍子胥穿上,打扮成佣人的样子,公子胜也换了衣裳,打扮成乡下小孩的样子。

伍子胥向东皋公告别后,就和公子胜,跟着皇甫讷,连夜向昭关走，快天亮的时候，他们到达关前，正好开关。

楚国的大将蔿越，自从奉命把守关门以后，下了一个命令："无论是谁，一定要盘问清楚，才能放他过关，关前挂着伍子胥的像，好查对每一个过关的人。"

皇甫讷刚到关门，看守关门的兵士，见他的相貌，跟画上伍子胥的相貌差不多，并且见他穿着孝袍，见到人有点害怕的样子，就立刻拦住他，去报告蔿越。

蔿越赶紧出关，远远地望见皇甫讷，喊："对了！"就教手下一起下手，把皇甫讷抓住。

皇甫讷假装不知道是怎么一回事，只请求放他走。那些守关的官兵，跟关前后的老百姓，听说抓住了伍子胥，都跑来看。

伍子胥趁着关门大开的时候，带着公子胜，杂在看热闹的人群中，混出关门。他能够混出关门，有四个原因：第一，闹哄哄的没有人注意；第二，打扮不一样；第三，伍子胥的脸色改了，头发、胡子都白了，一下子认不出来；第四，大家都以为伍子胥已经被抓住，就不再去盘问别人。这是靠几方面凑巧，实在不易。

蔿越教人把皇甫讷抓住以后，准备把他绑起来打一顿，要他招供，然后送到首都去给楚平王处理。皇甫讷给自己辩护说："我叫皇甫讷，住在龙洞山，准备跟我的朋友东皋公出关去旅行，并没有得罪你们，不知道你们为什么把我抓来？"

蒍越听了，心里想："伍子胥的眼光像闪电一样明亮，声音像钟声一样响。这个人虽然长得跟他差不多，可是声音却这样低小，会不会是因为在路上太辛苦，被折磨成这个样子的？"正在疑惑的时候，忽然手下来报告，说东皋公要见他。

他就教人把皇甫讷押在一边，请东皋公进来。

东皋公说："我准备出关旅行，听说你抓住了伍子胥，特地来恭喜你！"

蒍越说："我手下的小兵抓住一个人，长得很像伍子胥，可是他不肯招认。"

东皋公说："你曾经跟伍子胥共事过，难道连真假都看不出来吗？"

蒍越说："伍子胥的眼睛很有精神，声音很响亮。这人的眼睛小，声音低，我想大概是因为他在路上太辛苦，被折磨得变了样子了。"

东皋公说："我也曾见过伍子胥一面，也许可以帮你认一认。"

蒍越就教人把皇甫讷推来。皇甫讷一看见东皋公，忽然向他喊："跟你约好了出关的时间，怎么到现在才来？害得我受这种污辱！"

东皋公笑着向蒍越说："你错了！这是我的同乡，也是我的老朋友皇甫讷。他跟我约好在关前见面，准备跟我一起出关去玩儿，没想到他等不及，比我先来了一步，引起了这一误会。如果你不相信，我这儿有过关的证件，怎么可以把他当作伍子胥呢？"说完，就从衣袖里拿出证件，递给蒍越看。

蒍越觉得很不好意思，亲自给皇甫讷松绑，请他们两个人喝酒，向他们道歉说："这是我手下人没有认清，请不要见怪！"

东皋公说："你是认真执行命令，怎么能怪你呢？"

蒍越就教人拿了一些金子跟绸子给他们，算是帮助他们出关的旅费。两人道谢了以后，出关去了。

蒍越教官兵们继续把守关口，严密盘问出关的人。他绝没想到，伍子胥早就出关，已经走了很远了。

芦中人

伍子胥逃出昭关以后，赶紧放开脚步走，走到一处叫鄂渚的地方，远远地见前头是大江，一眼看不到边，没有一只船。前头是水，后头又怕有追兵，伍子胥心里很着急。

就在这时候，他忽然看见一个打渔的老头儿，乘着一只小船，打下流向上划，就请老头儿渡他们过江。

两个人上了船，打渔的老头儿用船篙向江边一点，把船撑开，然后划动桨，船慢慢离岸。不到一个钟头，就到了江对面。

打渔的老头儿，问伍子胥姓什么叫什么名字，伍子胥就把姓名告诉他，打渔的老头儿，觉得很惊奇，跟伍子胥说："看你的脸色，像是没吃东西，我去拿东西来给你吃，你暂时等我一会儿。"说完，就把船拴在一棵柳树上，去附近村庄中找吃的东西。

伍子胥等了很久，见打渔的老头儿还没有来，就向公子胜说:"这老头儿恐怕靠不住,说不定他是去喊人来抓我!"于是,他们就又躲到芦花丛中去。

过了一会儿,打渔的老头儿拿了麦饭、干鱼汤等吃的东西,来到柳树的下面,不见伍子胥在那儿,就高声喊:"芦中人!芦中人!我绝不会出卖你!"伍子胥就从芦花丛中出来。

打渔的老头儿说:"我知道你肚子一定很饿,所以给你去找吃的东西,你为什么要躲起来呢?"

伍子胥说:"我的性命现在完全在你手里,心里又着急,又难过,又害怕,只要听到一点儿风吹草动,就不自主地躲起来,并不是躲你。"打渔的老头儿就把拿来的东西,给他们吃。

伍子胥跟公子胜吃饱以后,向打渔的老头儿告别。临走的时候,伍子胥解下佩剑,给打渔的老头儿,说:"这是一柄宝剑,是以前楚王给我祖父的,从我祖父传到我,已经传了三代了。剑上有七颗金星,值一百两金子,希望你接受,算是我对你的一点报答。"

打渔的老头儿笑着说:"我曾经听说楚王有命令,谁能抓住你的,给他五万担粮食,请他做大官。我不贪五万担粮食,不想做大官,怎么会要你的值一百两金子的宝剑呢?并且,剑对你很有用,对我却一点儿用处都没有,你何必给我呢?"

伍子胥说:"既然你不肯接受我的剑,希望你把姓名告诉我,将来我好报答你!"

打渔的老头儿说:"你是从楚国逃难来,不希望人家知道你的姓名,我放掉你,让人家知道了也不好,要姓名干什么呢?何况我是靠打渔过日子,一天到晚在水上,今天在这儿,明天在那儿,你就是知道我的姓名,我们也不一定能见面。万一我们有见面的机会,我喊你'芦中人',你喊我'打渔的老头儿'好了。"

伍子胥就高兴地向打渔的老头儿拜谢告别。刚走了几步,他又转身向打渔的老头儿说:"如果楚国有追兵来,请不要告诉他们你曾遇见我。"

打渔的老头儿听了,伤心地说:"我对你这么好,你还是不相信我。假使真的有追兵过江来抓你,你一定会认为是我出卖你,到那时候,我将怎样给自己辩护呢?我没有别的办法,只有用死来得到你的信任!"说完,就解开拴在柳树上的船缆,把船划到江心,故意把船弄翻,使自己淹死在江里。

伍子胥见打渔的老头儿自己淹死自己,难过地说:"你救了我的命,我却逼着你死,我怎么对得住你呢?"

后来,伍子胥带了吴国的军队去打郑国,给太子建报仇。郑国的国君急得没有办法,下了一个命令,说:"谁能够帮我赶走吴国军队,我把郑国分给他一半。"

这时候,鄂渚地方打渔老头儿的儿子,因为逃难跑到郑国,听说打郑国带兵的将官是伍子胥,就去见郑定公,说:"我已经听到您下的命令,我可以帮您赶走吴国的军队。"

郑定公问:"您赶走吴国军队,需要带多少战车军队去?"

他回答说:"我不要一个兵,一斗粮食,您给我一支划船的桨,我只要唱一首歌儿,吴兵就会退走了。"

郑定公不相信,可是没有别的办法,就教人给他一支桨,跟他说:"如果你真的教吴兵退走,我一定重重赏你。"

他拿了桨,跑去城外,在吴国的兵营前,一方面用手敲桨,一方面唱歌,歌词的大意是:

芦中人!芦中人!你腰间的佩剑上有七颗星。你记得不记得,过江以后吃的麦饭、干鱼汤?

吴兵把他抓了去见伍子胥,他还是唱这首歌儿。伍子胥吓了一跳,站起来问他:"你是谁?"

他举起桨回答说:"你看我手里拿的是什么?我是鄂渚打渔老头儿的儿子。"

伍子胥难过地说:"你父亲因为我自杀,我正想报答他,却不知道怎样报答。你来得正好。你来见我,一定是有什么事情。"

他回答说:"郑国国君害怕你,下了一个命令,说:'谁能够教吴兵退了的,我把郑国分给他一半。'我听了这命令,想起你跟我父亲见过一面,所以我特地来给郑国求情,希望你饶了郑国。"

伍子胥感叹地说："我能有今天，完全是你父亲给我的，我怎敢忘掉你父亲对我的好处呢?"说完,就立刻下命令退兵,回吴国去了。

打渔老头的儿子回到城里,把经过报告郑定公。郑定公很高兴,封给他一百里土地,郑国人都管他叫"渔大夫"。

专诸刺王僚

伍子胥跟公子胜过江到了吴国，继续向前走，经过溧阳，又走了三百多里，到一处叫吴趋的地方，看见一个勇士，样子像饿虎，声音像雷声，正跟另一个人打架，很多人劝都没有用。忽然有一家门内，一个女人喊："专诸，不许打了！"这勇士听了，好像很害怕，立刻停止打架，走回家去。

伍子胥觉得很奇怪，问旁边看热闹的人，说："这么大个儿，怎么怕一个女人呢？"

有人告诉伍子胥："这人是我们这儿的勇士，本事很大，很重义气，见谁受了委屈，他可以给人家卖命，刚才喊他的那个女人是他的母亲。专诸就是他的名字。他很孝顺，不管他生多大的气，只要他母亲一来，就没事了。"

伍子胥赞叹说："这人真不错！"第二天，就去拜访。专诸出来，问他的来历。

伍子胥把自己的姓名告诉专诸，并把自己受冤的经过，也都告诉他。专诸说："你有这么大的冤枉，为什么不去求见吴王，借兵报仇呢？"

伍子胥说："没有推荐的人，我不愿意自己去。"

专诸说："你说得对。现在你来见我，有什么事呢？"

伍子胥说："我钦佩你的为人，想跟你做朋友。"

专诸很高兴，就进去告诉他母亲，立刻跟伍子胥结拜为兄弟。伍子胥比专诸大两岁，专诸管伍子胥叫哥哥。

那天晚上，伍子胥跟公子胜，就在专诸家里睡了一夜。

第二天早上，伍子胥跟专诸说："我要去首都，找一个机会，给吴王做事。"专诸说："吴王仗着自己有本事，很骄傲，没有公子光好。据我看，公子光将来一定有办法。"

伍子胥说："谢谢你的指教，我一定牢牢记住。将来如果我有用你的地方，希望你不要拒绝。"专诸答应了。伍子胥、公子胜就向专诸告别，开始去吴国的首都梅里。

到了梅里，伍子胥假装发疯，在街上吹箫要饭吃，街上没有一个人认得他。

专诸所说的公子光，是诸樊的儿子。吴王王僚是他的堂兄弟。吴王夷昧去世，本来应该由公子光继承王位，可是却被王僚抢去了，公子光心里不服气，就想杀掉王僚。由于朝中官员，都是王僚的人，公子光没法下手。他向王僚推荐一个叫被离的人做官，请被离给他探访人才，做他的帮手。

一天，伍子胥吹箫在大街上经过，被离就走出来看。他很会看相，一见到伍子胥，就惊奇地说："我见过的人多了，没见过有像你这样相貌不凡的人！"就请他回家，向他说："我听说楚国杀掉忠臣伍奢，他的儿子伍子胥逃亡国外，大概就是你吧？"

伍子胥不知道怎样回答是好，一时说不出话来。

被离又说："你放心，我不是要找你的麻烦，我看你相貌不凡，想给你推荐好的机会。"伍子胥听了就说实话。

被离跟伍子胥的谈话，早有人打听了去报告王僚。王僚立刻派人教被离带伍子胥去。

被离一方面派人去告诉公子光，一方面叫伍子胥洗澡、换衣裳，带他去见王僚。王僚跟他谈了谈，觉得他确实不错，就请他做大夫的官，并且答应出兵给他报仇。

公子光听说伍子胥文武双全，很想收留他，听说他被王僚请去了，怕王僚用他，就去劝王僚犯不着为伍子胥出兵，王僚就放弃了打楚国的计划。伍子胥知道了，就向王僚辞职。

于是，公子光私下里去看伍子胥，给他送吃的穿的，问他："你从楚国来吴国，一路上有没有遇到像你一样能干的人？"

伍子胥介绍他去见专诸。从此以后,专诸就成了公子光的人。公子光经常教人送粮食跟肉去专诸家里,并且常亲自去问候他母亲。专诸心里很感激。

一天,专诸向公子光说:"我不过是一个普通人,你待我这样好,我实在过意不去。只要你有什么事情要教我做,尽管吩咐好了,我一定尽力去给你做。"

公子光就教手下人走开,告诉专诸,准备请他杀王僚。专诸说:"我母亲还在世,我要养她的老,恐怕暂时不能给你卖命。"

公子光说:"我也知道你有母亲有儿子,可是除了你以外,实在没别人能够帮我的忙。只要你能帮我杀掉王僚,你的母亲就是我的母亲,你的儿子就是我的儿子。我一定好好地养他们,绝不会对不住你。"

专诸想了很久,回答说:"做一件事情,一定要多加考虑,除非不做,要做就必须成功。鱼在水里,被钓鱼的人抓住,是因为它贪吃钓鱼钩上的鱼饵。要暗杀王僚,一定要先知道他喜欢什么,利用机会接近他。不知道他最喜欢什么?"

公子光说:"他最喜欢吃。"

专诸问:"他最喜欢吃什么?"

公子光说:"他最喜欢吃烤鱼。"

专诸说:"那么我暂时向你告别。"

公子光问："你要去哪儿?"

专诸说："我要去学做菜,好接近王僚。"

于是,专诸就去太湖,专心学习做烤鱼。学了三个月,凡是吃他所做的烤鱼的人,都称赞他做得好。然后,他去见公子光,公子光就把他藏在家里。

过了几天,公子光教人把伍子胥请了去,跟他说:"专诸已经学好烤鱼了,怎样才能接近王僚呢?"

伍子胥回答说:"雁难控制,是因为它有翅膀,要控制它必须先去掉它的翅膀。对付王僚也应该这样。他的几个兄弟,公子庆忌、掩馀、烛庸,都很厉害。你要杀王僚,必须先除掉他的三个兄弟才行。否则,即使你能杀掉王僚,他的三个兄弟也不会放过你。"公子光低头想了一会儿,说:"你说得对。这件事等有机会再说吧。"伍子胥就告别走了。

一连过了三四年,公子光没有机会下手。在这期间,吴国曾经跟楚国打过仗,楚国被打败。楚平王生了病,拖了一些时候,终于去世,他的儿子珍做了楚王,叫楚昭王。

伍子胥听说楚平王死了,难过得直哭。公子光觉得很奇怪,问他说:"楚平王是你的仇人,他死了你应该高兴,你怎么反而哭他呢?"伍子胥说:"我不是哭他,我是恨我不能亲手杀他,砍下他的头,给我父亲、哥哥报仇,所以我觉得很伤心。"公子光听了,也很为他难过。

伍子胥恨自己不能亲手杀楚平王报仇，一连三个晚上睡不着觉，被他想出了一个主意，他去跟公子光说："你不是要暗杀王僚吗？难道还没有机会吗？"

公子光说："我一天到晚都在想，实在想不出一个妥当的办法来。"伍子胥说："楚平王刚去世，你为什么不去跟王僚讲，趁这机会出兵打楚国呢？"

公子光说："假使他派我带兵去，怎么办？"

伍子胥说："你假说从车子上摔下来，摔坏了脚，他就不会派你去了。然后你推荐掩馀、烛庸去，再派公子庆忌去约郑国、卫国一起出兵打楚国，这一来，把他的三个兄弟都调走，你就可以下手杀他了。"

公子光又问："即使把他们三个人调走，还有我叔叔季札在国内，恐怕他要干涉我！"

伍子胥说："吴国现在跟晋国要好，你可以建议教季札去晋国作友好访问，等他回来，你已经做了吴王，他要干涉也没有办法了。"公子光听了很高兴，再三向伍子胥道谢。第二天，他去跟王僚讲，王僚果然都按照他的话做了。

伍子胥就去跟他说："你有没有找到宝剑呢？现在你要下手，没有比这更好的机会了。"

公子光说:"我早就预备好了。从前,越王允常,教一个叫欧冶子的人,造了五把剑。送了三把给吴国,一把叫'湛卢',一把叫'磐郢',一把叫'鱼肠'。鱼肠剑最小,又短又狭,可是它很快,砍铁就像是砍泥巴一样。我父亲把它送给我,我很爱惜它,把它藏在床头,准备特别需用它的时候用它。这几天晚上,它在发光,看样子它也是想试一试它的本事,要喝王僚的血了。"说完,就把剑拿出来,给伍子胥看。伍子胥看了,大为夸奖。

公子光立刻派人请专诸来,把剑交给他,用不着公子光开口,专诸已经明白了他的意思,跟他说:"现在正是杀王僚的好机会,我也知道。不过,在这生死关头,我不敢自己作主,等我回去跟我母亲讲过以后,我才敢答应你。"

于是,专诸就回家去看他的母亲,见到他母亲,一句话也不说,只是哭。他母亲说:"你为什么这么伤心呢?是不是公子光要用你了?这几年来,他养我们一家,应该报答他。顾到忠,就不能顾到孝,你要报答他,就不能顾到我,你应该赶紧去,假使你能够给他把这件事办成功了,传名后世,我即使死了也值得。"

专诸仍旧舍不得走。他母亲说:"我想喝水,你给我到河里去打一点来。"专诸就到河里去打水,等他回来的时候,看不见他母亲在大厅里,就问他妻子。他妻子回答说:"她刚才说身子很累,想关起门来睡一会儿,教我们不要打扰她。"专诸心里怀疑,打开卧室的门进去,看见他母亲已经在床上上吊死了。

专诸大哭一场,把他母亲的尸首,埋葬在西门外头,跟他妻子说:"公子光待我们太好了,我不给他卖命,是因为母亲还在世。现在已经去世了,我要去给公子光卖命。我死以后,公子光一定会好好待你们娘儿俩,你们不必惦记我。"说完,就去见公子光,把他母亲自杀的事情,告诉公子光。

公子光觉得很过意不去,对专诸安慰了半天,过了很久,又提起王僚的事情。专诸说:"你预备下酒席请他来喝酒,如果他肯来,这事情就十之八九会成功了。"

公子光就去见王僚,说:"有一个厨子,最近从太湖来,烤得一手好鱼,味道很好,跟一般厨子做的烤鱼不同。我想请您到我家里去尝一尝!"王僚最爱吃烤鱼。一口答应,说:"好,明天我到你家里去,不要太花费。"

那天晚上,公子光预先在地下室埋伏了兵士,又教伍了胥暗地里约了一百个不怕死的勇士,在外头接应。然后,预备好酒席上一切用的东西。

第二天早上,公子光又去请王僚,王僚告诉他母亲说:"公子光请我去喝酒,是不是想害我?"他母亲说:"我看公子光平时的态度不太好,对你一定没打好主意,你为什么不拒绝他呢?"

王僚说:"我一拒绝,就会使他不高兴,大家把脸皮拉破,反而不好,我多加防备好了,怕他什么!"于是,他贴身穿上三层用獭貐皮做的背心,从王宫排到公子光门口的路上站满了卫兵。

王僚终于坐车去公子光家里,公子光迎接他进门,向他拜见了以后,请他在上首的座位坐好,自己陪坐在他旁边。四周都是王僚的亲信,酒席旁站着一百个卫兵,手里都拿着长戟,身边带着快刀。

厨子送吃喝的东西来时,身上要经过严密地搜查,然后跪着向前走,并且由十多个卫兵拿着剑,挟着他向前。在放菜盘的时候,厨子不能抬头看,一放好菜盘,立刻又跪着走出去。

公子光向王僚敬酒的时候,突然脚一拐,假装很痛苦的样子,向王僚说:"我的脚病又发了,疼得不得了,一定要用绸子包扎得很紧,才不痛。您坐一会儿,我把脚包好就来。"

王僚说:"没关系,你去好了。"

公子光一步一拐地进去,躲到地下室去了。

过了一会儿,专诸报告鱼烤好了,卫兵们仍旧像以前一样搜索他身上,没想到那口鱼肠短剑,已经暗藏在鱼肚里。专诸跪着由卫兵们挟到王僚面前,把鱼送上去,趁这机会,他抽出鱼肚子里的短剑,向王僚胸口刺去。这一下他用了全身的力气,短剑一直穿透三层獭貐背心,透出王僚的背脊。王僚大叫一声,立刻死了。

卫士们赶紧上前,有的举戟,有的举刀,把专诸剁成肉泥,大厅上立刻乱成一团。

公子光在地下室里知道王僚已经被杀,就把地下室里的兵士放出去,跟王僚的卫兵杀了起来。

最后,王僚的卫士一半被杀,一半逃走了。从王宫到公子光门口一路上站岗的卫兵,也被伍子胥带人杀散了。

于是,公子光做了吴王,管自己叫阖闾。他按照埋葬王的礼节,埋葬了王僚的尸首。并且用隆重的礼节,埋葬了专诸,给专诸的儿子专毅最高的官职,请伍子胥担任顾问的职务,用对待客人的礼节对待他。被离推荐伍子胥有功劳,请他做大夫的官。然后拿出大量的金钱、粮食,救济穷苦的老百姓,吴国才算安定下来。

季 札 让 国

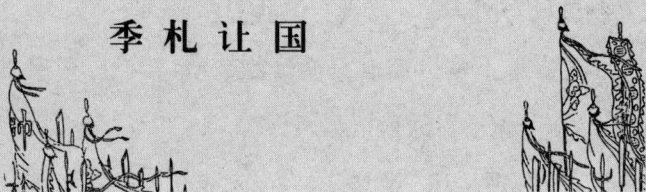

季札是吴国人,他的父亲叫寿梦,是吴国的国君。

晋景公的时候,楚国有一个官员叫巫臣,向晋国投降,楚共王杀了他在楚国的家属,他恨透了楚国,就劝晋国跟吴国要好,把射箭、驾车的方法,教给吴国人,联络吴国打楚国。吴国夺取了楚国在东边儿的很多附庸国家,开始一天比一天强盛,常常侵略楚国的边境,使得楚国很苦恼。不久,寿梦也自称为王,吴国成了一个大国。

有一次,寿梦病了,病得很厉害。他知道自己没法好了。一天,他把四个儿子诸樊、馀祭、夷昧、季札,都叫到他床前去,向他们说:"你们兄弟四个人,只有季札最好,如果他做了吴国的国君,吴国将来一定很强盛,我一向要立他做太子,可是他说什么也不肯答应,他说诸樊比他大,应该由诸樊做太子,我也没法勉强他。我死以后，由诸樊接着做吴王，诸樊死了把王位传给馀祭，馀祭死了传给夷昧，夷昧死了就传给季札。你们只能兄弟相传，不能把王位传给自己的儿子，一定要叫季札做吴王，吴国才有办法。谁不听我的话，谁就是不孝顺，上天一定会惩罚他！"说完，他就断气死了。

诸樊把王位让给季札，说："这是父亲的意思，他希望你做吴王，你可不要推辞。"

季札说："父亲在世的时候，我不愿意做太子，现在他去世了，我怎么能继承他的王位呢？如果你再让我的话，我就要逃到别的国家去了。"

诸樊没有办法，只好做了吴王，并且宣布他父亲的遗嘱，将来要把王位传给弟弟，不传给自己的儿子，一直传给季札为止。

吴国跟楚国只隔了一条江，交通很是方便，所以吴国常常派兵乘船过江去侵略楚国的边境。

有一次，吴王诸樊又带兵去打楚国，进攻一个叫巢的城市。这城市的守将叫牛臣，躲在墙后头，向诸樊射了一箭，诸樊被射中，死了。吴国的官员们，遵守寿梦的遗嘱，立诸樊的弟弟馀祭做了吴王。

馀祭说："我哥哥可以说是故意让人家射死的，因为他记着我父亲的话，想自己赶快死，好把王位传给我，最后传给季札。"

于是，他在晚上向上天祷告，也希望自己快一点死。他的手下问他："人都希望长寿，多活一些时候，您却希望自己早一点死，不是太不近人情了吗？"

他回答说："以前，我的祖先太王，立太子的时候，只看他好不好，不管他年纪大小，所以吴国才有今天这样的强盛。现在我们兄弟四个人，是按照年纪的大小，一个传给一个，如果我们三个人都活到老年去世以后再传下去，要等到什么时候？到那时候，恐怕季札已经老了。所以我希望自己快一点死，好早一点教季札做吴王。"

因此，馀祭跟他哥哥一样，打仗的时候，非常勇敢，不爱惜自己的生命。

有一次，馀祭带兵去打越国，抓越国国君的一个亲属，就把他带回吴国，割断他的腿，教他看守一艘叫"馀皇"的大船。一天，馀祭喝醉了酒，睡在船上。这人偷偷地解下馀祭身边的佩刀，用这刀杀死馀祭。等到馀祭的手下人发觉的时候，已经来不及了。杀死馀祭的那个越国人，虽然被剁成肉泥，但是这并不能挽救馀祭的生命。

馀祭死了以后，他弟弟夷昧接着做了吴王。

夷昧请季札做宰相，帮忙治理吴国。季札请求夷昧不要再打仗，跟别的国家和平相处，让老百姓过一点太平日子。

夷昧听了他的话,就请他做大使,到各国去作友好访问。

季札先到鲁国,请求参观前代跟各国的乐礼。看了以后,他一一批评,非常恰当,鲁国人对他很钦佩。接着他去齐国访问,跟齐国的晏平仲交好。接着去郑国,跟郑国的子产交好。后来又到卫国,跟卫国的蘧瑗交好。最后去晋国,跟晋国的赵武、韩起、魏舒交好。他所交好的这些人,都是当时各国最有名、最好的官员。从他的交往上,就可以知道他的为人是多么好了。

季札周游列国的时候,曾经经过一个小国叫徐国。徐国的国君,很喜欢季札的佩剑。季札答应等他回来再经过徐国的时候,把这把剑送给徐国国君。徐国的国君很高兴。

没想到季札访问各国回来,再经过徐国的时候,徐国的国君已经死了。季札心里很难过,后悔没有当时就把剑送给他。

季札是一个很讲信用的人,徐国国君虽然死了。但是他还是不愿意失去信用。他到徐国国君的坟墓那儿去,把他的佩剑解下来,挂在墓旁的一棵树上,算是送给徐国国君。

夷昧做了四年吴王,就生病去世。临死的时候,又提到他父亲、哥哥的遗嘱,要把王位传给季札。

季札说什么也不肯接受,他说:"我父亲在世的时候,要把王位传给我,我都没有接受,何况现在?"他怕人家找他的麻烦,干脆跑到他所住的一处叫延陵的地方去。

　　季札跑走以后,吴国的官员们一时找不到适当的人,就立夷昧的儿子州于做吴王。州于做了吴王以后,改了名字叫王僚。

　　本来,寿梦的遗嘱,是要把王位最后传给季札,所以他要诸樊他们只许兄弟相传,不许传给自己的儿子。现在,季札仍旧不肯接受王位,照道理讲,应该由诸樊的儿子公子光接着做吴王。可是,吴国的官员们没想到这一点,夷昧死了,季札不肯接受王位,他们匆匆忙忙地就立了夷昧的儿子做吴王。公子光自然心里不高兴。尤其是王僚,他连对公子光让都没让,公子光对他很不满意。

　　后来,公子光劝王僚派季札到晋国去作友好访问,趁这机会他教专诸杀死了王僚。

　　季札从晋国回来,听说王僚被杀,就去王僚墓前致祭,公子光也去那儿,要把王位让给他,跟他说:"这是祖父跟叔父们的意思,请不要再拒绝了。"

　　季札说:"你一心想做吴王,现在你的目的达到了,你还让什么呢? 不管谁做吴王,只要能够对待人民好,我都拥护他。"公子光不能勉强他,就自己做了吴王。季札对公子光跟王僚抢夺王位的事情,觉得是一种耻辱,就永远住在延陵,不再过问吴国的事情,直到老死。当时的人都很钦佩他。他死了以后,就埋葬在延陵,孔子亲笔题他的墓碑:"有吴延陵季子之墓。"

兵法之祖——孙武

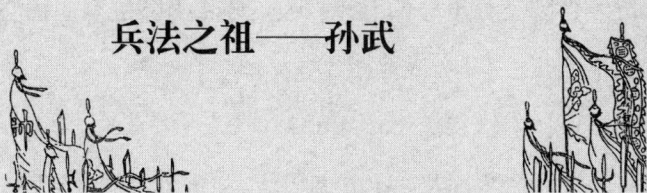

　　阖闾做了吴王以后，心里很高兴，预备了酒席，请所有的官员喝酒。大家也都很高兴，只有伍子胥心里很难过，他哭着向阖闾说："您现在什么心事都没有了，可是我不知道哪一天才能给我父亲、哥哥报仇？"

　　这时候，楚国有一个叫伯嚭的官员，因为父亲被费无极所杀，也逃到吴国，给阖闾做事。他见伍子胥提到报仇的事情，也哭着请阖闾出兵打楚国，给他报仇。

　　阖闾说："明天我们再商量好了。"

　　第二天早上，伍子胥和伯嚭一起去宫里见阖闾。阖闾说："我打算给你们两个人出兵，你们看教谁做大将？"

　　伍子胥跟伯嚭一起回答说："只要您用我们，我们一定给您效劳！"

阖闾心里想:"这两个人都是楚国人,为了给他们自己报仇,未必肯给吴国卖力气。"因此他不吭声儿。

伍子胥已经看出他的意思,又向他说:"您是不是担心楚国的军队很强?"

阖闾说:"不错。"

伍子胥说:"我推荐一个人做大将,一定可以打败楚国。"

阖闾高兴地说:"你推荐谁?他能力怎么样?"

伍子胥说:"他姓孙,名字叫武,是吴国人。"

阖闾听说是吴国人,心里很高兴。伍子胥接着又说:"这人精通兵法,他自己就写过十三篇关于打仗的文章,世人都知道他的才能,他住在罗浮山的东边儿,也很少跟人接触。如果能够请他做大将,可以征服天下,何况是楚国呢!"

阖闾说:"那么就请你把他叫来跟我谈一谈。"

伍子胥说:"这人不是普通人,他对做官没有兴趣,必须带礼物去聘请,他才肯来。"

阖闾听了伍子胥的话,教人拿了一百两金子,一双白璧给伍子胥,教伍子胥坐车去罗浮山,聘请孙武。

伍子胥见了孙武,说阖闾聘请他。孙武就出山,跟伍子胥去见阖闾。

阖闾亲自走下台阶,迎接孙武,请他坐下,问他关于打仗的事情。孙武就拿出他所写的十三篇兵法，一篇一篇地送上去给阖闾看。阖闾教伍子胥从头到尾念给他听，伍子胥每念完一篇，他都称赞半天。

这十三篇兵法是：一、始计篇，二、作战篇，三、谋攻篇，四、军形篇，五、兵势篇，六、虚实篇，七、军争篇，八、九变篇，九、行军篇，十、地形篇，十一、就地篇，十二、火攻篇，十三、用间篇。

念完了这十三篇兵法，阖闾向伍子胥说："从这十三篇兵法看，可以知道孙武真是了不起的人才。可惜吴国太小，兵太少，怎么办呢？"孙武回答说："我的兵法，不但适用于男人，也适用于女人。"

阖闾以为孙武是说着玩儿的，笑着说："你怎么说这种话，是开玩笑吧！我从没有听说可以训练女人打仗的事情。"

孙武说："如果您认为我是开玩笑，我可以立刻试验给您看。请你把后宫的宫女，都交给我训练，如果我训练不好，我愿意接受您的任何处分。"阖闾就把三百个宫女，交给孙武训练。

孙武说："最好您再派两个您所喜欢的姬妾做队长，训练起来可以方便些。"

阖闾就又叫两个他所喜欢的姬妾，一个叫右姬，一个叫左姬，向孙武说："我很喜欢她们两个，你看是不是可以当队长？"

孙武说："行。可是，训练军队，命令很重要，一定要严格执行,该赏的赏,该罚的罚,现在虽然是试验性质,可也不能马虎。请准许我选择一个人做军法官,选择两个人做传达命令的副官;选择两个人打鼓;选几个个儿高大的兵士做军官,各自拿着斧、锁、刀、戟,站在指挥台,作为仪仗队。"

阖闾都答应了,教孙武自己到军队里去选择。然后,孙武教宫女们分成左右两队,右姬率领右队,左姬率领左队,各自穿戴上盔甲,拿着兵器,告诉她们军法:第一,队伍不许混乱,第二,不许说话吵闹,第三,不许故意违背命令。教她们第二天早上,在操场集合,接受操练。并且请阖闾到时候上台参观。

第二天早上,左、右两队宫女,都在操场集合,一个个头上戴着盔,身上穿着甲胄,右手拿剑,左手拿盾。右姬、左姬担任将官,分站在两边,等候孙武发号施令。

孙武来了以后,教传令官把两面黄颜色的小旗子,分别给左姬、右姬,要她们俩抓着这旗子,在前头走,宫女们则跟在她们俩的后头。一个跟着一个,接受鼓声的指挥,鼓声教进就进,教退就退,教向左转就向左转,教向右转就向右转,一步都不许乱。

传令官传达了命令以后,教两队宫女都伏在地上,等候进一步的命令。

过了一会儿,孙武又教传令官传达命令,说:"听鼓声一响,两队一起站起来;鼓两响,左队向右转,右队向左转;鼓声三响,各伸出剑,作准备打仗的姿势。一听到锣声,就恢复原状。"

宫女们听了,都捂住嘴笑。打鼓的打了一声以后,宫女们有的起来,有的还坐着,秩序很乱。

孙武站起来,离开座位说:"我下的命令没有讲清楚,因此不能执行,这是我的不对!"就教传令官把他的命令再传达一遍,教打鼓的再打一下鼓。

这一次,宫女们都站起来了,可是她们歪歪倒倒的,不但都没有站好,并且仍旧笑个不停。

孙武见了这情形,就卷起两个衣袖,亲自打鼓,教传令官把他的命令再讲一遍。

这一来,逗得右姬、左姬跟宫女们笑得格外厉害。孙武可气坏了,突然喊道:"军法官呢?"军法官上前,跪下,听候他的命令。

孙武说:"第一次传达命令,可能传达得不够清楚,使命令不能执行,是我不对;现在我教传令官把我的命令传达了好几次,而命令仍旧不能执行,这就是军队的不对了! 按照军法,应该受什么处分?"军法官说:"应该砍头!"

孙武说:"不能把所有的兵士都杀掉,应该由队长负责。"就向手下人说:"把女队长杀掉!"手下人见孙武气得这样子,不敢违背他的命令,就把右姬、左姬绑了起来。

阖闾在望云台上看孙武表演,忽然看见他的两个姬妾被绑起来，赶紧教伯嚭去救，要孙武饶了右姬、左姬。

孙武说："在军队里不能说了话不算数，我已经被任命为将官。将官在军队里的时候，即使是国君的命令，也可以不接受。如果我听从国君的命令，别人怎么会服从我呢？"就吩咐手下人："赶快杀掉，不要再耽误了！"

手下人就立刻当着宫女们的面，把左姬、右姬杀掉。

这一下，可把两队宫女都吓坏了。孙武在宫女的队伍里，又选出两个人做左、右两队的队长。再教传令官传达命令，教打鼓的打鼓。

这一次的情形果然不同，两队宫女都按照鼓声前进、后退、向左转、向右转，整整齐齐，一点儿也不乱；平平静静，一点儿声音也没有。

于是，孙武就教军法官去报告阖闾，说："军队已经训练好了，请您看一下，您随时可以用她们，无论教她们冒多大的危险，她们都不敢退避了。"

可是，阖闾因为孙武杀掉他的两个姬妾，心里对孙武不满意，不打算用他。

幸亏伍子胥向阖闾说："孙武杀您的两个姬妾，也是万不得已的事情。如果命令不能执行，将官怎么能指挥军队打仗呢？好看的女人有的是，好的将官可不容易找。您如果因为两个姬妾被杀而不用孙武,就等于喜欢杂草而扔掉稻子,不是太可惜了吗?"

阖闾听了伍子胥的这一段话,才明白过来,就封孙武为上将军,管他叫军师,请他专门负责策划打楚国的事情。

后来,孙武带兵打楚国,差一点儿把楚国灭掉,回吴国以后,阖闾请他做大官,他不愿意做,给了他一车金子、绸子,他都送给穷苦的老百姓。从此以后,再也没有他的消息。

伍子胥报仇

阖闾请孙武做大将，教他负责计划打楚国的事情。

这时候，楚国的宰相叫囊瓦，很贪心。楚国有两个附庸国家，一个叫蔡国，一个叫唐国。有一次，这两国的国君去楚国朝见楚昭王。囊瓦听说他们有几样宝贵的东西，就教人向他们要，他们不肯给，囊瓦就在楚昭王面前说他们的坏话，把他们关起来，一直关了三年。最后这两国的国君把他们的宝贝送给囊瓦，囊瓦才教楚昭王放他们回国。

两国的国君自然很气，就去晋国借兵打楚国。晋国通知各国出兵帮忙，各国都恨囊瓦的贪心，因此都愿意出兵，连晋国共是十八个国家的军队，在一处叫召陵的地方集合。统帅是晋国的大将士鞅。士鞅要蔡国国君出钱劳军，蔡国国君不肯，士鞅也是贪心的人，见蔡国国君不肯给他钱，就不愿意打楚国。恰好下了几天大雨，他就说下雨天打仗不方便，率领晋国的军队回晋国去了。其他各国见晋国退兵，自然各自退兵回本国去了。

蔡、唐两国的国君，见晋国不肯帮忙，就派人去吴国借兵。伍子胥带使者去见阖闾，向阖闾说："这是打楚国的一个好机会，千万不能放弃。"就在这时候，孙武又从江口回来见阖闾，向阖闾说："楚国不容易打，是因为他的附庸国家太多。现在，晋国一声喊，就有十八个国家的军队集合，其中有好几个国家原来都是楚国的附庸国家；从这一点看，可以知道楚国已经孤立，我们可以出兵去打了。"

阖闾听了很高兴，就教被离、专毅帮太子波防守国内，派孙武做元帅，伍子胥跟伯嚭做副元帅。派他的弟弟夫概做先锋，派公子山管粮饷的接济，出动吴兵六万，号称十万，去打楚国。这时候，楚国的宰相囊瓦，正带兵包围蔡国。吴兵先从水路，渡过淮河去救蔡国。囊瓦见吴兵的势大，立刻退兵，怕吴兵追他，一直渡过汉水，才停下来，派人去郢都，请楚昭王加派军队去。蔡、唐两国的国君，都带了军队去见阖闾，愿意听他的指挥，一起去打楚国。

楚国虽然出兵抵抗，但是被打败，吴兵一直打到楚国的首都郢城。阖闾坐在楚王所坐的宝座上，接受官员们的庆贺，并且请大家喝酒，庆祝成功。伍子胥的仇总算报了。

申包胥借兵

申包胥是楚国人，是伍子胥要好的朋友。

伍子胥带兵打楚国，楚国的首都郢城沦陷，楚昭王跟楚国的官员们都逃走。申包胥逃往夷陵一处叫石鼻山的地方避难。他想起楚平王的妻子，是秦国国君秦哀公的女儿，楚昭王是秦哀公的外甥，要救楚国，只有去秦国请秦哀公帮忙。

于是，他不分昼夜地赶去秦国，走得脚底满是水泡，脚后跟都裂开了，直流血，他把衣裳撕下一块，包扎脚底、脚后跟，再走。

至了秦国的首都雍州，他去见秦哀公，说："吴国贪心得像野猪，恶毒得像蛇，早就想吞并各国，打楚国不过是刚开始，以后一定会再侵略别的国家。我们的国君一时大意，丢掉首都，逃到别的地方，特地教我来请求您帮忙，希望您看在他是您外甥的情面上，出兵帮助他，把吴兵赶走。"

申包胥走得脚底满是水泡,脚后跟都裂开了,直流血,才走到了雍州。

秦哀公说:"我们的兵少,将官不多,连自己都保不了,怎么能帮别人的忙呢?"

申包胥说:"楚国跟秦国是邻居,国界连在一起,如果吴国打楚国的时候,秦国不肯救楚国,吴国一灭掉楚国以后,就一定会来侵略秦国了。您出兵帮楚国的忙,虽然可以说是救楚国,也可以说是为您自己着想。楚国宁愿投降秦国,也不愿意被吴国灭亡,只要秦国肯救楚国,楚国愿意永远伺候秦国。"

秦哀公听了,觉得申包胥的话也很有道理,可是他没有做最后的决定。他向申包胥说:"你暂时在客馆里住几天,等我跟我的官员们商量一下再说。"

申包胥回答,说:"我们的国君现在正东奔西逃,不能安安静静地住下来,我怎么住到客馆里去享受呢?"说什么他也不肯走。

这时候的秦哀公,除了喜欢喝酒以外,什么事都不爱管。申包胥虽然一再请求,他始终不肯出兵。

于是,申包胥不去客馆,就站在秦哀公的朝堂里,一天到晚地哭,一连哭了七天七夜,没吃一口东西,没喝一口水。

秦哀公感动地说:"我真没有想到楚国有这样好的官员。楚国有这样好的官员,吴国还要灭掉他,何况我还没有这样好的官员,吴国怎么能放过我呢?"他不禁感动得流下了眼泪,作了一首诗表扬申包胥,这首诗的题目叫《无衣》,内容大意是:

你怎么能说没有衣裳呢？我的衣裳愿意跟你合穿。你的敌人就是我的敌人，我就将出兵帮你的忙。

申包胥谢了秦哀公，才肯吃东西。秦哀公就派大将子蒲、子虎，率领了五百辆战车，跟申包胥去救楚国。

秦兵到了楚国，跟吴兵打了一仗，把吴兵打败。阖闾、孙武、伍子胥听说秦国出兵救楚国，都打算退兵回国。

就在这时候，阖闾的弟弟夫概，因为不满意阖闾立自己的儿子做太子，不准备把王位传给他，就带兵回吴国去打太子波，并且请越国出兵帮忙。

阖闾得到这消息，赶紧带兵回吴国去打夫概。到半路上，得到太子波的急信，说越国已经出兵，吴国的首都快要沦陷。

阖闾吓坏了，赶紧派人去郢城，教孙武跟伍子胥也带兵回国，抵抗越国的军队。

孙武接到阖闾要他退兵回国的命令，正在跟伍子胥商量的时候，忽然有人来报告："楚国军队派人送信来。"伍子胥就教人把信拿去给他看。原来是申包胥派人送来的信，信上大意是说：

"你们占领了郢城这么久，并没有能灭掉楚国，从这情形看，就可以知道上天不要灭亡楚国。你要灭掉楚国，我一定要恢复楚国。我们是朋友，应该互相成全，不应该互相伤害。希望你撤退吴兵，我也不必再麻烦秦国帮忙，对双方都好。"

伍子胥把信给孙武看,说:"我们带了几万兵来打楚国,把楚国破坏到这程度,自古以来,臣子向国君报仇,从没有像这样痛快的。我们虽然被秦兵打败,但是并没有什么大损失。幸亏楚国还不知道吴国国内出了事情,我们可以趁这机会撤退了。"

孙武说:"就这样退,会给楚国人笑话,你为什么不请他们把公子胜接回去,我们也可以藉此下台,面子上好看一点。"

伍子胥说:"对,你说得对。"就写了封回信给申包胥,大意是说:

"楚平王赶走他自己的儿子,杀我的父亲、哥哥,实在教人生气。以前齐桓公帮忙邢国、卫国,秦穆公帮忙晋国的事情,直到现在,人们都在称赞。我虽然没有学问,这件事情还听说过。我也不一定真的要灭掉楚国,只觉得楚平王所做的事情太不合理,所以才来打楚国。现在,太子建的儿子公子胜,在吴国生活很苦,如果楚国能够把他接回去,照顾他,我一定撤退吴兵,成全你的志愿。"

申包胥接到伍子胥的这封信,就拿给子西看。子西说:"太子建被赶走,实在是冤枉,我也正想把他的儿子接回来!这绝没有问题。"就教人去吴国迎接公子胜回楚国。

孙武跟伍子胥也带兵回吴国。

楚昭王回到郢城以后,请申包胥做副宰相,申包胥说:"我去秦国请救兵,是为您,是为楚国,并不是为我自己升官发财。"他说什么也不肯接受这一官职。

楚昭王硬要他接受,他就带了妻子、儿子逃走。

他妻子跟他说:"你千辛万苦,去秦国借兵来救了楚国,应该接受你应得的报酬,为什么要逃走呢?"

申包胥说:"最初,伍子胥逃出楚国的时候,曾经跟我说,要借兵来打楚国。我因为跟伍子胥是好朋友,所以一直没有跟任何人提起我曾经遇到伍子胥的事情。否则,伍子胥可能被抓住。现在伍子胥差一点儿灭掉楚国,都是我造成的,是我的罪过。国君不知道我的罪过,反认为我救了楚国。我自己知道自己的罪过,没有受我应得的惩罚,我已经很侥幸了,怎么还敢接受他的酬报呢?"

于是,他带了一家人,逃进深山,一生不肯出来。楚昭王派人到处找他,怎么也找不到,只好教人在他原来住家的门上挂了一个匾:"忠臣之门",表扬他对楚国的贡献。

楚昭王复国

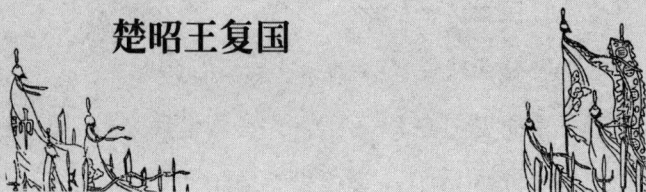

楚昭王名字叫珍，是楚平王的儿子，他做楚王的时候，年纪还很小。

阖闾派孙武、伍子胥做大将，带了六万吴兵打楚国。

结果，楚兵大败，楚国的首都郢城沦陷，楚昭王只得带了他的妹妹季芈上船逃走，逃往随国。

子西原来是把守鲁洑江，听说楚昭王在随国，就告诉楚国的老百姓，一起去随国，跟着楚昭王。

伍子胥听说楚昭王在随国，就带兵去随国，派人送了一封信给随国国君，要随国国君把楚昭王交出来。

随国国君不愿意交出楚昭王，教人跟伍子胥说，楚昭王已经离开随国，不知道他去了什么地方。伍子胥就又去别的地方找楚昭王。

　　楚昭王跟随国国君订了友好条约,随国国君亲自送楚昭
王上船回国去。

后来，申包胥向秦国借了兵，去随国报告楚昭王，楚昭王就教子西、子期带了一部分楚兵，跟随国的军队一起去襄阳，跟驻扎在那儿的秦兵会合。

秦兵跟吴兵打了一仗，吴兵被打败。伍子胥接受了申包胥的建议，撤兵回吴国。

子西跟子期重新进郢城，一方面收葬楚平王的骨头，修建被烧了的宗庙；一方面派申包胥预备船去随国迎接楚昭王。

楚昭王跟随国国君订了友好条约，永远不互相侵略。随国国君亲自送了楚昭王上船以后才回去。

子西、子期出郢城迎接楚昭王，到了城外的时候，楚昭王见到处都是人的骨头，城里的宫殿，也烧的烧，毁的毁，心里很难过，不禁掉下了眼泪。他进宫见他母亲伯嬴，母子俩都面对面地哭个没完。他向母亲说："国家遭遇到这一不幸，不知道哪一天才能报仇？"

他母亲说："该赏的赏，该罚的罚，然后安抚、救济老百姓，等国家的元气恢复以后，再计划报仇的事情。"

楚昭王接受了他母亲的教训。第二天，他到宗庙里去祭祀，看了看祖坟，然后去朝廷接受官员们的朝贺。

楚昭王说："我因为用了不合适的人，差一点儿把国家亡掉，幸亏靠你们的帮忙，我才能重新回来。失去国家，是因为我不对;恢复国家,完全是你们的功劳。"大家听了,都说不敢当。

楚昭王先摆下了酒席,招待秦国的将官们,犒赏秦国的军队,礼送他们回秦国。然后赏有功劳的楚国官员,请子西做宰相,请子期做副宰相。本来,他觉得申包胥去秦国借兵的功劳很大,打算也请他做副宰相,没想到申包胥不但不肯接受,并且逃走了,他就请王孙由于做副宰相。

子西认为郢城损坏得太厉害,就在一处叫都的地方,建筑了一个城市,搬到那儿去,管那儿叫新郢。

从此以后,楚昭王努力治理国家,训练军队。先灭掉唐国,休息了十年,灭掉顷、胡两小国,又出兵打蔡国。楚国开始复兴,一天比一天强盛,后来又灭掉了陈国。

博学的孔子

孔子名丘，字仲尼，是鲁国人，他父亲叫叔梁纥，是鲁国有名的勇士，曾经做过邹城的大夫。

孔子的品德很好，喜欢念书。他曾经周游各国，想把他的一肚子学问，贡献给大家，各国的国君都很钦佩他，想用他。可是，因为其他有势力的官员嫉妒他，在国君的面前说他的坏话，结果，没有一个人用他。他没有办法，就开始教书，学生有三千多人，最好的学生有七十二个，各国都有。

孔子因为念的书多，去的地方多，学问跟见识都很好。有一次，他在鲁国宰相季斯的家里，跟季斯谈话。季斯在上厕所的时候，忽然有一个从费城来的人，向他报告，说：挖井的人，挖出一个土缸，里头有一只像羊的怪物，不知道是什么东西？

季斯想考一考孔子，教这人不要吭声儿。他回到原来的座位上坐好以后，向孔子说："有人在挖井的时候，挖出一只像狗一样的东西，请问这究竟是什么东西？"

孔子说："据我看，它一定像羊，不会像狗。"

季斯问他为什么。

孔子说："我听说，山里的怪物有夔、魍魉；水里的怪物有龙、罔象；土里有一种怪物叫羵羊。现在，这东西是挖井挖出来的，也就是说，是在土里挖出来的，自然一定是羵羊。"

季斯问："你知道羵羊是什么样子吗？"

孔子说："这种东西既不是公的，也不是母的。"

季斯把来向他报告这消息的那个人，叫进去问，果然那怪物不是公的也不是母的，不禁钦佩地向孔子说："你的学问果然很好。"就请孔子做中都县的县令。

又有一次，齐国的南部边境，忽然出现一只大鸟，约三尺高，除了脖子是白的以外，其余的地方都是黑颜色，嘴很长，只有一只脚，张开两个翅膀，在田里跳舞。当地的乡下人想抓住它，没有抓住，它向北飞走了。季斯听到了这件事，问孔子这叫什么鸟，孔子说："这鸟叫'商羊'，生在北海的海边上。天要下大雨，商羊就会跳舞，凡是有这种鸟出现的地方，一定会下大雨，造成水灾。齐国南部的边境，跟鲁国的边境连在一起，应该预先防备。"

　　季斯就预先教鲁国汶上一带的老百姓，修理堤坝跟房子。过了不到三天，果然天下起大雨来，泛滥成灾，齐国南部边境的老百姓损失很大，鲁国的老百姓，因为预先有防备，没有受什么损失。这件事情传到齐国，齐国的国君齐景公对孔子佩服得不得了，从此以后，天下的人都知道孔子博学，大家都管他叫"圣人"了。

夹谷和平会议

　　鲁国有一个叫阳虎的官员造反，被打败以后，逃往齐国。齐国的国君齐景公教人把阳虎抓住，关起来，准备交给鲁国。没想到，阳虎用酒把看守他的人灌醉，乘车逃到别的国家去了。

　　齐景公怕鲁国误会是他放掉的，就写了封信，派人送给鲁国的国君鲁定公，说明阳虎是怎样逃走的，并且约鲁定公在齐鲁两国边界之间，一处叫夹谷的地方，开一次和平会议，两国订立互不侵犯条约，永远不打仗。鲁定公就教人请孔子去，请他担任礼宾，主持关于礼仪的事情。

　　车子预备好了，鲁定公将要出发，孔子说："参加文的活动，一定要做武力的准备。文跟武绝不能分离。古时候，国君出国，一定要带将官，请带两个武官去，防备有意外的事情发生。"

　　鲁定公听了他的话，就教一个叫申句须的人做他的右司马，教另外一个叫乐颀的人做他的左司马，教他们各自率领五百辆战车，在离开会地点十里以外的地方驻扎。

到了夹谷，齐景公已经先在那儿。孔子听说齐景公带来的兵跟卫士很多，就也教申句须、乐颀紧紧跟着鲁定公。

第二天早上，齐、鲁两国的国君，都到了坛上，齐国主持礼仪的是晏平仲，鲁国主持礼仪的是孔子，这两个人，也各自跟着自己的国君到了台上。举行过仪式以后，双方讲和平相处，不再互相侵略。

齐景公向鲁定公说："我有外国音乐，可以跟你一起看一看。"说完，就教莱地的土人，奏他们那儿的音乐。于是，台下立刻响起鼓声，三百个野蛮人，有的拿小旗子，有的拿矛、戟，有的拿剑，有的拿盾牌，一窝风地跑来，一面跪一面叫，竟踏上台阶，打算来台上。鲁定公吓得脸都白了。孔子一点儿也不害怕，他站到鲁定公前面，举起手说："两国的国君，开和平会议，举行的是中国仪式，怎么可以用外国音乐呢？请负责礼仪的人士去掉这种音乐。"

齐景公觉得很不好意思，赶紧教那三百个野蛮人走开。

齐景公说："我们宫廷里的音乐，不是外国音乐，赶快奏给客人听。"

立刻就有二十多个唱戏的，身穿奇装异服，脸上抹着各种颜

第二天早上，齐、鲁两国的国君都到了坛上。

色，女的打扮成男的，男的打扮成女的，分成两队，一起跪到鲁定公面前，跳的跳，舞的舞，嘴里唱的都是下流的歌儿，一面唱，一面笑。

孔子用手按在剑上，圆睁着眼睛向齐景公说："老百姓侮辱国君的，要处死刑，现在这些唱戏的侮辱我们的国君，您应该吩咐您的武官执行法令！"

齐景公没吭声儿，唱戏的仍旧又笑又唱。

孔子说："现在鲁国已经跟齐国和好，跟弟兄一样，鲁国的武官，就等于是齐国的武官。"说完，就举起一只手，向台下一挥衣袖，大声喊："申句须、乐颀在哪儿？"

申句须、乐颀两个人，立刻飞奔上台，在唱戏的男女两队里，各抓住一个领班的，当时就把他们的头砍下来，其余的都吓跑了。

齐景公见了，心里不禁很害怕。鲁定公知道再呆下去没有好结果，就起身告辞。

齐景公觉得对不住鲁国，就把汶阳三处的田还给鲁国，表示道歉。鲁定公升孔子做大司寇的官。

孔子周游列国

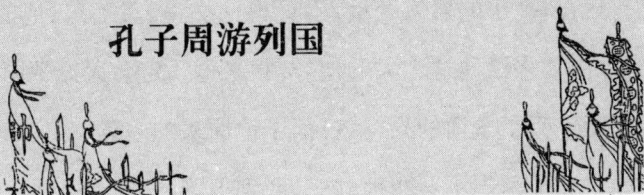

后来，鲁定公不理国事，孔子觉得鲁国没有希望，就干脆离开鲁国，想到别的国家去做事。他先是到卫国，卫国太乱，他就离开了卫国去陈国，打算再去蔡国。

楚昭王听说孔子在陈国跟蔡国之间的路上，派人去聘请他。陈国跟蔡国的官员们互相商量，认为楚国如果用了孔子，对陈国、蔡国一定不利，就一起出兵，把孔子包围。

孔子被陈、蔡两国的军队包围，三天没有吃东西，可是他仍旧很安静地弹琴、唱歌，一点儿也不着急。

楚国的使者，听说孔子被陈、蔡两国的军队包围，就带兵去迎接他。陈、蔡两国的军队，不敢跟楚国的军队打，只好撤退，各自回本国去了。

孔子到了楚国，楚昭王很高兴，打算封很大一块土地给孔子,宰相子西反对说:"以前文王在一处叫丰的地方,武王在一处叫镐的地方,面积只有一百里,因为他们对待人民好,结果灭掉殷朝。现在,孔子的做人处世,不见得比文王、武王差,他的学生们都很好,如果给他这么大的地方,将来他一定会灭掉楚国。"

楚昭王听了子西的话,就打消了他原来的主意。

孔子知道楚国不会用他,就又回到卫国。

这时候,卫国的国君叫卫出公,他打算请孔子做官,孔子不愿意。恰好这时候,鲁国的宰相季孙肥派人来请孔子的学生冉有回鲁国,孔子就带了他的学生一起回到鲁国,鲁国用对待退休官员的礼节对待他。他的学生子路、子羔在卫国做官,子贡、冉有、有若、宓子贱在鲁国做官。

鲁哀公的时候,叔孙氏有一个家臣叫钮商,有一次,跟鲁哀公去一处叫大野的地方打猎,抓住一只野兽,这野兽的身子像鹿身子,尾巴像牛尾巴,角上有肉。钮商觉得很奇怪,就把它杀了,然后去问孔子,这是什么野兽。

孔子看到这野兽的尸首以后,说:"这就是麒麟!"心里很难过,叹息说:"我的理想不会再实现,我的事业不会再成功了!"就教学生把这麒麟埋掉。

从此以后,孔子不想再做官,也没有人用他。他就开始整理中国古代的文化,删的删,改的改,编写成《易》、《诗》、《书》、

《礼》、《乐》等五部书,又把鲁国的历史,从鲁隐公起到鲁哀公时抓住麒麟的这一年止,共两百四十二年间的事情,编写成一部历史,叫《春秋》。跟《易》、《诗》、《书》、《礼》、《乐》合在一起,共六部,是我国最伟大的几部书,后代的人管这六部书叫"六经"。

又过了没有多久,孔子就生病死了,共活了七十三岁。他的学生们,把他埋葬在曲阜城的北面。历代以来,封他为大成至圣文宣王,从明朝起,改封他为大成至圣先师,全国各地都立庙祭祀他。这种祭祀他的庙,叫文庙。他的子孙被封为衍圣公,一代一代地传下去,直到永远。

"中国古典小说·青少版"丛书由台湾东方出版社股份有限公司授权

上海九久读书人文化实业有限公司联合人民文学出版社共同策划

中国古典小说 青少版

冯梦龙 蔡元放 著

朱传誉 改写

东周列国演义 下

人民文学出版社

东周列国演义　下

⊙ 夫差

是吴国国君。由于伍子胥跟孙子的协助，他打败了世仇越国，差一点儿灭掉楚国。但是最后他因为宠爱西施，不理朝政，信任奸臣伯嚭，逼伍子胥自杀，结果，他被越王勾践所灭。

⊙ 勾践

是越国国君，被吴国打败后，勾践夫妇俩忍辱偷生，到吴国给吴王养马，好不容易被放回，从此卧薪尝胆，明耻教战，十年生聚，十年教训，终于出兵灭掉吴国，尽雪前耻。

⊙ 苏秦

是战国著名的纵横家。他是鬼谷子的徒弟，一开始的时候，因为不得志，没有人理他，回到家里的时候，家里的人都瞧不起他。他重新发愤读书，联合六国抵抗秦国，做六国的宰相，再回到家乡的时候，他嫂嫂跪在路边迎接他，连头都不敢抬。

⊙ 张仪

是战国著名的纵横家。是苏秦的同学。苏秦联合六国抵抗秦国，他却劝六国和秦国合作。他分散了六国的团结，使得秦国能趁机加强军事的准备，逐渐战胜各国，最后终于并吞了六国。

⊙ 秦始皇

是中国历史上第一个使用"皇帝"称号的君主。他用了李斯、尉缭等人的计策，逐渐并吞了六国。建立了统一的大帝国。他虽然为了集中他个人的权力，实施了很多暴政，被认为是中国历史上的一个暴君，但是他对统一中国的贡献，是不容抹杀的。

⊙ 吕不韦

是秦国丞相。本来是一个商人，却在政治上投资，做了一笔好生意。他的门客很多，这些门客对他的贡献不小，对秦国的贡献也不小。

⊙ 田单

是齐国的大将。用计叫燕王调回乐毅,利用火牛冲锋,打垮了代替乐毅的燕国将领骑劫。终于收复了整个齐国,赶走了燕国人。

⊙ 蔺相如

是赵国的大臣。为了赵国的利益,对秦王不肯有一点儿让步;但是,当他听说廉颇瞧不起他,却忍气吞声,一再向廉颇让步。最后感动了廉颇,负荆向他道歉。他们俩终于成了最要好的朋友。

⊙ 孟尝君

战国四公子之一。他养了三千多门客,靠着这些宾客的帮助,不但培养了他自己的势力,也加强了齐国的声望,使其他的国家不敢侵略齐国。他在齐国做了几十年的宰相,始终没有遇到一点灾祸,可以说是很难得的了。

⊙ 信陵君

战国四公子之一,他也有很多门客,跟孟尝君一样有名。秦兵打赵国,赵国向魏国求救,魏王不肯。信陵君叫人偷了魏王的兵符,他拿着这兵符,去杀了魏国的将领晋鄙,然后他带着晋鄙的军队去赵国,帮助赵国赶走秦兵,成为当时的大英雄。

东周列国演义　下

目录

吴王夫差

　　夫差是吴王阖闾的孙子，他父亲的名字叫波，是吴国的太子。

　　阖闾年老后脾气越来越坏，他听说越王允常死了，允常的儿子勾践做了越王，就打算趁这机会出兵去打越国，伍子胥劝他不要去，他不听。他教伍子胥辅助夫差在国内防守，亲自带了伯嚭、王孙骆、专毅等几个大将，选了三万强壮的兵士，出南门，向越国前进。

　　越王勾践亲自带兵抵抗，双方打了两仗。第一仗不分胜败，第二仗吴兵被打败，阖闾的右脚被越国的一个将官砍了一刀，幸亏专毅赶来救他，他才没有被杀死。可是专毅却因此受了重伤。

　　阖闾受了伤，不能再打下去，立刻下令撤退回国，但只撤退到七里外的地方，就伤重去世。阖闾一死，夫差就接位做了吴王。不久，专毅也因为伤重死了。

夫差埋葬了祖父以后，立儿子友做太子。为了警惕自己，他叫十个手下人轮流站在院子里，每逢他进出经过那儿，就大声喊他的名字，问他："夫差，你忘了越王杀你祖父的仇恨了吗？"他就哭着回答："没有，我绝不会忘掉这仇恨！"

他叫伍子胥跟伯嚭去太湖训练水兵，在灵岩山设立了射箭的靶场，训练兵士们射箭。准备给他祖父戴了三年孝以后，就出兵去打越国，给他祖父报仇。

过了三年，夫差出动全国的军队，叫伍子胥做统帅，伯嚭做副元帅，带兵去打越国。越王勾践出兵抵抗被打败，请求投降，愿意跟他妻子一起去吴国，做夫差的佣人，伺候夫差。

伍子胥劝夫差灭掉越国，可是，他最后还是听了奸臣伯嚭的话，接受了勾践投降的请求。

夫差叫人在他祖父阖闾的坟墓旁边，盖了一所石头房子，让勾践夫妇住在里头，给他养马。一直过了三年，才放他夫妇俩回国。勾践回到越国以后，每个月派人送礼物给夫差，问候他。夫差很高兴，给了勾践更多的土地。

夫差要盖房子，勾践派人送来了很多好的木材。夫差喜欢女人，勾践选了两个好看的女人，一个叫郑旦，一个叫西施，派人送到吴国去给夫差。夫差特别喜欢西施，让她住在姑苏台，一天到晚跟她喝酒玩乐,不再管理国事。

夫差一直相信勾践,可是,后来他听说勾践正在训练军队,就不放心了,准备出兵去打勾践。

没想到这时候,孔子的学生子贡来到吴国,要他出兵去打齐国。伍子胥劝他不要去,他气得要杀伍子胥。

夫差带了十万吴兵,加上三千越兵去打齐国。结果打了一场大胜仗,齐国请求讲和,他就撤退回国。

勾践到吴国向他道贺,他请勾践喝酒,要再给勾践土地,要升伯嚭的官。伍子胥劝他不要这样做,他就叫人拿了一把剑去给伍子胥,叫伍子胥自杀。

伍子胥自杀以后,他就请伯嚭做宰相,接替伍子胥的位置。他要送土地给勾践,勾践说什么也不肯接受,他只好打消念头。

勾践回国以后,积极准备打吴国,夫差一点儿也没察觉。他越来越骄傲,竟想跟中原各国的国君开和平会议,做他们的领袖。太子友知道了这件事,想去劝诫他父亲,可是,又怕惹他父亲生气。他就想了一个间接劝他父亲的办法。

一天早上,他带了弹弓和弹丸,从后花园来,衣裳跟鞋都湿了。夫差见了很奇怪,问他为什么衣裳跟鞋都湿了。太子友回答说:"我刚才去后花园玩,听到树上有只蝉叫,就跑去看,看见一只蝉正迎着风在叫,看样子很得意。没想到一只螳螂正打树枝上爬过去,准备抓住那只蝉;螳螂一心想抓蝉,没想到有一只黄雀正躲在树叶子下边,准备一把抓住螳螂;黄雀一心想抓螳螂,没想到我手里拿着弹弓,准备用弹丸打黄雀;我一心想弹黄雀,却没想到我脚旁边有一个窟窿,我一不小心,落了下去,所以把衣裳跟鞋都弄湿了。"

夫差说:"你只知道要贪前头的便宜,不顾后头的危险,世上再也没有比这更笨的了。"

太子友回答说:"世上比我更笨的人多的是,鲁国没有侵犯齐国,齐国无缘无故地出兵打鲁国,以为一定可以打败鲁国,没想到吴国会出动全国的军队,跑好几千里路去打他。吴国打败齐国,自以为了不起,没想到越国正准备出动全国的军队来灭亡吴国,世上恐怕没有比这更笨的了!"

夫差听了,生气地说:"这完全是伍子胥说话的口气,我早就听腻了,你是从哪儿学来的?你再噜苏,我就不承认你是我的儿子!"太子友吓得不敢再开口,告辞走了。

夫差就叫太子友跟王子地、王孙弥庸防守国内,自己带了吴国最强壮的军队,由邗沟向北走,约各国国君在一处叫黄池的地方会合,想跟晋国争盟主之位。

越王勾践听说夫差带了军队离开吴国,就出动好几万越兵去打吴国。吴兵被打败,太子友被包围,受了重伤,自杀死了,王

夫差被逼得没有办法，只好自杀，吴国就灭亡了。

孙弥庸被杀，王子地关起城门，一面守城，一面派人去报告夫差。

夫差听说越国出兵打吴国，吓坏了，赶紧带兵回国。跟越兵打了一仗，又被打败，夫差很害怕，对伯嚭说："你说越国一定不会背叛我，所以我才听你的话，放勾践回国。现在，你代我去跟越国讲和，不然的话，我叫伍子胥自杀的那把'属镂'剑还在这儿，就要给你了！"

伯嚭没办法，就去见越王勾践，请他饶了吴国，吴国愿意把以前越国送给吴国的礼物，还送给越国。

勾践知道自己的力量还不能灭掉吴国，就答应跟吴国讲和，退兵回国。

过了几年，勾践又出动全国的军队去打吴国。夫差出兵抵抗，一连三仗都被打败，伯嚭投降，越兵打进了吴国的首都。

夫差带了三个儿子逃往阳山，只有少数几个手下跟着他。

他们不分日夜地跑，来到一处叫干隧的地方。

勾践带兵追到那儿，把他重重包围。

夫差被逼得没有办法，只好自杀，吴国就灭亡了。

春秋第一美人——西施

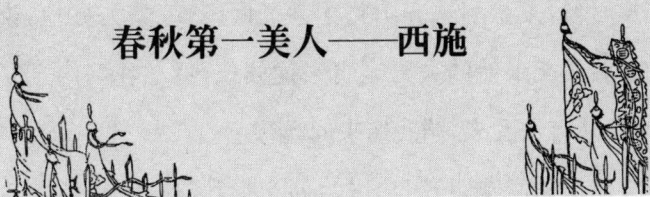

西施是越国人，越国有一座山叫苎萝山，她就是山下一户砍柴人家的女儿。在这山下有两个村庄，在东边的叫东村，在西边的叫西村。这两个村庄上所住的人家，大多姓施，为了容易分别，东村的叫东施，西村的叫西施。西施姓施，因为她是住在西村，所以人们管她叫西施，至于她叫什么名字，已经没有人知道了。

越王勾践下命令在国内选最好看的女人，准备送去给吴王夫差。最后，选中了二十多个人，其中有两个最漂亮，一个是西施，一个是郑旦。郑旦也是住在西村，是西施的邻居。两个人的家靠近江边，常常一起在江边洗纱。

勾践叫宰相范蠡去她们家里，每家送了一百两金子作聘金，然后亲自送这两个美人去住在一处叫土城的地方，叫音乐教师教她们唱歌、跳舞,学习打扮、走路的姿态,准备等她们学好了以后,就把她们送到吴国去。

这时候,夫差刚从齐国打了胜仗回国,范蠡去见他,说:"我们的国君不能跟他的夫人亲自来伺候您,特地在国内选了两个会唱歌、跳舞的女人,叫我送来伺候您。"

夫差望见西施跟郑旦,以为仙女下凡,喜欢得不得了,立刻接受了下来。可是,因为西施特别会打扮,会讨好,慢慢地夫差就特别喜欢西施,让她住到姑苏台,郑旦则住在宫里。郑旦因为嫉妒西施,心里不高兴,不到一年就生病死了。

夫差因为喜欢西施,叫王孙雄在灵岩山特地盖了一所宫殿,叫馆娃宫。这宫里的水沟都是用铜铺的,栏杆都是用玉做的。宫里到处都装着珍珠跟玉,作为西施休息跟玩乐的地方。又叫人建筑"响屧廊",什么叫"响屧廊"呢?屧就是木拖鞋,廊是走道,把走道下边凿空,铺上大缸,再盖上厚板,西施跟宫人着木拖鞋在上头走来走去,就发出响声,所以叫响屧。

山上有两个水池,一个叫玩花池,一个玩月池;有一个井,叫吴王井,井里的水碧清,西施常常照着泉水打扮,夫差站在她旁边,亲自给她梳头发。

夫差自从有了西施以后,一天到晚在姑苏台跟西施玩,只有太宰伯嚭跟王孙雄跟在旁边,别人很难见到他。

有一次，夫差带兵去打齐国，叫西施住在句曲地方的一所新宫殿，他打了胜仗回来，就去见西施，对她说："我叫你住到这儿来，是因为想快一点儿见到你。"两个人就在那儿玩了一整个夏天。

　　夫差打败了齐国，变得很骄傲。不久，他带了军队去一处叫黄池的地方，跟各国国君开会，想做各国的领袖。没想到越王勾践趁这机会，出兵打吴国，一把火把姑苏台烧光，差一点儿灭掉吴国。过了几年，勾践又带兵打吴国，夫差被打败，自杀死了，越国终于灭掉吴国。勾践回越国的时候，把西施也带了回去，没想到他夫人派人暗地里把西施拉出去，在她背上绑上大石头，把她沉入江里淹死了。

勾践复国

越国本来是一个小国，到越王允常的时候，才逐渐强大。因为离吴国近，越国常常想吞并吴国。吴王阖闾带兵去打楚国，阖闾的弟弟夫概造反，想做吴王，请越国出兵帮忙，越国就趁这机会出兵去打吴国，幸亏阖闾带兵从楚国赶回去抵抗，不久，吴国的大将孙武、伍子胥也从楚国撤退回吴国，越兵才撤退回国。

因此，阖闾恨透了越国，常常想报仇。

过了几年，越王允常去世，儿子勾践做了越王，阖闾就趁这机会带兵去打越国，没想到被越国打败，阖闾受伤死了。

过了三年，阖闾的孙子夫差带了全吴国的军队，乘船去打越国，为他的祖父报仇。

勾践出动全国的壮丁，共约三万人，出城上船抵抗吴兵。

双方的军队在一处叫椒山的下边碰头，打了起来，越兵被打败,勾践逃往固城。吴兵加紧攻打固城,范蠡接二连三地派人去向勾践报告,说情势很危急。

勾践吓得一点主意也没有,文种建议说:"情势很危急了,现在去向吴国求和,还来得及。"

勾践说:"如果吴国不肯,怎么办?"

文种说:"吴国的太宰伯嚭,贪钱,喜欢女人,嫉妒别人的功劳和才能,跟伍子胥合不来。如果我们先送大量的礼物跟几个好看的女人去给他,请他在吴王面前替我们说好话,吴王一定会答应。"勾践接受了这一建议,就派文种去见伯嚭。

一切进行得很顺利,伯嚭带文种去见夫差,文种跟夫差说,只要吴国答应跟越国讲和,越王勾践夫妇愿意去吴国做夫差的佣人,伺候夫差。夫差答应跟越国讲和,他自己先带兵回去,叫勾践夫妇在五月十号去吴国。

文种回去报告勾践,勾践就回到首都,把国库里的宝物装在车子上,在国内选了三百三十个好看的女人,准备送三百个给吴王,三十个送给太宰伯嚭。

临走的那一天,勾践哭着向越国的官员说:"我继承我父亲的事业,一向谨慎、努力,对国事不敢有一点儿懈怠、荒废,没想到在夫椒打了一个败仗,竟弄得国亡家破,我要去千里以外的地方做囚犯,恐怕再也不能回来跟你们相见了!"

越国的官员们没有一个不掉眼泪。

文种说："以前汤被关在夏台，文王被关在羑里，后来都成了王；齐桓公曾经逃往莒国，晋文公曾经逃往翟国，后来也都称霸，做了各国的领袖。人不怕吃苦，只怕没有志向，您暂时忍耐一下，将来一定有希望，不必太难过。"

于是，勾践就去祖庙里祭祀，然后出发去吴国。

越国的官员们都到江边送行，范蠡已经预备好船，停在固陵迎接勾践。文种代表文武百官向勾践敬酒，祝他前途顺利。

勾践仰天叹气，举起杯子的时候直掉眼泪，难过得一句话都说不出来。范蠡说："古代的圣贤都吃过苦，遭过难，您何必这样难过呢？"

勾践对百官说："我现在要离开越国去吴国，国家的事情就交给你们，不知道你们能不能尽到你们的责任？"

大家都回答说："只要您吩咐下来，我们一定尽心尽力去做，绝不辜负您对我们的期望！"

勾践说："如果你们肯支持我，希望你们自己表白，谁愿意陪我去吴国？谁愿意留在国内保卫国家？"

文种说："在治理国事方面，范蠡不如我；在外交方面，我不如范蠡。"范蠡说："文种说得很对，您就把国事交给他治理，我陪您去吴国好了。"接着，其他的官员也都一个接着一个，自己报告他们个人的能力,跟他们应负的责任。

勾践说:"我虽然不幸,到吴国去做奴隶,可是,只要你们肯按照你们刚才所说的,为越国着想,我也就放心了!"

最后他跟范蠡上船,走了。到了吴国,勾践先送了一部分礼物跟三十个美女去给伯嚭,谢谢他的帮忙。伯嚭表示将来一定想办法让他回越国,勾践才稍微安心一点。

伯嚭带兵押着勾践去见吴王夫差。勾践光着上身,跪在台阶下,他夫人跪在后头。范蠡把宝物跟三百个女的,都开在一张单子上,送给夫差。

勾践向夫差说:"我因为不懂事,得罪了您,您饶了我,使我有机会伺候您,我实在打心里感激您!"说完,连磕了几个头。

夫差说:"如果我要为我的祖父报仇,你现在绝活不成!"

勾践又磕头说:"我实在该死,希望您可怜我!"

伍子胥在旁边看见勾践,气得眼睛冒出火来,一定要夫差杀掉勾践,可是,因为有伯嚭给勾践说话,夫差终于接受越国的礼物,叫王孙雄在他祖父阖闾的坟墓旁边,盖了一所石头房子,让勾践夫妻俩住在里头,管养马的事情。

夫差每次坐车出去玩,勾践总提着马鞭,走在车子前头。吴国的老百姓都指指点点说:"这就是越王!"勾践只有低头的份。

勾践穿马夫的衣裳,一天到晚铡草、养马;他夫人也穿得破破烂烂的,打水、除粪、扫地。范蠡捡柴做饭。他们的日子过得很苦,瘦得只剩皮包骨。可是,当夫差派人去偷偷看他们的时候,见他们都努力工作,没有一句怨恨的话,整夜都没有叹气的声音,夫差以为他们不想再回去,就不再担心他们。

一天,夫差在姑苏台上,望见勾践夫妻俩端端正正地坐在马粪旁边,范蠡手里拿着马鞭,站在他们的左边,仍旧保持君臣、夫妇之间的礼节,就向太宰伯嚭说:"勾践不过是一个小国的国君,范蠡不过一个普通的读书人,他们在这种艰苦困难的情形下,仍旧能够保持君臣、夫妇之间的礼节,实在难得,我很钦佩他们。"伯嚭回说:"他们不但值得钦佩,也够可怜的。"

夫差说:"照你这样说,我实在不忍心看到他们这样子。如果他们能改过,重新做人,我是不是该放他们回国呢?"

伯嚭回答说:"如果您能这样对待他们,他们一定永远忘不了您的好处。希望您赶快决定。"

夫差说:"你去叫太史官选择一个好日子,放他们回国吧!"

伯嚭回去以后,秘密派人去勾践住的地方,把这一个好消息告诉勾践。勾践很高兴,就转告范蠡。

范蠡说:"我给您卜一卦看看。"

范蠡卜了一卦,向勾践说:"这消息虽然是真的,可是,恐怕不一定能够实现。"勾践听了,又难过起来。

伍子胥听说夫差要放勾践回国,赶紧去见夫差,说:"以前桀把汤关起来,没有杀他,纣把文王关起来,也没有杀,结果,桀被汤赶走,纣被文王所杀。您现在把勾践关起来,不杀他,恐怕将来也要吃他的亏。"

夫差听了伍子胥的话,不但不想放勾践回国,反而想杀他,就派人去叫他。伯嚭得到消息,赶紧先派人去告诉勾践。

勾践吓坏了,找范蠡商量。

范蠡说:"您用不着怕,吴王已经关了您三年,在这三年里没有杀您,怎么会现在杀您呢?您放心去好了,一定很安全。"

勾践等了三天,夫差没有上朝,见不到他。

伯嚭从王宫里出来,奉夫差的命令,叫勾践回到他原来住的地方去。勾践觉得很奇怪,就问伯嚭是怎么回事。

伯嚭说:"吴王因为听了伍子胥的话,想杀您,派人去叫您来,没想到他突然生起病来,我进宫去看他的病,劝他暂时放您回石头房子里去,等病好了再说。他听了我的话,所以叫我来告诉您一声,您现在就暂时回去好了。"

勾践听了很感激,再三向伯嚭道谢。

勾践又等了三个月,听说夫差的病还没有好,就叫范蠡卜一卦看看,是好还是坏。

范蠡卜了一卦,说:"吴王死不了,过几天,一定完全康复。

您最好去看他的病,如果他肯让您见他,您就请求尝他的大便,然后向他道贺,告诉他,他的病哪一天会减轻,哪一天可以完全好。他一定很感激,就会放您回国了。"

勾践含着眼泪说:"我虽然没有出息,也曾经做过一国的国君,怎么能去尝人家的大便呢?"

范蠡回答说:"以前纣把文王关在羑里,杀掉文王的儿子伯邑考,煮了,叫人送去给文王吃,文王不愿意违背纣的意思,忍痛吃了儿子的肉。要做大事情,不能计较小节。吴王有女人的心肠,没有男子汉的决心,他已经要放您回国了,忽然又改变了主意,不这样做,怎么能够得到他的信任呢?"

当天,勾践就去伯嚭家里,向伯嚭说:"听说吴王的病还没有好,我很不安心,打算跟您一起去看看他的病。"

伯嚭说:"难得您有这份心,我一定去给您讲一讲。"说完,就去见夫差,说勾践很关心他,想去探他的病。

夫差正闷得慌,就答应了。伯嚭带勾践去见夫差。夫差勉强睁开眼睛,看了看勾践说:"你来看我吗?"

勾践磕头说:"听说您身体不好,我就像心肺被割了一样,想来看您,却……"话还没说完,夫差忽然觉得肚子发胀,要拉大便,就挥手叫勾践出去。

勾践说:"我以前曾经学过医理,只要看看病人的大便,就能

勾践揭开大便桶尝粪,夫差的手下都捂起鼻子。

够知道病的轻重好坏。"说完,就起来,站在门口等着。

卫兵把大便桶端到床边,扶夫差大完便,端起大便桶将要出门,勾践揭开桶盖,用手抓了一点夫差的大便,跪下来尝了尝。

卫兵见到这情形,都捂起了鼻子。

勾践又进去,磕头说:"恭喜大王,您的病过几天就会好的。"夫差问:"你怎么知道的呢?"

勾践说:"我曾经听医生说,人的大便味道,就是五谷的味道。这种味道如果能够跟节气协调,病就会好。刚才尝您的大便,味道又苦又酸,跟春夏的气味一样,所以我知道您的病不久就会好。"

夫差高兴地说:"你的心肠太好了,做臣子跟儿子的,谁肯尝他国君或者父亲的大便,来判断病的好坏呢?"这时候,伯嚭也在旁边,夫差就问伯嚭:"你能不能够这样做?"

伯嚭摇了摇头说:"我虽然很爱您,可是这一点却做不到。"

夫差说:"不但你做不到,连我的儿子都做不到。"就向勾践说:"你不要再住到那所石头房子里去了,另外找一个地方暂住一些时候,等我病好以后,就送你回国。"

勾践再三道谢后才离开。从此以后,他跟他夫人暂时住在老百姓家里,仍旧管养马的事情。

正如勾践所说的,夫差的病果然慢慢好了。他很感激勾践的忠心，就叫人在台上预备酒席，派人去请勾践喝酒。

勾践假装不知道，仍旧穿着马夫的衣裳去。

夫差就叫他先去洗澡，更衣。勾践换了衣裳，向夫差拜谢。

夫差赶紧把他扶起来，并向吴国的官员们宣布："越王实在是一个好人，怎么能委屈他在这儿太久，我已经决定放他回国。现在我请他坐在北面，你们要把他当作客人看待。"

说完，夫差就请勾践坐下，吴国的官员分坐两边。

喝完酒，夫差叫王孙雄送勾践住到客馆里去，然后向勾践说："三天以内，我一定送你回国。"

到了第三天，夫差又叫人在蛇门外预备了酒席，他亲自送勾践出城。吴国的官员也都给勾践饯行，只有伍子胥没去。

夫差向勾践说："我放你回国，你应该记着我对你的好处，不要记恨。"勾践说："您对我这么好，我怎么敢记恨呢？我回去以后，一定永远报答您，如果我有对不住您的行为，上天一定会给我惩罚！"

夫差说："好，就这么办，你走吧！祝你前途光明，我不再送了。"勾践跪在地上，泪流满面，像是舍不得离开。

夫差亲自扶勾践上车，他夫人也再三向夫差道谢后上车，然后，由范蠡驾驶车子，向南去了。

勾践回到浙江，望见越国的山河，仍旧像以前一样好看，不禁感叹说:"我以为我永远不能再回来,要死在吴国了,没想到还有回来的一天!"说完,跟他夫人面对面哭了起来,随从也都感动得流下了眼泪。

文种知道勾践回国,早就率领官员跟老百姓,到江边迎接。

勾践回国以后,觉得自己是在会稽山被打败的,就叫范蠡在会稽山建筑一座新城,把首都搬到那儿去,好时时刻刻警醒自己。

城建筑好以后,勾践从诸暨搬了过去,向范蠡说:"这一次我能够回来,能够有今天,可以说完全是你跟各位官员的功劳。"

范蠡说:"这是您的福气,不是我们的功劳。只要您不忘在吴国所吃的苦,越国就一定能复兴,您的仇一定能报!"

勾践说:"我一定记着你的话。"于是,他叫文种治理国事,叫范蠡训练军队,尊重有品德的人,优待有才能的人,尊敬年纪大的,救济穷苦的人,人民见勾践对他们这样好,都很高兴。

勾践一心想报仇,一天到晚折磨自己。眼睛累了,要闭起来的时候,就用一种蓼草,硬把它薰开,脚冻得要缩起来,就干脆把它泡在冷水里头。冬天抱冰,夏天烤火;不用床被,睡在树枝上。在睡觉的地方,挂上苦胆,随时把它含在嘴里,尝一尝它的苦味,警惕自己。

到了农忙的时候,勾践亲自下田犁田,他夫人亲自织布,跟老百姓一起工作、劳动。七年不向老百姓收租税，吃饭没有肉，着粗布的衣裳。可是，尽管他自己的日子过得这么苦，对吴王夫差却不敢怠慢。每个月，他都派代表到吴国去向吴王问候。

他又叫人到山里去采麻，打算织成细布送给夫差；织好还没有送去，夫差派人来嘉奖他，送给他大量的土地。于是，东到句甬，西到槜李，南到姑蔑，北到平原，横直八百多里，都是越国的国土。

勾践为了报答夫差，就叫人织了十万匹麻布，另外加上一百坛蜜，五双狐皮，十船竹子，派人送到吴国去。夫差接受了这些礼物，非常高兴。

勾践用了文种的计策，听说夫差要改建姑苏台，就派人送好的木材去，消耗吴国的人力和财力。听说夫差的姑苏台造好了，就选了两个好看的女人，一个叫西施，一个叫郑旦，派人送到吴国去，把夫差迷住，不再管国事。有一年，越国收成不好，就派人去吴国，向夫差借了一万石粮食回来，救济国内穷苦的老百姓；第二年，越国的收成很好，就把一万石谷子蒸熟去还给吴国，夫差见谷粒很大，就叫老百姓拿去播种，结果长不出来，造成大饥荒。

同时，勾践又接受了范蠡的推荐，派人去南林请一个女教官来教兵士练剑；请一个叫陈音的人做箭术教官，教兵士们练习射箭。

夫差听说勾践在训练军队，觉得不放心，就想出兵打越国。幸亏这时候，因为齐国要打鲁国，孔子的一个学生子贡，到吴国劝夫差出兵打齐国救鲁国。子贡又到越国，叫勾践派兵帮助夫差打齐国。勾践果然派了三千人去吴国，夫差才对勾践放心。

夫差带兵攻打齐国，把齐国打败，回到吴国以后，非常骄傲，因为忠臣伍子胥说话得罪了他，他就叫伍子胥自杀。接着，又带兵去跟晋国争盟主地位。

勾践的军队已经训练好了，军饷也很充足，听说夫差又带兵离开了吴国，就跟范蠡商量，趁这机会，出动军队约五万人，去打吴国。吴国的太子友出兵抵抗，吴兵被打败，太子友受伤自杀。勾践率领军队包围了吴国的首都，叫范蠡放火烧姑苏台，烧了一个多月，火都没有熄。

夫差听说勾践打吴国，赶紧带兵回国，跟越兵打了一仗，又被打败。夫差吓坏了，叫伯嚭去见勾践，请求跟越国讲和，答应送礼物给越国，数目跟以前越国送给吴国的一样。

范蠡说："我们还不能灭掉吴国，暂时跟他们讲和吧！反正从此以后，吴国已经爬不起来了。"勾践就答应跟吴国讲和，退兵回国。

过了三四年，勾践听说吴王夫差自从越兵退了以后，一天到晚喝酒、玩女人，不管国事，加上吴国连经几个荒年，人民都在叫苦、埋怨。于是，勾践就又出动全国的军队，去打吴国。

军队刚开到郊外，在路上遇见一只大青蛙，睁大眼睛，涨大肚子，好像很生气的样子，勾践立刻很严肃地靠着车栏杆站起来，向这只青蛙致敬。他手下人问他："您在向谁致敬啊？"

勾践说："我看见一只在生气的青蛙，像是准备打仗的兵士，所以向它致敬。"

于是，兵士们都说："我们的国君连一只在生气的青蛙，都向它致敬，何况我们还曾受过几年的训练，难道连一只青蛙都不如吗？"因此，大家互相劝告、勉励，决心牺牲生命来报效国家。

做父亲跟哥哥的，各自送他们的儿子、弟弟，到边界上，哭着互相告别，说："不灭掉吴国，绝不再相见！"

勾践又下了一个命令，说："凡是父亲跟儿子一起在军队里的，父亲回家；哥哥跟弟弟一起在军队里的，哥哥回家；有父母而没有哥哥、弟弟的，回去养父母。"兵士们都高兴得大声欢呼。

夫差听说越兵又来了，也出动全国的军队，出城上船抵抗。双方在江里打了一仗，吴兵被打败逃走。勾践率领越兵追赶，到一处叫笠泽的地方，双方又打了一仗，吴兵又败。吴兵一连打了三仗，三次都被打败。吴国几个有名的大将王子姑曹、胥门巢等都死了。夫差在晚上逃回城里，关起城门坚守着。

勾践打横山进兵，把吴国的首都包围住。

伯嚭推说有病，不肯出门。

夫差叫王孙骆光着上身，跪着去见勾践，请求讲和。

勾践见了不忍心，想答应下来。范蠡说："您辛辛苦苦计划了二十年，怎么能在快要成功的时候，忽然放弃呢？"

于是，勾践就不答应王孙骆的请求。

夫差派代表去求和，来回七次，范蠡跟文种说什么也不肯答应，并且下命令攻城。第二天，吴国的首都终于沦陷。

夫差听说越兵进了城，伯嚭已经投降，就跟王孙骆和他的三个儿子，逃往阳山。接着又去一处叫干隧的地方。

勾践也带一千兵追了去，把他重重围住。

最后，夫差没有办法，只好自杀。

勾践进了姑苏城，住在吴王的宫里，越国跟吴国的官员都向他道贺。伯嚭也去了，勾践对他说："你是吴国的太宰，我不敢委屈你给我做事，你的国君在阳山，你为什么不去跟他呢？"

伯嚭很惭愧地走开了，勾践叫人把他杀掉，并且杀掉他全家。

勾践安定好吴国的老百姓，然后带兵向北渡过长江、淮河，跟齐、晋、宋、鲁各国的国君在舒州相会，派人送礼物给周王。

这时候，周敬王已经去世，太子仁做了周王，叫周元王。周元王派人送给勾践衮冕、圭璧、彤弓、弧矢，封他为东方之伯。

勾践接受了周元王的封赐，各国国君都派代表去向他道贺。

这时候，楚国也怕越国的强盛，派代表去越国，跟越国订立友好条约。勾践把淮上一带的土地，割让给楚国，把泗水东边约一百里的土地，送给鲁国，把吴国侵略宋国所得的土地，还给宋国。

于是，各国国君都很钦佩勾践，推他为盟主。

三 家 分 晋

  周敬王的时候,晋国的国君晋顷公能力不足,权柄落到了六个大官手里,这六个大官是:赵鞅、荀跞、韩不信、魏曼多、荀寅、士吉射。赵鞅是赵衰的后代,荀跞是荀罃的后代。荀罃的父亲荀首,曾经被封在一处叫智的地方,所以又叫智氏。韩不信是韩厥的后代,魏曼多是魏犨的后代,荀寅是荀林父的后代。晋文公的时候,曾经把军队分成六军,当时的制度,只能周王有六军,诸侯只许有三军,晋文公就把另外的三军改叫中、左、右三行,荀林父曾经做过中行将军,所以人们就叫他中行氏,他的子孙虽然不再做中行将军,人们还是管他们这一族叫中行氏。士吉射是士会的后代,士会曾经被封在一处叫范的地方,所以又叫范氏。

  荀寅跟士吉射要好,是儿女亲家。其他四家跟荀寅、士吉射两家处得不大好。有一次,赵鞅杀了荀寅的外甥赵午,荀寅就跟士吉射出兵去打赵鞅,赵鞅只得逃往他自己的城市晋阳城。

荀跞、韩不信、魏曼多三家联合起来打荀寅、士吉射。荀寅、士吉射没法抵抗,逃往一处叫朝歌的地方,后来,这两族的人都被整个儿消灭。

荀寅跟士吉射两族被消灭以后,掌握晋国政权的,只剩下荀跞、韩不信、魏曼多、赵鞅四家。到了晋出公的时候,这四家各自占据晋国的城市,晋出公所统治的地方反比四家还要少。

晋出公气不过,秘密派人去齐国、鲁国,请两国出兵帮忙打四家。没想到这两国的国君跟晋出公一样,也都做不了主,掌握鲁国政权的是叔孙、季孙、孟孙三家;掌握齐国政权的是田氏,他们反而把这事通知晋国的四家。四家就把晋出公赶走,立晋昭公的曾孙骄做国君,叫晋哀公。

这时候,掌握晋国政权的,是荀瑶、赵无恤、韩虎、魏驹。其中以荀瑶的势力最大。

荀瑶是荀跞的孙子,很有才能,也很聪明,可是他有一个最大的缺点是贪心和残忍。他仗着自己有权有势,竟想做晋国的国君。他召集手下商量,一个谋士絺疵说:"四家的地位一样,力量也差不多,如果你想做国君,其他三家一定会联合起来对付你。你最好先削弱三家的势力。"

荀瑶问:"怎样才能削弱他们的势力呢?"

绨疵说："现在越国正强盛，你就说要出兵跟越国争霸，假传国君的命令，叫韩、赵、魏三家各自送一百里地给你，收赋税作军费。三家如果听你的话，你就可以立刻增加三百里的土地，变得更强盛，三家自然就衰弱了。如果有不服从的，你就假借国君的命令，率领军队消灭他。"

荀瑶说："这主意很好！可是先向哪一家要呢？"

绨疵说："你跟韩、魏家处得还不错，跟赵家处得不好，应该先向韩家要，然后向魏家要；韩、魏两家答应了，就不怕赵家不答应了。"

荀瑶就接受了绨疵的建议，向韩、魏两家要地，两家虽然心里不愿意，因为不敢得罪荀瑶，只好答应了。

荀瑶就又派人去向赵无恤要地，赵无恤因为以前受过荀瑶的欺侮，不肯答应。

荀瑶见赵无恤不答应，就带领军队去打赵无恤，并且请韩、魏两家也出兵，讲好消灭赵无恤以后，三家共分他的土地。

韩、魏两家一方面不敢得罪荀瑶，一方面也觊觎赵无恤的土地，就各带了一支军队，跟荀瑶一起出发。

赵无恤听说荀、韩、魏三家出兵来打他，就逃往他自己的一个城市晋阳。荀瑶跟韩虎、魏驹也带兵追了去，包围晋阳城。

由于赵无恤平日对待晋阳城的老百姓很好，因此现在大家都愿意为他卖命。三家的军队包围了晋阳城一年，始终攻不下。

后来，荀瑶想了一个办法，他跟韩虎、魏驹两个人商量，合力挖一条水沟，把晋水引到这条水沟里。过了一个多月，天下起大雨，水沟里的水上涨，就挖开水沟北边的堤坝，水沟里的水立刻向北流向晋阳城。过了几天，水开始灌进晋阳城，城里的房子不是倒塌，就是被淹没。

赵无恤跟他的谋士张孟谈商量解救的办法。张孟谈说："韩、魏两家送地给荀瑶，心里未必服气，只是不敢得罪荀瑶，没法不送罢了。我出去劝这两家跟我们合作，联合起来打荀瑶。只有这样，才有办法。"

赵无恤没有办法，只好接受了张孟谈的建议。

那天晚上，张孟谈扮成荀瑶的兵士出城，去韩虎的军营里求见，对韩虎说："荀瑶仗着他有权有势，硬向我主人要一百里地，我主人不答应，他就约你们来打我的主人。我相信，只要我的主人被消灭，荀瑶就会消灭你们。"韩虎没有回答。

张孟谈又说："你们跟荀瑶一起来打我的主人，只不过是想分我主人的土地。你们不是已经送了一百里地给荀瑶了吗？连你们的土地他都要抢，何况是别人的土地呢？我主人被消灭，荀瑶的势力就更强。以前他向你们要地的时候，你们不敢反对，以后他不分地给你们，你们能保证将来他不再向你们要吗？希望你考虑仔细!"

韩虎说:"据你看,该怎么办呢?"

张孟谈说:"据我看,你们最好跟我的主人合作,联合起来对付荀瑶。荀瑶的土地比我主人的地要多一倍,消灭了荀瑶以后,不但可以分他的土地,还可以除掉一个共同的真正敌人,然后三家永远友好合作,不是很好吗?"

韩虎说:"你说得有理,等我跟魏家商量了以后再说。"就留张孟谈暂时住在军营里,然后叫他的一个谋士段规,去跟魏驹商量,魏驹说:"这件事要好好考虑一下,不能鲁莽。"

过了一天,韩虎跟魏驹亲自会面商量,决定接受张孟谈的建议,就跟张孟谈说:"明天半夜,我们挖开水堤,让水灌到荀瑶的军营里去,你们一看水退,就带兵出来,一起抓荀瑶。"

张孟谈回城报告,赵无恤自然很高兴。

第二天半夜里,韩虎、魏驹派人杀死防守水堤的兵士,挖开向西的水堤,水立刻向西流进荀瑶的军营里,接着,韩、魏两家的军队各乘小船杀了过去。

荀瑶没法抵抗,上船向山后撤退,准备去秦国借兵报仇。没想到赵无恤早已料到荀瑶会逃往秦国,特地带了一支军队,埋伏在龙山后头等他,一等荀瑶来了,就把他抓住杀掉。

三家的军队回到绛州城以后,把荀瑶一族杀光。韩、魏两家

　　张孟谈向韩虎说:"据我看,你们最好跟我的主人合作,联合起来对付荀瑶。"

各自收回送给荀瑶的百里地,然后三家平均分荀瑶的地。

赵无恤杀掉荀瑶以后不久,就病了,拖了一年多,不见好,就开始想立继承人。他有五个儿子,可是,他不愿意立他们。因为他父亲以前为了改立他为继承人,而废掉了他哥哥伯鲁,他准备立他哥哥的儿子周,没想到周先死了,他就立周的儿子浣,做他的继承人。

他临死的时候对浣说:"三家消灭荀瑶以后,土地多又好,人民也都很乐意服从,应该趁这时候,约韩、魏两家,三分晋国,各自独立。否则,晋国如果再出现英明能干的国君,三家就危险了。"说完,就死了。赵浣办完丧事,把赵无恤的话告诉韩虎。

这时候,晋哀公死了,他的儿子柳做了晋国的国君,叫晋幽公。韩虎跟魏、赵两家商量,只把绛州跟曲沃两个城市给晋幽公,其余的土地,都由三家平均分了,叫三晋。晋幽公很懦弱,反而到三家去朝见,臣子变成国君,国君反而变成了臣子。

赵浣去世以后,他的儿子赵籍做了继承人。韩虔继承了韩虎,魏斯继承了魏驹。三家商量,准备请求周王正式封他们为诸侯。于是,魏斯派田文,赵籍派公仲连,韩虔派侠累,各自带了很多礼物去朝见周王,请周王封三家为国君。这时候的周王叫威烈王,他问三家派去的使者,说:"晋国的土地,是不是都被三家分了?"

田文回答说："晋国国君没有能力，国内有人造反，国外受到各国的轻视，三家各用自己的兵力，消灭叛徒，获得了他们的土地，并不是向公家抢夺的。"

威烈王又说："三家既然要做诸侯，他们自己独立算了，来告诉我干什么呢?"

公仲连说："三家的势力很强，自己独立当然没有问题，可是，他们为了对您表示尊重，才叫我们来报告您。如果您封他们做诸侯，他们一定效忠于您，对您只有好处，没有坏处。"

威烈王听了很高兴，就封赵籍为赵侯，封韩虔为韩侯，封魏斯为魏侯，各送黼冕、圭璧一副。

田文等人回到晋国，各自向他们的主人报告。于是，赵、韩、魏三家各把周威烈王封他们为诸侯的命令，向国人宣布，正式成为国家。赵国的首都叫中牟，韩国的首都叫平阳，魏国的首都叫安邑。

三国各派使者去告诉各国，各国也都派使者向三国道贺。

这时候，晋国的国君叫晋靖公。过了没有多久，三国把晋靖公赶到一处叫纯留的地方去居住，均分了他剩下的土地。从此以后，晋靖公变成了普通的老百姓，晋国算是灭亡了。

代主报仇的豫让

　　豫让是晋国人，本来是在晋国的一个大臣士吉射手下做事。在那时候，晋国有六个有势力的大臣，除了士吉射以外，另外五个大臣是：荀寅、赵鞅、赵不信、魏曼多、荀跞。有一次士吉射跟荀寅联合出兵打赵鞅，没想到，韩不信、魏曼多、荀跞三家联合起来，帮着赵鞅打士吉射跟荀寅，最后，士吉射跟荀寅逃到齐国去了，豫让被荀跞的儿子荀甲抓住，荀甲的儿子荀瑶请他父亲饶了豫让，于是，豫让就又给荀瑶做事。

　　后来，荀瑶做了晋国最有势力的大臣，他想消灭韩、魏、赵三家，做晋国的国君。他要赵无恤送一百里地给他，赵无恤不答应，他就联合韩、魏两家出兵打赵无恤，没想到，赵无恤暗地里派人跟韩、魏两家联络，联合起来打他。他想逃到秦国去，没来得及，被赵无恤抓住杀了。豫让被打败，逃到山里去了。

赵无恤恨透了荀瑶，把他的头漆上漆，作尿盆。

豫让在山里，听到这件事，哭着说："荀瑶对待我这么好，现在，他人死了，还要受这种侮辱，我怎么还有脸活着见人？"于是，他改了姓名，假扮成做工的囚犯，身边带着一把快刀，偷偷潜进赵家的厕所里，准备等赵无恤上厕所的时候，趁他不防备，杀掉他。

没想到，赵无恤在上厕所的时候，忽然觉得心惊肉跳起来，他怕有人要害他，就叫他的手下搜查厕所，果然搜到了豫让，把他拉了出来，并且搜出他身边所带的刀子。

赵无恤问豫让："你身边藏着刀子，是不是想暗杀我？"

豫让很严肃的回答："我是荀瑶的手下，荀瑶被你杀了，我要给他报仇！"

赵无恤的手下说："这人想害你，杀了算了，还问他干什么！"

赵无恤说："荀瑶死了以后，没有后代，豫让要为他报仇，可见他是一个讲义气的人！我不愿杀这种人。"就叫手下放走豫让。豫让临走的时候，赵无恤又叫住他，问他说："我现在放了你，你是不是还想害我？"

豫让回答："你放我，我心里很感激；可是，为荀瑶报仇，是我应该做的事情，我绝不能放弃。"

赵无恤的手下说："这人太不讲情理了，你放掉他，将来他一定还会找你麻烦。"赵无恤说:"我已经答应放他了,怎么可以不讲信用呢? 没关系,以后我小心躲着他好了。"当天他就回到晋阳城去,怕豫让再害他。

豫让回到家里以后,一天到晚想给荀瑶报仇。他夫人劝他给韩、魏两家做事,豫让气得立刻出门走了。

豫让听说赵无恤到晋阳城去了,也想跟着去,可是,他怕人家认出他,不方便,就用刀剃掉胡子跟眉毛,把身上漆得跟乞丐一样,在街上要饭。他夫人到街上去找他,听见他向人家要饭的声音,吓了一跳,说:"这是我丈夫的声音!"就上前去看,看到他这样子,就说:"声音像我丈夫的声音,人却不是。"说完,就离开了。豫让见自己的声音仍旧能够被人听出来,觉得不满意,就吞下炭,故意弄哑了嗓子,再到街上去向人要饭。这一次,他夫人虽然听到他的声音,却不再去看他,他才算满意。

他有一个朋友,知道他要给荀瑶报仇,在路上碰到他,虽然他的外貌跟声音都变了,可是仍旧怀疑是他,就悄悄地喊他的名字,果然是他。就请他回去吃饭,跟他说:"我知道你下决心给荀瑶报仇! 可是,我总觉得你这种方式不对。像你这样的本事,如果假意去给赵家做事,赵家一定会重用你。那时候,你再找一个机会下手,一定很容易,何必为了报仇,把自己折磨成这样子呢?"

　　赵无恤的车子,快要上赤桥的时候,拉车的马突然停住,叫了起来。赵无恤叫卫兵到桥下去看,抓住了为主报仇、准备刺杀赵无恤的豫让。

豫让说："我去给赵无恤做事，却又要害他，就是对他不忠心。我宁愿改变自己的外貌和声音，给荀瑶报仇，就是要那些对主子不忠的人，听到我的做法而觉得惭愧！你向我说这些话，实在不配做我的朋友！现在我就告别，永远不再见你。"说完，就到晋阳城去了。到了晋阳城，豫让仍旧在街上要饭，晋阳城里没有一个人认出他。

以前荀瑶带兵包围晋阳城的时候，曾经挖了一条水沟，把晋水里的水灌进晋阳城。这条水沟现在很有用处，赵无恤派人在上面建筑了一座桥，叫赤桥，便利人们来往。

桥造好的那一天，赵无恤亲自坐车去看。

豫让预先知道了这个消息，就带了一把快刀，假装成一个死人，直挺挺地躺在桥底下。

没想到，赵无恤坐着车子快走近赤桥的时候，拉车的马突然停住，叫了起来，驾车的人用马鞭连打了好几下，马说什么也不肯向前走。

谋士张孟谈说："好的马能够预知前头的危险，现在拉车的马不肯过桥，一定是有坏人躲在桥底下，想害你，你不能不注意。"赵无恤听了，就停下车，叫人到桥下查看。

过了一会儿，下人回来报告说："桥下没有坏人，只有一个死人，直挺挺地躺在那儿。"

赵无恤说："这桥刚建筑好,怎么会有死尸? 一定是豫让。"就叫人把他拖上来看。

豫让的外貌虽然变了,赵无恤仍旧能够勉强认得出来,骂他说："上一次我已经饶了你,为了躲你,我特地来晋阳城,你居然又追来这儿想害我,我怎么还能饶你呢?"骂完,就叫手下把他拉去杀掉。

豫让大声痛哭,眼睛里连血都哭出来了。赵无恤的手下问他:"你是怕死吗?"

豫让说:"我不是怕死,我伤心的是,我死了以后,再也没有人给荀瑶报仇了!"

赵无恤把他叫回来,问他:"你本来是给士家做事,士家被荀瑶消灭了,你不但不给士家报仇,反而给士家的敌人荀瑶做事。现在荀瑶死了,你为什么非要给荀瑶报仇不可呢?"

豫让说:"人家怎样待我,我怎样待人家。士家待我跟普通人一样,我也对待他跟普通人一样。我给荀瑶做事,他待我特别好,我自然也得特别报答他,我不给他报仇,还有谁给他报仇呢?"

赵无恤说:"你心肠硬得像石头一样,我没法再饶你了!"说完,就解下他身边的佩剑给豫让,叫他用这剑自杀。

豫让说:"我并不怕死,我难过的是,未能给荀瑶报仇,尽到我的责任。希望你把衣裳脱下来,让我刺几下,算是给荀瑶报仇,我即使死了,也会瞑目的!"

赵无恤很可怜他,就脱下外衣,让下人递给豫让。豫让拿着剑,圆睁着眼睛,看着赵无恤的衣裳,就像是把它当作赵无恤一样,跳起来向衣裳砍去,连跳三下,砍了三剑,然后说:"现在我总算有脸去见荀瑶了。"说完,就用剑自杀死了。

现在,这座赤桥仍旧存在,可是人们已经改了名字,管它叫豫让桥,算是纪念他。

赵无恤见豫让自杀,心里很难过,就令人埋掉他的尸体。

对谁都守信的魏文侯

在赵、韩、魏三国的国君里，要算魏国的国君魏文侯，做人最好。各地方有才能的人，听说魏文侯尊重人才，都到魏国去，给魏文侯做事。

这时候，魏国除了有卜子夏、田子方、段干木这几个人以外，还有一批人，像李克、翟璜、田文、任座，都很有才能。在那时候，没有哪国的人才有魏国多。秦国常常想出兵打魏国，就因为怕魏国的人才多，不敢出兵。

有一次，魏文侯跟打猎的约好，在中午的时候到郊外去打猎。恰好那一天下雨，天气很冷，上午跟官员们一起喝酒，正喝得兴起，他问下人："是不是已经中午了？"

手下人回答："已经中午了。"

他听了，立刻散席上车，叫驾车的人赶去郊外。

下人说:"下大雨,今天不能打猎了,何必出去呢?"

他说:"我已经跟打猎的约好,他一定在郊外等我,我不去不是要失去信用了吗?"

国人见他冒着雨出去,都觉得奇怪,后来,听说他去见打猎的,都互相说:"国君对一个打猎的都这么讲信用,何况是对别人呢?"

于是,大家都佩服他,他有什么命令,制定什么法律,大家都遵守、奉行,没有人敢违背。

不爱儿子爱做官的乐羊

晋国的东边有一个小国,叫中山国,国君姓姬,是子爵。因为离晋国近,就成了晋国的附庸国家。可是,却常常背叛晋国。

这时候,中山国的国君叫姬窟,喜欢喝酒,从白天喝到晚上,又从晚上喝到天亮。他疏远好人,亲近坏人,老百姓没吃的没穿的,他也不管。

赵、韩、魏三家瓜分了晋国以后,没有人再管中山国。魏文侯想出兵去打他。魏成说:"中山国离赵国近,离魏国远,就是打下来,也不容易防守。"

魏文侯说:"如果中山国被赵国占领,赵国在北方的势力就更强,对我们是一大威胁,倒不如我们先把它占领的好。"

翟璜推荐一个叫乐羊的人做大将去打中山国。

另一个官员说:"乐羊的大儿子乐舒在中山国做官,怎么可以叫乐羊去呢?"翟璜说:"乐羊是一个有政治野心的人,一直想做一番大事业。他的儿子也曾经请他去中山国做官,他因为觉得中山国的国君不好,不愿意去。如果您请他做大将,他一定会给您卖命的!"

魏文侯就派翟璜去请乐羊。

乐羊来了以后,魏文侯请他做大将,带五万兵去打中山国。

乐羊带兵包围中山国,中山国国君没法抵抗,就叫乐舒要求乐羊看在父子的情分上,暂缓一个月进攻。乐羊答应了。乐舒要求了三次,乐羊答应了三次。

那些嫉妒乐羊的魏国官员,知道了这件事,就在魏文侯面前说乐羊的坏话,有的说中山国国君把中山国的一半分给乐羊,有的说乐羊跟中山国合作,准备打魏国。

魏文侯把这些报告都放在一个盒子里,不但不怀疑乐羊,反而常常派人去慰问他,预先给他在首都准备了房子,等他回去。

乐羊见中山国不肯投降,就继续攻城。中山国国君恨透了乐羊,把他的儿子杀掉,做成汤,派人送去给乐羊喝。

乐羊一点儿也不难过,喝了他儿子的肉做的汤,继续攻城,终于把城打破,中山国也就灭亡了。

乐羊打了胜仗,回到魏国的首都。魏文侯预备了酒席慰劳他。乐羊自以为了不起,显得很骄傲。

酒席散了以后,魏文侯叫人拿了两个盒子来送给乐羊。盒

乐羊带兵包围了中山国，中山国君叫乐羊的儿子来，
要求乐羊暂缓一个月攻城，乐羊答应了。

子封得很紧，魏文侯也没说盒子里放的是什么，就派人送乐羊回家。乐羊心里想："盒子里一定是珍珠、金子跟玉器等值钱的东西。国君怕别的官员们嫉妒，所以才封好了给我。"

到家以后，乐羊叫家人把两个盒子拿到大厅里去。他打开盒子一看，见里头不是什么财宝，而是魏国官员们的报告，报告的内容都是说他的坏话，甚至说他要造反。

乐羊吓了一跳，说："我真没想到，国内有这么多人造我的谣言！如果国君不相信我，我怎么能成功呢？"

第二天，乐羊去向魏文侯道谢。魏文侯要重赏他，他说什么也不肯接受。他说："我能够灭掉中山国，完全是因为您能够相信我的缘故，我这一点儿功劳，算得了什么呢？"

魏文侯说："只有我能够相信你，只有你能够完成我交代你去做的事情。你也太累了，应该休息休息！"就把一处叫灵寿的地方封给乐羊，不再让他掌握兵权。

翟璜说："您既然知道了乐羊的才能，为什么不叫他带兵防守边疆呢？"

魏文侯笑了笑，没有回答。

翟璜出来的时候，李克告诉他："乐羊连自己的儿子都不爱，何况是别人呢？国君不放心他，所以不愿意再让他掌握兵权。"

翟璜这才明白。

河伯娶亲

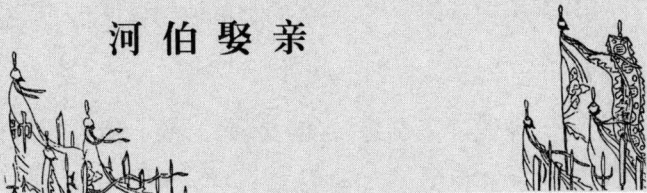

　　魏文侯感觉邺都很重要,想请一个有能力的人去防守。翟璜推荐西门豹,魏文侯就派西门豹去作邺都的地方官。

　　西门豹到了邺都,见那儿住家不多,百姓很少,就请教当地的几个老头有什么疾苦。他们都说:"我们感到最痛苦的一件事是,河伯娶亲。"

　　西门豹说:"奇怪,奇怪! 河伯怎么能娶亲呢? 你们详细讲给我听一听。"

　　他们说:"这儿有一条河,叫漳河,河伯就是这条河的神。他喜欢好看的女人,每年要娶一个妻子。如果我们选一个好看的女人嫁给他,收成就一定会很好。否则,河神一生气,就造成大水灾,淹没我们的田地、房子。"

　　西门豹说:"这事情最初是谁提议要这样做的?"

"是这儿的一个女巫。因为大家怕水灾,不敢不听她的话。每年,这儿有钱有势的人,跟女巫合作,向我们收好几百万钱,用二三十万作河伯娶亲的费用,其余的都被他们分掉花了。"

西门豹问:"为什么你们不反对呢?"

他们说:"花钱消灾倒好,苦的是,每当春天播种的时候,女巫到处给河伯找新娘,只要见到稍微长得好看一点的,就说这女的应该嫁给河伯,如果那个女的不愿意嫁,就必须出大量的钱跟绸子给女巫,女巫再去找别的女的。如果那家人家太穷,出不起钱跟绸子,就只好把女儿嫁给河伯。女巫选择一个好日子,用芦苇编一只船叫这女的坐在船上,在河里漂走,也不知道漂多远,连船带人都没了。有些人家不愿意出钱,又不愿意把女儿嫁给河伯,就全家搬走,所以这儿的住家越来越少。"

西门豹说:"自从给河伯娶亲以后,你们有没有闹过水灾呢?"

他们说:"幸亏我们每年给河伯娶亲,河伯没有生我们的气,所以没闹过水灾;可是,水灾虽然没有了,每逢天不下雨,就闹旱灾。"

西门豹说:"既然河神有灵,你们给他娶亲的时候,我也去那儿,给你们祈祷。"

到那一天,他们果然向西门豹报告。

　　西门豹叫兵士把女巫抱起来,扔到河里去,要她去见
河伯。

西门豹亲自去河边,城里的官员,所有有钱有势的,跟年纪大一些的人,都去了。城里的老百姓,不管住得远住得近,也都赶去看热闹。过了一会儿,女巫来了,态度显得很骄傲。

西门豹看这女巫,原来是一个老太婆,身边跟了二十多个徒弟,都穿得很整齐。西门豹向女巫说:"请你叫河伯的新娘来,我要看一看她。"

过了一会儿,那个女的来了,西门豹见她穿着新衣裳,不算难看,但也不能说是好看。

西门豹向女巫跟大家说:"河伯帮你们不少忙,应该给她娶一个好看的新娘,这女的不够漂亮,请女巫去向河伯讲一声,就说是我说的,要选一个好看的女人,后天来送给他。"说完,就叫兵士把女巫抱起来,扔在河里。大家吓得脸色都变了。

西门豹站在河边等女巫回来,等了很久,不见她回来,就说:"女巫年纪大了,办不了事,去了这么久还不回来,叫她的徒弟去催一下。"说完,就叫兵士们抱了一个女巫的徒弟,扔到河里去。

过了一会儿,西门豹又说:"这徒弟怎么去这么久还不回来?"就叫兵士又扔了一个徒弟到河里去。等了一会儿,西门豹觉得不耐烦,又叫扔了一个徒弟到河里去。这三个徒弟一被扔到水里,就不见了。

西门豹说:"究竟这些徒弟都是女人,说话不清楚,请几个男的去催一下。"说完,就叫兵士把那些有钱有势的人,抱了一个扔到河里去。看热闹的,都吓得吐出了舌头,其余那些平日跟女巫勾结的人,吓得跪在西门豹面前,拼命地磕头,说什么也不肯起来。

西门豹向那些有钱有势的人说:"去了这么多人,一个也没有回来,你们相信河伯,河伯在哪儿呢? 不知道冤枉害死了多少少女的性命,应该由你们偿命才对!"

那些有钱有势的人都磕头说:"我们上了女巫的当,请饶了我们吧!"

西门豹说:"女巫已经死了,从此以后,谁再说给河伯娶亲,就叫他做媒人,到河里去告诉河伯。"然后叫他们拿出过去向老百姓要的钱,退还给老百姓。

搬到别的地方去的老百姓听到这消息,又都搬了回来。

西门豹又勘测地形,看漳水可以通到什么地方,叫老百姓挖水沟,一共挖了十二条,把漳水引到水沟里。这样,水势大的时候,就不会再闹水灾;天不下雨的时候,有了这些水沟水灌田,也不会再过荒年。结果收成比以前多了一倍,老百姓过着太平而快乐的日子。

杀妻求将的吴起

吴起是卫国人，小时候喜欢打架，被他母亲骂了一顿，就用牙咬自己的胳膊，渗出血来，对他母亲发誓说："从现在起，我就离开你，到别的地方去念书，不做了大将、宰相，绝不回来见你！"

他母亲哭着叫他不要走，他不听，竟从北门出去，到了鲁国，做了曾参的学生，曾参是孔子的学生。

吴起跟曾参念书，非常用功。齐国有一个叫田居的官员到鲁国，跟他谈论，觉得他的学问不错，就把女儿嫁给他。

曾参知道他家里还有母亲，一天，问他："你出门六年，不回去看看母亲，你怎么能安心呢？"

吴起回答："我曾经向我母亲发过誓，不做了大将、宰相，绝不回去。"

曾参说："你可以向别人发誓，怎么能向自己的母亲发这种誓呢?"从此以后,心里就讨厌他。

过了没有多久,卫国有人送信来给吴起,说他的母亲死了;他仰天哭了三声,就立刻拭掉眼泪,继续念书。

曾参知道了这件事,生气地说:"母亲去世,他不回去给母亲办丧事,可以说是忘了根本的人,我不能要这种学生。"就叫他的学生们跟吴起断绝来往。

吴起见曾参不要他做学生,就学习兵法,学了三年,颇有心得,想在鲁国做官。

鲁国的宰相叫公仪休,常常跟吴起谈论打仗的事情,知道他的才能,就跟鲁国的国君鲁穆公推荐,请他做鲁国的官员。

这时候,齐国的宰相田和,想做齐国的国君,怕鲁国出兵干涉他,就先出兵打鲁国。

公仪休向鲁穆公说:"只有用吴起做大将,才能打退齐兵。"

鲁穆公嘴上虽然答应,却始终不肯用吴起。

等到齐兵占领了鲁国的一个城市,公仪休又向鲁穆公说:"我曾经向您推荐吴起,您为什么不用他呢?"

鲁穆公说:"我知道他很能干,可是他夫人姓田,跟田和同姓,他为了夫人,可能不愿意跟田和作对,不肯给鲁国出力,所以我还没有决定用他。"

公仪休回家,吴起已经在家里等他,见到他,就问:"齐兵已经占领了鲁国的城市，国君有没有请到能干的大将？不是我夸口，如果国君用我做大将，我一定叫齐兵一个都回不去。"

公仪休说："我已经跟国君提过好几次，他认为你夫人跟田和同姓，怕你不肯给鲁国出力，所以到现在还没有决定。"

吴起说："原来是为了这缘故，这很简单，我有办法叫他对我放心。"说完，就告别回家。

吴起回到家里，问他夫人："一个人要夫人是为了什么？"

他夫人说："是为了帮助丈夫成家。"

吴起说："做夫人的既然是要帮助丈夫成家，自然也希望丈夫做大将、宰相了，是不是？"

他夫人说："当然希望这样。"

吴起说："你明白这道理就好，我有一件事要跟你商量，希望你帮忙。"

他夫人说："我是一个女人，能够帮你什么忙呢？"

吴起说："现在齐兵来打鲁国，统帅是田和。鲁君本来要用我做大将，但因为你跟田和是同姓，怕我因为你而不愿意跟田和打仗，所以考虑到现在，还没有决定用我。如果你能把脑袋瓜借给我，我拿了去见鲁国国君，他就会相信我，用我做大将了。"

他夫人听了，吓坏了，刚打算开口回答，他已经拔出宝剑一挥，他夫人的头就落在地上了。

吴起夫人听了,吓坏了,刚打算开口,他已经拔出了
宝剑。

于是，他用绸子把他夫人的头包起来，拿去见鲁穆公，说："我想报效国家，可是您却因为我夫人姓田，不肯相信我。现在我已经杀了我夫人，把她的头带来，您就可以知道，我是一心想给您做事，绝不会心向着齐国。"

鲁穆公听了，不高兴地说："算了，你回去吧，你怎么可以做出这种事情来呢！"

过了一会儿，公仪休去见鲁穆公，鲁穆公对他说："吴起为了要做大将，竟杀了他夫人，这人实在太残忍了，不能够相信他。"

公仪休说："他不爱他夫人，一心想做大将，如果您不用他，他就会去帮助齐国对付您了，我看您还是用他的好。"

鲁穆公就听了公仪休的话，请吴起做大将，叫他率领两万鲁兵去抵抗齐兵。吴起接受了命令以后，就率领军队出发。

在军队里，他跟兵士们穿一样的衣裳，吃一样的饭菜，睡觉不铺席子，走路不骑马或者坐车，看见兵士背的粮食太重，就代他们背一部分，兵士有生毒疮的，他亲自给他们调药，用嘴吮出疮口里的脓血。兵士们都对他很感激，愿意给他卖命。

吴起故意把鲁兵的弱点，暴露给田和看，使田和一点儿也不防备，暗地里，吴起把鲁兵分成三路，偷偷地杀了过去，齐兵没法抵抗，大败逃走，吴起追了很远，才收兵回去。

鲁穆公很高兴，请吴起做了鲁国最高职位的官员。

田和回到齐国以后，向他手下的大将张丑说："如果吴起一直在鲁国，对我们的威胁实在太大了。我打算派一个人去鲁国，暗地里跟他讲和，互不侵犯，你能不能去？"

张丑说："我试试看。"

田和就买了两个好看的女人，外加两万四千两黄金，叫张丑假扮成一个商人，带到鲁国去，暗地里送给吴起。

吴起贪钱，喜欢女人，立刻接受了下来，向张丑说："你跟齐国的宰相说，只要齐国不出兵来打鲁国，鲁国绝不会去打齐国。"

没想到张丑一出鲁国的城门，就故意把这件事告诉路上的人。于是，这件事立刻传了开来，都说吴起接受了齐国的礼物，背地里跟齐国讲和。

鲁穆公听到了这件事，准备把吴起革职、审问。

吴起知道了，很害怕，连家都不要，就逃到魏国去了。恰好这时候，魏国的国君魏文侯要找一个能干的人，去防守一处叫西河的地方，翟璜推荐吴起，魏文侯就请吴起去守西河。

吴起到了西河，修筑城墙，训练军队，爱护兵士，跟他在鲁国做大将时一样。西河离秦国很近，他趁秦国国内不太平，带兵打秦国，占领了秦国的五个城市。

过了几年，魏文侯去世，他的儿子击做了国君，叫魏武侯。

魏武侯请一个叫田文的人做宰相。

　　吴起从西河去安邑,朝见魏武侯。他自以为功劳很大,一心想做宰相,听说魏武侯已经请田文做宰相,心里很不高兴。恰好在出朝门的时候,他遇见田文,就跟田文比功劳,说田文的功劳没有他大,不配做宰相。

　　有人听到了吴起的话,就去报告魏武侯。魏武侯怀疑吴起对他不满意,就不让他回西河,打算另外请一个人去防守。

　　吴起怕魏武侯杀他,就逃到楚国去了。楚悼王早就听说吴起的才干,一见到他,就请他做楚国的宰相。

　　吴起心里很感激,下定决心要把楚国治理好,使楚国强盛。

　　于是,吴起重新订定政府组织的编制,裁掉不必要的官,公族五代以上的,自己赚钱养活自己,不能靠政府养。五代以下的,也酌量情形津贴,这样一来,就省下了好几万的开支。然后选出身体强壮的人,一天到晚训练他们,看他们的能力定薪水的等级,有的薪水比以前加到好几倍。军官跟兵士都互相劝说,为国家效力。

　　于是,楚国一天比一天强盛,赵、韩、魏、齐、秦各国都怕他,在楚悼王活着的时候,没有一国敢侵略楚国。

　　但等楚悼王一去世,丧事还没有办,楚国那些被裁掉的大官和楚王的一些亲戚,都趁这机会造反,要杀吴起。吴起跑进楚王的卧室,大家拿着弓箭,也追了进去。吴起知道自己抵抗不了,就趴在楚悼王的尸体上。大家用箭射吴起,吴起身上固然中了不少箭,连楚悼王的尸体上也中了几箭。

吴起大声喊:"我死没有关系,你们恨王,竟用箭射他的尸体,犯了大罪,看你们还能活多久!"说完就死了。

大家听到吴起的话,都吓坏了,赶紧散走。太子熊臧做了楚王,叫楚肃王。过了一个多月,他派人抓那些用箭射他父亲尸体的人,杀了七十多家。

吴起临死还能为他自己报仇,使那些害他的人一个都逃不了,也够聪明的了。

侠 客 聂 政

聂政是魏国人，住在一处叫轵的地方，因为性子鲁直，得罪了很多邻居，没法再住下去，就跟他母亲、姊姊，搬到齐国去，靠杀牛过日子。他个儿很高，大眼睛，络腮胡子，颧骨突出，力气很大，砍牛的那把斧头就足足有三十多斤。

一天，他正在店里杀牛，忽然有一个人进来，问他姓什么叫什么，他也问那个人姓什么叫什么，那个人说姓严叫遂，说完就走了。第二天，严遂又来看他，请他到酒店里去喝酒。喝了三杯酒以后，严遂忽然拿出两千四百两金子送给他。他见严遂无缘无故送他这么多金子，觉得很奇怪。

严遂说："听说你有一个老母亲，所以我送这一点钱给你，算是我孝敬你母亲的。"

聂政说："你送钱给我奉养母亲，一定有用我的地方，如果你

聂政问那个人姓什么叫什么，那个人说姓严叫遂。

不说清楚，我绝对不敢接受！"

严遂说："你一定要我讲，我就告诉你吧。我是赵国濮阳人。我有一个最要好的朋友，就是现在韩国的宰相侠累。以前他很穷，我经常接济他，他要出国做事，我送了一大笔钱给他作路费。因此，他才能到韩国，做了韩国的宰相。我听说他做了大官，就去韩国，希望他能带我去见韩国国君，做一点事情。没想到我每天去他家门口，他说什么也不肯见我。我等了一个多月，始终没能见到他。实在没办法，我花了不少钱叫人打点，才见到韩国国君韩烈侯。我跟韩国国君谈了谈，他对我的印象不错，想重用我。没想到侠累竟在韩国国君面前说我的坏话，不让韩国国君用我。你说这种朋友气不气人？我离开韩国以后，到处寻找有本事的人，想请他代我去杀死侠累。现在，你明白我的意思了吧。"

聂政说："我母亲还在世，不能给你办这件事，你另寻高明吧！"

严遂说："我佩服你的为人，愿意跟你结拜为兄弟，怎么敢要你现在就扔下母亲，来给我报仇呢？你放心好了，你的母亲就是我的母亲，现在养你的母亲要紧，报仇的事情将来再说。"

聂政没有办法，只好接受了严遂的金子。他的姊姊叫聂嫈，他用这笔金子的一半，嫁出了他的姊姊，剩下的金子，他每天买好吃的东西,奉养母亲。过了一年多,他母亲死了,严遂去他家里哭吊,代他办丧事。

办完了丧事,聂政向严遂说:"现在我可以把整个人交给你,无论你要我做什么,我都在所不辞!"

严遂就跟他商量报仇的办法,要给他请几个人帮忙。

聂政说:"宰相的卫兵多得不得了,人多了反而碍事,应该用计策杀他,不能跟他硬拼。我去找一把快刀,带在身边,一有机会就下手。现在我就向你告别,永远不再见你,你也不必问我的事,我一定给你办妥。"

聂政到韩国,住在郊外,休息了三天。早上起身进城,恰好侠累从朝廷里出来,坐在车子上,前前后后都是卫兵。

聂政跟着车子走,一直到宰相府门口。

聂政在门口远远地向门里头看,看见侠累靠桌坐着,两旁有很多人手拿公文夹,等着他批公事。

过了一会儿,小完公了,侠累准备到后头去休息。聂政趁这机会大喊:"我有要紧的事情告诉宰相。"一面喊,一面向门里头冲。卫兵们去拦他,都被他推倒。他冲到侠累的办公桌前头,拿出他带在身边的快刀,向侠累胸口刺去。

侠累吓得赶紧站起来,但已经来不及了,聂政的刀子刺进他胸口,他立刻倒在座位上,死了。

大厅上立刻乱了起来,卫兵们大喊:"有刺客!"关起大门来抓聂政。聂政杀死了几个卫兵,知道自己没法逃走,恐怕有人认出他,连累严遂跟姊姊,赶紧用刀削自己的脸,挖出自己的两个眼睛,然后刺自己的喉咙,死了。

早有人去报告韩烈侯,韩烈侯问:"刺客是谁?"

因为聂政的脸被削平了,没有一个人认识。

韩烈侯就叫人把聂政的尸体放在大街上,下了一道命令,说谁能够说出这尸体是谁,姓什么,叫什么,就给他一千两金子。

这样过了七天,大街上来来往往的人虽然多,却没有一个人认识这尸体是谁。

这事情很快的传了开来,一直传到魏国聂政的故乡轵城。聂政的姊姊聂嫈听到了,就哭着说:"这一定是我弟弟!"就用白绸子包扎头,去韩国,看见聂政的尸体仍旧在大街上,就把手放在尸体上痛哭。

官方的人把聂嫈抓了去,问她:"你是那尸体的什么人?"

聂嫈说:"他是我的弟弟,叫聂政,我是他的姊姊,叫聂嫈。我们住在魏国轵城的深井里。他杀死了宰相,怕连累我,所以挖出自己的眼睛,破坏自己的脸,不让人家认出他是谁。我不愿意让他的名字被埋没,所以特地来告诉你。"

官方的人说:"他既然是你弟弟,你一定知道他为什么来杀宰相,是谁指使的,如果你老实告诉我,我就去请求国君,饶了你,不判你死刑。"

聂嫈说:"我如果怕死,就不会来这儿了。我弟弟宁愿牺牲自己的生命,杀死宰相,代人家报仇,我不说出他的名字,是埋没他;他代人家报仇,自然不希望连累人家,我如果说出是谁叫他来杀宰相的,就违背了他的心意,怎么对得起他呢?"说完,她就撞在街上井亭的石柱子上,死了。

官方的人去报告韩烈侯,韩烈侯很同情聂嫈,叫人把她的尸体埋葬了。

赏罚公平的齐威王

齐国传到齐平公的时候，被一个叫田和的大臣所窃位。田和只做了两年国君就去世了，他的儿子午继位，午又传给儿子因齐。因齐仗着齐国很强盛，见吴、越两国的国君都称王，他就也称王，叫齐威王。

齐威王请一个叫驺忌的人做宰相，驺忌很能干，努力治理齐国，常常向朝廷里的官员打听，哪一县的县令好？哪一县的县令坏？百官都一致称赞阿县的县令好，说即墨县的县令坏。

驺忌告诉齐威王，齐威王问他所相信的左右，他们的回答跟驺忌告诉他的一样。他觉得不放心，就暗地里派人到阿县、即墨县两县去调查。

过了没多久，齐威王派人叫阿县、即墨两县的县令来首都。即墨县的县令先到，不久，阿县的县令也来了。齐威王集合朝廷

齐威王叫卫兵把只走门路、不好好治理阿县的县令，
拉出去杀了。

里所有的官员，准备对两县的县令进行赏罚。

齐威王的左右私下里想："阿县的县令这一次一定会得到重赏，即墨县的县令可要倒霉了。"

百官行了朝见礼以后，齐威王先把即墨县的县令叫到面前，对他说："自你去做即墨县县令以后，经常有人在我面前说你的坏话，可是，我派人去即墨县看，看见那儿的田地都开辟了，老百姓安居乐业。这是因为你专心治理即墨，不肯拍我身边一些人的马屁，所以他们在我面前说你的坏话，你实在是一个好县令！"就加封了一万户给他治理。

接着，齐威王又把阿县的县令叫到面前，对他说："自你去做阿县县令以后，经常有人在我面前称赞你，我派人到阿县去看，那儿的田地都荒废了，老百姓挨饿受冻。你不肯治理阿县，只知道送钱送东西给我身边的人，叫他们在我面前称赞你。没有比你更坏的县令了！"就叫卫兵把阿县县令杀了。

然后，齐威王又把那些平日称赞阿县县令、骂即墨县县令的几十个下人，叫到面前，对他们说："你们在我身边伺候我，我相信你们，没想到你们竟私下里接受人家的钱，把好人说成坏人，把坏人说成好人，我要你们有什么用？"

吓得这些下人跪在地上，哭着请求齐威王饶了他们。

齐威王还在气头上，就选择了十多个他特别相信的手下，叫卫兵拉出去杀了。于是,齐威王派人调查各地的治理情形,不好的县令撤职、处罚,改派好的县令去;好的县令就加以奖励,使齐国一天比一天强盛。

这时候,天下共有齐、楚、魏、赵、韩、燕、秦七个大国。这七国的面积大,军队强,势力大致都差不多。这七国,除了齐、楚、魏已经称王以外,其余四国仍旧是称侯。

越国虽然早就称王,可是势力已经一天一天地衰弱下去。至于宋、鲁、卫、郑各国,就更不用说了。

自从齐威王称霸以后,楚、魏、赵、韩、燕的势力都不如齐国,大家开会的时候,都推齐威王做盟主。秦国因为离中原很远,谁也不跟他来往。

作法自毙的公孙鞅

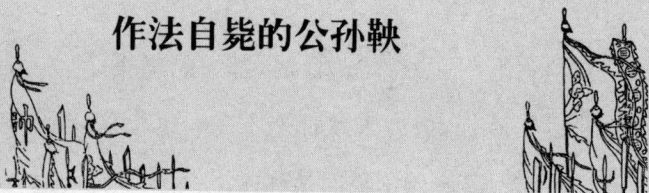

公孙鞅是卫国人,喜欢研究法律。因为见卫国太小,太弱,他觉得没法发挥他的才能,就去魏国,想请魏国的宰相田文推荐他做官。没想到田文已经死了,一个叫公叔痤的人做了魏国的宰相。公孙鞅就请公叔痤帮忙。

公叔痤知道公孙鞅很有学问,就向魏惠王推荐,请他做秘书,有重要的事情一定先跟他商量,他所出的每一个主意都很高明,公叔痤很喜欢他,想提拔他,没想到就在这时候,公叔痤也死了。公孙鞅就离开魏国去秦国。

秦孝公最信任的一个官员叫景监,公孙鞅到秦国以后,先去见景监,景监跟他谈论国事,知道他很能干,就向秦孝公推荐。

秦孝公问他治理国家的方法,公孙鞅主张彻底改革秦国的政治。秦孝公跟他谈了几天,觉得很满意,就请他做秦国的

去看热闹的人很多，但是没有一个人敢移动这根木头。

宰相。

于是，公孙鞅向秦孝公提出具体的改革方法，在正式公布以前，他怕老百姓不相信，不能顺利推行，就叫人预备了一根三丈长的木头，竖在咸阳城的南门，派人看守，下了一个命令，谁把这根木头移到北门去，就给他十两金子。

去看热闹的老百姓很多，他们觉得奇怪，不知道这命令是什么意思，没有一个人敢移动这根木头。

公孙鞅说："老百姓不肯移动木头，是不是嫌金子太少了?"就改下了一道命令，加到五十两金子。

大家格外觉得奇怪，更没有人敢动那根木头。最后有一个人说："官府不会无缘无故地害我们，即使不会真的给我五十两金子，多少总得给我一点，绝不会判我的罪!"因此，他就把那根木头扛到北门去。

奉命看守那根木头的人，赶紧跑去报告公孙鞅。

公孙鞅派人把那个人叫了去，称赞他说："你能够执行我的命令，真是一个好国民!"就叫人拿五十两金子给他，向他说："我说到做到，绝不会对你们失去信用。"

这人回去以后，城里的人立刻互相传说，都说宰相所下的命令一定会彻底执行，预先互相劝告、警戒，不要违背。

第二天，公孙鞅公布了他改革秦国政治的命令，老百姓看完了以后，没有一个人不吓得吐出舌头。这命令的大意是：

一、把首都搬到咸阳城去。

二、把村、镇合并为县，由县令监督推行改革政治的法令，没有尽到责任的，就给他处分。

三、没有开垦的荒地，都要开垦出来种植。

四、所有的田地都属于官府，老百姓按照田地的多少缴田租，自己不能有田地。

五、男的耕田，女的织布，出粮食跟绸子多的，是好国民，就不让他一家服劳役。懒惰而穷的，就教他去做官家的佣人。

六、要打仗有功劳，才能够做官，杀一个敌人，升一级，退一步就砍头。功劳大的，可以穿好的衣裳，坐漂亮的车子；没有功劳的，即使有钱，也只能穿布衣裳，坐牛车。凡是私下里打架的，不管谁对谁不对，都砍头。

七、五家叫保，十家叫连，互相监督，一家犯错，九家一起检举；不检举的，十家都有罪，一起处死刑。向官府检举坏人的，跟杀敌人一样的有功。检举一个坏人，升一级。私底下窝藏罪人的，跟罪人所犯的罪一样。旅客住旅店，一定要他拿出身份证来看，没有身份证的，就不给他住。

八、法令公布了以后，无论是谁都要遵守，不遵守的就处死刑。

新的法令公布以后，老百姓议论纷纷，有的说不方便，也有的说方便。公孙鞅把这些老百姓都抓了去，责备他们说："你们对新的法令，只要遵守就行了，不要多说话。说不方便的，是想阻止法令的推行；说方便的，是向政府讨好，都不是好国民！"就叫人记下他们的姓名，把他们送到边境去当兵。

有官员私下里批评新公布的法令，公孙鞅把他们革职，降为普通的老百姓。于是，大家在街上遇到的时候，只用眼睛互相看，谁也不敢讲话。

公孙鞅大规模地派人去咸阳城，建筑宫殿，选择一个好日子，准备要把首都搬到那儿去。

太子驷不愿意搬，并且批评新的法令不好。

公孙鞅生气地说："新的法令公布以后，谁都得遵守，太子是国君的继承人，不能处罚他，可是，也不能这样就算了。"就跟秦孝公讲，要太子的老师代替太子受处罚。

太子的老师一个叫公子虔，一个叫公孙贾。结果，公子虔被割掉了鼻子，公孙贾的脸上被刺了字。

于是，老百姓都互相说："太子违背了法令，尚且不免连累他的老师代他受处罚，何况别人呢？"

公孙鞅知道人心已经安定了，就选择了一个好日子，把首都从雍州搬往咸阳。住在雍州的大户人家，共有几千家，都跟着政府搬到咸阳去。

秦国被分成三十一县,开垦了无数的田地,使国家的税收增加了一百多万。路上有人丢了东西,谁也不敢捡。国内没有一个强盗和小偷,仓库堆满了粮食,人民都愿意为国家打仗,谁也不敢私下里互相打架。

秦国变得又富又强,没有一个国家比得上。

然后,公孙鞅出兵打楚国,占领了楚国商於一带的土地,在武关外头,增加了六百多里的国土。

周显王派使者去秦国,封秦孝公为方伯,叫他做各国国君的领袖。秦孝公封公孙鞅为侯,把以前侵略楚国所得的商於一带土地,共十五个城市,封给他,管他叫商君,因此后来人们又管公孙鞅叫商鞅。

过了五个月,秦孝公生病死了,他的儿子驷做了秦国的国君,叫惠文公。公孙鞅仗着自己的地位高,功劳大,把谁都不看在眼里。

惠文公的老师公子虔、公孙贾,以前一个被割掉鼻子,一个脸上被刺了字,因为秦孝公相信公孙鞅,一直没有报仇的机会。现在秦孝公去世了,太子驷做了国君,他们的机会可来了,就一起向惠文公说:"大臣的权力太大,对国家不利,公孙鞅改革了秦国的政治,秦国虽然富强了,可是国内连女人跟小孩都只知道公孙鞅的法令,不说是秦国的法令。现在又封给他十五个城市,他的地位越来越高,权力越来越大,将来一定会造反。"

惠文公说:"我早就恨透他了,只因为他是我父亲所信任的人,并且还没有发现他造反的证据,所以才暂时容忍他,既然你们这么说,我可容不得他了。"说完,就下令把公孙鞅免职,叫他退休,去商於养老。

公孙鞅告别了惠文公以后,坐车出城,仪仗队伍,仍旧跟国君所用的差不多。秦国的官员几乎全部都出城去送他,给他钱行。公子虔跟公孙贾秘密地报告惠文公,说:"公孙鞅已经被免职,还不知道悔过,用王的仪仗队伍,回到商於以后,一定会造反。"惠文公很生气,就叫公孙贾带三千兵去追公孙鞅,追上他就把他杀掉。

公孙鞅离开咸阳城一百多里,忽然听见后头有无数人的喊声,就派人去打探。过了一会儿,去打探的人回来,向公孙鞅报告说:"是政府派兵来追你。"

公孙鞅吓坏了,就赶紧脱下衣裳,打扮成一个小兵的样子,逃走。他逃到函谷关,天快黑了,就到旅店里去住,旅店店主要看他的身份证,他说没有。

店主说:"宰相所公布的法令上,不许收留没有身份证的人居住,违背的要被砍头。我不敢留你住!"

公孙鞅感叹说："我订这条法律，等于是害我自己。"就在夜里继续走，混出关门，逃往魏国。

魏惠王恨公孙鞅把公子卬骗了去，割去魏国河西一带的土地，准备把公孙鞅抓住，送到秦国去。

公孙鞅得到这消息，赶紧逃回商於，打算出兵打秦国，但被公孙贾追上，把他抓住，带回去见惠文公。

惠文公宣布公孙鞅的罪名，叫人押他到大街上去，把他的手脚跟头，分别拴在五头牛身上，一头牛向东，一头牛向西，一头牛向南，一头牛向北，一头牛在中间，四头牛向四个方向跑，硬把他的手脚跟头拉断。

孙膑和庞涓

孙膑是齐国人,他祖父孙武是有名的军事家。他四岁的时候,母亲去世,九岁的时候,父亲又死了,由他叔父孙乔抚养他。他叔父是齐国国君齐康公的官员,后来,田和做了齐国国君,把齐康公赶到海边去居住。齐康公的官员不是被赶走,就是被杀。他叔父带着他跟他的两个堂哥哥孙平、孙卓,一起去周地避难。因为遇到荒年,他叔父把他雇给人家做佣人,他叔父跟他的两个堂哥哥不知道哪儿去了。

他长大了以后,听邻人说鬼谷先生很有学问,心里很钦佩,就去鬼谷,跟鬼谷先生学兵法。他有一个要好的同学,叫庞涓,两个人结拜为兄弟。

过了三年多,庞涓向鬼谷先生告别,到魏国去找事情做,孙膑送他下山。

庞涓答应将来推荐孙膑,孙膑心里很感激。

鬼谷先生见孙膑的心地很好,人很忠厚,就把孙武的兵法,秘密传给孙膑。

庞涓做了魏国的元帅兼军师,可是他却不肯推荐孙膑。

鬼谷先生有一个朋友,叫墨翟,他知道孙膑很能干,也知道庞涓不肯推荐孙膑,就亲自去见魏惠王,向魏惠王推荐孙膑。

魏惠王就叫庞涓写了一封给孙膑的信,派人带了信跟礼物去鬼谷,迎接孙膑下山。

孙膑到了魏国,魏惠王请孙膑做副军师;可是,庞涓怕孙膑分他的兵权,叫魏惠王请孙膑担任顾问,因为顾问没有实际的权力。

过了几天,魏惠王要试验孙膑的本事,叫他跟庞涓各排演阵法。庞涓所排的阵法,孙膑一看就知道,并且能够说出打破的方法。

孙膑排成一阵,庞涓见了不认识,私下里问孙膑,孙膑说:"这叫颠倒八门阵,一进攻就变成了长蛇阵。"庞涓就先去告诉魏惠王孙膑排的是什么阵,魏惠王问孙膑,孙膑回答的跟庞涓所说的一样。魏惠王以为庞涓的才能,并不比孙膑差,心里格外高兴。

只有庞涓心里不痛快,回去以后,他想:"孙膑的本事,确实比我强，如果不除掉他，将来他一定会压倒我。"于是，他开始想害孙膑的办法。最后，他终于想出了一个主意。

在见到孙膑的时候，庞涓问孙膑还有什么亲人。

孙膑说还有一个叔叔跟两个堂哥哥，已经不知道哪儿去了。

庞涓又问孙膑，是不是想家乡？

孙膑回答说："想是当然想，我下山的时候，老师还曾跟我说，我的事业是在故乡。可是现在，我既然已经在魏国做了事，这些话也不必再提了。"

庞涓假意说："你说得很对，哪儿都可以做事，何必一定要在故乡呢？"

约过了半年，孙膑刚回家，忽然有一个山东口音的人去找他，问他是不是孙膑，孙膑问这人有什么事情。

这人说："我姓丁名乙，是齐国临淄人，在周做生意，你堂哥托我带一封信给你，我送到鬼谷去，听说你已经在魏国做官，所以我又来这儿给你。"说完，就把信拿出来给孙膑。

信是孙平、孙卓写来的，大意是说他们已经回到齐国，听说他在鬼谷学习，心里很高兴，希望他早点儿回齐国去。

孙膑看了这信，不禁难过得哭了起来，就写了回信，大意是说，他已经在魏国做了官，暂时不能回去。然后拿了一笔金子给丁乙做路费，请他把回信送到齐国去。

丁乙接了回信，立刻告别。他一出门就去见庞涓，原来他不是什么丁乙，而是庞涓的一个手下人，叫徐甲。庞涓知道了孙膑的身世以后，就假造了一封孙平、孙卓的信，教徐甲假称丁乙，送了去给孙膑。孙膑从小就离开了他两个堂哥哥，所以连他们的笔迹都不能够辨别，以为真的是他们所写的信。

庞涓骗到孙膑的回信，就模仿他的笔迹，把他的信后头改了几句，大意是说："我现在虽然是在魏国做事，可是我心里却想念故乡，不久就准备回去。如果齐王肯用我，我一定尽力给他做事。"

然后，他把这封假信，拿去给魏惠王看，向魏惠王说："我早就跟您讲过，孙膑是齐国人，心里向着齐国，最近他私通齐国，我派人在郊外抓住送信的人，把他的回信拿来了。"

魏惠王看完信，说："孙膑想念齐国，是不是我没有重用他，他不能发挥他的才能？"

庞涓回答说："一个人总免不了想念家乡，他心里向着齐国，一定不会给魏国出力。他的本事不比我差，如果齐国用他做将官，一定会跟我们竞争，不如杀掉他，免得将来吃他的亏。"

魏惠王说："他是我派人请来的，又没有抓到他犯罪的证据，忽然杀掉他，人家会说我乱杀人才。"

庞涓回答说："您说得很对。我要好好劝一劝他，如果他肯留在魏国，您就升他的官；如果他不愿为魏国效力，您就把他交给我处理好了,我自然有办法。"

庞涓向魏惠王告别以后,就去见孙膑,问他:"听说你已经接到家信,是不是真的?"

孙膑是一个很老实的人,毫不考虑地回答说:"不错。"因此就把他堂哥哥要他回齐国的意思,告诉庞涓。

庞涓说:"你既然有了你家里人的消息,也应该回去看看。你可以向魏王请一两个月假,回去看看以后再来。"

孙膑说:"恐怕国君怀疑,不肯答应。"

庞涓说:"你跟他讲讲看,我可以帮你讲话。"

孙膑说:"这完全得靠你帮忙了。"

那天晚上,庞涓又去见魏惠王,说:"我奉您的命令去劝孙膑,没想到他不但不肯留在魏国,还埋怨您不重用他。如果他有报告给您,向您请假,您就说他私通齐国,把他交给我处理好了。"魏惠王点了点头。

第二天,孙膑果然上了一个报告给魏惠王,请一个月的假,回齐国去扫墓。

魏惠王见到这报告很生气,就在报告的后头,批说:"孙膑私通齐国,现在又要请假回去,显然是想背叛魏国,应该把他革职,交给军师处分。"

孙膑被抓了送到庞涓那儿去,庞涓见到,假装吓了一跳,军法处就宣布魏惠王的命令。

庞涓接受了魏惠王的命令以后,向孙膑说:"这应该怪我不对,是我叫你回去,叫你请假的,你放心好了,我一定想办法保你。"说完,就上车去见魏惠王,说:"孙膑虽然私通齐国,可是这不能算是大罪,不能处他死刑。据我看,最好使他的腿成残废,在他脸上刺上字,叫他终身不能回到齐国去。我不敢决定,特地来向您请示!"

魏惠王说:"你这样处分,再好不过了。"

庞涓告别回去,向孙膑说:"魏王很生气,要杀掉你,我再三给你说情,他才答应保全你的性命。可是你的腿要成残废,并且要在脸上刺字,这是魏国的法律,我没法再给你说话,我实在已经尽了我最大的力量了。"

孙膑难过地说:"我绝不会忘掉你对我的好处,我能够活着,就很满意了!"

庞涓就叫人把孙膑绑起来,剔掉他两个膝盖上的膝盖骨。

孙膑疼得大叫一声,昏倒在地上,过了很久才醒过来。

庞涓又叫人用针在孙膑脸上刺了"私通外国"四个字,再在字上抹上墨。然后假意地哭了一会儿,叫人在膝盖上抹上药,用绸子包扎好,把他抬到书房里去,用好话安慰他,劝他好好地休息。

过了一个多月,孙膑的伤口好了,可是,因为没有膝盖骨,两腿再也站不起来,只好盘着腿坐着。

孙膑成了残废以后,吃的穿的都由庞涓负责供给,心里觉得很过意不去。

庞涓就趁这机会,请孙膑传给他经过鬼谷先生注解的孙武兵法。孙膑很慷慨地答应了。

庞涓就叫人拿了竹片给他,要他写在上头。

庞涓家里有一个老头儿,叫诚儿。庞涓就叫他伺候孙膑。

诚儿知道孙膑的冤枉,心里很同情他。

一天,庞涓忽然把诚儿叫了去,问他孙膑一天能够写多少字。

诚儿说:"他因为两脚不方便,躺着的时候多,坐的时候少,每天只能够写两三片。"

庞涓生气地说:"写这么慢,到底哪一天才能写完呢?你给我加紧催一催他。"

诚儿走开以后,问庞涓的一个佣人:"军师请孙先生写东西,为什么要催得这样紧呢?"

那个佣人说:"你不明白,军师在表面上对孙先生好,心里却很妒忌他,不杀死他,就是为了想要他的兵书,他书一写好,就不给他东西吃,要饿死他了,千万不要跟别人讲!"

诚儿听到这消息,暗中告诉孙膑。孙膑吓坏了,心里想:"没想到庞涓这么残忍,我怎能传给他兵法呢?"可是,他又想:"如果我不写,他一定生气,我恐怕死得要更快!"

他想来想去,要想一个解救自己的办法。忽然他想起,他离开鬼谷的时候,鬼谷先生曾经给他一个小布袋,嘱咐他要在最危急的时候,才能够打开来看。现在,他不是已经到最危急的时候了吗?就把那个小布袋拿出来,打开,看见里头有一块黄颜色的绸子,上头写着"假装发疯"四个字。

孙膑明白了这几个字的意思,高兴地说:"哦,原来如此!"

那天晚上,诚儿把晚饭送去给孙膑,孙膑刚要吃,忽然迷糊了起来,像是要吐的样子,过了一会儿,又像是很生气,睁大眼睛喊:"你为什么用毒药害我?"把盆、碗都扔在地上,把写过的竹片,放在火上烧,然后又倒在地上,嘴里含糊地骂个没完。

诚儿不知道孙膑是假装发疯,赶紧去报告庞涓。第二天,庞涓亲自去看,只见孙膑满脸都是鼻涕和口水,跪在地上呵呵大笑,忽然又大声哭了起来。

庞涓问他:"你为什么笑?又为什么哭呢?"

孙膑说:"我笑魏王要害我,我有十万天兵帮忙,怕他什么?我哭魏国如果没有我,就再也没有人做大将了!"说完,就睁着眼看庞涓,直磕头,嘴里大声喊:"鬼谷先生,请救我孙膑一命!"

庞涓说:"我是庞涓,你认错人了!"

孙膑用手拉住庞涓的衣裳,乱叫:"老师救命!"

庞涓叫手下人把他拉开,私下里问诚儿:"他的病是什么时候发作的?"

诚儿说:"是昨天晚上发作的。"

庞涓上车,走了,心里觉得奇怪,怕孙膑是假装发疯,想试探他是真还是假,就叫人把他拖到猪圈里去。

猪圈里满是猪粪,孙膑披头散发,就睡在猪粪上。

庞涓再叫人送酒饭去,那个人假意说:"我可怜你的两腿残废了,特地送点东西来给你吃,表示我对你的敬意,你赶快吃了吧,军师不知道。"

孙膑知道一定是庞涓派人来试探他的,就圆睁着眼睛骂那个人说:"你又来骗我了吗?"就把酒饭都弄翻在地上。那个人又把狗粪跟泥巴和起来给他,他接过去就吃。

于是,那个人回去报告庞涓,庞涓说:"这是真的发疯,我用不着再担心他了。"从此以后,就不再关他,随他进出。

孙膑有时候早上出去,晚上回来,仍旧睡在猪圈里;有时候出去了以后,不回来,就睡在大街上。有时候,有说有笑,有时候,又哭又叫。

街上有认得他的,都可怜他,给他东西吃。他有时候吃,有时候不吃，一天到晚胡说八道，没有一个人知道他是假装发疯。

庞涓吩咐里长，每天早上报告孙膑在什么地方，还没有完全对他放心。这时候，墨翟旅行到齐国，住在田忌家里。他有一个学生叫禽滑，从魏国去齐国，他向禽滑打听孙膑的情形，禽滑就把孙膑的不幸情形告诉他。

墨翟叹息说："我本来是要推荐孙膑在魏国做事，没想到反而害了他！"就把孙膑的才能，跟庞涓嫉妒孙膑的事情，告诉了田忌。田忌向齐威王说："我们有好的人才，却让他在外国受罪、吃苦，实在不应该！"

齐威王说："我出兵去迎接孙膑好不好？"

田忌说："庞涓不容许孙膑在魏国做事，怎么会容许他在齐国做事呢？要迎接孙膑来，我倒有一个办法。"

齐威王接受了田忌的建议，派一个叫淳于髡的门客，假说是送茶去给魏惠王，找一个机会把孙膑接回来。淳于髡押了茶车去魏国，禽滑假扮成他的手下，跟着一起去。

淳于髡到了魏国，把茶送给魏惠王，魏惠王很高兴，请他住在宾馆里，派人招待他。

禽滑见孙膑在发疯，不跟他说话，到半夜里又去见他，见他正靠井栏杆坐着，就流着眼泪向他说："没想到你不幸到这地步，我是墨翟的学生禽滑。我老师把你不幸的情形告诉齐王，齐王很同情你,钦佩你。淳于髡这次来魏国,并不是为了送茶,实在是要带你回齐国,给你报仇!"

孙膑的眼泪像雨一样直往下流,过了很久才说:"我以为我要死在魏国了,没想到今天还有这样一个机会。庞涓还没有完全放心我,你们怎样带我走呢?"

禽滑说:"我已经想好办法了,你不必担心,到我们要走的时候,自然会来接你。"就跟他约好,就在那儿见面,千万不要离开。

第二天,淳于髡向魏惠王告别。那天晚上,禽滑先把孙膑藏在一辆车子里,却把孙膑的衣裳叫一个叫王义的佣人穿上,披头散发,用泥巴抹在脸上,装成孙膑的样子。里长也没有仔细辨认,就向庞涓去报告,因此庞涓一点儿也没有起疑心。

庞涓预备了酒席,给淳于髡饯行,淳于髡一方面跟庞涓喝酒,一方面叫禽滑带着孙膑赶紧先走。淳于髡喝完酒,向庞涓告别以后,也赶紧赶上禽滑。过了几天,王义也赶回去了。

里长见地上只有堆脏衣裳,孙膑不知道哪儿去了,就去报告庞涓,庞涓以为孙膑跳进井里淹死了,叫人在井里打捞他的尸体,却又没有,派人到处找,始终找不到。庞涓怕魏惠王知道了怪他,就报告魏惠王说孙膑淹死了,绝没有想到孙膑已经去了齐国。

淳于髡带着孙膑,离开了魏国国境,才叫人给孙膑洗澡,换衣裳。到了齐国的首都临淄,田忌亲自到城外十里的地方迎接孙膑,然后带他去见齐威王。

齐威王要请孙膑做官。

孙膑说:"我还没有立一点功劳,不敢接受您给我的爵位;并且,如果庞涓知道我在齐国做事,一定又会找齐国的麻烦,最好暂时不让人家知道我在这儿,等有用我的时候,我一定给您效力。"齐威王觉得他说得也对,就依了他,叫他住在田忌家里。田忌对他非常尊敬。

孙膑要去向墨翟道谢,没想到墨翟跟禽滑都已离开了齐国。他又派人打听他堂哥哥孙平、孙卓,一点儿消息也没有,才知道完全是庞涓骗他。

齐威王在有空的时候,常常跟手下骑马比赛射箭,谁的马跑得慢就算输,田忌的马跑得不够快,常常输钱。

一天,田忌带孙膑一起去射箭场,看比赛跑马射箭。

孙膑见田忌连输了二场,就向他说:"明天再比赛的时候,我能够叫你准赢。"田忌说:"如果你真的能叫我赢,我准备去跟国君赌一千两金子。"

孙膑说:"你去讲讲看。"

田忌就去向齐威王说:"我已经输了很多次了,明天我准备跟您赌一千两金子。"

齐威王笑着答应了田忌。

田忌向孙膑说:"你看我怎样才能够赢他?输掉一匹马,就要输一千两金子,可不是开玩笑的!"

孙膑说:"齐国的好马都在国君的马房里,你们比赛的时候,是按着马的等级比赛,如果这样比赛,你想赢他确实很难。可是我有一个办法能够赢他。你用你下等马,跟他的上等马比赛,用你上等马,跟他的中等马比赛,再用你的中等马,跟他的下等马比赛。你败一场,却可以赢两场。"

田忌高兴地说:"对!对!这办法妙极了!"就把他的下等马假扮成上等马,跟齐威王的上等马比赛。结果,他的马落后很远,输了一千两金子。齐威王大笑。

田忌说:"还有两场,如果我全输了,您再笑我也不晚。"

另两场比赛结果,田忌的马果然都赢了,净赢了一千两金子。田忌向齐威王说:"今天我能够赢您,并不是我的马真的比您的马好,而是孙膑给我出了一个好主意。"因此,就把这办法告诉齐威王。

齐威王佩服地说:"从这一件小事,就已经看出孙先生是多么聪明了!"从此以后,他对孙膑格外敬重,送给他无数的东西。

魏惠王一心想恢复中山,叫庞涓负责。庞涓因为觉得中山离魏国太远,就干脆带兵去打赵国的邯郸。

赵国国君派人去跟齐威王说，愿意把中山送给齐国，请齐国出兵帮助抵抗魏兵。

　　齐威王要请孙膑做大将，孙膑说："我已经成了残废了，派我做大将，会给敌人笑话，说齐国没有别的人才。您请田忌做大将好了，我可以帮他的忙。"

　　于是，齐威王就请田忌做大将，请孙膑做军师。

　　田忌要带兵去救邯郸，孙膑说："赵国防守邯郸的人，不是庞涓的对手，等我们到了那儿，邯郸一定已经被庞涓占领。不如把军队驻扎在半路上，假说要去打魏国的襄陵，庞涓一定会回来救襄陵，我们等他回来的时候打他，一定可以打胜仗。"

　　田忌就采用了他的计策。

　　邯郸守将见齐国的救兵没有去，只好投降。庞涓正打算继续向前进兵，忽然听说齐国出兵打魏国的襄陵，吓得赶紧退兵。快到一处叫桂陵的地方，就遇到了齐兵。

　　庞涓见齐兵排成了一个阵势，正是孙膑刚到魏国时所排的"颠倒八门阵"，觉得很奇怪，心里想："难道孙膑已经到了齐国了吗？"立刻也把魏兵排成阵势。

　　田忌坐车到阵前喊话，庞涓亲自出车，向田忌说："齐国一向跟魏国和好，这次为什么要来找魏国的麻烦呢？"

　　田忌说："赵国把中山送给我们，所以我们出兵来救赵国。

如果魏国送几个城市给我，我立刻退兵。"

庞涓生气地说："你有什么本事，敢跟我打？"

田忌说："你既然有本事，知道我排的是什么阵吗？"

庞涓说："这叫'颠倒八门阵'，我向鬼谷先生学过，你是打哪儿偷学来的，居然敢来问我？魏国三岁大的小孩，都能够认识！"

田忌说："你既然认识，敢不敢来打？"

庞涓稍微考虑了一下，心里想，如果说不打，一定会给人家笑话，就气呼呼地说："既然认识，为什么不能够打！"

庞涓就吩咐他的儿子庞英，跟他的两个侄子庞葱、庞茅说："记得孙膑讲过这阵，稍微知道一点打的方法。可是这阵能够变长蛇阵，打头，尾巴就来接应，打尾巴，头就来接应，打中间，头跟尾巴都来接应，进攻的人常出不来。我现在去打这阵，你们三个人各带领一支军队，看这阵一变，就一起前进，教他头跟尾巴不能互相照顾，就可以打破这阵了。"

庞涓吩咐了以后，就亲自带了五千魏兵去打阵。一进阵，就见八个方向旗子的颜色，纷纷转换，认不出八个门在什么地方，东冲西撞，找不到一条出路。接着听见锣、鼓乱响，四下里喊了起来，竖的旗子上，都有军师"孙"字。

庞涓吓坏了，心里想："没想到孙膑果然在齐国，我上了他的当了。"正在危急的时候，幸亏庞英、庞葱两路兵杀进阵去，只救出庞涓,打阵的五千魏兵,一个也没有能够出来。

庞茅被齐兵所杀,魏兵共损失了两万多人。庞涓心里很难过,他知道没法跟孙膑打,就跟庞英、庞葱商量,连夜逃回魏国去。

田忌跟孙膑也带兵回齐国。齐威王非常相信他俩,把兵权全部交给他们。

齐国的宰相驺忌,很嫉妒田忌,怕田忌将来抢去他宰相的职位,就开始想办法害田忌。恰好庞涓派人去送一千两金子给他,请他想办法把孙膑免职。于是他就在齐威王面前说田忌想造反,齐威王派人监视田忌的行动,田忌知道了,立刻辞职,孙膑也跟着辞职。

第二年,齐威王去世,他的儿子辟疆做了齐王,叫齐宣王。

齐宣王知道田忌的冤枉跟孙膑的才能,就恢复了他们原来的职位。

庞涓最初听说齐国不用田忌跟孙膑,心里很高兴。他听说韩国准备跟赵国联合起来打魏国,就先出兵去打韩国,由太子申做元帅,他做军师。

韩国派人去齐国请出兵帮忙。

齐宣王召集所有的官员,问他们是不是应该救韩国。

驺忌主张不去救,田忌、田婴主张救,只有孙膑不吭声。

齐宣王向孙膑说:"你不开口,是不是认为他们的两种主张都不对?"

孙膑说:"不错。魏国前年打赵国,今年打韩国,将来也可能打齐国。如果不救韩国,是让魏国并吞韩国,魏国强盛了,对齐国不利,所以我认为,不救韩国不对。魏国刚出兵去打韩国,韩国还没有危急,我们出兵去救他们,等于他们跟魏国打仗,我们要出力,他们反而没有事了,所以我认为,去救韩国也不对。"

齐宣王说:"那么该怎么办呢?"

孙膑回答说:"我们可以答应韩国,一定出兵救他们,叫他们安心。韩国知道我们会去救他们,一定努力抵抗魏兵,魏兵也一定努力打韩国。我们等魏兵力气用到差不多的时候,出兵慢慢地去。魏兵累了,一定打不过我们,韩国很危急,见我们去救,一定很感激我们,我们用力少而收效大,不是比前两个主张要好吗?"齐宣王鼓掌说:"好!"就答应韩国的使者,说齐国马上就派兵去救。韩国国君韩昭侯很高兴,就努力抵抗魏兵。前后打了五六次仗,韩兵都被打败,赶紧又派人去齐国催救兵。

齐宣王就请田忌做元帅,田婴做副元帅,孙膑做军师,率领了三万多兵去救韩国。

田忌又要向韩国去,孙膑说:"不行,不行!上一次我们救赵国,并没有真的去赵国,现在救韩国,为什么要去韩国呢?"

田忌问："你打算怎么办？"

孙膑说："我们仍旧去打魏国。"

田忌依了他，就下令向魏国前进。

庞涓连打了几场胜仗，非常得意，忽然听说齐国又出兵打魏国，赶紧下令退兵回魏国。

孙膑听说庞涓快要来了，向田忌说："庞涓一向瞧不起齐兵，我们可以假装衰弱来引诱他。"

田忌问："用什么方法引诱他呢？"

孙膑说："今天我们做十万个灶，明后天逐渐减少，他见我们的军灶突然减少，一定以为我们的兵士不敢打仗大半逃走。他一定会拼命地来赶我们。他会变得很骄傲，兵士们则会跑得很累，然后我可以再想办法消灭他。"田忌接受了他的建议。

庞涓因为打败韩国，正在得意的时候，没想到齐国又来找他的麻烦，因此他心里恨透了齐国。到了魏国国境，知道齐兵已经向前去了，留下扎营的痕迹，面积相当大，他叫兵士数齐兵所留下的军灶，足有十万。他不禁吓了一跳，说："齐兵这么多，可不容易对付！"

第二天，又到前头齐兵扎营的地方，数一数齐兵的军灶，只有五万多了，第三天，只剩下三万。庞涓高兴地说："行了，我们准可以打胜仗了。"太子申问："你还没有看见齐兵，怎么能说我们准可以打胜仗呢?"

庞涓回答说:"我一向知道齐兵的胆子小,没有打仗的勇气,现在他们到魏国才三天,兵士已经逃亡了一大半,剩下的还敢跟我们打吗?"

太子申说:"齐国人的鬼主意多,你最好慎重一点。"

庞涓说:"田忌他们这一次自己来送死,我一定要活捉他们,报上次在桂陵被打败的仇。"立刻下令,选两万强壮的兵士,拼命向前赶,其余的留在后头让庞葱率领,慢慢地走。

孙膑时时刻刻派人打听庞涓的消息,知道庞涓已经过了沙鹿,算了算,预料他傍晚的时候,可以到达一处叫马陵道的地方。马陵道是一条路,在两山的中间,路两旁有很多树。孙膑叫留下一棵最大的树,其余的树都砍倒,堵在路上。把那棵大树向东的树皮剥去一块,在白色的树身上,用黑煤写了几个大字:"庞涓死在这树下!"上头横写着几个字是:"军师孙写。"

然后,孙膑叫两个手下的将官,各自率领了五千个弓箭手,埋伏在路两旁,吩咐他们:"一看见大树下有火光的时候,就一起向树那儿射箭。"再叫田婴率领一万兵,在离马陵三里的地方埋伏,等魏兵过去以后,打后头向前杀。一切都布置好以后,孙膑跟田忌带兵驻扎在比较远的地方,准备接应。

庞涓率领魏兵,赶到马陵道的时候,恰好太阳下山,这时候,

庞涓在火光下,看清树上的几个字以后,吓得喊:"我
上了大当了!"

正是十月下旬，没有月亮，天越来越黑，前头的兵士来向他报告，说很多树堵在路前头，不能通过。

庞涓正打算叫兵士们搬开树，猛然一抬头，看见一棵大树上，好像有几个字，就叫兵士点起火把来照着看。兵士们一起点起了火把。庞涓在火光下，看清树上的几个字以后，吓得大喊："我上了大当了！"赶紧下令退兵。

他话还没说完，埋伏在路两旁的齐兵，已经一起向他们射箭，箭像雨一样的密，兵士们立刻大乱。

庞涓受了重伤，知道自己没法逃走，叹了口气说："我只恨当时没有杀掉孙膑！"说完就用佩剑自杀死了。他的儿子庞英也被乱箭射死了。魏兵被射死的，不知道有多少。

太子申率领了一支军队在后头走，听说前头的军队遇到敌人，赶紧停止前进，没想到田婴率领了一万齐兵，打后头杀来。魏兵不敢抵抗，四散逃走。太子申被田婴抓住。那天晚上，太子申也自杀死了。

田忌、孙膑带兵回国以后，齐宣王高兴得不得了，预备了酒席慰劳他们，亲自给他们斟酒。宰相驺忌觉得自己以前曾经害过田忌，心里很惭愧，就推说有病，向齐宣王辞职。

齐宣王就请田忌做宰相，请田婴做大将，孙膑仍旧做军师。

孙膑不愿意再做官，亲手抄了一份他祖父孙武的兵法十三篇,送给齐宣王,向齐宣王说:"我已经残废了,您仍旧用我,使我能为您服务,给自己报了仇,我已经心满意足了。我所有的学问都在这本书里,留我在这儿也没有用处,我要去一个清净的山里养老了!"

齐宣王不能挽留他,就把一个叫石闾的山封给他。

孙膑在石闾山住了一年多,一天晚上忽然不见了,谁也不知道他去了什么地方。

联合六国抗秦的苏秦

苏秦是洛阳人，也是鬼谷先生的学生，家里有父母、一个哥哥、两个弟弟。哥哥早就死了，嫂子还在，两个弟弟，一个叫苏代，一个叫苏厉。

苏秦回到家里，家里的人因为有好几年没有见到他，现在见他回来，都很高兴。

过了几天，苏秦要出国去找事情做，就跟他父母讲，要把家里的财产都卖了，作路费。他母亲、嫂嫂跟他妻子都再三劝他，说："你不种田，或者做生意，赚钱过日子，却想凭嘴跟舌头做官发财，世上没有那么便宜的事情，将来你没饭吃的时候，再后悔就来不及了！"

两个弟弟苏代、苏厉也劝他说："你如果懂得外交，会说话，为什么不就近去投周王，在本乡也可以成名，何必一定要到别的地方去呢?"

苏秦见一家人都不赞成他走,就去请求见周显王,准备告诉他使周强盛的办法。周显王叫他暂时住在宾馆里。

周显王的左右一向知道苏秦家里种田、做生意的,出身不好,认定他不会有什么本事,谁也不肯在周显王面前推荐他。

苏秦在宾馆里住了一年多,没有一个人理他,气得他回家,把家产换了两千四百两金子,用黑貂皮做了一件皮袍,买了车子跟马,雇了几个佣人,开始出发,旅行各国,研究各国的地理形势、风俗习惯。旅行了好几年,没有一个国家用他。他听说公孙鞅在秦国很得意,就向西,去咸阳,想请公孙鞅把他推荐给秦孝公。没想到他到了秦国,秦孝公跟公孙鞅都已经死了。这时候,秦国的国君是惠文王,他就去见惠文王,想请惠文王用他。

惠文王刚杀掉公孙鞅,讨厌苏秦这一类的人,不愿意用他。

苏秦就又去见秦国的宰相公孙衍,希望公孙衍推荐他。可是,公孙衍嫉妒他的才干,不肯推荐他给惠文王。

苏秦在秦国住了一年多,两千四百两金子都用完了,黑貂皮的皮袍也穿旧穿破了,仍旧没有找到事情做,就把他的车子、马跟佣人都卖掉,作路费,挑着行李走回家。

他父亲、母亲见他穷到这样子,把他臭骂了一顿。他妻子正在织布机上织布,见他回来,照旧织布,连理都不理他。他肚子饿得慌,请他嫂子给他饭吃,他嫂子推说没有柴,不肯给他做饭。

他不禁难过得掉下了眼泪,感叹地说:"我没有钱没有势,妻子就不把我当作丈夫看待,嫂子就不把我当作小叔看待,母亲就不把我当作儿子看待。这不能怪她们,只怪我自己不好!"于是,他想继续用功念书。在整理书箱的时候,他发现鬼谷先生叫他带回来的那本《阴符经》,忽然想起了他师父鬼谷先生曾经跟他说:"如果你找不到事情做,只要仔细研究这本书,对你一定会有很大的好处。"

于是,他就在家里一天到晚研究这本书。晚上念得太累了,想睡觉,就用锥子刺自己的大腿,教自己疼得不能睡。大腿被锥子刺得流出血来,流得满脚都是,可是他一点儿也不理会。

他研究《阴符经》有了心得以后,再仔细研究各国的形势,研究了一年,他对列国局势,有了很深切的认识以后,自己安慰自己说:"我有这么好的学问,去说任何一国的国君,他都一定会请我做宰相!"就向他的两个弟弟说:"我现在已经学成功了,找事情做绝没有问题,希望你们借一点儿路费给我,我准备去各国找事情做。如果我有了办法,我一定会推荐你们。"就把《阴符经》也讲给两个弟弟听。他两个弟弟也有了不少心得,就各自拿出一点金子给他作路费。

苏秦想再去秦国,心里想:"在七国里,要算秦国最强盛,也最有前途。可惜秦王不肯用我。我现在再去,如果仍旧跟以前一样,我怎么有脸回故乡去呢?"他就放弃了去秦国的计划,想出了一个联合六国抵抗秦国的办法。

于是,他先向东,去赵国。这时候,赵国的国君叫赵肃侯,他的弟弟公子成做宰相。苏秦先去找公子成,公子成对他的主张没有兴趣。他就离开赵国,去燕国,想见燕国的国君燕文公。可是,没有一个人代他去跟燕文公讲。他在燕国住了一年多,钱都用完了,连旅店的房钱跟饭钱都付不出来。幸亏旅店店主可怜他,不但不向他要房钱、饭钱,并且借了一点钱给他。

恰好有一天,燕文公出门玩,苏秦知道了,跪在路旁,请求见燕文公。燕文公知道苏秦的名字,听说他就是苏秦,心里很高兴,就带他回去,向他请教。他就劝燕文公不要割土地给秦国、讨好秦国,应该联合赵国抵抗秦国。

燕文公说:"假使赵国不愿意怎么办?"

苏秦说:"我可以去赵国,跟赵国订立条约。"

燕文公很高兴,就给他金子、绸子、路费、车、马,派人送他去赵国。这时候,赵国的宰相公子成已经死了。赵肃侯听说燕国有使者来,就亲自走下台阶迎接,问苏秦有什么事。

苏秦说:"各地方的人才,都钦佩您,愿意给您做事,可是您的宰相公子成却嫉妒有才能的人,所以没有一个人愿意来赵国做事。现在,听说公子成已经去世了,所以我才来这儿,向您贡献一点意见。现在,山东各国,要算赵国最强。赵国有两千多里土地、几十万兵、上千辆兵车、上万匹马,粮食可以吃好几年。秦国最感到伤脑筋的,就是赵国。可是,秦国不敢打赵国,并不是怕赵国,而是担心韩国、魏国在后头打他。韩国、魏国的地理形势不大好,如果秦国出兵并吞了这两个国家,赵国就危险了。我曾经研究列国局势,发现各国的面积,比秦国要多一万多里,各国的兵,比秦国多十倍。如果六国能够联合起来,不但不会受到秦国的侵略,并且能够消灭秦国。秦国现在要各国割土地送给他,各国无缘无故地送土地给他,等于自己消灭自己。您看是消灭敌人好呢? 还是自己消灭自己好? 据我看,最好各国国君在一处叫洹水的地方见面,大家结拜为兄弟,订立条约,联合起来抵抗秦国。秦国打任何一国,其他五国就要出兵去救,谁破坏这一条约,就一起出兵打他。秦国虽然厉害,怎么打得过六个国家呢?"

赵肃侯说:"我年纪轻,不懂事。你要联合各国抵抗秦国,我一定听你的。"就请苏秦做宰相,给他一所大房子,又给他一百辆车子、两万四千两金子、一百双白璧、一千匹绸子,叫他做"从约长"。

苏秦派人送一百两金子去燕国,给旅店店主,还房钱、饭钱。

然后他正打算去韩国、魏国,忽然赵肃侯派人来请他去,说有要紧的事情跟他商量。

苏秦赶紧去见赵肃侯,赵肃侯向他说:"刚才我接到报告,说秦国的宰相公孙衍出兵打魏国,抓住魏国的大将龙贾,杀掉魏兵四万五千,魏王割河北的十个城市给秦国,请求讲和,现在公孙衍又准备带兵来打赵国,你看怎么办?"

苏秦听了,有点儿慌,心里想:"如果秦兵来打赵国,赵国国君一定也割地求和,我的'合从'计划就要被破坏了!"他实在没有想出什么好主意,却故意装得很镇静地说:"我相信秦兵已经累了,不会马上就来赵国,万一来了,我自然有办法叫他们撤退。"赵肃侯说:"请你暂时留在这儿,如果秦兵不来,你再走好了。"

苏秦正希望这样,就答应了。他向赵肃侯告别,回去以后,就把他手下一个叫毕成的人叫了去,给他一千两金子,教他假扮一个做生意的,把名字改叫贾舍人,去魏国找张仪,想办法使张仪在秦国做事,叫张仪撤回打魏国的军队。

毕成听了苏秦告诉他的计策以后,就出发到魏国去了。

不久,张仪果然做了秦国的高官,为了感谢苏秦的帮忙,不让秦兵去打赵国。

毕成回到赵国,报告苏秦,苏秦去向赵肃侯说:"您放心,秦兵不会来打赵国了。"就向赵肃侯告别,去韩国、魏国、齐国、楚国,劝这四个国家跟赵国、燕国联合起来,抵抗秦国。各国国君都接受了他的建议。

苏秦就开始回赵国去报告赵肃侯,各国都派人送他,经过洛阳,仪仗、车辆足有二十里长。一路上,各国的官员,见到他都向他行礼。周显王听说苏秦要来,预先派人打扫道路,在郊外给他搭了帐篷,帐篷里有吃的、用的,准备供他休息。

苏秦的母亲,扶着拐杖,站在路旁边看,嘴里一直在称赞;他的两个弟弟,跟他的妻子、嫂嫂,跪在郊外迎接他,头不敢抬,眼睛不敢向上看。

苏秦在车子里向他的嫂嫂说:"你以前不肯做饭给我吃,现在又何必对我这样恭敬呢?"

他嫂子说:"因为我见你有钱有势,不敢不对你恭敬!"

苏秦感叹说:"现在我才知道有钱有势的好处!"就叫他家里的人都上车,一起回到家里,盖大房子,叫他一族的人都来住在一起,给他们大量的钱。

苏代、苏厉对他们的哥哥很羡慕,也研究阴符经,学习外交。

苏秦在家里住了几天,就去赵国。赵肃侯封他为武安君,派人去齐、楚、魏、韩、燕五国,约五国的国君,都去洹水开会。

到时候,各国国君都到了洹水。这时候,楚、齐、魏三国的国

　　苏秦做了大官,回到故乡,他一家人都去迎接他,他
嫂嫂跪在地上迎接他,连头都不敢抬。

君已经称王,赵、燕、韩三国的国君,仍旧是称侯,互相称呼起来,很不方便。于是,苏秦建议,六国一律称王。

这会议是由赵国召集召开的,就由赵王盟主。大家坐好以后,苏秦说:"你们都是大国的国君,都是王,地广兵多。秦国的祖先,不过是一个养马的,现在强大起来,居然侵略各国,难道你们愿意伺候他们吗?"

六国的国君都说:"我们不愿意伺候秦国,希望你告诉我们抵抗秦国的办法。"

苏秦说:"我早就跟你们讲过,你们应该联合起来对付秦国,现在,希望你们一起在神的面前发誓,结拜为兄弟,将来一定要互相帮助。"

六国的国君都说:"我们愿意听你的话。"

苏秦就让六国订立条约,写了六份,各国保存一份。条约上规定,哪一国违背条约,五国一起出兵打他。

仪式完毕以后,大家喝酒吃饭。

赵王说:"这一次六国能够合作,完全是苏秦的功劳,应该封他最高的官职,好教他能够往来六国,使这一个条约能够长久保持下去。"

五国的国君都表示赞成。于是,六国合封苏秦为"从约长",兼任六国的宰相。又各送给他两千四百两金子,十匹好马。

苏秦向六国国君道谢,六国国君就各回本国去了。苏秦跟着赵肃侯回赵国。

秦惠文王听说六国联合起来对付他,心里很着急,宰相公孙衍说:"赵国是从约的领袖,您出兵打赵国,看谁先救赵国,就去打他,这样,各国都害怕,从约就解散了。"

这时候,张仪也在旁,他因为曾经答应苏秦,不让秦国打赵国,就向惠文王说:"六国刚订了条约,不可能马上就解散,如果我们出兵打赵国,五国一定一起出兵,我们抵抗都来不及,怎么谈得上去打哪一个国家呢? 魏国离我们最近,也最怕我们,如果我们跟魏国讲和,其他国家就一定会对魏国不满意;燕国离我们最远,对从约不热心,如果您把女儿嫁给燕国的太子,燕国一定会答应,其他各国一定又会对燕国不满意,这样,从约自然而然就解散了。"

惠文王赞成这主意,就派人去魏国,答应把侵略魏国所得的襄陵等七个城市,还给魏国,愿意跟魏国讲和,魏国也派使者去秦国,表示愿意接受秦国的建议。接着,惠文王又答应把女儿嫁给燕国的太子。

赵王听到了这消息,就派人把苏秦叫了去,责备他说:"你提倡从约,要六国联合起来抵抗秦国,现在,六国订了条约还不到一年,魏国、燕国就都跟秦国来往,显然从约已经靠不住了。如果秦兵来打赵国,魏、燕两国还会出兵来帮我们抵抗秦兵吗?"

苏秦心里很慌,向赵王说:"我愿意为您去燕国,一定想办法挽救。"于是,苏秦离开赵国,去燕国。

这时候,燕文王已经死了,继位的是燕易王。

苏秦到了燕国,燕易王请他做宰相。

齐宣王趁燕文王去世的机会,出兵打燕国,占领了燕国的十个城市。燕易王向苏秦说:"以前我父亲曾经听你的话,跟各国订立和平条约,现在我父亲刚去世,齐国就出兵来打我们,占领了我们的十个城市,你看我们该怎么办?"

苏秦说:"我愿意为您去齐国,叫齐国把十个城市还给燕国。"燕易王答应了他。

苏秦就去齐国,向齐宣王说:"燕王是您的同盟,是秦王的女婿,您占领了燕国的十个城市,不但燕国埋怨您,连秦国都埋怨您。因为十个城市而得罪两个国家,实在不合算。据我看,您最好把那十个城市还给燕国,跟燕、秦两国讲和。有了燕、秦两国的支持,齐国还怕谁呢?"

齐宣王觉得苏秦讲得不错,就把那十个城市还给燕国。

苏秦又回到燕国,燕易王的母亲钦佩他,常常派人叫他去,偷偷与他私通,燕易王知道,却不吭声儿。苏秦怕燕易王杀他,就向燕易王说:"燕国跟齐国早晚总是要互相并吞,我愿意为您到齐国去做间谍。"

燕易王问："做什么间谍?"

苏秦说："我假装得罪您,逃到齐国去,齐王一定重用我,我就找机会破坏齐国的政治,使齐国衰弱,您就可以很容易地并吞齐国了。"

燕易王答应了苏秦,把他免职,他就去了齐国。

苏秦到了齐国,齐宣王很钦佩他,请他做顾问。他就劝齐宣王吃喝、打猎、听音乐、玩女人,想等齐国乱了以后,叫燕国出兵去并吞。

齐宣王一点儿也不明白苏秦的用意,一天到晚吃喝玩乐,不管国事,宰相田婴劝他,他不听。

幸亏过了没有多久,齐宣王就死了,他的儿子名地,做了齐王,叫齐湣王。

齐湣王在一开始的时候,对国事很关心,娶了秦惠王的女儿做王后,封田婴为薛公。苏秦仍旧担任顾问。

这时候,楚成王已经死了,他的儿子熊槐做了楚王,叫楚怀王。楚怀王赞成苏秦联合六国抵抗秦国的主张。

秦国本来答应把襄陵等七个城市还给魏国,后来,因为见苏秦离开了赵国,知道从约将解散,不但不把那个城市还给魏国,并且出兵打魏国,占领了魏国的曲沃。

这时候，魏惠王也死了，他的儿子做了魏王，叫魏襄王。魏襄王见秦国不讲信用，恨透了秦国，就支持楚怀王反对秦国，推选楚怀王做"从约长"。

这样一来，苏秦在齐国就格外受到尊重。

在齐宣王的时候，齐国就已经有很多官员嫉妒苏秦，到齐湣王的时候，苏秦仍旧很受尊重，嫉妒他的人更多。于是大家就派人在朝廷里暗杀苏秦。

张　仪

张仪是魏国大梁人，他向鬼谷先生学了几年外交，回到魏国以后，因为家里穷，去见魏惠王，请魏王给他一个事情做，魏惠王始终不肯用他。后来，他见魏国常常打败仗，国内不太平，就带着妻子离开魏国，去楚国，在楚国宰相昭阳的手下做事。

昭阳带兵打魏国，占领了魏国的襄陵等七个城市，楚威王觉得他的功劳很大，就把很宝贵的和氏璧送给他。昭阳不管去什么地方，都带着这玉璧。

一天，昭阳去一处叫赤山的地方玩，跟着他去的客人有一百多人。赤山山脚下有一个深潭，潭边有一座高楼。大家都在楼上喝酒玩乐，喝到半醉的时候，客人们向昭阳说，希望看一看他的和氏璧。昭阳就亲自从一个小箱子里拿出来给大家看。

客人们互相传着看这玉璧，没有一个人不称赞这玉璧好。

正在看的时候,忽然有人来说,潭里有大鱼在跳,昭阳出来靠着栏杆向下看,客人们也都跟着出来看。

大家在看鱼的时候,忽然天上起了云彩,像是要下大雨的样子,昭阳吩咐手下人收拾东西,准备回去。保管和氏璧的人要把玉璧收回去藏在箱子里,不知道这玉璧传到谁手里,竟不见了。

昭阳回去以后,叫手下查偷玉璧的人,有一个手下人说:"张仪很穷,一向品行不好,这玉璧一定是他偷的。"

昭阳心里也怀疑是张仪偷的,就叫人把他抓起来,用竹杖打他,要他承认。张仪实在没有偷,怎么会承认呢?打了好几百下,他全身都被打伤,眼看着就要断气了。昭阳见张仪快要被打死,只好放了他。旁边有可怜张仪的,扶张仪回家。

张仪的妻子,见张仪被打成这样子,流着眼泪说:"你现在吃这个亏,完全是因为你念书所造成的,如果你安分守己种田过日子,怎么会遇到这种事呢?"

张仪张开嘴,叫他妻子看,问他妻子,说:"我的舌头是不是还在?"

他妻子笑着说:"还在。"

张仪说:"我的舌头就是我的本钱,只要我的舌头还在,我就不会永远这样倒霉。"于是,休息了一段时期以后,又带了他妻子回魏国。

苏秦叫他的手下人魏成，假扮成一个生意人，改了姓名叫贾舍人，到魏国去找张仪的时候，张仪已经回到魏国半年了。

张仪听说苏秦在赵国很得意，打算去看他。

一天，张仪偶然出门，恰好遇见贾舍人把车子停在他家门口，互相问了问，知道贾舍人是从赵国来，就问他："听说苏秦做了赵国的宰相，是不是真的？"

贾舍人说："你问苏秦干什么，是不是认识他？"

张仪说："我跟他是同学，并且是结拜兄弟。"

贾舍人说："你既然跟他有这种关系，为什么不去看看他呢？他一定会推荐你，我带来的东西已经卖完了，正打算回赵国去，假使你要去的话，可以跟我一起坐车去。"

张仪很高兴，就跟贾舍人一起去赵国。

到了赵国首都的郊外，贾舍人说："我的家就在郊外，我回去还有事情，只好暂时跟你告别了。城内有旅店，你先在旅店里住下，过几天我再来看你。"

张仪就下车告别，进城找了一个旅店住下。

第二天，他带了名帖去见苏秦。

苏秦预先告诉看门的，不要理会张仪。

张仪等到第五天，看门的才给他把名帖送进去给苏秦。苏秦推说事情忙，改天再见他。张仪又等了几天，还是没有能见到苏秦，心里很生气，想离开赵国。

可是旅店店主不放他走，向他说："你已经把名帖给了宰相，万一宰相派人来叫你，怎么办？你即使在这儿住上一年，我也不敢放你走。"

张仪心里很烦，打听贾舍人住在哪儿，却没有一个人知道。

又过了几天，他带了名帖去宰相府门口，请看门的把名帖拿进去，向苏秦告别。苏秦叫看门的跟他说，第二天见他。

张仪回去，向旅店老板借了衣裳跟鞋。第二天一早，就去宰相府门口等着。

苏秦叫把大门关起来，请张仪打边门进去。

张仪刚要踏上大厅的台阶，卫兵拦住他说："宰相还在办公事，你且等一等。"张仪就站在台阶下边儿等着，看见很多官员向苏秦拜见，过了一会儿，又有很多人去向他报告事情。

过了很久很久，快要中午了，大厅上才有人喊张仪去。张仪踏上台阶，指望苏秦起身来迎接他，没想到苏秦仍旧坐着不动。

张仪忍着一肚子气，向苏秦作揖。苏秦站起来，稍微举了下手，表示答礼，向他说："你近来还好吗？"张仪气得连话都说不出来。

手下人来请苏秦吃午饭。苏秦又向张仪说："我因为公事太忙，害得你等了这么久，大概你也饿了，且先吃午饭，有什么话吃

张仪刚要踏上大厅的台阶，卫兵拦住他说："宰相还在办公事，你且等一等。"

了饭再说吧。"说完,就叫手下人在大厅下边儿放了一张桌子,一张椅子,请张仪坐下吃饭。

苏秦自己在大厅上吃,桌上摆满了各色各样的好菜。张仪桌上只有一碗肉,一碗素菜。张仪本来想不吃,可是因为肚子实在饿得慌,只好忍着一肚子气吃。他已经欠下了不少房钱、饭钱,只指望见了苏秦以后会有一点办法。他想,即使苏秦不肯推荐他,也一定会给他一点钱,没想到苏秦会这样对待他。远远地看见苏秦把吃剩下的菜,赏给手下人吃,比他所吃的还好得多。他心里又害羞,又生气,勉强把饭吃完,苏秦又叫手下人喊他到大厅上去。

张仪抬起头来看,见苏秦仍旧坐着不动,实在气不过,踏上台阶,向前走了几步,大声骂苏秦说:"苏秦,我以为你不会忘了我,所以才跑这么远来看你,干嘛你竟侮辱我到这地步?"

苏秦慢慢地回答说:"你的才能比我好,我以为你一定会比我先有办法,没想到你竟倒霉到这样子。我并不是不能推荐你。只怕你振作不起来,反而连累我!"

张仪说:"我自然会想办法找事情做,难道一定要你推荐才行吗?"苏秦说:"既然你自己有办法,又何必来见我呢?看在同学的情分上,我送你一点金子,你拿了走吧!"就叫手下人把金子拿给张仪。

张仪再也忍不住,把金子扔在地上,一句话也不说,气呼呼地转身出去了,苏秦也不挽留他。张仪回到旅馆里,见自己的行李都被搬到外头,问旅店店主是怎么回事。

店主说:"今天你能够见到宰相,宰相一定会请你住到宾馆里去,所以我预先给你把行李搬出来。"

张仪摇了摇头,嘴里只是说:"可恨!可恨!"一面把衣裳跟鞋脱下,还给店主。

店主说:"大概是宰相不认识你,你假冒是他的同学,是不是?"

张仪就拉住店主,把他过去跟苏秦的交情,和苏秦今天对待他的情形,详详细细地讲了一遍。

店主说:"宰相虽然对你不客气,可是他现在的地位跟以前完全不同,也难怪他。他送你金子,也算是一番好意。你拿了他的金子,至少可以还房钱、饭钱,剩下的作路费,为什么不肯接受呢?"

张仪说:"我一时气不过,把他给我的金子扔在地上了,现在我身边一点儿钱都没有,怎么办呢?"

就在这时候,贾舍人来了,见了张仪说:"很抱歉,我因为有事情,好几天没来看你,你有没有见过宰相?"

这一问,又把张仪问得冒起火来了,他把手在桌上一拍,骂着说:"这没情没义的东西,你不要再提他了!"

贾舍人说:"你出口太重,为什么生这么大的气呢?"

旅店店主就把张仪见苏秦的经过情形,代张仪讲了一遍,并且说:"他现在欠了房钱、饭钱,没法还,又没有回去的路费,心里也确实很烦!"

贾舍人听了,就向张仪说:"以前是我劝你来的,现在你受这种气,实在可以说是我害了你。我愿意给你还掉房钱、饭钱,用车马送你回魏国,你看好不好?"

张仪说:"我也没有脸回魏国去了,打算去秦国,只恨没有路费。"

贾舍人说:"你要去秦国,是不是秦国还有你的同学?"

张仪说:"不是。在七国里只有秦国最强,可以对付赵国。如果我去秦国有了办法,就可以向苏秦报仇了!"

贾舍人说:"如果你要去别的国家,我不能陪你去,可是如果你要去秦国,我正好要去那儿看朋友,你不妨跟我一起坐车去,互相做个伴,不是很好吗?"

张仪高兴地说:"你对待我这么好,苏秦知道了应该惭愧得自杀!"就跟贾舍人结拜为兄弟。

贾舍人给张仪还掉房钱、饭钱,两个人出门,上车动身去秦国。一路上,贾舍人给张仪做衣裳、买佣人,张仪需要什么,他出多少钱都不在乎。

到了秦国，贾舍人又送了很多金子、绸子给秦惠文王的手下人，请他们在惠文王前推荐张仪。

惠文王叫人请张仪去，跟他谈了谈，立刻聘请他做顾问。

贾舍人向张仪告别，张仪流着眼泪，说："以前我倒霉到那地步，完全靠你帮忙，现在才能在秦国做事，我正想报答你，你为什么忽然要走呢？"

贾舍人笑着说："帮你忙的，不是我，是赵国的宰相苏秦。"

张仪听了，愣了很久，才问："明明是你给我路费，送我来这儿，怎么会是苏秦呢？"

贾舍人说："苏宰相正联合六国，一起抵抗秦国，怕秦国出兵打赵国，破坏他的计划，想到能够得到秦国权柄的，只有你。所以先叫我假扮成一个做生意的，到魏国去接你。把你接到赵国以后，他又故意对待你不客气，刺激你。你果然准备来秦国，向他报仇。他就又拿了一大笔金子给我，吩咐我，无论你要什么，我一定要给你办到，直到你在秦国做了事，才准我回去。现在秦国已经用你，我要回去向他报告，交差了。"

张仪感叹地说："唉！我一直在苏秦的圈套里，而我却一点也不觉得，我比他差得太远了。请你代我向他道谢，告诉他，他在赵国一天，我绝不叫秦国打赵国，算是报答他对待我的好处。"

贾舍人就告别，回魏国去了。

苏秦联合齐、楚、燕、赵、韩、魏六国，抵抗秦国。秦惠文王听了宰相公孙衍的话，准备出兵打赵国，破坏苏秦的计划。

张仪因为曾经答应苏秦，不叫秦国打赵国，就向秦惠文王说："六国刚联合在一起，不能马上就破坏他们的团结。我们一出兵打赵国，其他五国一定立刻出兵帮赵国抵抗我们。据我看，您最好把女儿嫁给燕国的太子，送一份贵重的礼物给魏国，跟魏国讲和。其他四个国家见魏国、燕国跟我们来往，一定心里不满意，这样我们不是就破坏了他们的团结了吗？"

秦惠文王赞成张仪的建议，就把女儿嫁给燕国的太子，答应把以前昭阳打魏国所得到的襄陵等七个城市还给魏国，请求跟魏国讲和，魏国答应了。

赵王听到了这消息，就责备苏秦，说："你提倡从约，联合六国抵抗秦国。现在我们条约订了不到一年，魏、燕两国就跟秦国来往了，将来如果秦国出兵打我们，我们还能指望魏、燕两国出兵来救我们吗？"

苏秦答应去燕国想办法挽救这件事，就离开赵国，去燕国，做了燕国的宰相。张仪听说苏秦离开赵国去燕国，知道从约将要解散，就不把襄陵等七个城市还给魏国。

魏襄王很生气，派人去秦国要地。秦惠文王不但不还地，并且出兵去打魏国，占领了魏国一处叫蒲阳的地方。

张仪就跟秦惠文王讲，把蒲阳还给魏国，再把公子繇押在魏国，跟魏国讲和。秦惠王接受了这建议。

张仪就亲自送公子繇去魏国。魏襄王心里很感激。

张仪就向魏襄王说："秦国对待魏国，实在不算坏，得到魏国的城市，不但不要，并且还派人来押在魏国。魏国不能就这样接受，也应该报答秦国才对。"

魏襄王说："我怎样报答秦国呢？"

张仪说："秦国最需要的是土地，如果您割一块地方给秦国，秦国一定格外跟魏国要好。如果秦国跟魏国联合出兵打别的国家，您在别的国家所得到的土地，比您现在割给秦国的，一定要多十倍。"

魏襄王听了张仪的话，就把一处叫少梁的地方割给秦国，并且不要公子繇押在魏国。张仪回去报告秦惠文王，秦惠文王很高兴，就把公孙衍免职，让张仪做宰相。

这时候，楚威王已经死了，他的儿子熊槐做了楚王，叫楚怀王。张仪派人去楚国接他的妻子、儿子，并且写了一封信给楚怀王，说他以前没有偷昭阳的玉璧，却差一点儿被昭阳打死，实在觉得冤枉。

楚怀王就责备昭阳说："张仪很有才干，你为什么不把他推荐给我父亲,却叫他被迫到秦国去呢?"

昭阳没有话说,觉得很惭愧,没有多久就生病死了。

楚怀王怕张仪给秦国出谋划策,就又建议各国,联合起来抵抗秦国。这时候,苏秦已经得罪燕国,离开燕国去齐国。

张仪向秦惠文王说:"六国仍旧相信苏秦的话,又团结了起来。我如果能够去魏国,做魏国的宰相,就可以叫魏国先伺候秦国,给其他国家做个榜样。"

秦惠文王同意了张仪的建议,张仪就去魏国,魏国果然请他做宰相。张仪劝魏襄王伺候秦国,魏襄王正在考虑,张仪派人去秦国,叫秦国出兵来打魏国,占领了魏国的曲沃城。

魏襄王气坏了,更不肯伺候秦国,跟各国联合抵抗秦国,推楚怀王做"从约长"。

于是苏秦又被各国看重,张仪一点儿办法也没有。

张仪在魏国做了三年的宰相,魏襄王死了,他的儿子做了魏王,叫魏哀王。

楚怀王派人去各国,要各国出兵,一起去打秦国。各国国君带兵到秦国的函谷关外头,谁也不肯先跟秦兵打,秦兵打败楚兵,其他几国的军队,也都撤退回国。

过了没有多久,苏秦在齐国被人暗杀,死了。

张仪见六国打秦国,没有打成,心里暗自高兴,等到听说苏秦死了，不禁高兴地喊："从此以后我可以出头了。"就向魏哀王说："最初提倡'合从'的是苏秦，苏秦连自己的生命都保不住，怎么能保各国呢？即使是自己的亲兄弟，有时还为钱财争斗，何况是几个不同的国家呢？您仍旧相信苏秦的话，不肯伺候秦国，如果有别的国家先伺候秦国，跟秦国联合出兵来打魏国，魏国可就危险了。"

魏哀王说："我愿意听你的话，伺候秦国，只怕秦国不要我，怎么办？"

张仪说："我愿给您去向秦国道歉，叫秦国跟您讲和。"

魏哀王就派张仪去秦国，跟秦国讲和。于是，秦国又跟魏国要好，张仪就留在秦国，仍旧做秦国的宰相。

秦惠文王把五个城市封给张仪，管他叫武安君。然后给他黄金、玉璧、高车、大马，叫他去各国，劝他们伺候秦国。

张仪先去说齐国，然后又去说赵国、燕国，三国都愿意割地给秦国，跟秦国讲和。

张仪的"连衡"计划实现了，开始回秦国。还没有到咸阳，秦惠文王死了，太子荡做了秦王，叫秦武王。

齐湣王最初听了张仪的话，是以为韩、魏、赵已经先割地伺候秦国，所以自己才不敢得罪秦国。后来，听说张仪在说了齐国以后，才去说赵国，以为张仪存心骗他的土地，很生气。等到听说秦惠文王死了，就叫孟尝君通知各国，仍旧联合抵抗秦国，跟秦国作对。

齐湣王自己做"从约长"，通知各国说，谁能够把张仪抓住了交给他，他就给谁十个城市。

秦武王的性格很直爽，在做太子的时候，就讨厌张仪的不老实。秦国的官员们，以前嫉妒张仪的，现在也都在秦武王面前说张仪的坏话。

张仪怕秦武王杀他，不敢再在秦国做事，就向秦武王说："我有一个主意，不知道您听不听？"

秦武王问："你有什么主意？"

张仪说："我听说齐王非常恨我，我去哪一个国家，他就要出兵去打那一个国家。我想离开秦国，到魏国去。齐王一定出兵打魏国。魏国跟齐国打，您就可以趁这机会出兵打韩国，打通三川，灭掉周朝，真正做王了。"

秦武王接受了张仪的意见，就派人送他去魏国。

魏哀王请张仪做宰相。

齐湣王听说魏国用张仪做宰相，果然很生气，就准备出兵打魏国。魏哀王很害怕，跟张仪商量。

张仪就叫他的一个手下人冯喜，假扮做楚国人，去见齐湣王，说："听说您恨透了张仪，是不是真的？"

齐湣王说:"不错。"

冯喜说:"如果您恨张仪,希望您不要打魏国。我刚从秦国来,听说张仪离开秦国的时候,曾经跟秦王说,您恨他,他去哪一个国家,您就出兵打那一个国家。所以秦王特地派人送他去魏国,故意要您去打魏国。齐国跟魏国打,秦国就可以趁这机会去打韩国。您现在出兵去打魏国,正好上了张仪的当。您最好不要去打魏国,劝秦国不再相信张仪,张仪不能回秦国,在魏国也没什么大不了。"

齐湣王听了,果然不出兵打魏国。

魏哀王对待张仪格外好。过了一年,张仪就生病死了。

爱国诗人——屈原

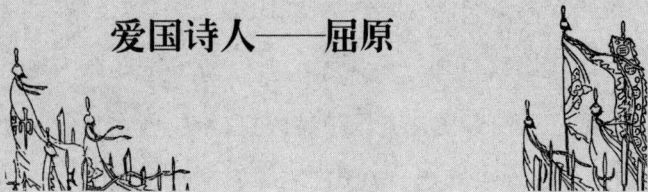

　　屈原是楚国人，跟楚王是同姓。楚怀王的时候，屈原的官职是大夫。他虽然有一肚子的学问，可是楚怀王并不看重他。

　　楚怀王最喜欢两个人，一个叫靳尚，一个叫子兰。子兰是楚怀王的小儿子，他的妻子是秦国人，因此他相信秦国，常说秦国好。

　　楚国跟齐国要好，把太子横押在齐国。秦国怕楚国跟齐国联合起来打他，就先出兵打楚国。楚国出兵抵抗，吃了败仗，楚怀王很害怕。

　　秦国的国君秦昭襄王，就写了一封信，派人去送给楚怀王，信里的大意是说，希望楚怀王跟他在武关会面，互相订立友好条约。

　　屈原说："秦国简直跟老虎差不多，我们已经上过他几次当，如果您去，他们一定不会放您回来。"

靳尚、子兰却说："我看您还是去的好，现在秦国不但愿意跟我们做朋友，并且愿意还给我们土地，这是我们最好的机会。"

没想到秦昭襄王果然没安好心，楚怀王一到秦国，就被扣留。靳尚看情形不对，逃回楚国去了。楚怀王难过地说："我后悔没有听屈原的话，都是靳尚害了我。"

靳尚逃回楚国，向宰相昭雎报告楚怀王被秦国扣留的经过。昭雎说："国君在秦国不能回来，太子又押在齐国。如果齐国再不放太子回来，楚国就没有国君了！"于是就派靳尚去齐国迎接太子做了楚国的国君，叫顷襄王。

秦昭襄王白扣留了楚怀王，心里很生气，就派大将白起带了十万秦兵去打楚国，占领了楚国的十五个城市，才收兵回去。

楚怀王在秦国住了一年多，接着生了病，不久就去世了。秦国就把他的尸首送回楚国。各国也都觉得秦国这件事做得不对，都联合起来对付秦国。

屈原认为楚怀王去秦国，是靳尚跟子兰的主意，也就等于是他们两个人害死的。现在见楚顷襄王仍旧喜欢这两个人，不打算给楚怀王报仇，心里很生气，就常常劝谏顷襄王训练军队，准备打秦国给楚怀王报仇。

子兰知道屈原所说的坏人，就指的是他跟靳尚，就叫靳尚跟楚顷襄王说:"屈原抱怨您不看重他,常常跟人家说,您不给您父亲报仇是不孝顺,说子兰不主张出兵打秦国是不忠心。"

楚顷襄王听了很气,就把屈原免职。

屈原回到夔地老家。他有个姐姐,叫媭,已经出嫁到很远的地方去,听说这件事,特地回家来看屈原,见他不洗脸,不梳头发,在江边儿上,一面走一面作诗,就劝他说:"楚王不听你的话,你忧愁有什么用?"

屈原叹息说:"国家的事情,糟到这地步,我实在不忍心见到楚国的灭亡!"

突然在一天早上,屈原抱着一块大石头,跳进汨罗江淹死了。这一天,是五月五日。当地的人听说屈原跳江自杀,都抢着划船到他跳水的地方去救他,可是,已经来不及了。大家就用竹叶子包米,包成三角形,扔在江里祭他,这就是粽子的起源。

屈原不忍心看到楚国的灭亡,抱着一块大石头,跳到汨罗江里,淹死了。

孟尝君

　　孟尝君的名字叫田文，他父亲叫田婴，是齐国的宰相。田婴共有四十多个儿子，田文是他的一个姬妾生的。因为田文是在五月五日生的，田婴叫他的姬妾把田文扔掉，不要养他，姬妾舍不得，仍旧暗地里养他。

　　田文长到五岁大的时候，母亲带他去见父亲田婴，田婴见了他很生气，就怪他母亲不听话，仍旧养他。

　　田文问他父亲："您为什么不要我呢？"

　　他父亲说："人们传说五月五日是一个不吉利的日子，这一天生出来的儿子，长得会跟门一样高，对父母不利。"

　　田文回答说："人的一生是受上天决定，跟门有什么关系呢？如果跟门有关系，就把门加高好了！"他父亲听了，竟没有话说，可是心里已不再讨厌他。

田文长到十多岁的时候,就能够招待宾客,宾客们都喜欢跟他来往,到处宣传说他好。因此,各国的使者到齐国的时候,都去请求见田文。

于是,他父亲认为他很有前途,立他做继承人。他父亲生病死了以后,他就继承他父亲的爵位,做了薛公,号孟尝君。

孟尝君做了薛公以后,开始大量地盖房子,招待各地来的宾客住。凡是去他那儿的,无论有没有才能,他都收留。各国因为有罪而逃出来的人,都去他那儿请他帮忙,他从没有拒绝过。

孟尝君的地位虽然很高,可是他的生活,跟他的宾客们一样。有一次,他跟宾客们在一起吃晚饭,有人用手遮住他面前的烛光,有一个客人以为他吃的饭跟宾客们吃的不一样,就扔下筷子要走。孟尝君赶紧站起来,把自己吃的饭,拿去给那个客人看,果然是一样。

那个客人惭愧地说:"孟尝君对待我们这么好,而我竟不相信他,我实在太没出息了! 还有什么脸在这儿呢?"说完,就用刀自杀死了。

孟尝君给那个客人办丧事,哭得很伤心,宾客们没有一个不感动,去他那儿的也格外多,开饭的时候,常常有三千人。

各国国君听说孟尝君是多么好,并且有很多宾客,都尊重齐国,不敢出兵侵犯。

　　秦昭襄王钦佩孟尝君,希望能见一见他,就派人去齐国,跟齐湣公讲。齐湣公就派孟尝君去秦国做友好访问。

　　孟尝君带了他的一千多宾客去秦国。秦昭襄王走下台阶迎接他,跟他握手,表示对他很钦佩。

　　孟尝君有一件用白狐皮做的皮袍,毛有两寸长,颜色像雪一样白,值一千两金子。他把这件皮袍当作他私人的礼物,送给秦昭襄王。秦昭襄王穿着这件皮袍进宫,向他所喜欢的一个女人燕姬夸耀。

　　燕姬说:"这种皮袍多的是,有什么大不了?"

　　秦昭襄王说:"狐狸要长到几千岁,毛的颜色才变白。这件皮袍,是用白狐狸胳肢窝下边儿的一片毛,连起来的,你想想看,做成这件皮袍,要用多少白狐狸的皮?"

　　这时候,天气还暖和,秦昭襄王把皮袍脱下来,交给管宝库的人,叫他好好保管。

　　秦昭襄王因为非常钦佩孟尝君,准备请他做秦国的宰相。

　　秦国的宰相樗里疾听到这消息,心里很嫉妒,怕孟尝君抢去他的权柄,就教他的一个手下人公孙奭向秦昭襄王说:"孟尝君姓田,是齐王的一族,他做秦国的宰相,一定会向着齐国。像他这样有才能,再加上他有那么多宾客,如果他利用做秦国宰相的权力,把秦国出卖给齐国,秦国可就危险了。"

秦昭襄王问樗里疾有什么意见，樗里疾回答说："公孙奭说的很对。"秦昭襄王问："那么怎么办呢？叫他回齐国去好不好？"

樗里疾回答，说："孟尝君已经在秦国住了一个多月，他又有一千多个宾客在这儿，对秦国的事情，他知道得清清楚楚，如果放他回齐国，将来对秦国一定不利，不如杀掉他算了。"

秦昭襄王听了樗里疾的话，就准备杀孟尝君，可是还没有做决定。秦昭襄王有一个弟弟叫泾阳君，跟孟尝君很要好，他听到了秦昭襄王跟樗里疾的谈话，就暗地里去告诉孟尝君。

孟尝君很害怕，请泾阳君帮忙救他。泾阳君说："秦王喜欢一个女人叫燕姬，燕姬无论说什么，秦王都听她的。你带来不少宝物，我给你送两件去给燕姬，请她向秦王讲，放你回去，你就没有事了。"

孟尝君就拿出两双白璧，托泾阳君去送给燕姬。

没想到燕姬说："我很喜欢白狐皮做的皮袍，听说只有齐国有，如果孟尝君能送我一件，我就给他讲话，玉璧我有的是，我用不着他送。"泾阳君就把燕姬说的话去告诉孟尝君。

孟尝君很为难地说："这种皮袍我只有一件，已经送给秦王了，怎么能再要回来呢？"就问他的宾客们有没有办法。

宾客们都不吭声儿。忽然有一个坐在最下首的客人说："我有办法。"孟尝君问那个客人："你有什么办法？"

那个客人说:"我可以去偷回来。"

孟尝君就笑着叫他去试一试看。

那天晚上,那个客人打扮成一只狗的样子,偷偷地从狗洞爬进宝库,学了几声狗叫。看守宝库的,以为是看宝库的狗叫,没有注意。那个客人等着看守宝库的人睡着以后,就偷拿了他身边的钥匙,用钥匙把宝库的柜子开开,果然找到那件白狐狸皮的皮袍,就偷了出来,交给孟尝君。

孟尝君请泾阳君把这件皮袍转送给燕姬,燕姬得到这件皮袍,非常高兴。

那天晚上,燕姬陪秦昭襄王喝酒,正喝得高兴的时候,就向秦昭襄王说:"我听说齐国的孟尝君是一个大大的好人!他是齐国的宰相,不愿意来秦国,您请他来,不用他没有关系,为什么要杀他呢?您无缘无故杀了他,恐怕各地方有才能的人,都不敢再来秦国了!"

秦昭襄王说:"你说得不错。"第二天,就叫人给孟尝君证件,放他回国。

孟尝君说:"幸亏燕姬给我讲情,秦王才放我走,可是,如果秦王后悔,我恐怕还走不成。"

宾客里有会做假证件的,就把证件上所填的孟尝君姓名改了,当天晚上,就一起离开咸阳。

到了函谷关,才半夜,离开门的时候还早。

孟尝君担心秦昭襄王派兵追他,希望赶紧出关。可是,开关门有一定的时候,看守关门的人一定要听到鸡叫才开关。

孟尝君跟宾客们都等在关内,急得不得了。忽然宾客里发出鸡叫的声音,孟尝君觉得奇怪,仔细一看,原来有一个宾客会学鸡叫。这一叫,也把关上的鸡逗得叫了起来。

看守关门的人,以为天快亮了,就起身,开开关门,查看了孟尝君的证件以后,就放他跟他的宾客们出关。

出了函谷关以后,孟尝君向偷皮袍、学鸡叫的那两个客人说:"我能够逃出秦国,可以说完全是你们两人的功劳!"

其他的宾客们听了,都觉得很惭愧,从此以后,不敢再瞧不起下座的那些客人。

樗里疾听说孟尝君被放回国,赶紧去见秦昭襄王,说:"您即使不杀孟尝君,也应该把他扣留在这儿,为什么要放他走呢?"

秦昭襄王听了很后悔,赶紧派人去追孟尝君,到函谷关,查看出关旅客的登记簿,看不见有齐国使者田文的名字,追的人心里想:"大概他们是走了另一条路,还没有到这儿!"等了半天,仍旧看不见孟尝君他们来,就把孟尝君的相貌跟他的宾客,车马的数目,告诉看守关门的人。

看守关门的人说:"照你这样说,他早就出关了。"

追的人问："是不是还能追得上？"

看守关门的人说："他们跑得很快，现在已经到百里以外，恐怕不容易追了。"

追的人就回去报告秦昭襄王。秦昭襄王感叹地说："孟尝君神出鬼没，真是一个了不起的人物！"

后来，秦昭襄王向看守宝库的人要那件白狐狸皮做的皮袍，看守宝库的人到处找都找不到。

幸亏这时候，燕姬穿上了这件皮袍。秦昭襄王问她这件皮袍的来历，知道一定是孟尝君的宾客们偷了去送给燕姬的，又感叹地说："孟尝君手下各色各样的人都有，秦国没有一个人能够及得上他！"就把那件皮袍送给燕姬，也没处罚看守宝库的人。

孟尝君逃出秦国，经过赵国，赵国的平原君赵胜，到城外三十里的地方迎接他，两个人就成了要好的朋友。

齐湣王派孟尝君去秦国以后，担心秦国用孟尝君，心里很着急。等到听说他从秦国逃了回去，齐湣王很高兴，仍旧请他做宰相，去孟尝君那儿的宾客也越来越多了。

由于宾客太多，孟尝君就给他的宾客们三种待遇，住在三种不同的房子里。上等的叫"代舍"，中等的叫"幸舍"，下等的叫"传舍"。代舍的意思是说，住在这一舍的客人，可以代表自己做事，是上等宾客，可以吃肉、坐车。幸舍的意思是说，住在这一舍的宾客,可以任用,是中等宾客,有肉吃,可是没有车子坐。住在传舍的,都是下等的宾客,只能勉强有饭吃,有衣穿。

在秦国偷皮袍、学鸡叫、做假证件的那几个客人,孟尝君请他们都住在代舍里,把他们当作上等宾客看待。

薛城是孟尝君的封地,那儿所有捐税的收入,都属于孟尝君,算是他的俸禄。

但因为宾客太多,孟尝君在薛城的所有收入,还不够开支。他就把钱借给薛城的人民,用利息来养他的宾客。

一天,有一个姓冯名谖的齐国人穿着破破烂烂的衣裳,穿着草鞋,来求见孟尝君。孟尝君请他进去,问他有什么事情,他回答说:"没有什么事情,听说你喜欢宾客,不管什么人你都收留,我因为很穷,所以来看你,想混口饭吃。"

孟尝君就收留了他。

过了一年多,管家的来报告孟尝君:"钱跟粮食只够一个月用了。孟尝君查借据,发现老百姓欠他的钱很多,就问宾客们:"你们谁能去薛城给我收租?"

代舍舍长说:"冯先生没什么长处,可是他看来还忠实可靠,以前他曾经自己请求要做你的上等客人,你可以教他去试一试看。"

孟尝君就叫人把冯谖请了去,请他去薛城收账。

冯谖一口答应，就坐车去薛城。

薛城有一万多家，大部分都借了孟尝君的钱，听说孟尝君派人去收利息，去缴钱的很多，算了算，约收到利息钱十万。

冯谖就用这笔钱买了大量的牛肉跟酒，预先贴出布告，说："凡是欠孟尝君利息的，无论能不能还，明天都来核对借据。"

老百姓听说有肉吃，有酒喝，第二天都跑了去。冯谖给他们吃、喝，教他们喝醉、吃饱。他自己站在旁边，看他们是真穷还是假穷。等他们吃完以后，就拿出借据来跟他们的借条核对，知道他日子过得还好，虽然眼前没法还，以后仍可以还的，就跟他谈好还账的日期，在借据上写明。有的确实很穷，没法还的，都跪在地上，请求延长还账的期限。

冯谖教人拿火来，把一大叠穷人的借据，都扔在火里烧掉，向他们说："孟尝君借钱给你们，是怕你们不能过日子，并不是为了赚钱。可是他有好几千人吃饭，薪俸不够开支，实在没有办法，才收利息来养他的客人。现在，你们还得起的，我跟你们约好还账的期限；实在还不起，我把借据都烧掉，就不必再还了。孟尝君对待你们，可以说是够好的了。"

老百姓都磕头，高兴地喊："孟尝君真跟我们的父母一样！"

早有人把冯谖烧掉借据的事情去告诉孟尝君。

孟尝君气坏了，派人催冯谖回去。

冯谖空着手去见孟尝君,孟尝君假意地问他:"你辛苦了,账都收来没有?"冯谖说:"我不但给你收账,并且给你收了人心了!"

孟尝君立刻变了脸色,责备他说:"有三千宾客在我这儿吃饭,我因为薪俸不够,才借钱给薛城的人民,希望收一点利息来贴补家用。听说你把收到的利息钱,都拿去买了酒、肉,跟大家一起吃、喝,并且烧掉一半借据,还说是给我收人心,我真不知道你收的是什么人心?"

冯谖说:"请你不要生气,听我慢慢说。欠账的人多,不买酒、肉,他们不会都去,我也没法看他们是不是能还。能还的跟他们改订还钱期限。还不起的,即使严厉地要他们还,他们仍旧是不能还,欠的利息越来越多,他们就只好逃走。薛城封给你,等于是你的地方,他们好你也好,他们不安心,你怎么能安心呢?我烧掉那些没有用的借据,是表示你不看重钱而看重老百姓,使老百姓永远地感激你,想念你,这就是我给你收的人心。"

孟尝君因为没有钱养宾客,不赞成冯谖的话,可是借据已经烧掉了,说也是白费,就勉强装起笑脸,向冯谖道谢。

孟尝君离开秦国,秦昭襄王很后悔,心里想:"齐国用他做宰相,将来对秦国一定不利!"就教人到处造谣言,把这谣言流传到齐国去,说:"各国只知道有孟尝君,不知道有齐王,不久孟尝君就要做齐王了！”

齐湣王也不详细调查，居然相信了这些谣言，把孟尝君免职，叫他去薛城休息。

宾客们听说孟尝君被免职，都走了，只剩下冯谖，给孟尝君驾车去薛城。还没有到薛城，薛城的老百姓，都出城迎接他，抢着送他吃的、喝的，向他问候。

孟尝君向冯谖说："这就是你给我收人心的好处！"

冯谖说："这算不了什么，如果你给我一辆车子，我可以教国君格外看重你，封更多的地方给你。"

孟尝君说："车子绝没有问题。"

过了几天，孟尝君预备了车马跟金子，向冯谖说："你所需要的东西，我都给预备好了，随你去什么地方。"

冯谖就驾车去秦国，见秦昭襄王，向他说："凡是来秦国的人，都是想让秦国强盛，使齐国衰弱；去齐国的，都是想让齐国强盛，使秦国衰弱。秦国跟齐国是死对头，谁能压倒对方，就可以征服列国。"

秦昭襄王说："你有什么办法可以教秦国压倒齐国呢？"

冯谖说："你知道不知道齐国已经把孟尝君免职？"

秦昭襄王说："我曾经听说，不知道是不是真的。"

冯谖说："各国看重齐国，是因为齐国用孟尝君做宰相。现

孟尝君给冯谖预备了车马跟金子，冯谖就驾车去秦国。

在齐王相信了谣言，把孟尝君免职，孟尝君一定非常恨齐王，如果秦国趁这机会用孟尝君，孟尝君一定把关于齐国的秘密，都告诉秦国。秦国利用孟尝君来对付齐国，一定可以并吞齐国，何止压倒齐国呢？您应该赶紧派人带大量礼物，暗地里去薛城，迎接孟尝君，这机会绝不能错过！万一齐王后悔，再用孟尝君，齐、秦两国究竟谁能压倒谁，就很难说了。"

这时候，樗里疾刚去世，秦昭襄王正迫切地要找一个好的宰相，听了冯谖的话，非常高兴，就派人用十辆上好的车马，带两千四百两金子，去齐国迎接孟尝君。

冯谖说："我可以先给您去告诉孟尝君，叫他收拾行李，不要耽搁来秦国的日期。"

于是，冯谖赶紧回齐国，来不及去见孟尝君，先去见齐湣王，说："您知道，齐国跟秦国竞争得很厉害，谁能得到好的人才，就能够压倒对方。我听见路上的人说，您把孟尝君免职，秦王很高兴，已经暗地里派人用十辆上好的车马，带了两千四百两金子，来齐国迎接孟尝君，预备请孟尝君做秦国的宰相。如果孟尝君去秦国做宰相，把齐国的秘密都告诉秦国，给秦国计划对付齐国，齐国就危险了！"

齐湣王好像有点儿慌，问冯谖："你看我该怎么办呢？"

冯谖说："秦国派来迎接孟尝君的人，不久就要到薛城，你趁他们还没有来，先恢复孟尝君的宰相职位，封更多的地方给他，孟尝君一定很高兴地接受。秦国派来的人，无论他多么厉害，他怎么能不告诉您，而私自迎接您的宰相呢？"

齐湣王说："好。"不过，他虽然嘴里答应，心里还是不大相信冯谖的话，就派人到边境去打听，看是不是真的。派去的人，看见有很多车马进入齐国，一打听，果然是秦国的使者，就连夜跑回去告诉齐湣王。

齐湣王才完全相信冯谖所说的不错，就立刻派冯谖去薛城迎接孟尝君，恢复他宰相的职位，加封了一千家给他。

秦国的使者到了薛城，听说孟尝君已经恢复了宰相的职位，只好转过车头回秦国。

孟尝君又做了齐国的宰相以后，以前走掉的宾客，又都回来找他，他向冯谖说："我自觉对宾客们不错，没有一点儿亏待他们，可是我一被免职，他们就都扔下我走了；现在靠你的帮忙，我才能复职，他们怎么还好意思来见我呢？"

冯谖回答，说："世上的事情，往往都是这样，你有了办法，朋友就多，你一倒了霉，大家就都躲得远远的，你何必跟他们计较呢？"孟尝君说："对，你说得对。"就仍旧像以前一样对待他的宾客。

不久，齐湣王灭掉宋国，打败魏国、楚国，变得骄傲起来，居然想灭掉周朝,把九鼎搬到齐国去。孟尝君劝他不要胡来,他不但不听,反而又把孟尝君免职。

孟尝君怕齐湣王杀他,就带着他的宾客们,逃往魏国,住在公子无忌的家里。公子无忌是魏国国君魏昭王的儿子,也很喜欢招待宾客,家里也有三千客人,跟孟尝君、平原君差不多。所以,孟尝君一到魏国,就去找他。

孟尝君跟赵国的平原君公子胜很要好,就介绍公子无忌跟平原君认识,公子无忌把他的亲姊姊嫁给平原君做妻子。于是,赵国跟魏国很要好,两国都很看重孟尝君。魏国并且请孟尝君做了宰相。

孟尝君离开齐国以后,齐湣王越来越骄傲,一天到晚想代替周王。有两个齐国官员,劝他把孟尝君请回去,他就叫人杀掉这两个官员,把他们的尸体,扔在大街上。于是,没有人敢再劝他,很多官员都辞职,不愿意再给他做事。

后来,燕国跟楚国联合出兵打齐国,差一点儿灭掉齐国,齐湣王被楚国的将官所杀。幸亏齐国有一个叫田单的人,把燕、楚两国的军队赶走,光复了齐国,迎接齐湣王的儿子法章做了齐王,叫齐襄王。

孟尝君听说齐湣王死了,齐国又太平了,准备回齐国,就把宰相的职位让给公子无忌。魏王就封公子无忌为信陵君。

孟尝君回到齐国,住在薛城,地位跟一个国家的国君差不多,跟平原君、信陵君很要好。齐襄王很怕他,又派人请他做宰相,他不接受,齐襄王就跟他讲和。

　　孟尝君有时候住在齐国,有时候去魏国住一些时候。后来,他去世,因为没有儿子,齐国的公子们抢着要做他的继承人,结果谁也没有达到目的。齐、魏两国平分了薛城。

救燕灭齐的乐毅

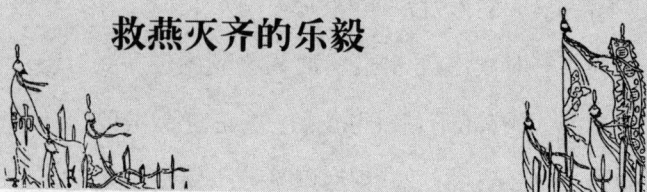

乐毅是赵国人，是乐羊的孙子，从小儿就喜欢兵法。乐羊被封在一处叫灵寿的地方，因此乐毅是在灵寿长大的。后来，赵国不太平，乐毅就跟一家人离开灵寿去魏国，在魏国做事，魏哀王不肯重用他。他听说燕昭王征求人才，就去燕国，见燕昭王，大谈兵法。燕昭王知道他很能干，就请他做亚卿。

乐毅既然在燕国做事，就派人把他的宗族都叫到燕国去，变成了燕国人。

这时候，齐国很强盛，齐湣王常常出兵侵略各国。早二十多年以前，燕王哙曾经学尧、舜的禅让，把王位让给宰相子之，可是燕国的官员跟人民不拥护子之，一起去打他。

齐湣王趁这机会出兵打燕国，燕国人因为恨子之，所以都欢迎齐兵来。齐湣王虽然杀掉子之，可是却不肯退兵。燕国的人民，见齐湣王不是来帮忙他们，而是想灭掉燕国，都不服气，就找到燕王哙的儿子平，请他做了燕王，叫燕昭王。

燕昭王请他的老师郭隗做宰相，呼吁燕国人赶走齐兵，光复燕国。燕国的人民都响应这一呼吁，终于把齐兵赶走。

燕昭王一心想向齐国报仇，努力治理燕国，征求人才，准备一有机会，就出兵打齐国。

齐湣王赶走孟尝君，虐待老百姓，侵略各国，不但齐国的人民恨他，连其他各国的人，也都恨他。燕国因为休养生息了很多年，国家、人民都很有钱，兵士们都很勇敢。

因此有一天，燕昭王就向乐毅说："我想向齐国报仇，已经二十八年了，现在正是好机会，我想出动全国的军队，跟齐国拼一拼，你看怎么样？"

乐毅回答说："齐国面积大，人口多，军队能打仗，我们不能单独去打他，一定要跟其他各国商量，一起出兵去打他才行。燕国离赵国最近，您应该先跟赵国联合，赵国答应了，韩国一定也会答应。孟尝君在魏国做宰相，正恨齐王，更没有问题。这样，我们就可以打齐国了。"

燕昭王接受了乐毅的意见，就教他去说赵国。

乐毅到了赵国，先去见平原君，请他帮忙跟赵王讲一讲，平原君就去跟赵惠文王讲，赵惠文王答应了。

　　恰好秦国的使者在赵国，乐毅劝他回去跟秦王讲，出兵打齐国。使者回去报告秦王，秦王正想打齐国，就派人去赵国，说愿意出兵一起去打齐国。

　　燕昭王又派剧辛去魏国见孟尝君，谈这件事，孟尝君不但答应出兵，并且愿意约韩国一起出兵。

　　燕昭王跟各国订了出兵的日期以后，就出动全国的军队，请乐毅做大将。秦国的大将是白起，赵国的大将是廉颇，韩国的大将是暴鸢，魏国的大将是晋鄙，各自率领了一支军队，在约好的日期到达。于是，燕昭王就教乐毅率领了五国的军队出发，杀向齐国。

　　齐湣王亲自率领了齐国的军队去抵抗，双方在济水的西边儿打了一仗。齐兵被打败，齐国的大将韩聂，被乐毅的弟弟乐乘所杀。各国的军队追杀齐兵，齐湣王逃回首都临淄城，连夜派人去楚国，请楚国出兵帮忙，愿意把淮北一带的土地割给楚国。

　　秦、魏、韩、赵趁这机会收复边境一带被齐国占领的土地，只有乐毅带着燕国军队，继续前进。用不着打，齐国的城市都向乐毅投降，因此，燕兵很快就到达临淄城。

　　齐湣王知道没法抵抗，就跟他手下的几十个官员，悄悄地开了临淄城的北门，出城逃走了。

　　乐毅就进入临淄城，把齐国国库里的财宝，跟以前燕国被齐

　　乐毅在六个月内,打下了齐国的七十多个城市,只剩下了莒州跟即墨两个城市,没有打下。

国军队抢去的宝物，都装在大车子上运回燕国。

燕昭王高兴极了，亲自到济上劳军，把一处叫昌国的城市封给乐毅，管他叫昌国君。

燕昭王回国，留下乐毅在齐国，进攻剩下的几个齐国城市。

乐毅出兵六个月，占领了齐国的七十多个城市，只有莒州跟即墨两个城市，因为防守得好，还没有能打下。

乐毅就停止进攻，废除齐国苛刻的法令，减轻人民的捐税负担，给齐桓公、管仲建立祠庙，征求齐国的人才治理齐国，齐国的老百姓都很高兴。

乐毅心里想，齐国只剩下两个城市，成不了大事，不愿意用武力解决，希望这两个城市主动地投降。

楚顷襄王见齐国派人去请他出兵帮忙，就派大将淖齿，带了二十万楚兵去齐国，表面上是去救齐国，实际上是去接收淮北一带的土地。

这时候，齐湣王已经逃到莒州，淖齿就带兵去莒州见齐湣王。齐湣王很感激他，请他做宰相，无论什么事情，都由他决定。

淖齿见燕兵很强盛，怕救不了齐国，反而得罪燕国跟楚国，就秘密派人去跟乐毅说，他想杀掉齐湣王，跟燕国平分齐国，要燕国立他为王。

乐毅答应了淖齿，淖齿就杀掉了齐湣王，写了一份报告，说明他自己的功劳,派人送给乐毅,请乐毅转送给燕昭王。

一天,淖齿正在齐王的宫殿里喝酒,一个叫王孙贾的齐国官员率领了几百个人冲进去,把他剁成肉酱。楚兵没有了带兵官,一半逃散,一半投降了燕国。

王孙贾杀了淖齿,就做了莒州的守城将官,这时候,他才十二岁。不久,齐国的很多官员,都去莒州跟王孙贾合作,找到太子法章,请他做了齐王,叫齐襄王。

这时候,防守即墨城的将官死了,城里的人就推选一个叫田单的人做将官。齐襄王派人通知田单,继续抵抗燕兵。

乐毅把即墨城包围了三年,见这城不肯投降,就下令撤退,在离城九里的地方,建立堡垒,下了一个命令,说:"城里的老百姓,有出来砍柴的,不要抓他们。如果有没有吃的,就给他们东西吃,没有衣裳穿的,给他们衣裳穿。"他还是不愿意用武力进攻,希望这两个城市的人民感激他,主动地向他投降。

燕国有一个官员叫骑劫,喜欢谈打仗,跟燕国的太子乐资很要好。他想代替乐毅做大将,就向太子乐资说:"乐毅在六个月内打下了齐国的七十多个城市,为什么不能在三年内打下莒州跟即墨两个城市呢?这是因为乐毅想讨好齐国人,他自己要做齐王。"

太子乐资把骑劫的话告诉燕昭王。燕昭王生气地说:"我能够向齐国报仇,完全是靠乐毅帮忙,他即使真的要做齐王,也是应该的,有什么不对呢?"就教人把太子乐资打了一顿,同时派人去齐国,封乐毅为齐王。

乐毅说什么也不肯接受。燕昭王说:"我了解乐毅,他绝不会辜负我。"过了没有多久,燕昭王去世,太子乐资做了燕王,叫燕惠王。

田单一直在派人打听燕国的事情,知道骑劫想代乐毅做大将,也知道燕太子乐资被打的事情。听说乐资做了燕王,知道机会来了,就派人在燕国散布谣言说,乐毅早就想做齐王,只因燕昭王待他很好,他不忍心背叛。现在燕昭王死了,他就要做齐王了。

燕惠王早就对乐毅不放心,现在听到这从燕国传去的谣言,跟骑劫以前所说的相符合,就完全相信了这一谣言,立刻派骑劫去代替乐毅,叫乐毅回燕国。

乐毅怕燕惠王杀他,就说:"我原来是赵国人,还是去赵国吧!"就扔下在燕国的一家大小,单身去赵国。赵国把一处叫观津的地方封给他,管他叫望诸君。

骑劫代替了乐毅以后,把乐毅所订的法令完全给改了,燕兵都不服从他。他到齐国三天,就下令进攻即墨,把即墨包围了好几重。可是没有多久,他就被田单用计策打败,后被田单所杀,燕国占领的七十多个齐国城市,又完全光复。

这时候,燕惠王才知道乐毅的好处,可是后悔已经来不及了。他写信派人去赵国给乐毅,向乐毅道歉,要乐毅回燕国。乐毅不肯回去,他怕赵国用乐毅打燕国,就封乐毅的儿子乐间为昌国君,封乐毅的堂弟乐乘为将军,讨好乐毅。

乐毅就劝赵、燕两国和好,他有时候住在赵国,有时候去燕国。两国都请他做顾问,最后他死在赵国。

光复齐国的田单

田单是齐国人,是齐王的同族,他主意很多,也懂得兵法,可是齐湣王不知道重用他,他在临淄做一个小官很不得意。

燕兵进入临淄城的时候,城里的人纷纷逃难,田单跟他的族人逃往安平城。他截去他一族车子上车轴的轴头,跟车毂差不多相平,并且把车轴用铁皮包起来,使得它很坚固。人们见了,都笑话他,可是他不理会。

过了没有多久,燕兵去打安平城,城被打破,城里的人又抢着逃难。因为路上的车子太多,轴头互相碰上,使得车子走不快;或者因为车轴断了,车子翻了身;使得大多数坐车逃难的人,来不及逃走,都被燕兵抓住。

只有田单跟他一族的人,因为车轴坚固,轴头又不会互相碰上,所以能够顺利地离开安平,逃往即墨城。

防守即墨城的将官死了，大家要请一个懂得兵法的人做将官，很难找到。有知道田单的，就推荐他，于是大家请他做将官，防守即墨城。

田单拿着工具跟兵士们一起做工；他一族里的女人，都编进了军队帮着守城。城里的人都敬爱他。

这时候，齐国只剩下了莒州、即墨两个城市，其余七十多个城市都被燕兵所占领。燕国的大将乐毅，希望莒州跟即墨主动投降，所以始终没有攻城。这两个城市被包围了三年，但是，城里的人仍旧防守得很严，不肯投降。

齐国有一个官员，叫王孙贾，父亲早就死了，只有一个老母亲。齐湣王因为可怜他，而请他做大夫的官，这时候，他才十二岁。

齐湣王逃出临淄城的时候，王孙贾也跟着他一起走。到了卫国，齐湣王在晚上逃走了，王孙贾不知道他去了什么地方，就偷偷地回家。他母亲见到他，就问他："齐王呢？"

他回答，说："我跟他到卫国，他在半夜里出去，不知道哪儿去了！"

他母亲生气地说："你早上出去，晚上回来，我站在门口望你。你晚上出去不回来，我站在门外望你。齐王望你，跟我望你一样。你给齐王做事，他在晚上出走，你不知道他去什么地方，还有脸来见我吗？"

王孙贾觉得很惭愧，就向他母亲告别，出去打听齐湣王的消息，听说他在莒州，就也去莒州。

没想到他到莒州的时候，齐湣王已经被楚国大将淖齿所杀。

他就光着左边的一个胳膊，在大街上喊着说："淖齿是齐王的宰相，却杀了齐王，我们不能放过他，谁愿意跟我一起去杀淖齿的，请跟我一样光着左边的胳膊。"

街上的人见了，都互相说："这人年纪这么小，懂得给齐王报仇，难道我们还不如他吗？"立刻每个人光着左边儿的胳膊，跟着王孙贾走，共有四百多人。

楚兵虽然很多，但都驻扎在城外。淖齿正在齐王的宫殿里喝酒玩乐，宫门外有几百个卫兵。

王孙贾率领了四百多人，抢夺宫门口楚兵的武器，杀进宫中，把淖齿剁成肉酱，然后关起城门来坚守。

楚兵没有了主将，一半逃散，一半投降了燕国。

四散逃走的齐国官员们，不久都到了莒州，跟王孙贾商量，找到齐国的太子法章，立他做齐王。

田单经常派人去燕国，打听燕国的事情，听说骑劫想代替乐毅做大将，燕太子乐资因为说乐毅想做齐王，被燕昭王打了一顿，就叹息说："要光复齐国，恐怕要到燕王去世以后才有希望了。"

过了没有多久，燕昭王去世，燕太子乐资做了燕王，叫燕惠王。田单知道机会来了，就派人到处散布谣言，说乐毅想做齐王。

燕惠王早就不相信乐毅，现在听到这谣言，就立刻派骑劫去齐国代替乐毅，教乐毅回燕国。

乐毅不敢回燕国，到赵国去了。骑劫代替了乐毅以后，把乐毅所定的法令完全给改了，燕兵都不服从他。

乐毅希望即墨城主动投降，始终不愿意进攻，把军队驻扎在离即墨城九里以外的地方。骑劫到任后三天，就率领燕兵去打即墨城，把城包围了好几重，可是城里的人民防守得更严。

一天，田单早上起来，向城里的人说："我晚上梦见上帝告诉我说，齐国就要复兴，燕国就要失败，不久就有天神来做我的军师，一定可以打胜仗。"

有一个小兵明白了田单的意思，就立刻跑到田单的面前，低声地向田单说："我可不可以做军师？"说完，就跑开。田单赶紧追去，抓住那个小兵，说："这就是我在梦里所见的天神！"就立刻给那个小兵换衣裳、帽子，请他坐在上座，把他当作军师看待。

那个小兵说："我是假装的，实在不行。"

田单向他说："你用不着开口。"就管他叫神师，每下一道命令，一定要向他报告一下。又向城里的人说："吃东西的时候，一定要先在院子里祭祀祖先，就可以得到祖先们的帮助。"

城里的人听了，都按照田单的话去做。

飞鸟见院子里有吃的东西，都飞下去吃。这样早上一次，晚上一次，燕兵望见，都觉得奇怪。

燕兵听说即墨城里有天神做军师，都互相传说，齐国有上天帮助，不能打，打齐国就违背了上天的意思，因此，大家都没有心思再打仗。

田单又派人宣传，说："乐毅太仁慈，抓住齐国人不杀，所以城里的人不怕。如果把抓住的齐国人割掉鼻子，叫他在前头走，即墨人就怕死了！"

骑劫相信了这些话，就把向燕国投降的齐兵，都割掉鼻子。

城里的人见投降的都被割掉鼻子，吓坏了，互相鼓励守城，谁也不敢投降。

田单又故意派人宣传说："城里人家的祖坟都在城外，如果燕国人挖这些坟墓，城里的人就都要急得跳脚，没有心思打仗了！"骑劫就教兵士们挖城外的坟墓，烧死人，尸骨扔得到处都是。

即墨人在城上望见，都伤心得哭了起来，恨不得要生吃燕国人的肉，一个个都去见田单，请求跟燕国人拼命，给祖宗报仇。

田单知道士气被鼓励起来了，就挑选身体特别好的兵士五千人，把他们藏在老百姓家里。年纪大、身体差的，跟城里的女人轮流守城。然后派人去向骑劫说，城里的粮食吃完了，决定在某一天投降。燕国兵士们听到这消息，都高兴得跳了起来。

骑劫向他手下的将官们说："我跟乐毅比起来怎样？"

将官们都说："你比乐毅要强十倍！"

田单又收集老百姓的黄金，共得到两万多两，叫有钱的人家私下里去送给燕国的将官，请燕国将官进城的时候，不要杀害他们家里的人。燕国的将官们都很高兴，接受了他们的金子，各自给他们小旗子，教他们插在门上作记号。

于是，从骑劫跟他手下的将官们起，到所有燕国的兵士，都不再准备攻城，安心地等田单投降。

田单就派人把城里所有的牛，集中到一起，总共有一千多头。然后做了一千多套五颜六色的衣裳，披在牛身上，在每一头牛的牛角上绑上刀子，用麻跟芦花浸油，扎在牛尾巴上，拖在后头，像一个大扫把。

在约好投降日期的前一天，这一切都安排好了，大家都不知道田单的用意。

田单预备了酒、肉，等到太阳下山的时候，把那五千个身体特别强壮的兵士召集在一起，叫他们吃饱，在脸上抹上各种颜料,各自抓着武器,紧跟在牛后头。教老百姓在城墙上凿了好几十个洞,把牛打这些洞里赶出去,用火点着拖在牛尾巴后头的麻跟芦花。火渐渐烧近牛尾巴,牛受不了,拼命向前跑,正好向燕国的兵营冲去,五千兵士,也跟在牛后头冲杀了过去。

燕兵正等着第二天接受田单投降,每个人都安心地睡觉。忽然听见跑步的声音,打梦中惊醒,拖在牛尾巴后头的一千多把大扫把,照耀得像白天一样亮,远远的望去,身上五颜六色的,不像是牛,不知道是什么怪物,跑得又猛又快,角上有刀,谁碰上不是死就是伤,立刻兵营里一阵大乱。

那五千个齐兵,一句话都不说,抓着大刀、斧头,见人就砍,虽然只有五千人,在慌乱里看起来,就像有好几万人一样。

何况,燕兵早就听说即墨城里有天神做军师,现在,见这些齐兵,一个个神头怪脸,不知道他们是人还是怪。

田单又亲自率领着城里的老百姓,喊着杀了过来,每个人都敲着铜的东西,声音震天动地,使得燕兵胆子都吓破了,腿都吓软了,不要说是抵抗,连逃都来不及逃,你碰我,我碰你,像热锅上的蚂蚁,不知道去哪儿是好,自己互相踩死的,不知道有多少。

骑劫乘着车子逃走,正遇上田单,被田单一戟刺死,燕军大败。田单整顿队伍,趁这机会追杀,每到一个城市,城里的人听说齐兵打了胜仗,燕军的主将被杀,都赶走守城的燕兵,开城门

等太阳下山的时候,田单用火把点着牛尾巴上的麻
跟芦花,火烧近牛尾巴,牛受不了,从城墙洞里冲了出去。

迎接齐军。

田单的兵越聚越多，一直追到齐国北部跟燕国交界的地方，才停住。被燕兵所占领的七十多个城市，又完全光复。

齐国的兵士和将官们，认为田单的功劳很大，都请他做齐王。田单说："太子法章已经做了齐王，现在莒州，我怎么敢自己做齐王呢？"就亲自去莒州迎接法章。王孙贾给法章驾车。法章到了临淄，安葬了齐湣王，选择了一个好日子，上朝办公，叫齐襄王。

齐襄王向田单说："齐国能够光复，完全是你的功劳。你是在安平城开始出名的，我就封你做安平君。"

蔺相如完璧归赵

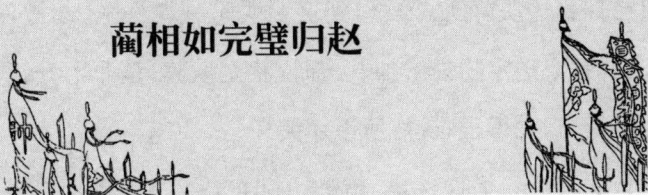

在楚厉王的时候,楚国有一个人叫卞和,他在一处叫荆山的地方得到一块璞,就拿了去献给楚厉王。楚厉王给玉工看,玉工说:"这不是玉,是石头!"

楚厉王很气,以为卞和骗他,就教人割掉他的左腿。

到楚武王的时候,卞和又拿这块璞去送给楚武王。楚武王给玉工看,玉工仍旧说那是石头。

楚武王也很气,教人割掉卞和的右腿。

到了楚文王的时候,卞和又拿这块璞去送给楚文王,可是因为两条腿都被割掉了,不能走路,就抱着这块玉,在荆山山脚下痛哭,哭了三天三夜,眼泪流完了,眼睛里竟流出血来。

有认得卞和的,问他说:"你送了两次璞,被割掉两条腿,就算了吧!难道你还想再送去给国君,希望他赏你吗?你不怕吃苦,就再送去好了,又何必哭呢?"

卞和说:"我送璞去给国君,并不是希望他赏我什么,而是不敢自己保存这块好玉。没想到这明明是一块好玉,却被认为是石头,我存心送宝物去给国君,却说我是欺骗,是非不分,我不能给自己辩白,觉得很难过,所以才哭!"

楚文王听到了这件事,就教卞和把璞拿去,教玉工剖开,果然得到一块好玉,就用这块玉做成璧。为了纪念卞和,就管这璧叫"和氏之璧"。楚文王很可怜卞和,就给他大夫的薪水,直到他老死。

楚威王的时候,因为宰相昭阳的功劳很大,就把这璧送给他。

昭阳很看重这璧,无论到什么地方,都把它带着。有一次,他跟宾客们去一处叫赤山的地方玩儿,宾客们请求看这璧,昭阳就把玉璧拿出来给大家看,大家正传着看的时候,忽然有人来报告说,潭里有大鱼在跳,大家都去看鱼。接着,昭阳见天要下雨,就教手下人收拾东西,准备回去。没想到这一块很宝贵的"和氏之璧",不知道传到谁手里,竟不见了。

昭阳回去调查是谁偷了这玉璧,怀疑他的一个叫张仪的客人,教人把他抓起来,他没有偷,自然不肯承认。昭阳就叫人打他,差一点儿把他打死。结果还是没有找到这块玉璧。

赵国的国君赵惠文王，喜欢一个手下人，姓缪名贤。一天，有一个人拿了一块玉璧去见缪贤，要把这玉璧卖给他。

　　缪贤见这玉璧的色泽很光润，没有一点儿毛病，就用了五百两金子，买了下来。

　　缪贤把这玉璧拿给玉工看。玉工吃惊地说："这是真正的和氏玉璧。以前楚国的宰相昭阳因为丢了这玉璧，怀疑是张仪偷的，差一点儿把张仪给打死。昭阳曾经出一千金子的赏金，找这玉璧，偷的人不敢出头，结果昭阳竟没有找到。现在这玉璧无意落在你手里，你要好好藏起来，不要轻易地给人家看。"

　　缪贤说："这玉璧这么贵重，究竟有什么好处呢？"

　　玉工说："你把这玉璧放在黑暗的地方，它会发出光亮，所以又叫'夜光之璧'。如果你把它放在座位上，冬天就热烘烘的，可以当炉子，夏天很凉，一百步以内，不会有苍蝇、蚊子。有这几种特点，所以它很宝贵。"

　　缪贤试验了一下，果然不错，就特地做了一个宝箱，把这玉璧藏在箱子里。

　　没想到早有人把这件事去报告赵惠文王。赵惠文王就向缪贤要，缪贤舍不得给。赵惠文王很生气，就在一次出去打猎的时候，突然带人到缪贤家里，搜出这玉璧，连藏玉璧的箱子，都拿走了。

　　缪贤怕赵惠文王杀他，准备逃走。他有一个手下人，叫蔺相如，拉住他的衣裳，问他："你要去什么地方？"

　　缪贤说："我要到燕国去。"

　　蔺相如说："你跟燕王有什么交情，要去找他？"

　　缪贤说："以前我曾经跟着国君，在一处地方跟燕王开会，燕王曾经私下里跟我握手，说愿意跟我做朋友，所以我打算去找他。"

　　蔺相如说："你错了！赵国强，燕国弱，国君很相信你，所以燕王要跟你做朋友，他并不是特别跟你要好，而是想利用你来讨好国君。现在你得罪了国君，逃到燕国去，燕王怕国君出兵去打他，一定会把你抓住，交给国君，讨好国君。到那时候，你就危险了。"

　　缪贤说："那么我应该怎么办呢？"

　　蔺相如说："你并没有犯什么大罪，只不过是舍不得把玉璧送给国君罢了！如果你去向国君道歉，他一定会饶了你。"

　　缪贤就按照蔺相如的话去做，赵惠文王果然饶了缪贤。

　　于是，缪贤就很看重蔺相如，把他当作上等的客人看待。

　　见到缪贤的和氏玉璧的那个玉工，偶然去秦国。秦昭襄王教他磨琢玉。他就向秦昭襄王提起他在赵国曾经见到和氏玉璧的事情。

秦昭襄王问："这玉璧有什么好处呢？竟这么有名？"

玉工就把这玉璧的特点，又讲了一遍。

秦昭襄王听了，很羡慕，想看一看这玉璧。他的宰相魏冉，向他说："您既然喜欢这玉璧，不妨把西阳一带的十五个城市割给赵国，换赵国的玉璧。"

秦昭襄王说："我虽然喜欢玉璧，但是我怎么能用十五个城市来换一块玉璧呢？"

魏冉说："赵国一向怕秦国！您要用城换玉璧，赵国不敢不送玉璧来，送来以后，您就可以留下玉璧，不必给他们城市，他们又有什么办法？"

秦昭襄王听了很高兴，就写了一封信，派人送去给赵王。这封信的大意是：

> 我早就羡慕和氏玉璧，始终没有能见到。听说你得到这一玉璧了，我愿意把西阳一带的十五个城市跟你换，希望你能答应。

赵惠文王看了这封信，就召集官员们商量。给秦国吧，怕秦国留下璧，不把城给赵国；不给吧，又怕秦国生气。

大臣们有的说应该给，有的说不应该给，不能做一决定。

一个叫李克的官员说："最好派一个胆大而又有智慧的人，带着玉璧去，秦国给城，就把玉璧给秦国，秦国不给城，就把玉璧带回来。"

赵惠文王望着大将廉颇,希望廉颇能担任这一差使,廉颇低下头,不吭声儿。

缪贤见没有人愿意去,就向赵惠文王说:"我手下有一个人叫蔺相如,这人既有胆子,又有一肚子主意,如果派他去,他一定能完成这一任务。"

赵惠文王就叫缪贤把蔺相如叫了去,问他说:"秦王要拿十五个城市换我的玉璧,你看是答应他好?还是不答应他好?"

蔺相如说:"秦国强,赵国弱,不能不答应。"

赵王说:"假使秦国拿了我的玉璧,不给我城,怎么办?"

蔺相如回答,说:"秦王用十五个城市换您的玉璧,所出的代价可以说是相当高的了。如果您不答应,就是您不对。您不等秦王给城,就把玉璧送了去,可以表示您对秦王的恭敬。如果秦王拿了您的玉璧,不给您城,就是他不对了。"

赵惠文王说:"我想请一个人把玉璧送到秦国去,你能不能给我去一趟?"

蔺相如说:"如果您实在找不到别人,我愿意去。秦国给城,我就把玉璧交给秦国;秦国不给城,我就把玉璧带回来给您。"

赵惠文王很高兴,就请蔺相如做大夫,把玉璧交给他。

蔺相如就带着璧去秦国。

秦昭襄王听说赵国派人送玉璧去,很高兴,坐在章台上边儿,集合所有的官员,派人叫蔺相如进去见他。蔺相如进去,打开箱子,拿出玉璧,只用绸子包着,双手捧了去交给秦昭襄王。

秦昭襄王打开绸子看,见玉璧闪闪发光,颜色纯白,没有一点儿毛病,雕刻的地方,看不出有一点儿痕迹,果然是世界上少见的宝物。他看了一会儿就交给楚国的官员们传着看。

蔺相如在旁边等了很久,见秦昭襄王始终没有提起给城的话,就打了一个主意,向秦昭襄王说:"这玉璧有一点儿小毛病,我指给您看。"

秦昭襄王就教手下人把玉璧拿给蔺相如。

蔺相如得到玉璧,连退了几步,身子靠在大厅里的柱子上,圆睁着两个眼睛,气呼呼地向秦昭襄王说:"这玉璧是天下最贵重的宝贝,您想要它,写信到赵国去要。赵王跟官员们商量,大家怕您拿了赵国的玉璧,不给赵国城,都主张不给您。我认为普通人都不会互相欺骗,何况是一个大国的国君呢!赵王听了我的话,才教我送玉璧来给您。在给我玉璧以前,赵王曾经吃了五天素,表示对这玉璧的恭敬。现在我来见您,您却骄傲得不得了,一点儿不把我瞧在眼里。我把玉璧交给您,您给手下人看,给女人看,对这玉璧实在太不恭敬了。从这一点看,我就知道您不会把城给赵国,所以我又向您把这玉璧要回来。如果您强迫我，我就把头跟玉璧撞在这柱子上，使我的头跟这玉璧一起撞碎，我宁愿死，也不能受秦国的欺骗！"于是，他双手拿着玉璧，眼睛看着柱子，装作要撞的样子。

秦昭襄王怕蔺相如真的把玉璧撞碎，赶紧向蔺相如喊："你不必这样，我绝不会对赵国不讲信用！"就叫手下人把地图拿去，用手指着地图上西阳一带的十五个城市，说是准备给赵国。

蔺相如心里想："这是秦王想骗去我的玉璧，绝不会真的把城给赵国。"就向秦襄王说："赵王不敢因为这玉璧而得罪您，所以派我来的时候，曾经吃了五天素，集合所有的官员，把这玉璧交给我。您要接受这玉璧，也应该吃五天素。我才能把它交给您。"

秦昭襄王答应了，就叫人送蔺相如回宾馆去休息。

蔺相如带着玉璧，回到宾馆以后，心里又想："我曾经在赵王面前夸过口，秦国不给城，就把玉璧带回赵国。现在秦王虽然答应吃五天素，可是，如果他拿了我的玉璧以后，仍旧不给城，我怎么有脸回去见赵王呢？"想了以后，就教他的一个手下人穿着粗布衣裳，打扮成穷人的样子，用布袋盛玉璧，缠在腰上，从小路偷偷地送回赵国去。

秦昭襄王虽然嘴上答应蔺相如吃五天素，实际上并没有。过了五天，他请各国的使者都去参观他接受玉璧，想借这机会，

　　蔺相如双手捧着玉璧,眼睛看着柱子,装作要往上撞的样子。

向各国夸耀。

一切准备好以后，就教主持礼节的人带蔺相如进去。

蔺相如慢慢地走进去，向秦昭襄王朝见了以后，秦昭襄王见他手里没有拿着玉璧，就问他，说："我吃了五天素，准备恭恭敬敬地接受玉璧，你怎么不带玉璧来呢？"

蔺相如回答说："秦国从秦穆公以来，共传了二十多个国君，跟各国相处，从没有讲过信用。我怕受您的骗，对不起赵王，已教我的手下人走小路把玉璧送回赵国去了。我愿意接受您的任何处分！"

秦昭襄王生气地说："你说我对玉璧不够恭敬，所以我听你的话，吃了五天素，准备接受玉璧。现在你却叫人把玉璧送回赵国去，是存心欺骗我，我怎么能饶你呢？"就教手下人去绑蔺相如。

蔺相如一点儿也不害怕，很镇静地说："请您不必生气，我有话跟您讲。从现在的局势看，秦国远比赵国强，只有秦国对不起赵国，赵国绝不敢对不住秦国。您真的想要玉璧，可以先把十五个城市割给赵国，派一个人跟我一起去赵国拿玉璧。赵国绝不敢接受您的城而不给您玉璧。我知道我欺骗了您，应该死，现在您怎样处分我都可以，使各国知道您因为要玉璧而杀掉我，谁对谁不对，已经很清楚，用不着我再讲了。"

秦昭襄王跟官员们你看着我，我看着你，一句话也说不出来。

各国的使者在旁边见到这情形，都给蔺相如担心。

手下人要拖蔺相如走，秦昭襄王喊住，向他的官员们说："即使杀掉蔺相如，也得不到玉璧，徒然伤害跟赵国的友谊，有什么好处呢！"就饶了蔺相如，不但不杀他，反而叫人好好地招待他，送他回赵国。

蔺相如回到赵国，赵惠文王请他做上大夫。

后来，秦国不给赵国城，赵国也不给秦国玉璧。

秦昭襄王始终对赵国不高兴，就又派人去赵国，约赵国在西河外一处叫渑池的地方开一次和平会议。

赵惠文王怕秦昭襄王扣留他，不愿意去。

蔺相如认为，如果赵王不去开会，就显得赵国怕秦国，就向赵惠文王说："我愿意保护您去。"

赵惠文王说："有你保护我去，我就不怕了。"

到时候，秦昭襄王跟赵惠文王都在渑池相见，一起喝酒。

喝了一会儿以后，秦昭襄王向赵惠文王说："我听说你对音乐很有研究，我这儿有一个很好的瑟，请你弹一弹好不好？"

赵惠文王满脸通红，觉得很不好意思，可是他又不敢拒绝。

秦昭襄王的手下人，就把瑟拿了去给赵惠文王。

赵惠文王弹了一个曲子，叫湘灵曲。秦昭襄王满口称赞。

赵惠文王弹完以后，秦昭襄王就教手下人把秦国的太史叫了去，教太史记下这件事。

秦国的太史用刀在竹片上刻着说："某年某月某日，秦王跟赵王在渑池开会，秦王叫赵王弹瑟。"

蔺相如上前，向秦昭襄王说："赵王听说您会秦国的音乐，我这儿有一个瓦壶，请您敲一个曲子给赵王听。"

秦王气得脸色都变了，不吭声儿。

蔺相如就拿了盛酒的瓦壶，跪在秦昭襄王面前，请他敲。

秦昭襄王不肯敲。

蔺相如说："您是不是仗着秦国的强盛！我可不怕您，我马上就死给您看！"

秦昭襄王的手下人，要去抓蔺相如。蔺相如圆睁着眼睛向他们一声喊，他们都吓得倒退了好几步。

秦昭襄王很不高兴，可是心里怕蔺相如，勉强敲了一下瓦壶。蔺相如才站起来，把赵国的太史叫了去，也叫他用笔记下，说："某年某月某日，赵王跟秦王在渑池开会，赵王叫秦王敲瓦壶。"

秦国的官员们见了，都不服气，站在酒席前头，向赵惠文王说："今天您既然来这儿，请您割十五个城市，作为给秦王的礼物!"

蔺相如也向秦昭襄王说:"秦国既然向赵国要十五个城市作礼物,也不能不给赵国礼物。希望您把秦国的首都咸阳给赵国,作为给赵王的礼物!"

秦昭襄王说:"我们来这儿是为了和好,请大家不要再讲了。"就教手下人继续斟酒,假意很高兴地喝到散席。

秦昭襄王对赵惠文王格外敬重,双方约好永远不互相侵略。

秦昭襄王并且把太子安国君的儿子异人,押在赵国。秦国的官员们都向他说:"您跟赵国讲和已经够了,何必还要押一个人在赵国呢?"

秦昭襄王笑着说:"赵国仍旧很强盛,我们现在还不能消灭他。不押一个人在他那儿,他不会相信我。他相信我,我就可以专心对付韩国了。"

知过就改的廉颇

赵惠文王回到赵国，向赵国的官员们说："蔺相如的功劳很大，你们谁都比不上他。"就请蔺相如做宰相，地位比廉颇还要高。

廉颇不服气地说："我的功劳是冒生命的危险，用血汗换来的，蔺相如不过凭一张嘴，说几句话，有什么了不起，怎么能地位比我还高？并且，他的出身很低，我怎么能在他下头，只要我见到他，就一定杀掉他！"

蔺相如听到了廉颇的话以后，无论什么时候，或在什么地方，总是躲着廉颇，不跟他见面。蔺相如的手下人以为蔺相如怕廉颇，私下里议论，认为蔺相如不应该胆子这么小。

一天，蔺相如偶然出门，在路上望见廉颇坐着车子向他走来。蔺相如就叫驾车的人，把车子驾到附近一个僻静的小巷子里去,等廉颇的车子过去,再出来。

蔺相如的手下人都气不过,一起去见蔺相如,说:"我们来给你做事,是钦佩你的学问、人格。你的地位比廉颇将军高,却到处躲着他,也未免太怕他了,我们都替你感到害羞!你不在乎,我们却感到受不了,所以来向你辞职!"

蔺相如说:"你们看廉将军是不是比得上秦王?"

大家都说:"自然比不上。"

蔺相如说:"像秦王那样的威势,世界上没有一个人敢惹他,而我却当着很多人的面责备他。我虽然没出息,难道会怕廉将军吗?我只不过想到,秦国不敢出兵打赵国,就是因为有我跟廉将军在赵国。如果我跟他斗,一定双方都吃亏。秦国知道了,一定会趁这机会出兵来打赵国。我忍着气躲他,是为了顾全国家的前途,不愿意计较私人间的仇恨。"

他手下人听了才明白他的苦心。

一天,蔺相如的手下人,跟廉颇的手下人,偶然在酒店里碰上,双方为争座位吵了起来。蔺相如的手下人说:"我主人为了国家的缘故,向廉将军让步;我们也应该体念主人的意思,向廉将军的手下人让步。"

于是,廉颇跟他的手下人,变得越来越骄傲。

有一个河东人,叫虞卿,在赵国找事做,他听到蔺相如手下人所讲的话，就去见赵惠文王，说："您现在最得力的两个大臣是不是蔺相如跟廉颇?"赵惠文王说："不错。"

虞卿说："做臣子的，一定要互相合作，才能把国家治理好。现在您最得力的两个大臣，都成了死对头，恐怕对国家很不利。蔺相如越让步，廉颇越骄傲，廉颇越骄傲，蔺相如越不敢得罪他。有什么重要的国家大事，两个人不能在一起商量，我真为您担心! 我愿意去劝他们两个人和好，您看是不是可以?"

赵惠文王说："好，就请你去试一试看!"

虞卿去见廉颇，先称赞他的功劳，他很高兴。接着，虞卿说："论功劳，自然谁也比不上你。可是论肚量，恐怕你不如蔺相如。"

廉颇立刻气呼呼地说："他这胆小鬼只不过会讲几句话，谈得上什么肚量呢?"

虞卿说："蔺相如并不是一个胆子小的人，只不过是因为他的眼光看得远，不愿意跟你计较。"就把蔺相如向手下人讲的一番话，讲给廉颇听，并且说："除非你不想再在赵国做事，如果你要在赵国做事，你这样下去，恐怕要吃亏，人家会说你不对。"

廉颇惭愧地说："不是你来跟我说，我绝不会明白自己的错处。照你这样说，我实在比蔺相如差得太远了。"就请虞卿先去跟蔺相如讲一声，然后他光着膀子，背着荆条，亲自去蔺相如家里,跪在院子里向蔺相如说:"我的肚量太小,没想到你能够这样宽容我,我实在对不住你!"

蔺相如赶紧出来,把廉颇扶起来,说:"我们两个人都是赵国的大臣,应该为国家着想,你能谅解我,我已经觉得很高兴了,何必这样呢?"

廉颇说:"我的个性太粗暴,你能够原谅我,我实在惭愧极了!"说完,不禁感动得掉下了眼泪。蔺相如很受感动,也哭了起来。

廉颇说:"从此以后,我愿意跟你做最要好的朋友,即使到死,也绝不会变心!"

廉颇先向蔺相如下拜,蔺相如也连忙向廉颇答拜,然后招待廉颇喝酒吃饭,双方谈得很高兴。

从此以后,他们俩果然成了最要好的朋友。

赵惠王觉得虞卿的功劳不小,给了他两千四百两金子,请他做上卿的官。后来,蔺相如年纪大了,辞职退休,虞卿就做了赵国的宰相。

死里逃生的范雎

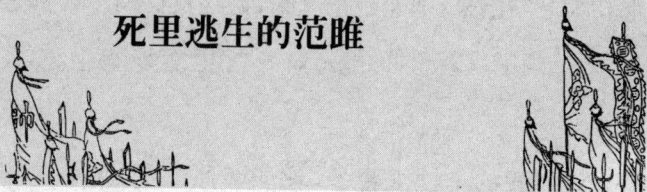

范雎是魏国人，家里很穷，想给魏昭王做事，因为没有人推荐他，始终没有机会。他就暂时在魏国中大夫须贾的手下做事。

以前，燕国约各国一起出兵打齐国的时候，魏国曾经出兵帮忙燕国。后来，田单光复了齐国，魏昭王怕齐国报复，就跟宰相商量，派须贾到齐国讲和。须贾叫范雎跟着他去。

到了齐国，齐襄王向须贾说："以前我父亲，曾经跟魏国合作打宋国，相处得很好。没想到后来，燕国出兵打齐国的时候，魏国会帮燕国的忙。现在你们又要来骗我跟你们讲和，我怎么能相信你们呢？"

须贾不知道怎样回答是好，范雎在旁边代他回答说："您这话错了，最初，齐国本来是跟魏、楚两国讲和，灭了宋国以后，三分宋国，没想到后来，齐国不但独自并吞宋国的土地，并且还出兵侵略魏国。这是齐国对不起魏国。各国因为恨齐国不讲信用，才跟燕国合作。打齐国的时候，共有五个国家，并不是魏国单独参加。魏国只在齐国边境一带，跟齐国打了一仗，并没有跟着燕兵去打临淄，已经算是对得起齐国了。魏王以为您一定会忘记过去的事情，跟各国合作，所以才派人来跟您讲和。如果您只知道责备别人，不知道自己反省，恐怕您将来又要跟您的父亲一样了。"

齐襄王听了，不禁愣了一下，然后道歉说："不错，是我不对！"就问须贾："这位是谁？"

须贾说："是我的手下，叫范雎。"

齐襄王一面跟须贾说话，一面不时用眼睛看范雎。然后派人送须贾住到宾馆里去，同时派人暗地向范雎说："我们的国君很钦佩你，想留你在齐国，请你做顾问，希望你不要拒绝！"

范雎说："我跟魏国的使者一起来这儿，却不一起回去，不讲信用、义气，怎么能做人呢？"

齐襄王听了，格外钦佩范雎人格的高尚，又派人送了十斤金子跟酒、肉去给范雎。范雎说什么也不肯接受，最后，实在没有办法，只好勉强接受了酒跟肉。

早有人把这件事情去报告须贾。

须贾就把范雎叫了去，问他："齐国的使者来干什么？"

范雎说："齐王派人送了十斤黄金跟一些酒、肉来给我，我不敢接受，实在拒绝不了，才留下酒、肉，退回了金子。"

须贾问："齐王为什么要送你礼物？"

范雎说："我不知道，可能是因为我是你的手下人的缘故。"

须贾说："他怎么不送我，而单独送你呢？你一定出卖了魏国，把魏国的秘密告诉了齐国。"

范雎知道瞒不住，只好说："齐王曾经派人来跟我说，要留我在齐国，请我做顾问，我没有答应。我一向讲究信、义，怎么会做出出卖魏国的事来呢？"须贾听了，更加不相信范雎。

回到魏国以后，须贾就向魏齐说："齐王要请我的手下人范雎，做他的顾问，并且派人送金子跟酒、肉给他，一定是他把魏国的秘密告诉了齐国，齐王才对待他这样好。"

魏齐气坏了，就集合所有的宾客，派人把范雎抓了去，当着很多人的面，审问他，说："你有没有把魏国的秘密告诉齐国？"

范雎说："我怎么敢做这种事呢？"

魏齐问："如果你没有私通齐国，齐王为什么要留你呢？"

范雎说："他确是要留我，可是我没有答应。"

魏齐问："那么你又为什么接受他的黄金跟酒肉呢？"

范雎说："我怕齐王不高兴，勉强接受了酒、肉，金子实在没有接受。"

魏齐叫人把范雎绑起来，用鞭子抽他，要他承认私通齐国。

魏齐大声骂道："卖国贼，你还敢再辩！即使他送你酒、肉，也不会没有原因！"就叫人把范雎绑起来，用鞭子抽他，要他承认私通齐国。

范雎说："我实在没有做这种事，怎么能承认呢？"

魏齐火更大了，气得大喊："给我打死这奴才，不要留下他将来害国家！"手下人就用鞭子跟竹杖，把范雎一顿乱打。

范雎的牙齿被打断了，满脸都是血，疼得直喊冤枉。

宾客们见魏齐正在气头上，没有一个人敢劝他。

魏齐一面大杯地喝酒，一面教手下人用力打范雎。一连打了好几个钟头，范雎全身都被打伤，血肉模糊。最后肋骨被打断，范雎大叫一声，闷死了过去。

手下人报告魏齐说："范雎已经断气了。"

魏齐亲自去看，见范雎的肋骨牙齿都被打断，全身是伤，直挺挺地躺在地上，一动也不动。

魏齐用手指着范雎骂道："卖国贼死得好，好教后人看你的榜样！"就叫手下人拿草席把范雎的尸首卷了起来，扔在厕所里，教宾客在他身上拉大便，撒尿，不要他做一个干净的鬼。

没想到范雎并没有真的死，到天快黑的时候，又醒过来了。他从草席里睁开眼睛偷偷的向外看，见只有一个兵在旁边看守。

范雎轻轻叹了口气，那个兵听到了，赶紧来看。范雎问他说："我伤重到这程度,即使暂时醒过来,也绝活不了。如果你能送我到我家里去。让我死在家里,我家里还有几两金子,愿意送给你。"

那个兵贪范雎的金子,向他说:"你仍旧装作死去的样子,我去报告宰相。"

这时候,魏齐跟宾客们都已经喝醉了酒了,那个兵去向魏齐报告说:"厕所里的死人又腥又臭,应该扔出去。"

宾客们都说:"范雎虽然有罪,宰相这样处分他也已经够了。"

魏齐说:"把他扔到郊外去,给野鸟吃。"说完,宾客们都散了,他也回到后头的房里去了。

那个兵等天黑以后,就私下里把范雎背到范雎家里去。范雎的妻子、儿子见范雎被打成这样子,都很伤心。

范雎教他妻子把家里的金子拿给那个兵,并把卷他的草席交给那个兵,好扔到野外去。

那个兵走了以后,范雎的家人给范雎洗干净身上的血,包扎伤口,给他东西吃。

范雎向他的妻子说:"魏齐恨透我了,虽然知道我已经死了,还不会放心。我能够从厕所里出来,是趁他喝醉了酒。明天他派人找我的尸体,如果找不到,一定到家里来找我,我就又活不成了。我有一个结拜兄弟叫郑安平,住在西门的一个小巷子里,你趁夜里没有人注意,送我去他那儿,不要告诉任何人。过一个多月,等我的伤好了以后,就可以逃到别的地方去了。我走了以后,你就给我办丧事,当作我死了一样,使魏齐相信我真的死了。"

他妻子听了他的话,就教佣人先去通知郑安平。郑安平立刻来范雎家里看范雎,跟他的佣人一起把范雎背走了。

第二天,魏齐果然疑心范雎没有死,怕他再醒过来,就派人去看范雎的尸体被扔在什么地方,派去的人回来报告说:"扔在野外没有人的地方,现在只有草席在那儿,尸体大概是被狗拖走了。"魏齐又派人到范雎家里去看,见他家里正在给范雎办丧事,才放了心。

范雎在郑安平家里休养,伤慢慢地好了。郑安平就跟范雎一起躲到具茨山去。范雎改了姓名叫张禄,山里的人没有一个知道他的来历。

过了半年,秦国有一个官员叫王稽,奉秦昭襄王的命令,到魏国有事。郑安平想办法认识王稽,再向王稽推荐范雎。

王稽办完公事以后,就带郑安平、张禄一起去秦国。

王稽回到秦国,向秦昭襄王报告了去魏国的经过以后,就说:"魏国有一个人叫张禄,很有才干,我已经带他来了。"

秦昭襄王说:"这种人都是喜欢说大话,不实在,暂时叫他住在宾馆里,等我有空再叫他来谈一谈。"

范雎在宾馆里住了一年多,没有人理他,就写了封信给秦昭襄王,希望跟他谈一谈。秦昭襄王已经忘掉了张禄了,看到这封信,才想起来,就派人叫他去。

秦昭襄王见了范雎,就问他有没有办法使秦国征服列国,范雎回答说:"应该用远交近攻的办法。离我们远的国家,我们跟他讲和;离我们近的国家,我们去打他;由近到远,像蚕吃桑叶一样,不久就可以吃光各国了。"

秦昭襄王说:"你具体地讲一讲这办法看。"

范雎说:"例如齐国、楚国离我们远,应该远交;韩国、魏国离我们近,可以近攻,只要我们能占领韩国、魏国,楚国还能存在吗?"

秦昭襄王鼓掌说好,就请范雎做顾问。

过了没有多久,秦昭襄王把宰相魏冉免职,请范雎做了秦国的宰相,把应城封给他,管他叫应侯。

秦国人只知道他们的宰相叫张禄,不知道张禄就是范雎的化名。只有郑安平知道,可是范雎教他不要讲,他也不敢讲。

这时候,魏昭王已经死了,他的儿子安釐王做了魏王。安釐王听说秦王采纳了宰相张禄的计策,准备出兵打魏国,就召集官员们商量应付的办法。信陵君主张抵抗。

宰相魏齐说："不行。秦国强,魏国弱,我们没法儿抵抗。听说秦国的宰相是魏国人,一定会向着魏国,我们应该派人去见张禄,再请张禄跟秦王讲,跟我们讲和。只有这样才行。"

安釐王最后采纳了魏齐的建议,派中大夫须贾去秦国。

须贾就去咸阳,住在宾馆里。

范雎知道了,高兴地说:"须贾来这儿,我可以报仇了。"就换了衣裳,打扮成一个穷人的样子,悄悄地出门,进宾馆去见须贾。

须贾一见到范雎,吓了一大跳,说:"你怎么还活着,我以为你已经被打死了,你怎么来这儿的?"

范雎说:"当时我被扔在郊外,第二天早上才醒来,恰好有一个做生意的人经过那儿,听到我哼的声音,很可怜我,就把我救起来。我不敢回家,就逃到秦国来了,没想到在这儿能见到你。"

须贾说:"你是不是想在秦国找事做?"

范雎说:"我以前得罪魏国,好不容易逃到这儿来,能够活着,就已经很高兴了,怎么还敢谈国家大事呢?"

须贾问:"那么你在秦国怎么过日子呢?"

范雎说:"给人家做佣人,勉强混口饭吃。"

须贾不觉有点可怜他,就叫人拿酒、饭来给他吃。

这时候,正是冬天,天气很冷,范雎身上的衣裳破了,冻得直打哆嗦。

须贾同情地说:"没想到你穷到这地步。"就叫人拿了一件他的棉袍来给范雎穿。

范雎说:"你的衣裳,我怎么敢穿呢?"

须贾说:"大家都是老朋友,你何必客气呢?"

范雎穿上了棉袍,再三向须贾道谢,接着问他:"你这次来秦国有什么事情?"

须贾说:"我想见秦国的宰相张禄,没有人给我介绍。你在秦国很久,有没有认识的人,能给我先向张宰相讲一讲?"

范雎说:"我的主人跟宰相很要好,我常常跟着主人到宰相府里去。宰相喜欢谈论,我主人有时候答不上话,我就代他讲几句。宰相认为我的口才还不错,我可以跟你一起去。"

须贾说:"这样太好了,那么就麻烦你订一个日子吧!"

范雎说:"宰相很忙,恰好今天比较空一点,现在去最好。"

范雎说:"我主人有车子,我可以代你去借一下。"说完,就回去把他自己的车子驾到宾馆门口,进去向须贾说:"车子已经借来了,我可以给你驾车。"

须贾很高兴地上车,由范雎驾车。

街上的人看见宰相亲自驾着车子来,有的恭敬地站在旁边,有的躲开。须贾以为人们尊敬他,不知道他们是尊敬范雎。

到了宰相府前头,范雎向须贾说:"你在这儿等一会儿,我先去跟宰相讲,如果他答应,你就可以进去见他了。"说完,就进门去了。

须贾下车,站在门外等着,等了很久,没有见范雎出来,就问看门的人说:"我有一个朋友叫范雎,他进去见宰相,很久没有出来,请你给我进去叫他出来好不好?"

看门的问:"他是什么时候进去的? 是什么样子?"

须贾说:"就是给我驾车来的那个人,已经进去很久了。"

看门的说:"驾车的就是宰相,他到宾馆里去看朋友,所以换了衣裳。你怎么能说他叫范雎呢?"

须贾听了,立刻明白过来了,心跳得很厉害,自言自语地说:"完了,完了! 我上了范雎的当了!"他知道既到了这里,已经不能不进去,就脱下衣裳、帽子,光着脚,跪在门外头,请看门的进去报告宰相,说魏国的罪人须贾要见他。

过了很久,门里头才传出话来,叫须贾进去。

须贾跪着从边门进去,一直到大厅的台阶前,接连地磕头。

范雎坐在大厅上,问:"你知道不知道你所犯的罪?"

须贾俯伏着回答:"我知道。"

范雎问:"你知道你有几项罪名?"

须贾说:"我犯的罪,数都数不清。"

范雎说:"你犯了三项罪:第一,魏国是我的祖国,我祖先的坟墓在魏国,所以我不愿意在齐国做事,你却认为我私通齐国,出卖魏国,跟魏齐讲,使魏齐生了很大的气。第二,魏齐教人打我,打断我的牙齿跟肋骨,你不肯劝一劝魏齐,使我差一点儿被打死。第三,我昏了过去,被扔在厕所里,你带魏齐的宾客在我身上撒尿,未免太残忍了。今天你来这儿,我本来想杀了你,报仇。幸亏你在宾馆里招待我吃饭,给我衣裳穿,多少还有一点朋友的情分,所以我才饶了你,你应该知道我对你的好意,以后要好好做人。"

须贾没有话说,只是不断地磕头,道谢。

范雎挥手,叫须贾出去,须贾爬出了宰相府。

于是,秦国人才知道他们的宰相张禄,就是魏国人范雎的化名。第二天,范雎去见秦昭襄王,说:"魏国怕我们出兵去打他们,派人来请求跟我们讲和,我们用不着出兵了。"

秦昭襄王很高兴。

范雎就又把他的整个身世,报告秦昭襄王,秦昭襄王同情地说:"我真没想到你有这么大的冤枉。现在须贾来了,我就教人杀了他,给你报仇好了。"

范雎说:"须贾是为公事来的,特别是来请求跟我们讲和的,不能杀他。并且,要杀我的是魏齐,跟须贾没有关系。"

秦昭襄王说:"你放心,我一定帮你向魏齐报仇,须贾由你处理好了。"范雎道谢了以后走了。

秦昭襄王答应了跟魏国讲和,于是,须贾就去向范雎告别。范雎向他说:"秦王虽然答应了跟魏国讲和,但是魏齐却不能饶了他,你回去告诉魏王,赶紧把魏齐的头砍下送来,再把我家里的人都送到这儿来。否则,我要亲自带兵去打魏国,到时候,你们后悔就来不及了。"

须贾吓得不敢抬头,接连地答应了几个"是",就出来了。

须贾连夜跑回魏国,把范雎的话,告诉魏安釐王。送范雎家里的人去秦国,倒是小事,要砍下宰相的头,关系着魏国的面子,魏安釐王觉得说不出口。

魏齐听到这消息,连夜逃往赵国,住在平原君的家里。

魏安釐王就派人把范雎家里的人送往咸阳,并且告诉范雎,魏齐已经逃往赵国,住在平原君家里。

范雎就告诉秦昭襄王。

秦昭襄王想了一个主意,写了一封信,派人去赵国,送给平原君,表示很钦佩,愿意跟他做朋友,请平原君来秦国。

平原君到了秦国,秦昭襄王就把他扣留,写信派人去赵国给赵王,要赵王交出魏齐,否则就不放平原君回魏国。

这时候,赵惠王已经死了,他的儿子丹做了赵王,叫赵孝成王。赵孝成王见了秦昭襄王的信，很害怕，就派兵去包围平原君的家，要抓魏齐。

平原君的宾客，大多跟魏齐要好，在晚上把他放走了。

魏齐就去见赵国的宰相虞卿，请虞卿帮忙。

虞卿为了救魏齐，连宰相都不做了，跟魏齐一起打扮成穷人的样子，逃出赵国。想到魏国的信陵君很讲义气，肯帮助朋友，就一起去魏国找信陵君。

虞卿教魏齐暂时在郊外等着，由他先去见信陵君。

信陵君正在洗澡，听说虞卿要他收留魏齐，他心里怕秦国，不敢收留，可是又不好意思直接拒绝，在考虑这件事情。

虞卿听说信陵君很为难，并且又不出来见他，一气就走了。

虞卿到了郊外，含着眼泪向魏齐说："信陵君不够朋友，他因为怕秦国而不愿意收留你。我跟你到楚国去吧！"

魏齐说："我因为一时大意，得罪了范雎，既连累了平原君，又连累了你，现在又要麻烦你陪我去楚国，还不知道楚国是不是肯收留我，我活着还有什么意思呢？"说完，就用佩剑自杀了。

虞卿赶紧上前去夺剑，已经来不及了。

信陵君考虑了一会儿，最后决定收留魏齐，听说虞卿已经走了，亲自驾车出城追他们。

虞卿正在伤心，望见信陵君来了，赶紧躲开。

信陵君看见魏齐的尸体，心里很难过，哭着说："这得怪我！"

这时候，赵孝成王正在派人到处找魏齐跟虞卿。使者到了魏国郊外，才知道魏齐已经自杀，就向魏安釐王请求要魏齐的头去赎平原君回国。

信陵君正教人殡殓魏齐，觉得不忍心。

赵国的使者向信陵君说："平原君跟你很要好，他跟你一样的爱魏齐。如果魏齐还活着，我不敢提出这种请求。可是现在他已经死了，你能因为爱他的尸体，而忍心教平原君永远被扣留在秦国吗？"

信陵君不得已，只好教人砍下魏齐的头，盛在盒子里，交给赵国的使者，把魏齐的尸体埋在郊外。

从此以后，虞卿就不再做官，曾经写了一部讽刺时事的书，叫《虞氏春秋》。

赵孝成王派人把魏齐的头，连夜送往咸阳给秦昭襄王，秦昭襄王转送给范雎。

范雎把魏齐的头当作便壶，向他说："以前你教你的宾客在我身上撒尿，现在我也教你尝尝我尿的滋味。"

秦昭襄王派人送平原君回赵国，赵孝成王就请平原君做了宰相。

范雎报了仇以后，又向秦昭襄王说："您给我报了仇，我心里很感激,可是我没有郑安平帮忙,我不能活着,没有王稽,我不能来秦国,我自己官做小一点儿不要紧,希望您对他们好一点儿,使我能够向他们报恩,我即使死,也心满意足了!"

秦昭襄王说:"不是你说,我差一点儿忘掉了。"就请王稽做河东郡郡守,请郑安平做偏将军。然后采用了范雎的计策,先打韩国、魏国,派使者去齐国、楚国讲和,跟他们订立了互不侵犯条约。

后来,秦国派王龁、郑安平出兵打赵国,秦兵被信陵君所率领的魏兵打败,郑安平来不及逃,投降了魏国。

秦昭襄王听说郑安平向魏国投降,很生气,就把郑安平家里的人都给杀了。

按照秦国的法律,被推荐的人犯了罪,推荐的人也要处分。郑安平是范雎推荐的,现在郑安平投降了魏国,范雎也算有罪。因此,范雎向秦昭襄王辞职,准备接受处分。

秦昭襄王不愿意杀范雎,就说:"任命郑安平是我的意思,跟宰相没有关系。"再三安慰范雎,叫他复职。

秦国的官员们见范雎没有受到他应得的处分,都纷纷议论。秦昭襄王怕范雎心里不安,就下了一个命令说:"郑安平有罪,我已经杀了他一家了。如果再有人谈这件事情,就立刻砍下他的头!"这样一来,才没有人敢再说。

　　过了没有多久，秦昭襄王灭了周，要各国朝贡道贺，韩、齐、燕、赵都派宰相去秦国道贺，只有魏国没有派人去，秦昭襄王就派王稽带兵打魏国。

　　王稽一向跟魏国有来往，就私下里接受了魏国的金子，把这件事情告诉了魏国。魏安釐王吓坏了，派人去秦国道歉，并且把太子增押在秦国。

　　秦昭襄王派人调查这件事情，把王稽叫了回去，杀了他。

　　王稽也是范雎推荐的，范雎见王稽又出了事情，心里格外不安。没有多久，范雎向秦昭襄王推荐了一个叫蔡泽的人做宰相，他自己退休，后来，死在应城。

毛遂自荐

秦昭襄王派郑安平带了五万秦兵去帮助王龁攻打赵国的首都邯郸。赵孝成王心里很害怕，就派人去各国，请各国出兵帮忙抵抗秦兵。

平原君准备亲自去楚国求救兵，就召集他家里的宾客，想选出二十个文武双全的人一起去。

他共有三千多个宾客，能文的不能武，能武的不能文，选来选去，只选出十九个人，连二十个人都凑不齐。

他感叹说："我养宾客养了好几十年了，没想到找人才这么难?"有一个坐在下座的客人，开口说："像我这样，不知道是不是可以凑数?"

平原君问他姓什么叫什么，他回答说："我姓毛名遂，是魏国人，已经在你这儿三年了。"

平原君笑着说："有才能的人在社会上，就像锥子在布袋里一样，锥子尖立刻会穿过布袋，露到外头来。你在我这儿三年，我从没有听说过你的名字，可见你是既不能文也不能武了。"

毛遂说："我现在才请求你把我放在布袋里，如果我早在布袋里，将会整个儿穿出来，何况是露一点儿尖出来呢？"

平原君听了他的话，觉得他口才还不错，就教他也参加，勉强凑成二十个人。

一切准备好以后，平原君立刻向赵孝成王告别，去楚国。

这时候，楚国的首都已经从郢城搬到陈。

平原君到达陈以后，第二天就去见楚国国君考烈王。

楚考烈王跟平原君坐在大厅上，毛遂跟十九个人都站在台阶下边儿。平原君向楚考烈王建议联合出兵抵抗秦国的事。

楚考烈王说："各国联合抵抗秦国这一建议，最初本来是赵国首先提出的，后来，因为各国听了张仪的话，这一盟约就被破坏了。我父亲曾经做过'从约长'跟各国国君带兵一起去打秦国，没有能成功。接着，齐湣王又做'从约长'，各国都不听他的。因此，各国现在都不愿意提这件事，各国已经像一盘散沙，即使你建议了，恐怕也没有用。"

平原君说："自从苏秦提出'合从'的建议，六国在洹水订了盟约以后，秦兵有十五年不敢出函谷关。后来，齐、魏、楚三国上

　　平原准备去楚国,想带几个能干的人去,毛遂自我推荐自己说:"像我这样,是不是可以凑数?"

了秦国的当,这一联盟才渐渐解散。如果当时三国不上秦国的当,秦国有什么办法呢?齐湣王是借'合从'的名义来并吞各国,所以各国都反对他,这是领导的人不对,并不能怪'合从'这一办法不好!"

楚考烈王说:"照目前的情势看,秦国强盛,各国衰弱,只能够各自保全自己,还能做出什么大事来呢?"

平原君说:"秦国虽然强盛,但是,如果要同时对付六个国家就不行了;六国虽然衰弱,如果能联合起来抵抗秦国,力量还是很大。如果各国只顾自己保全自己,不肯互相帮忙,恐怕就要一个一个地被秦国逐渐地并吞了,绝维持不了多久!"

楚考烈王又说:"秦国一出兵,就占领了韩国上党一带地方的十七个城市,杀了四十多万的赵国兵,联合韩、赵两国的力量,还对付不了秦国的一个将官。现在秦兵又包围邯郸,楚国离赵国很远,即使出兵,能够有什么用处吗?"

平原君说:"我们在长平被秦兵打败,是因为我们的将官不行。现在王龁率领了二十多万秦兵,把那邯郸包围了一年多,邯郸一点儿也不受影响。如果各国派救兵去,一定可以打败秦兵,各国就都可以安静几年了。"

楚考烈王说:"楚国最近跟秦国讲和,你要我出兵救赵国,秦国一定会生楚国的气,我不是要因为赵国而得罪了秦国了吗?"

平原君说:"秦国跟楚国讲和,是为了好专心打韩、赵、魏三国,三国一灭,楚国还能保得住吗?"楚考烈王因为害怕秦国,不能拿定主意。

毛遂在台阶下边儿等得不耐烦,见时间已经到中午的时候了,就踏上台阶,向平原君说:"这件事情,只要一两句话就可以解决了,现在从早上一直讨论到中午,怎么还没有能谈好呢?"

楚考烈王生气地问平原君:"他是什么人?"

平原君说:"是我的手下毛遂。"

楚考烈王向毛遂说:"我跟你的主人谈话,你怎么能来插嘴?"就骂他,要他走开。

毛遂走上几步,手按着剑柄说:"这件事是一件大事,跟谁都有关系,谁都有资格参与意见。我的主人在这儿,您骂我就是骂我的主人,您怎么可以对我的主人这样没有礼貌?"

楚考烈王听了,脸色缓和了一点,问毛遂:"你有什么话要说?"

毛遂说:"楚国有五千多里的国土,早就称王了,直到现在,仍旧可以算是一个强大的国家。现在秦国人忽然抬起了头,常常打败楚国,楚怀王被关在秦国死了。秦国连打了几次楚国,把楚国的首都都给占领了,楚国被逼得把首都搬到这儿来。这种仇恨跟耻辱,连小孩子都受不了,何况是您呢? 现在我们请您出兵实在是为楚国着想，并不是为了赵国。"

楚考烈王不禁说："对！对！"

毛遂问："您决定了没有？"

楚考烈王说："我已经决定了！"

毛遂就教人拿歃血盘来，跪着向楚考烈王说："您是'从约长'，应该先歃；接着由我的主人歃，然后由我歃。"

于是，这件事情就算解决了。毛遂歃了血以后，左手拿盘，右手向台阶下边儿的十九个人说："你们应该在台阶下边儿歃！你们可以说是靠别人成功的人。"

楚考烈王答应了出兵以后，就派春申君黄歇率领八万楚兵去救赵国。

平原君回国以后，感叹说："毛先生的三寸之舌，比一百万的军队还要厉害！我交的朋友不算少，却没有能发现毛先生的才能，从此以后，我不敢再自认为能看人了。"从此以后，他就把毛遂当作上等客人看待。

义不帝秦的鲁仲连

秦兵包围赵国的首都邯郸,赵孝成王派人去各国,请各国出兵,帮忙抵抗秦兵。

魏安釐王派大将晋鄙带了十万魏兵去救赵国。

秦昭襄王听说各国派兵去救赵国,亲自去邯郸,监督王龁他们攻城,并且派人去向魏安釐王说:"我不久就要打下邯郸,谁敢出兵救赵国,我就先带兵去打他!"

魏安釐工很害怕,赶紧派人去追晋鄙,叫他不要再前进,晋鄙就把魏兵驻扎在一处叫邺下的地方。

楚国的春申君得到这消息,也把楚兵驻扎在一处叫武关的地方,不敢再前进。秦昭襄王见各国不敢去救赵国,就加紧攻打。

赵孝成王再派人去魏国,请魏国进兵。

魏安釐王跟魏国的官员们商量，有一个叫新垣衍的将官说："秦王仗着自己强大，对称王已经不满足，想称帝。他出兵打各国，就是要各国推他做帝。您最好派人去赵国，教赵国推秦王做帝，秦王一定很高兴，不再打赵国。我们不过是给秦王一个空头的名义，却可以省了很多麻烦，您不妨试一试看。"

魏安釐王本来就不敢去救赵国，觉得新垣衍的主意不错，就派他跟赵国的使者一起去邯郸。

新垣衍到了赵国，把他的这一主意告诉赵孝成王。

赵孝成王跟赵国的官员们商量，大家你一个意见，我一个意见，不能够决定。平原君心里也乱了，不能打定主意。

这时候，有一个齐国人，叫鲁仲连，正在赵国。他很有学问，口才也很好，可是他不愿意做官，喜欢到处旅行，打抱不平，帮人家调解纠纷，解决困难。他听说新垣衍建议推秦王做帝，心里很不高兴，就去见平原君，说："我听说你准备推秦王做帝，有没有这回事？"

平原君说："我现在心里乱得很，哪里还有什么主意，这是魏王派将官新垣衍来向赵国建议的！"

鲁仲连说："你一向很有主张，受到各国的尊敬和钦佩，难道就听新垣衍的话了吗？他现在在哪儿？我要把他骂回魏国去！"

平原君就跟新垣衍讲。新垣衍知道鲁仲连的口才很好，怕

　　鲁仲连把秦王称帝的害处,告诉魏国的使者新垣衍,
新垣衍明白了,就不再主张推秦王为帝。

鲁仲连破坏他的建议，因此不愿意见鲁仲连。

平原君一定要他跟鲁仲连谈一谈，他没有办法，只好答应。

平原君就请鲁仲连到宾馆，跟新垣衍见面。

新垣衍见鲁仲连的仪表很好，态度很大方，对他很敬重，向他说："我看你并不是来请平原君帮忙的，为什么长久地住在这儿，不想离开呢？"

鲁仲连说："我不要请平原君帮什么忙，却要请你帮一帮忙。"新垣衍问："你要我帮什么忙呢？"

鲁仲连说："我要请你帮助赵国，不要推秦王做帝。"

新垣衍问："据你看，你有没有什么办法帮助赵国呢？"

鲁仲连回答说："齐国、楚国已经帮助赵国了，我还要叫魏国、燕国帮赵国。"

新垣衍笑着说："燕国的情形，我不知道，至于魏国，我就是魏国人，你又怎么能叫我帮助赵国呢？"

鲁仲连说："魏国不知道秦王称帝的害处，如果魏国知道，就一定会帮助赵国了。"

新垣衍问："秦王称帝有什么害处呢？请你讲一讲看！"

鲁仲连说："秦国是一个不讲道理，只讲暴力的国家，仗着自己强大，欺骗、侵略各国。现在他的地位跟各国一样，已经这样，如果再称帝，那还得了吗？我宁愿跳海死掉，也不愿意做秦国的老百姓，难道魏国甘心伺候他吗？"

新垣衍说："并不是魏国甘心伺候秦国，这就好像一个主人有十个佣人一样，并不一定是智慧、能力不如主人，而是因为怕他的缘故。"

鲁仲连说："难道魏国自己把自己看作是佣人吗？那我就要叫秦王杀魏王了。"

新垣衍不高兴地说："你凭什么能叫秦王杀魏王？"

鲁仲连说："以前九侯、鄂侯、文王，是纣的三个大臣。九侯有一个女儿长得很好看，就送给纣王，没想到因为他女儿伺候纣王不够好，纣王就杀掉他女儿，把九侯也剁成肉酱。鄂侯劝纣王，纣王就煮了鄂侯。文王听了私下里感叹，被纣王知道了，就把文王关在一处叫羑里的地方，差一点儿杀掉他。这并不是说，九侯、鄂侯、文王三个人的智慧、能力不如纣王，而是因为他们是纣的臣子，不能不听纣王的话、接受纣王的任何处分。秦王称帝以后，一定会叫魏王去朝拜，他只要高兴，随时都可以杀魏王，又有谁能够拦他？"

新垣衍听了，正在考虑，还没有回答。

鲁仲连又说："不但这样，秦国称帝以后，一定会任免诸侯的大臣，把他所讨厌的人免职，任命他所喜欢的人。一定会把他的女儿嫁给诸侯，利用他的女儿来控制诸侯，你说魏王还能安静过日子吗？就拿你来说，还能保全你的地位吗？"

新垣衍听了，忽然站起来，向鲁仲连道歉，说："你真了不起！我一定回去向我的国君讲，绝不再提这件事了。"

秦昭襄王听说魏国派人来赵国，商量推他做帝的事情，很高兴，就下令暂时停止进攻。后来听说这件事没有能商量成功，魏国的使者已经走了，就叹息说："这城里有人才，不能小看！"就把秦兵撤退，驻扎在汾水附近，命王龁用心准备。

后来，靠信陵君的帮忙，秦兵被赶走。赵孝成王觉得鲁仲连的功劳很大，要封一个大的城市给他，他说什么也不肯接受。送给他一千两金子，他也不肯接受。他说："做了官，要听别人的命令，不像我现在这样，有充分的自由，可以爱去哪儿就去哪儿，爱做什么就做什么。"信陵君跟平原君都请他在赵国住一些时候，他不答应，就告别走了。

信 陵 君

信陵君叫公子无忌，是魏昭王的一个小儿子。他对待人很谦虚，有礼貌，喜欢交朋友。他也有宾客三千多人，跟孟尝君、平原君差不多。

魏国有一个人叫侯嬴，年纪已经七十多岁了，因为家里穷，仍旧在做事，做一个城门官。人们很尊敬他，管他叫侯生。

公子无忌听说侯生的人格很高尚，学问又很好，就亲自驾车去见他，送给他四百八十两金子作见面礼。侯生说什么也不接受，他说："我虽然很穷，可是我从没有白接受过人家一文钱，现在年纪大了，怎么能因为你而改变我的气节呢？"

公子无忌不能勉强他，就特别尊敬他，让宾客们看到他对人才的重视。

一天，公子无忌预备了很多酒席，不但他所有的宾客们参加，连魏国所有的贵族、官员，也都被邀请参加。

大家都坐定以后，只空下了左边的第一个座位。

公子无忌亲自坐车去城门，迎接侯生来参加。

侯生上车，公子无忌请他坐在上座，他一点儿也不客气，就坐了下去。公子无忌抓着马的辔绳坐在旁边，很是恭敬。

侯生向公子无忌说："我有一个朋友，叫朱亥，是开肉店的，我想去看一看，你能不能跟我一起去一下？"

公子无忌说："好，我跟你一起去。"就驾车去街上。到一家肉店门口，侯生向公子无忌说："请你在车子里等一会儿，我要下车去看我的朋友。"

侯生下车，进入朱亥家里，跟朱亥对坐在肉案子前头谈话。

侯生常常斜着眼睛看公子无忌，见他的脸色很平和，没有一点不耐烦的样子。这时候，公子无忌的好几十个手下，见侯生谈个没完，都讨厌他，甚至有的偷偷地骂他。

侯生也听到了，但是他见公子无忌的脸色始终没有变，就跟朱亥告别，又上车，仍旧坐在上座。

公子无忌在中午的时候出门，回去的时候，已经下午四点钟左右了。

在公子无忌家里等着的客人们，见公子无忌空着第一个座位，亲自出门去迎接人，以为他去迎接的一定是一个有名的贵客,或者是一个大国的大使,都恭敬地等着。等了很久,还没有见公子无忌所迎接的客人来,大家都觉得不耐烦。

正在这时候,客人们忽然听说公子无忌迎接了客人来了,都立刻站起,出来迎接。他们睁眼一看,见公子无忌迎接来的客人,原来是一个白胡子的老头儿,衣袋和帽子都很破旧,不禁都愣住了。

公子无忌把侯生介绍给所有客人们,客人们听说这位贵客是一个城门官,都不满意公子无忌的这种做法。

公子无忌请侯生坐在第一个座位上,侯生也不客气,就坐了下去。喝了一会儿酒以后,公子无忌向侯生敬了一杯酒。侯生接过酒,向公子无忌说:"我不过是夷门的城门官,你这样对待我,未免尊重过分。可是,我不跟你客气,就是要大家因为你这样尊重我而格外钦佩你!"

客人们听了都偷偷地笑。

此后,侯生就成了公子无忌的上等宾客。

侯生向公子无忌推荐朱亥,公子无忌常常去看朱亥,朱亥从没有来看公子无忌。公子无忌一点儿也不见怪。

齐国的孟尝君逃到魏国的时候,就住在公子无忌家里。

孟尝君介绍公子无忌跟赵国的平原君认识。公子无忌把他的一个亲姐姐嫁给平原君做妻子。有了这一个关系,魏国就跟赵国很要好。

孟尝君到魏国的时候，魏王请孟尝君做魏国的宰相。后来，孟尝君回齐国去，把宰相的职位让给公子无忌。魏王封公子无忌为信陵君，人们就管他叫信陵君了。

秦昭襄王出兵打赵国，赵国国君赵孝成王派人去魏国，请魏国出兵帮忙，魏安釐王派大将晋鄙带十万兵去救赵国，没想到秦昭襄王派人去跟魏安釐王说，谁敢出兵救赵国，他就带兵去打谁。吓得魏安釐王赶紧派人去追上晋鄙，教晋鄙不要进兵。晋鄙就把魏兵驻扎在一处叫邺下的地方。

秦昭襄王加紧打赵国，赵孝成王再派人去魏国，请魏王进兵。魏安釐王不敢教晋鄙进兵。有一个将官叫新垣衍，建议教赵国推秦王做帝，魏安釐王就教他去赵国，跟赵孝成王讲。

有一个齐国人，叫鲁仲连，听到这件事，很不高兴，就去见新垣衍，把新垣衍说了一顿。新垣衍也不再教赵国推秦王做帝，就告别回魏国去了。

新垣衍走了以后，平原君又派人去邺下，请晋鄙进兵，晋鄙说是奉魏王的命令驻扎在那儿，不敢进兵。

平原君急了，就写了封信，派人送到魏国去给信陵君，责备他说："我娶你的姐姐，是希望在困难的时候，得到你的帮助。现在邯郸的情况很危急，魏国的救兵却仍旧不肯来。你姐姐担心邯郸城被秦兵打下,一天到晚都在哭。你即使不关心我,难道你也不关心你的姐姐吗?"

信陵君看了平原君的信,就去请魏孝成王叫晋鄙进兵。

魏孝成王说:"赵国不肯推秦王做帝,却非得靠别人的力量打退秦兵不可吗?"始终不肯答应。

信陵君又教他手下口才好的宾客,再三去劝魏孝成王,魏孝成王还是不答应。

最后,信陵君说:"平原君现在很危急,我不能不管。我宁愿独自去赵国,跟他一起死!"就预备了一百多辆车子,准备跟他的宾客们去打秦兵,为平原君而牺牲。宾客们有一千多人愿意跟着他去。经过夷门的时候,信陵君去向侯生告别。

侯生说:"你多保重! 我年纪大了,不能跟你一起去,不要见怪!"信陵君望了侯生好几眼,侯生再也不说别的话。

信陵君不痛快地离开。他走了约十多里,心里想:"我自觉对侯生不错,现在我要去杀秦军,就将死了,他却不给我出个主意,也不拦我,真是奇怪!"就叫宾客们等一等,他要独自回去见侯生。宾客们都说:"这种半死的人,你明明知道他没有用,还去见他干什么!"信陵君不听。

侯生站在门口,看见信陵君回来,笑着向他说:"我早就料到你一定会回来。"信陵君问:"为什么?"

侯生说:"你对待我很好,现在你要去冒生命的危险,我却不送你,你一定心里恨我,所以我知道你一定会回来。"

信陵君说:"我怕我有什么对不起你的地方,因此你不理我,所以我回来问一问你。"

侯生说:"你养宾客养了几十年,没有听说你的宾客给你出过一个好主意,只跟你一起去前线送死,有什么用处呢?"

信陵君说:"我也知道没有用处,可是我跟平原君的交情很好,他现在遇到困难,我不能不管他。你有没有什么好的主意?"

侯生说:"你请进来坐一会儿,我们慢慢地商量。"就请信陵君进门,问他:"听说国君很喜欢一个叫如姬的女人,是不是?"

信陵君说:"不错。"

侯生说:"我又听说如姬的父亲,以前被人所杀,如姬告诉国君,要给她父亲报仇,派人到处找凶手,找了三年,没有找到,最后还是你派人砍下凶手的头,拿去给如姬,是不是真的?"

信陵君说:"不错,有这回事。"

侯生说:"如姬很感谢你,一直想报答你。现在,晋鄙的兵符,在国君的卧室内,只有如姬能够偷到。只要你跟如姬讲,如姬一定会答应。你得到这兵符,就可以去代替晋鄙,率领晋鄙的军队去救赵国,打退秦兵了。"

信陵君如梦初醒,再三向侯生道谢,就叫他的宾客们先在郊

　　侯生站在门口，看见信陵君回来，笑着向他说："我早就料到你一定会回来。"

外等着,他单独回家,把偷兵符的事情,告诉他所要好的一个宫内佣人颜恩,叫他去偷偷地跟如姬讲,如姬一口答应。

那天晚上,魏安釐王因为喝醉了酒,睡得很香,如姬就偷了兵符交给颜恩,颜恩又转交给信陵君。

信陵君得到兵符,又去向侯生告别。

侯生说:"大将带兵在外头,有时候可以不接受国君的命令,你即使带兵符去,如果晋鄙不相信,或者要向魏王问个清楚,你就救不成赵国了。我的朋友朱亥,是一个勇士,力气很大,你可以带他一起去,晋鄙听你的话自然最好,如果他不听,那么你不妨就叫朱亥杀掉他。"

信陵君听了,不禁流下了眼泪。

侯生说:"你害怕吗?"

信陵君说:"晋鄙没有犯罪,如果他不听我的,我就得杀掉他,心里觉得很难过,并不是害怕什么。"

于是,他就跟侯生一起去朱亥家里,说明找他的原因。

朱亥说:"我只不过是街上一个杀猪的,你却常来看我,我不去看你,是认为注意这些小礼节没有什么用处。现在你有要紧的事情,我当然应该为你服务。"

侯生说:"照理说,我应该跟你去,可是我因为年纪大了,走这么远的路,恐怕不方便,我要用我的灵魂送你去!"说完,就用佩剑自杀死了。信陵君很难过，拿了很多金子、绸子给侯生家里的人，叫他家里的人殡殓他。他自己不敢再停留，就跟朱亥上车，向北去了。

魏安釐王丢了兵符，过了三天才发觉，心里觉得很奇怪，问如姬，如姬推说不知道。派人在宫里到处找，也没有找到。又叫颜恩拷打宫里的宫女跟佣人，颜恩肚子里明白，假意地拷问，又乱了一天，仍旧没有结果。他忽然想起信陵君曾经一再要他命晋鄙进兵救赵国，信陵君手下的宾客会做小偷的很多，一定是信陵君叫他的宾客把兵符偷去了。就派人去叫信陵君。过了一会儿，派去的人回来报告，说："在四五天以前，信陵君已经跟他的一千多宾客，分坐着一百多辆车子出城，听说是救赵国去了。"

魏安釐王气坏了，派将军卫庆带了三千兵，连夜地去追信陵君。

信陵君到邺下，见晋鄙说："国君怕你太累，特地叫我来代替你。"说完，就叫朱亥把兵符给晋鄙看。

晋鄙接到兵符，心里想："国君交给我十万军队，我虽然不行，可是我并没有打败仗，或者犯什么罪，国君怎么会无缘无故地派人来代替我呢？"就向信陵君说："请你休息几天，等我把军队的人数造成名册交给你，好不好？"

信陵君说："邯郸很危急，应该连夜去救，怎么能再耽误时间呢?"

晋鄙说:"老实告诉你吧,这是一件大事,我还要向国君报告一下,问个清楚,才敢把军队交给你……"他话还没有说完,朱亥忽然大声地向他喊:"你不接受国君的命令,就是造反了!"

晋鄙只问了一句:"你是什么人?"朱亥忽然从袖管里拿出一个四十斤重的铁锤,向晋鄙的脑袋上砸去,晋鄙的脑袋被砸碎,立刻死了。

信陵君手里抓着兵符,向魏国的将官们说:"我奉国君的命令来代替晋鄙,率领军队去救赵国,晋鄙不听命令,我已经杀了他了,大家请安心听我的命令,不要乱动!"

军队里静悄悄的,谁也不敢吭声儿。等到卫庆追到邺下,信陵君已经杀了晋鄙,代替晋鄙做了大将了。

卫庆知道信陵君已经决心去救赵国,准备回去。

信陵君向他说:"你既然到了这儿,就看我打退秦兵以后,再回去向国君报告好了。"卫庆只好先打了一个秘密报告,派人送回去给魏安釐王,他自己就留在军队里。

信陵君犒赏军队,下了一个命令,说:"父亲、儿子都在军队里的,父亲回去;哥哥、弟弟都在军队里的,哥哥回去;是独子而没有兄弟的,回去养父、母;有病的,留下来看病。"

回去的约十分之二,剩下八万人,都很强壮,能够打仗。信陵君率领宾客，在军队的最前头打冲锋，开始进攻秦兵。

王龁没想到魏兵忽然来进攻，匆忙地抵抗。

魏兵奋勇向前，平原君也开城，带兵出来接应。结果，秦兵损失了一半，王龁带着剩下的秦兵，去汾水大营。秦昭襄王知道没法打下邯郸，就撤退回国去了。

郑安平所率领的两万秦兵，是在邯郸东门外驻扎，回去的路被魏兵堵住，就投降了魏国。

春申君听说秦兵撤退，他也率领楚兵回国去了。

韩国趁这机会又收复了上党。

赵孝成王亲自带了酒、肉，到魏国军营里去劳军。平原君背着弓箭，在前头给信陵君开路。

信陵君的态度有点儿骄傲，朱亥向他说："别人对你的好处，你不能忘掉；你对别人的好处，却不能不忘掉。你假意说是奉国君的命令，抢夺晋鄙所率领的军队来救赵国，对赵国虽然有功劳，对魏国却不能说没有罪，你怎么可以骄傲呢？"

信陵君惭愧地说："你指教得对。"

进了邯郸城，赵孝成王亲自打扫房间，迎接信陵君，礼貌周到。赵孝成王向信陵君敬酒，称赞他救赵国的功劳。

信陵君不安地说："我得罪了魏国，对赵国的这一点儿功劳，算不了什么。"

信陵君回宾馆去以后,赵孝成王向平原君说:"我打算封五个城市给信陵君,见他谦虚的样子,我实在讲不出口。你跟他讲一下,我要把郮城封给他。"

平原君就去跟信陵君讲,信陵君实在没法拒绝,只好接受。

信陵君觉得自己得罪了魏国,不敢回魏国去,把兵符交给卫庆,请他带兵回魏国去,自己留在赵国。他的宾客们,留在魏国的也都去赵国,跟着信陵君。

这时候,赵国有两个有学问的人,一个叫毛公,一个叫薛公,他们不愿意做官,一个靠赌钱过日子,一个靠卖茶水过日子。

信陵君早就听说过这两个人很好,就派朱亥去看他们,他们俩躲着不肯见朱亥。

一天,信陵君派人监视他们的行动,知道毛公在薛公家里,他就换了普通人穿的衣裳,带着朱亥,也不坐车子,走到薛公门口,假装作买茶水的,进门去见他们。

他们俩正在一起喝酒,信陵君一进门,就自我介绍姓名,说是对他们很钦佩,希望跟他们做朋友。他们来不及躲起来,只好跟信陵君见面。于是,四个人在一起喝酒,喝得很痛快。

从此以后,信陵君就常常跟毛公、薛公在一起玩乐。

平原君听到了,向他的妻子说:"我一向认为你弟弟很了不起。现在他竟一天到晚跟赌钱的、卖茶水的人在一起玩儿,他跟这一类人交朋友,对他的名誉恐怕会有损害!"

他妻子就把这话告诉信陵君。

信陵君向他姐姐说:"我一向以为平原君很了不起,所以宁愿得罪魏王,抢夺晋鄙所率领的军队来救赵国。现在,我见平原君的宾客,好的实在太少。我在魏国的时候,就常听说赵国有毛公、薛公这两个人,希望能见到他们。现在我好不容易见到他们,想伺候他们,还怕他们不要我,没想到平原君竟认为跟他们交往,会损害名誉,他怎么能说是喜欢结交朋友呢?他的做人不够好,我不愿意再留在这儿!"当天就让宾客们收拾行李,要去别的国家。

平原君听说信陵君收拾行李,准备离开赵国,吓了一跳,向他妻子说:"我并没有得罪你弟弟,他为什么忽然要走,你知道是什么原因吗?"

他妻子说:"我弟弟认为你做人不够好,所以不愿意留在这儿。"因此,就把信陵君向她讲的话,告诉了平原君。

平原君用手捂着脸,惭愧地说:"赵国有两个大好人,信陵君在魏国都能知道,而我却不知道,我比信陵君差得远了!"就亲自去宾馆,向信陵君道歉。信陵君就又留在赵国。

平原君的客人们听到了这件事,大多去跟着信陵君。各地方去赵国的宾客,也都去见信陵君,不再听说有平原君。过了六年,平原君就死了。

魏安釐王接到卫庆的秘密报告,知道兵符果然是信陵君偷去的,很生气,准备杀掉他家里的人和他留在魏国的宾客。

幸亏如姬出面承认,说兵符是她偷了给信陵君的,魏安釐王才饶了信陵君家里的人,把如姬关起来。

后来,卫庆回去报告,说信陵君打了胜仗,把秦兵赶走,魏安釐王才放出如姬。可是,仍不准信陵君回魏国。

十年以后,秦庄襄王派蒙骜跟王龁带兵打魏国,魏兵常打败仗。如姬向魏安釐王说:"秦国打魏国,是因为信陵君不在魏国。信陵君的人缘好,各国国君都钦佩他。如果您能够派人去请信陵君回来,叫他联合各国一起抵抗秦国,秦国就不敢再欺侮魏国了!"

魏安釐王没有办法,只好派颜恩去赵国迎接信陵君。

信陵君听说魏王派人来迎接他回国,不高兴地说:"魏王不准我回国,已经十年了,现在有事情才要我回去,并不是真正想念我,我绝不回去!"

颜恩到了魏国半个月,始终没法见到信陵君。一天,他在信陵君的门口,遇见毛公跟薛公,他知道信陵君很尊重这两个人,就请他们俩帮忙去劝信陵君。

两个人一口答应,就进去向信陵君说:"听说你要回魏国去,我们特地来送你。"信陵君说："哪里有这回事？"

毛公说："秦兵正加紧打魏国，难道你没听说吗？"

信陵君说："听说过。可是我离开魏国十年，现在已经是赵国人，不再管魏国的事情了。"

薛公说："这是什么话呢？赵国看重你，各国国君钦佩你，是因为你代表魏国。你能够养这么多宾客，也是靠魏国的力量。现在秦兵正加紧打魏国，你却一点儿不关心，万一秦国灭亡了魏国，毁掉你祖先的宗庙，你即使不关心你的家，难道你也不关心你祖先的宗庙吗？你还有什么脸再留在赵国，吃赵国的饭呢？……"

薛公的话没说完，信陵君忽然站起来，满脸是汗，道歉说："你责备我责备得很对！我差一点儿要挨世人骂！"

当天，信陵君就让宾客们收拾行李，准备回魏国。他去向赵孝成王告别，赵孝成王舍不得他走，抓着他的胳膊，哭着说："自从平原君去世以后，我就完全靠你帮忙，你再走，教我怎么办呢？"

信陵君说："我不能让秦兵毁掉我祖先的宗庙，不得不回去。只要魏国还存在，我们仍旧有见面的时候。"

赵孝成王说："你以前带魏兵来赵国，现在魏国有灾难，我不能不管。"就请他做大将，拨给他十万赵兵，命庞煖做他的助手。

信陵君派颜恩先回魏国报信，然后派人去各国，请各国出兵救魏国。燕、韩、楚三国，都一向尊重信陵君，听说他做大将，都很高兴,各自派大将带兵去魏国,接受他的指挥。燕国的带兵将官叫将渠,韩国的带兵将官叫公孙婴,楚国的带兵将官叫景阳,只有齐国不肯出兵。

信陵君率领着各国的军队,把秦兵打败,一直追到秦国边境的函谷关下边儿,五国扎下五个大营,在函谷关前头耀武扬威,要跟秦国打。等了一个多月,秦兵紧紧地关起关门,不敢出关抵抗。信陵君见秦兵不敢跟他打,才撤兵回魏国,各国的军队,也都撤回本国去了。

魏安釐王听说信陵君打败秦兵,胜利回国,高兴得不得了,亲自到城外三十里的地方,迎接信陵君。

兄弟俩离别十年,现在总算又见了面,又难过,又高兴,就同坐着一辆车子进城。

魏安釐王请信陵君做宰相,又加封了五个城市给他,国内无论大大小小的事情,都由他决定,处理。朱亥曾经杀晋鄙,魏安釐王不但饶了他,并且请他做将官。

这时候的信陵君真是威风极了,天下的人都知道他,钦佩他。各国都派人送礼物去给他,向他请教兵法。他就把平日宾客们所贡献的有关军事方面的意见,汇集在一起,共二十一篇,加上七卷阵图,订成一本兵法书,叫《魏公子兵法》。

秦 王 灭 周

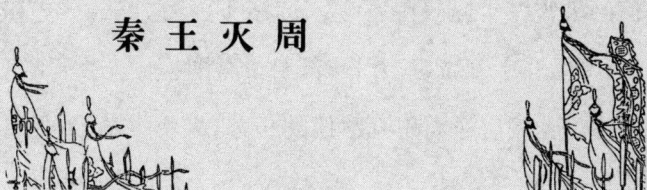

　　周朝传到周赧王的时候,越来越衰弱,在名义上,虽然是各国的共同领袖,实际上没有一国听他的。

　　韩国跟赵国把周地分成两部分,管洛阳一带的王城叫西周,管巩城、成周一带叫东周,让两个周公治理。

　　周赧王从成周搬到王城,跟西周公住在一起。

　　秦国的宰相范雎,因为他推荐的两个人郑安平跟王稽都出了事,秦昭襄王仍旧待他很好,心里很过意不去,想讨好秦王,就劝秦王灭掉周朝称帝。

　　秦昭襄王自然乐意,就派一个叫张唐的人做大将,带兵去打韩国,准备先打下通往三川的重要城市阳城。

　　张唐打下了阳城以后,秦王又派嬴樛带了十万秦兵去跟张唐合兵,从阳城出发,进攻西周。

周赧王既没有兵，又没有粮食，没法抵抗，想到魏、韩、赵三国去，西周公说："看样子，魏、韩、赵三国不久也将被秦国占领，您又何必去呢？干脆投降算了。"周赧王没有办法，只好向秦军投降，西周共三十五城，三万户，都给了秦国。

嬴樛先让张唐送周赧王跟他的子孙、大臣去秦国，他自己带兵进洛阳城，勘定地界。

周赧王见了秦昭襄王，向秦昭襄王道歉。秦昭襄王很可怜他，把梁城封给他，降为周公，西周公降为家臣，东周公降为君，叫东周君。周赧王年纪大了，在路上很劳苦，到梁城一个多月就死了。

秦昭襄王就干脆教嬴樛灭掉周，毁掉周的宗庙，把祭祀的用具、九鼎，都搬到咸阳去。

周的老百姓不愿意投降秦国，都逃往巩城，跟着东周君。

后来，秦昭襄王去世，他的儿子秦孝文王只做了三年秦王，也忽然去世，秦孝文王的儿子子楚做了秦王，叫秦庄襄王。

东周君听说秦国在三年内接连死了两个王，国内不太平，就派人去各国，要各国联合出兵打秦国。

秦国的宰相吕不韦，向秦庄襄王说："西周已经灭掉了，只有东周还存在，不肯安分，想找秦国的麻烦，干脆把他灭掉算了。"

秦庄襄王用吕不韦做大将,率领了十万秦兵去打东周,灭了东周。

　　秦庄襄王就用吕不韦做大将，率领了十万秦兵去打东周，把东周君抓住，送回秦国，占领了巩城等七个城市。

　　周朝从周武王起，直到东周君为止，传了三十七个王，共八百七十三年，终于被秦国所灭。

一笔好生意

从秦昭襄王跟赵惠文王在渑池会谈以后，秦昭襄王就把他的孙子异人押在赵国。异人是安国君的第二个儿子，安国君的名字叫柱，是秦昭襄王的太子。

安国君有二十多个儿子，都是姬妾所生。他最喜欢的一个姬妾叫华阳夫人，是楚国人，没有儿子。

异人的母亲叫夏姬，安国君不喜欢她，并且又死得很早，所以异人被押在赵国以后，有很久没跟秦国通信。秦昭襄王派王翦打赵国的时候，赵惠文王把一肚子火发在异人头上，要杀掉异人。

平原君劝他，说："秦王跟他的太子都不喜欢异人，杀了他有什么好处呢？反而给秦国一个借口，将来没有办法讲和。"

赵惠文王仍旧很气，就叫异人搬到丛台去住，派大夫公孙乾看着他，不给他钱。异人出门没有车子坐，又没有零用钱，心里很闷。

有一个人姓吕，叫不韦，是一处叫阳翟地方的人，他跟他父亲都是做生意的，经常往来各国，买进便宜的东西，卖给人家却很贵，赚了几千斤黄金。

这时候，吕不韦恰好在赵国的首都邯郸，偶然在路上看见异人，见他的相貌不凡，就问别人："这是什么人？"

有人回答说："他是秦王太子安国君的儿子，被押在赵国，因为秦兵打赵国，赵王差一点儿杀掉他。现在虽然没有杀他，却让他住在丛台，不给他钱花，他已经跟穷人差不多了。"

吕不韦听了，自言自语说："这确实是一笔好生意！"就回家问他父亲："种田的利钱有多少倍？"

他父亲说："十倍。"

他又问："贩卖珠、玉的利钱呢？"

他父亲说："一百倍。"

他又问："如果扶立一个人做王，可以有多少倍的利钱呢？"

他父亲笑着说："哪里有这种机会呢？如果真的有这种机会，利钱就有千千万万倍，简直没法计算了。"

吕不韦听了他父亲的话，就决定做这笔生意。

他花了上百斤的金子，想办法跟公孙乾做了朋友。跟公孙乾慢慢地处熟了,就可以接近异人。他假装不知道,向公孙乾打听异人的来历。

公孙乾不知道吕不韦的用意,老老实实地告诉了他。

一天,公孙乾请吕不韦去喝酒。吕不韦说:"这儿没有别的客人,为什么不请秦国的王孙也来喝一杯呢?"

公孙乾就把异人请来,介绍给吕不韦。

大家喝了一会儿,公孙乾上厕所去了,吕不韦就趁这机会,低声问异人说:"秦王年纪大了,你父亲不久就要做秦王。你父亲最喜欢华阳夫人,华阳夫人却没有儿子。你兄弟二十多个,你父亲并没有特别喜欢谁。你应该想办法回秦国,伺候华阳夫人,做她的儿子,将来你父亲就可能会立你做太子。"

异人含着眼泪回答说:"我哪里敢想到这一点,只要能回秦国,我就心满意足了,可惜我没有办法回去!"

吕不韦说:"我虽然不算有钱,可是我愿意帮你的忙,带一千斤黄金去秦国,劝你父亲跟华阳夫人救你回去,你看好不好?"

异人说:"如果你肯帮我的忙,将来我有了办法,一定好好报答你。"他话刚说完,公孙乾就来了,问:"吕先生讲什么?"

吕不韦说:"我问他关于秦国玉的价钱,他说不知道。"

公孙乾一点儿也不疑惑,叫手下人酌酒,继续喝。

从此以后,吕不韦就时常跟异人见面,偷偷给了他五百两金子，教他结交公孙乾的手下人跟宾客。公孙乾的宾客跟手下人，都得到异人所送的金子、绸子，跟异人很要好。

吕不韦又花了五百斤黄金，买了一批礼物，带往咸阳。他打听到华阳夫人有一个姐姐，也嫁在秦国，就先送了一些礼物给华阳夫人姐姐的手下人，请他们向华阳夫人的姐姐说：王孙异人在赵国，想念太子跟华阳夫人，托他带了点儿礼物来，孝敬太子跟华阳夫人。另外有一盒珍珠，是送给华阳夫人的姐姐的。

华阳夫人的姐姐很高兴，亲自出来，坐在帘子后头，向吕不韦说："这虽然是王孙的好意，可是也麻烦你跑这么远带来，不知道王孙是不是还想念秦国？"

吕不韦回答说："我住在王孙所住宾馆的对面，他的事情都对我说了，我知道他的心事，他一天到晚都在想念太子跟华阳夫人，说他从小没有了母亲，华阳夫人就跟他亲生的母亲一样，一直想回国孝顺华阳夫人。"

华阳夫人的姐姐问："他在赵国是不是平安？"

吕不韦说："因为秦兵常常打赵国，赵王就常常要杀王孙，幸亏赵国的官员都喜欢王孙，劝赵王不要杀他，王孙才能够活到现在。也就因为这缘故，他格外想回国。"

华阳夫人的姐姐又问："为什么赵国的大臣都喜欢他呢？"

吕不韦回答说："王孙的为人好，又很孝顺，每逢秦王、太子、华阳夫人的生日,跟每月的初一、十五,他一定吃素、洗澡、烧香、向西拜祝,祝秦王、太子、华阳夫人安好,赵国没有一个人不知道。并且,他又很用功念书,尊重有学问的人,跟各国的国君、宾客做朋友,没有一个人不称赞他。"

吕不韦说完,就把约值五百两金子的礼物送上,说:"王孙因为不能回国伺候太子跟华阳夫人,所以买了点儿礼物,托我送给太子跟华阳夫人,表示他的孝心,希望你把这些礼物转送给太子跟华阳夫人。"

华阳夫人的姐姐,教手下人招待吕不韦吃饭,然后自己进宫去,告诉华阳夫人。华阳夫人以为王孙真的想念她,心里很高兴。

华阳夫人的姐姐回来,告诉吕不韦,已经把礼物交给华阳夫人。吕不韦问华阳夫人的姐姐:"华阳夫人有几个儿子?"

华阳夫人的姐姐说:"没有。"

吕不韦说:"太子很爱华阳夫人,可惜华阳夫人没有儿子。华阳夫人应该趁这时候,在太子的二十多个儿子里,选择一个好而孝顺的做儿子,将来她的儿子做了秦王,她将永远地享福。否则,将来她年纪大了,不再好看,太子不再喜欢她,她后悔就来不及了。现在异人这么好,又很孝顺华阳夫人,愿意做华阳夫人的儿子,如果华阳夫人认他作儿子,将来立他做太子,华阳夫人不就永远有权有势了吗?"

华阳夫人的姐姐,把吕不韦的话告诉了华阳夫人。

华阳夫人说:"这人说得不错。"

那天晚上,华阳夫人跟太子喝酒,喝得正高兴的时候,忽然哭了起来。太子觉得很奇怪,问她为什么哭。

华阳夫人说:"我能够伺候你,觉得很幸运,不幸的是,我没有儿子。在你的儿子里,只有异人最好,各国国君、宾客都跟他来往,说他好。我希望把他认作儿子,将来也好有个依靠。"

太子答应了她。

华阳夫人又说:"异人在赵国,有没有办法让他回来?"

太子说:"等有机会,我跟我父亲讲一讲看。"

这时候,秦昭襄王正在生赵国的气,因此太子虽然跟他讲,要他派人去跟赵国讲,把异人放回来,他说什么也不听。

吕不韦知道王后的弟弟杨泉君很有势力,就送钱给他的手下人,请求见他,向他说:"你有很大的罪,你知道不知道!"

杨泉君吓了一跳,说:"我有什么罪?"

吕不韦说:"你的手下人,都有钱有势;太子的手下,却没有一个有钱有势的。秦王的年纪大了,万一秦王去世,太子做了秦王,他的手下人,一定恨你,到那时候,你可就危险了。"

杨泉君说:"你看我该怎么办?"

吕不韦说："我有一个办法，可以让你比泰山还要稳，你要不要听？"杨泉君跪下来，请吕不韦说。

吕不韦说："秦王年纪大了，太子还没有立继承人，现在王孙异人很好，可惜却被押在赵国，一天到晚想回来。如果你请王后跟秦王讲，想办法让异人回来，再让太子立异人做继承人，这样，太子、太子夫人跟异人，都将感激王后，感激你，你就可以永远保持你现在这样的势力跟地位了。"

杨泉君向吕不韦道谢说："谢谢你对我的指教！"当天，就把吕不韦的话告诉王后，王后又跟秦昭襄王讲。秦昭襄王说："等赵国请求跟我讲和，我再派人去接他回来好了。"

太子派人把吕不韦请了去，向他说："我要接异人回来做我的继承人，我父亲没有答应，你有没有什么好的办法？"

吕不韦回答说："我可以花钱收买赵国的大臣，一定能救他回来。"

太子跟华阳夫人都很高兴，给了吕不韦七千二百两金子，让他转送给异人，作为交朋友的费用。王后也拿了四千八百两金子给吕不韦，让他送给异人。华阳夫人给异人做了一箱衣裳，送给吕不韦两千四百两金子。

太子预先请吕不韦做异人的老师，让吕不韦安慰异人，早晚就可以见面，不要担心。

　　吕不韦告别，回到邯郸，先去见他父亲，把他去秦国的经过情形，讲了一遍。他父亲很高兴。第二天，他预备了一些礼物，去见公孙乾。然后见王孙异人，把王后跟太子、华阳夫人所说的话，详详细细地讲了一遍。又把一万二千两金子跟一箱衣裳，交给异人。

　　异人很高兴，向吕不韦说："衣裳我留下，金子你拿去，需要用钱的地方，你尽管花好了，只要能够救我回国，我就感激不尽了！"

　　吕不韦曾经在邯郸讨了一个姬妾，叫赵姬，长得很好看，会唱歌、跳舞。吕不韦知道她已经怀了两个月的孕，就打了一个主意，心里想："异人回到秦国以后，将来一定会做秦王，如果把这姬妾送给他，假使能够生一个男孩子，就等于是我的儿子，这孩子做了秦王，姓嬴的天下，就变成姓吕的天下了，我做的这笔生意，利钱不就格外大了吗？"

　　他想好以后，就请异人跟公孙乾去他家里喝酒。喝了一会儿，他向异人跟公孙乾说："我最近讨了一个姬妾，会唱歌、跳舞，我打算教她来给两位斟酒，请不要怪我打扰。"说完，就教两个女佣人去喊赵姬出来。

　　赵姬出来以后，吕不韦让她向异人跟公孙乾行礼。赵姬在地毯上向两个人磕了两个头。异人跟公孙乾赶紧作揖还礼。

赵姬敬完酒,就在地毯上跳起舞来,异人跟公孙乾见
了,称赞不已。

吕不韦教赵姬给两个人斟酒。

赵姬敬完酒，就在地毯上跳起舞来。

异人跟公孙乾看了，称赞不已。

赵姬跳完舞，又给两个人敬酒，敬完酒，就到里头去了。

赵姬走了以后，三个人仍继续喝。公孙乾喝得大醉，躺在坐席上。异人喜欢赵姬，向吕不韦请求说："我单身在这儿，觉得很寂寞，希望你把赵姬给我做夫人。不知道你是花了多少钱买来的，我可以给你。"

吕不韦假装生气说："我好意请你来喝酒，并且教我姬妾出来给你敬酒表示我对你的尊敬，你怎么能向我要起我所喜欢的女人来了？"

异人窘得不得了，立刻跪下说："我是因为喝醉了酒，胡说八道，请不要怪我！"

吕不韦赶紧扶起异人，向他说："为了想办法让你回国，我家里的财产都快花完了，又怎么会在乎这一个女人呢？可是这女的年纪轻，很害臊，只怕她不答应，如果她愿意，我一定会把她送给你。"

异人再三道谢，等公孙乾酒醒，一起上车，走了。

那天晚上，吕不韦向赵姬说："秦国的王孙很喜欢你，想要讨你做夫人，你愿意不愿意？"

赵姬说："我已经嫁给你,并且怀了孕了,你怎么能扔掉我,让我去伺候别人呢?"

吕不韦秘密地告诉她说："你跟着我,一辈子不过是一个做生意人的妾。王孙将来会做秦王,只要他喜欢你,你将来就可以做王后。如果你生下一个男孩子,将来就是太子,我跟你就是秦王的父母,享不尽的福了。我希望你看在我们夫妻的情分上,听我的话,千万不要把我刚才跟你讲的话告诉别人!"

赵姬说："你的眼光看得远,我自然不能不听你的! 可是我们终究是夫妻,我怎么能舍得离开你呢?"说完,不觉哭了起来。

吕不韦安慰她说："只要你还想念我,将来我们仍旧可以要好,你担心什么呢?"于是,两个人对天发誓,永远相爱。

第二天,吕不韦去公孙乾那儿,向异人说："你喜欢我的那一个姬妾,我再三劝她,她总算勉强答应了。今天晚上我就送她来你这儿。"

异人说："你对待我这么好,教我将来怎么报答你呢?"

公孙乾向异人说："既然是吕先生的好意,你也不必客气了,我做你的媒人好了!"说完,就命手下人准备酒席。

吕不韦告别走了,到晚上,他把赵姬送了去跟异人结婚。

异人得到了赵姬,高兴得不得了。大约过了一个多月,赵姬就向异人说："我怀了孕了。"异人不知道赵姬怀孕的来历,还以为是他自己的孩子，格外高兴。

照理，赵姬怀孕了两个月，才嫁给异人，再过八个月，就应该生产了，可是说来也怪，她怀了十二个月才生下。生下的是一个小男孩。异人很高兴，就用赵姬的姓，管这男孩叫赵政。

吕不韦听说赵姬生下了一个小男孩，暗地里很高兴。

赵政三岁的时候，秦国出兵打赵国，包围了赵国的首都邯郸，邯郸的情势很危急。

吕不韦向异人说："如果赵王因为恨秦国而生你的气，你可就危险了，我看，你最好逃回秦国去吧！"

异人说："这件事全靠你给我拿主意。"

吕不韦就拿出六百斤黄金，三百斤送给南门所有守城的将官，向他们说："我一家是打阳翟来，在这儿做生意，不幸秦兵侵略赵国，包围这城市很久，我很想回去，特地拿出做生意的全部本钱，分送给各位，希望各位做个人情，放我一家出城，回阳翟去，我就感激不尽了！"守城的赵国将官，都答应了他。

吕不韦就又送了一百斤黄金给公孙乾，说自己要回阳翟去，请他跟南门守城的将官讲一下。

防守南门的将官和兵士，已经接受过吕不韦的钱，见公孙乾去给吕不韦说人情，自然都乐意。

吕不韦预先叫异人把赵姬娘儿俩，秘密地寄养在赵姬的母亲家里。那天，他请公孙乾去喝酒，向他说："我在三天以内就要出城，特地请你来喝一杯酒，互相告别。"

在酒席上，吕不韦存心用酒把公孙乾灌醉，并且给他的手下人大量酒肉，也让他们喝醉。

到了半夜里，异人穿着佣人的衣裳，混在吕不韦的佣人里，跟着吕不韦一家人到南门。守城的将官，自然不知道异人混在吕不韦的一家人里头，私下里开了城门，放他们出城。

照理，秦国的大将王龁，是在邯郸城的西门，吕不韦他们应该出西门才对。可是，因为南门是向阳翟去的路，吕不韦既然是说回阳翟，自然只好从南门出去。

吕不韦父子俩、异人，跟几个佣人，连夜地跑，想打一个大转弯去西门见王龁。到天亮的时候，被秦国的巡逻兵抓住。

吕不韦用手指着异人，向秦兵说："这是秦国的王孙，被押在赵国，现在逃出邯郸，要回秦国去，你们赶快带路！"

巡逻的秦兵，就让马给他们三个人骑，带他们到王龁的兵营里，王龁问清楚三个人的来历，就请他们进去见面，拿衣裳给异人换了，摆了酒席招待他们。

王龁向异人说："你祖父亲自来这儿监督军队打赵国，他离这儿只有十里路，你可以去他那儿。"说完，就预备了车马，送他们去秦昭襄王那儿。

秦昭襄王见了异人,高兴地说:"太子很想念你,你先回咸阳去见他,好让他放心。"

于是,异人就向秦昭襄王告别,跟吕不韦父子上车,去咸阳。吕不韦父子跟异人到了咸阳,先有人去报告太子,太子向华阳夫人说:"我的儿子来了!"两个人就并排坐在大厅里等着。

吕不韦向异人说:"华阳夫人是楚国人,你既然做她的儿子,最好打扮成楚国人的样子去见他,表示你对她的想念。"

异人听了吕不韦的话,立刻换了衣裳,去拜见太子跟华阳夫人,哭着说:"我离开你们很久,不能够伺候你们,心里觉得很不安,希望你们原谅我!"

华阳夫人见异人是楚国人的打扮,觉得很奇怪,问他说:"你是在赵国,怎么穿楚国人的衣裳呢?"

异人说:"我因为一天到晚想念您,所以特地定做了楚国人的衣裳穿,表示对您的想念。"

华阳夫人听了很高兴。太子就教异人改了名字叫子楚。异人拜谢。

太子问子楚怎么能回国的,子楚就把吕不韦救他的经过情形,详细地讲了一遍。太子就派人请吕不韦去,向他说:"不是你热心帮忙,我这孩子也不能回来。现在我暂时给你两百顷田,一所房子,一千二百两金子,你暂时住下来,等我父亲回来再说。"

吕不韦道谢了以后告别出来,子楚就住在华阳夫人的宫里。

　　后来,秦昭襄王回国,请吕不韦做顾问。

　　公孙乾直到天亮才酒醒,手下人来向他报告说:"秦国王孙一家人不知道哪儿去了!"他就派手下人去问吕不韦,手下人回来报告说:"吕不韦一家也不知道哪儿去了。"

　　公孙乾可慌了,自言自语地说:"吕不韦说三天以内动身,怎么会半夜里就走呢?"就去南门问守城的将官。守城的将官回答说:"吕不韦一家早就出去了,我是奉你的命令,才放他们出城的。"公孙乾问:"有没有王孙异人在里头?"

　　守城的将官说:"我只看见吕不韦父子俩跟几个佣人,没有看见王孙。"公孙乾急得直跺脚,说:"王孙一定混在佣人里头,我上了吕不韦的大当了!"就打了个报告给赵惠文王,说:"我因为不小心,让异人逃走了,我承认我的罪!"然后用剑自杀死了。

　　过了几年,秦昭襄王去世,太子安国君做了秦王,叫秦孝文王。秦孝文王立华阳夫人为王后,立子楚为太子。

　　秦孝文王只做了三年秦王就去世,秦国人认为秦孝文王是吕不韦派人毒死的,好教子楚早点儿做秦王。可是,大家都怕吕不韦,没有一个人敢说话。于是,吕不韦就跟秦国的官员们扶立子楚做秦王,叫秦庄襄王。

　　秦庄襄王封华阳夫人为太后,立赵姬为王后,立儿子赵政为太子,去掉赵字,单名叫政。请吕不韦做宰相,把河南洛阳的十万家给他,封他为文信侯。

吕不韦羡慕孟尝君、信陵君、平原君、春申君的作风,也欢迎各地宾客去他那儿,经常在他那儿吃饭的宾客,也有三千多人。

秦庄襄王做了三年王以后,忽然生起病来,吕不韦趁去看病的机会,秘密派人给了王后一封信,提起他们以前所发的誓。王后就派人叫吕不韦进宫,跟他私通。吕不韦给秦庄襄王药吃,秦庄襄王只病了一个月就死了。

吕不韦就扶太子政做了秦王。这时候,秦王政才十三岁。他封他母亲庄襄后为太后,封他的弟弟成蟜为长安君。秦国的大小事情,都由吕不韦决定,管他叫尚父。

吕不韦父亲死的时候,各国国君的宾客,都去吊问,车马塞满了道路,比秦王去世时办丧事的情况还要热闹。

秦王政渐渐地长大了,庄襄后仍旧常常派人叫吕不韦进宫。吕不韦怕秦王知道后杀他,就推荐了一个叫嫪毐的人给庄襄后。

庄襄后很喜欢嫪毐,相处得跟夫妻一样。不久,庄襄后怀了孕,怕秦王知道了不好,就假装生病,推说宫里有鬼作怪,跟秦王说,要搬到离咸阳两百里以外的地方去住。

秦王政就派人送庄襄后到雍州去住。在雍州住了两年,庄襄后生了两个儿子,养在一个秘密的房间里。

庄襄后叫秦王政封嫪毐为长信侯，把山阳一带的土地给他。

后来，有人把嫪毐跟庄襄后私通的秘密，告诉了秦王政。秦王政就杀掉嫪毐跟他的两个儿子，把庄襄后赶到械阳宫去住，派了三百个兵看着她。

嫪毐的口供上，说他的进宫，完全是吕不韦的主意，秦王政就要杀吕不韦。幸亏秦国的官员，大多跟吕不韦要好，都向秦王政说："吕不韦对国家的功劳很大，何况嫪毐的话还未必靠得住。"

秦王政才没有杀吕不韦，只把他免职，让他去封给他的地方居住。各国国君听说吕不韦被免职，都派人去问候他，争着请他做宰相。

秦王政怕吕不韦到别的国家去做事，跟秦国作对，就写了封信责备他，要他一家搬到蜀郡去住。

吕不韦看了信，知道秦王政不会放过他，就干脆自己在酒里放了毒药，喝了这酒，中毒死了。

十二岁做宰相的甘罗

秦王政准备出兵去打赵国。刚成君蔡泽向他说："燕国跟赵国一直有仇，最近才好一点，可是仍旧很勉强。最好您派我去燕国，让燕王伺候您，孤立赵国。然后跟燕国合作，出打赵国，您就可以扩大河间一带的土地了。"

秦王政采纳了这一建议，就派蔡泽去燕国。

蔡泽劝燕王跟秦国合作，把太子丹押在秦国，并且请秦国派一个人去做燕国的宰相。燕王接受了这一建议。

秦国的宰相吕不韦，要派张唐去，张唐推说有病，不肯去。

吕不韦亲自去张唐家里，请张唐去，张唐说："我常常打赵国，赵国恨透我了！我去燕国，一定要经过赵国，赵国绝不会放过我，我不能去。"吕不韦再三要他去，他说什么也不答应。

吕不韦回到家里，独自坐在大厅上，心里闷得慌。他有一个手下人,叫甘罗,是甘茂的孙子,这时候才十二岁,见吕不韦不高兴,就去问他:"你有什么心事吗?"

吕不韦说:"你这小孩子知道什么?"

甘罗说:"我吃你的饭,就得给你做事,你有事情却不让我知道,让我怎样给你服务呢?"

吕不韦说:"我要叫张唐去做燕国的宰相,张唐却说什么也不肯去,所以我觉得不高兴。"

甘罗说:"这一点儿小事,你怎么不早点跟我讲呢,我可以让他去。"

吕不韦以为甘罗说大话,连声骂他说:"走开走开!我亲自去请他,他都不肯,你凭什么能够让他去?"

甘罗说:"以前项橐才七岁,就做孔子的老师。现在我已经十二岁了,比项橐还大五岁,你等我不能做到的时候,再骂我也不晚,怎么可以小看别人,给人家难堪呢?"

吕不韦听了他的话,觉得很惊讶,就向他道歉说:"如果你真的能够让张唐去,我一定请秦王给你大官做。"

甘罗就很高兴地告别,去见张唐。张唐知道他是吕不韦的手下人,见他年纪很小,有点儿瞧不起他,问他:"你来有什么事情?"

甘罗说:"我来吊问你!"

张唐问："我有什么事情要你来吊问？"

甘罗说："你觉得你的功劳，跟武安君白起比起来怎么样？"

张唐说："我的功劳不如他的十分之一。"

甘罗问："那么我再问你：'秦国的宰相，是以前应侯范雎的权力大呢？还是现在文信侯吕不韦的权力大？'"

张唐说："应侯的权力没有文信侯的权力大。"

甘罗说："你明明知道文信侯比应侯的权力大，是不是？"

张唐说："我怎么不知道呢？"

甘罗说："以前应侯叫武安君去打赵国，武安君不肯去，应侯一气，武安君就被赶出咸阳，死在一处叫杜邮的地方。现在文信侯自己来请你去做燕国的宰相，而你却不肯去。以前应侯没有放过武安君，难道文信侯能放过你吗？依我看，你快要死了！"

张唐听了，害怕起来，向甘罗道谢说："谢谢你提醒我！"就去向吕不韦道歉，当天就收拾行李，准备动身。

张唐将要动身的时候，甘罗又向吕不韦说："张唐听了我的话，勉强答应去燕国，可是他心里实在仍旧怕赵国。请给我五辆车子，我愿意先到赵国去一下。"

吕不韦已经知道了他的才干，就去向秦王说："甘茂的孙子甘罗，年纪虽然很轻，口才却很好。前一些时候，张唐推说有病，不肯去做燕国的宰相，甘罗去跟他一说，他就答应去了。张唐怕

　　甘罗向吕不韦说:"我吃你的饭,就得给你做事,你有事情却不告诉我,让我怎样给你服务呢?"

经过赵国的时候,赵国跟他为难。甘罗愿意先去赵国,跟赵国讲一下,希望您派他去!"

秦王就派人叫甘罗去,见他个儿很小,长得很清秀,心里已经很喜欢他,就问他:"你见了赵王以后,准备跟他讲些什么话?"

甘罗回答说:"我要到时候看情形再说,不能预先决定。"

秦王就给了他十辆车子,一百个佣人和手下人,教他去赵国。

赵悼襄王已经听说燕国跟秦国要好,正怕两国合作打赵国,忽然听说秦国有使者来了,高兴得不得了,亲自到郊外二十里的地方去迎接。没想到,他见秦国的使者,竟是一个小孩子,心里觉得很奇怪,就问甘罗:"以前给秦国打通三川的也姓甘,是你的什么人?"

甘罗说:"是我的祖父。"

赵悼襄王问:"你今年多大了?"

甘罗回答,说:"十二岁。"

赵悼襄王说:"难道秦国年纪大一点的都不行,怎么会派你来呢?"

甘罗说:"秦王用人,是跟事情配合的,年纪大的,让他做大事,年纪小的让他做小事。我年纪最小,所以派我来赵国。"

赵悼襄王见他说话很大方,很厉害,不敢再小看他,就又问他："你来这儿,有什么事呢?"

甘罗说:"您有没有听说燕太子丹已经押在秦国?"

赵悼襄王说:"我听说了。"

甘罗又说:"你有没有听说秦国准备派张唐去做燕国的宰相?"赵悼襄王说:"也听说了。"

甘罗说:"燕太子丹押在秦国,是燕国对秦国守信用。张唐去做燕国的宰相,是秦国对燕国守信用。燕、秦两国互相守信用,赵国可就危险了!"

赵悼襄王问:"秦国为什么跟燕国要好?"

甘罗说:"秦国跟燕国要好,是想合作打赵国,扩大河间一带的土地。您最好割五个城市给秦国,使秦国能扩大河间一带的土地,我就回去跟秦王讲,不派张唐去燕国,跟燕国绝交,跟赵国要好。赵国比燕国强,如果赵国打燕国,秦国不出兵救燕国,赵国所得到的燕国土地,何止五个城市呢?"

赵悼襄王听了很高兴,就送给甘罗两千四百两金子,两双白璧,把五个城的地图交给了他。

甘罗回去报告秦王。秦王高兴地说:"河间一带的土地,完全靠你的力量而扩大! 你的年纪小,智慧可不小。"就不派张唐去燕国。张唐也很感激甘罗。

赵国听说秦国不派张唐去燕国,知道秦国不会帮助燕国,就出兵打燕国，占领了燕国上谷一带的三十个城市，赵国占领了十九个城市，给了秦国十一城。秦王封甘罗为上卿，把以前封给甘茂的田地、房子都给了他。

　　燕太子丹被押在秦国，听说秦国跟燕国绝交，跟赵国要好，心里觉得很不安，想逃回去，又怕不能出关，就去见甘罗，跟甘罗做朋友，想请甘罗给他出主意，好回燕国去。

　　可惜过了没有多久，甘罗就去世了，太子丹只好留在秦国，过了几年，才逃回燕国。

荆轲刺秦王

荆轲本来姓庆叫轲，是齐国官员庆封的后代，他最初是住在卫国，到燕国以后，才改姓荆的。他喜欢喝酒，跟一个叫高渐离的燕国人很要好，常常一起在街上的酒店里喝酒。

高渐离会敲一种叫筑的乐器，喝到高兴的时候，高渐离敲筑，荆轲配合着筑的声调唱歌，唱完歌就哭，恨世上没有一个人了解他。

荆轲跟一个叫田光的人很要好，田光常常给他钱买酒喝，因此，他很听田光的话。

燕国的太子丹，恨透了秦王政，想找一个人去秦国，刺杀秦王政。他先是去找田光，田光觉得自己年纪老了，帮不了忙，就把荆轲介绍给他。荆轲去见太子丹，太子丹待他很好，他要什么，太子丹就给他什么。

荆轲心里很感激，决心用死来报答太子丹。

荆轲佩服一个人叫盖聂，觉得自己的本事没有他好，跟他做了好朋友。太子丹请荆轲去秦国杀秦王政，荆轲想请盖聂跟他一起去，就派人到处找盖聂。因为盖聂一会儿在这儿，一会儿在那儿，不容易找到，荆轲就只有耐着性子等。

可是，太子丹可等不及了，向荆轲说："眼看着秦兵越来越近，就要渡易水了，到那时候，你即使想帮我的忙，都来不及了，希望你能早点儿动身去秦国。"

荆轲说："对这问题我早就想了又想了！如果我去了不能令秦王相信我，我还是没法接近他，有什么用呢？我倒是有一个主意，不知道你答应不答应？"

太子丹赶紧问："你有什么主意，只要能杀掉秦王，我什么事都能答应。"

荆轲说："樊於期得罪了秦国，秦王出很大的代价，买他的头。燕国有一处地方叫督亢，土地很肥，出产丰富，秦国很想要这地方。如果把樊将军的头，跟督亢的地图，拿去送给秦王，他一定很高兴见我，我就有机会下手，给你报仇了。"

太子丹说："督亢的地图没有关系，樊将军没有办法才来我这儿，我怎么能忍心杀他呢？"

荆轲知道太子丹不会忍心杀樊於期，就自己私下里去见樊於期,把要去杀秦王政的计划告诉他,并且跟他说,要借他的头去给秦王政。

樊於期听说荆轲要去秦国杀秦王政,高兴极了,立刻用佩剑自杀,脖子没有割断,荆轲再用剑把他的头砍下来,派人去告诉太子丹,说已经得到樊於期的头了。太子丹接到这报告,赶紧坐车去,伏在樊於期的尸体上,哭得很伤心,就命人埋葬掉樊於期的身子,把他的头放在一个木盒里。

荆轲问太子丹:"你有没有找到一把好的匕首?"

太子丹说:"我用很大的代价买到一把匕首,长一尺八寸,很快,我又让人染上毒药,已经用它试验过杀人,只要出一点儿血,就立刻死了。我留着预备给你,已经很久了,不知道你哪一天走?"荆轲说:"我有一个要好的朋友,叫盖聂,想等他来帮我的忙。"

太子丹说:"你那个朋友,像海里的浮萍一样,漂来漂去,不容易找到他。我手下有几个勇士,尤其是秦舞阳,我觉得还不错,是不是可以让他做你的助手?"

荆轲见太子丹这么着急,不禁叹息说:"我这次去秦国,恐怕再也回不来了。我等我的那个朋友,是想计划得更周密一点。现在你既然等不及,我就走吧。"

于是,太子丹写好了给秦国的国书,大意是说愿意把督亢跟樊於期的头送给秦国,希望跟秦国和好。

太子丹把国书、督亢的地图跟樊於期的头，一起交给荆轲，并且拿出大量的金子，给他做衣裳，买车马。派秦舞阳做他的助手，跟他一起去秦国。

荆轲动身的那一天，太子丹跟他要好的宾客，知道这事情的，都穿着白衣裳，戴着白帽子，到易水去给荆轲饯行。

高渐离听说荆轲要去秦国，也带了酒、肉去给荆轲送行。荆轲把他介绍给太子丹，太子丹请他跟大家坐在一起。

喝了一会儿酒以后，高渐离敲筑，荆轲唱起歌来，歌词的大意是：风声凄凉，易水寒冷，壮士去了不会再回来！

歌声很悲壮，所有在场的人听了，没有一个不哭，像是送殡一样。荆轲仰脸呵气，直冲天空，变成一道白虹，见到的人都觉得很奇怪。荆轲又唱起歌来，这一次歌词的大意是：

我要去老虎洞和蛟所住的地方，

仰天呵气，变成了一道白虹！

歌声激烈、雄壮，听的人没有一个不奋发、振作，像是遇到敌人，准备打仗一样。

于是，太子丹又向荆轲敬了一杯酒，荆轲一口气喝完，立刻拉着秦舞阳的胳膊，一起跳上车，用鞭子打马，像飞一样走了，连回头看一下都没有。太子丹站在高土墩上望他们，直到完全望不见，才含着眼泪回去。

荆轲到了咸阳,知道秦王政相信一个叫蒙嘉的官员,就先送给他大量金子,请他去跟秦王政讲。

　　蒙嘉就去向秦王政说:"燕王怕您怕得很厉害,愿意向您投降,做您的臣子。特地砍下您的仇人樊於期的头,并预备了督亢的地图,派人送来给您,希望您饶了他。现在,燕国所派的使者叫荆轲,在宾馆里等候您的指示。"

　　秦王政听说樊於期已经被杀,很高兴,就派人请荆轲去。

　　荆轲把匕首藏在袖管里,捧着盛樊於期头的木盒,向前走;秦舞阳捧着放督亢地图的木盒,跟在后头。

　　快要踏上台阶的时候,秦舞阳因为心慌,脸吓白了,像死人的脸一样,像是很害怕的样子。秦王政的手下人,见到这情形,就问秦舞阳:"怎么你的脸色变了?"

　　荆轲转过头来看秦舞阳,笑了一笑,然后上前向秦王政磕头,说:"副使者秦舞阳,从没有见过这样的场面,所以心里很害怕,希望您原谅他。"

　　秦王政就下命令,说只许荆轲一个人上台阶。手下人就不让秦舞阳上去。秦王政让手下人,把樊於期的头拿去给他看,见木盒里盛的果然是樊於期的头。秦王就问荆轲:"为什么不早点儿杀了他,把他的头拿来给我呢?"

　　荆轲回答说:"樊於期因为得罪了您,躲到北部荒凉的地方去，我们的国君，花了很多金子，才抓住他。本来想送活的来，怕他在路上跑了，所以就把他的头砍下来，派我送来给您。"

荆轲说话的态度很镇静，脸色很自然，因此，秦王政一点儿也不怀疑他。

这时候，秦舞阳正捧着地图盒，低着头，跪在台阶下边儿。

秦王政向荆轲说："把秦舞阳捧着的地图，拿来给我看！"

荆轲从秦舞阳手里拿过地图盒，亲自送给秦王政。

秦王政从木盒里拿出地图，打开，刚打算看。荆轲袖管里的匕首忽然露了出来，荆轲心里自然很慌，立刻用左手抓住秦王政的衣袖，用右手抓着刀，向秦王政的胸口刺去，还没有刺近秦王政的身子，秦王政吓得赶紧站起来，向后躲让。因为这时候，正是五月里，天气转热，秦王政穿的衣裳很单薄，他一向后退，荆轲抓住的那一个衣袖就断裂了。王座旁边有一个八尺长的屏风，秦王政越过屏风，屏风被碰倒在地上。

荆轲拿着刀紧跟在秦王政的后头追。

秦王政跑不了，就绕着大厅上的柱子跑。

当时秦国的法律规定，在朝堂上的官员，不准带任何武器，拿着武器的侍卫们，都只能站在台阶下边儿，秦王政不下命令，谁也不敢上去。现在荆轲突然地动手，秦王政心里一慌，想不起喊侍卫们上去。在大厅上的秦国官员，都用手去打荆轲。荆轲很勇敢,谁碰上他,不是死就是伤。

秦王政的一个医生,叫夏无且,用药袋打荆轲,荆轲胳膊一挥把药袋打得粉碎。

荆轲虽然很勇敢,大家打不过他,可是,因为他要对付很多人,就不能抓住秦王政。

秦王政所佩的一把宝剑,叫"鹿卢",有八尺长。他想拔剑砍荆轲,可是因为剑很长,一时拔不出来。

秦王政有一个手下人叫赵高,见到这情形,赶紧向秦王政喊:"您为什么不把剑推到背后去再拔呢?"

秦王政明白了过来,就把剑推向背后。剑一推向背后,前头短了,就容易拔出来。

秦王政的力气,不比荆轲小。荆轲的刀子只有一尺多长,只能在近距离刺,秦王政的剑有八尺长,可以在较远的距离砍。

秦王政一拔出剑,胆子就大起来了,立刻用剑去砍荆轲,砍断了荆轲左边的大腿。荆轲倒在左边一根铜柱旁边,站不起来,就把刀向秦王政扔去。秦王政躲开,刀擦着他的耳朵边飞过,一直刺进右边的一根铜柱上,因为力量用得大,刺进铜柱的时候,直冒火星。

秦王政再用剑砍荆轲,荆轲用手挡剑,三个指头被切断,掉了下来,他身上连中了八剑,仍旧没有死,身子靠在柱子上,笑着骂秦王政："算你的运气好！我本来想学曹沫，抓住你，要你把侵略各国所得的土地还给各国，没想到这计划没有能够成功，这只能说是天意！可是你用暴力吞并各国，也绝不能维持多久！"

秦王政的手下抢着上前，杀掉了荆轲。

秦舞阳在大厅下边儿，见荆轲动了手，也准备上去帮忙，还没有踏上台阶，就被台阶下边儿的侍卫们所杀。

这是秦王政二十年的事情。可惜荆轲受燕太子丹多时供养，计划了很久才去秦国，结果没有能成功，不但牺牲了自己，并且害了田光、樊於期、秦舞阳三个人的性命，断送了太子丹父子俩。不知道是天意呢？还是荆轲的本事不够？

秦王吓得眼睛发花，呆呆地坐了很久，才稍定下心。就命手下人把荆轲、秦舞阳的尸体，跟樊於期的头，一起拿到大街上去烧掉。跟着荆轲去秦国的手下人，都被杀了。

第二天，秦王政奖赏救他的人，他认为夏无且的功劳最大，给了他四千八百两金子。其次是赵高，给了他二千四百两金子。其他用手打荆轲，和台阶下杀秦舞阳的人，也都得到赏金。

蒙嘉曾经先给荆轲说话，被杀死。

由于荆轲是燕太子丹派来的，秦王政就出兵打燕国，燕兵被打败，燕王喜没办法，杀掉太子丹，派人把他的头送到咸阳去，给秦王政，秦王政才暂时撤退打燕国的军队。

推翻封建制度的李斯

　　吕不韦死了以后，他手下的宾客，把他的尸首偷偷地埋葬在一处叫北邙的地方，跟他的夫人合葬在一座坟里。

　　秦王听说吕不韦已经死了，却找不到他的尸首，就下令赶走他所有的宾客，并且下了一个命令，任何别的国家的人不许留在咸阳。已经做官的，把他免职，要在三天以内，把这些人都赶出秦国，谁收留这些人在家里，就处分他。

　　有一个楚国上蔡地方的人，叫李斯，是当时名人荀卿的学生，很有学问。这时候也在秦国，曾在吕不韦手下做事，吕不韦曾在秦王面前推荐他，秦王请他做顾问。

　　秦王下命令赶走各地方去秦国的宾客，李斯也是其中之一，已经被赶出咸阳城外。他在路上写了一份给秦王的报告，假说是有要紧的事情，请公家送信的去送给秦王。这份报告的大意是：

> "我听说：'太山不嫌土多，所以能够很高。河海不拒绝小河里的水流进去，所以能够很深。做国君的不怕老百姓多，所以能够成就他的事业。'以前秦穆公能够成霸，是因为他能广泛搜罗人才，用计策抢去了戎狄的人才繇余，在一处叫宛的地方，得到了百里奚，派人去宋国聘请蹇叔，在晋国聘请了丕豹跟公孙枝去。秦孝公因为用公孙鞅，才使秦国富强；秦惠王因为用张仪，才分化了六国的力量；秦昭王因为用范睢，才能够并吞各国。这四个国君，都是靠宾客的力量才能够成功，宾客有什么对不起秦国的地方呢？如果您一定要赶走宾客，宾客们就将离开秦国，去给秦国的敌国做事，再想找给秦国出力的人，恐怕就没有了。"

秦王看了这份报告，忽然明白了过来，立刻撤消赶走宾客的命令，派人去追李斯，在骊山下边儿追上了他。

李斯回到咸阳，秦王就恢复了他原来的官职。

李斯劝秦王并吞六国，秦王问他有没有什么主意。

李斯说："韩国离秦国很近，又很衰弱，先并吞了韩国，别的国家就害怕了。"

秦王采纳了他的建议，就出兵打韩国，韩国吓坏了，向秦国投降。秦王就撤回去打韩国的军队。

秦王忽然明白了过来，立刻撤消赶走宾客的命令，派人去追回李斯。

李斯又向秦王推荐一个叫尉缭的人，秦王就派人请尉缭去，用对待宾客的礼节对待他。由于尉缭的帮忙，秦王果然并吞了六国，统一了天下。

秦王并吞了六国以后，跟官员们商量，是不是需要像周朝的制度一样，把土地分封给王家的亲族和有功劳的大臣，官员们都认为还是分封的好。

只有李斯说："周朝分封了好几百个国家，大多数是他同姓的亲族。这些同姓国家的子孙，自相残杀，没完没了。现在您好不容易统一了天下，就不能再这样做，应该分划成郡、县；有功的大臣，可以多给他薪水，不必给他土地。所有的土地都归国家，以后就不会有人再为土地而争夺、打仗了。"

秦王采纳了李斯的建议，把天下分划成三十六郡。

这时候，北部因为常受野蛮民族的侵略，所以渔阳、上谷等郡的面积最小，派兵防守。南方很太平，所以九江、会稽等郡的面积最大。这一切都由李斯计划、决定。秦王觉得李斯的功劳很大，就请他做了秦国的宰相。

秦始皇并吞六国

　　尉缭是魏国人,对兵法很有研究,李斯把他推荐给秦王,秦王就请他去,用对待客人的礼节对待他。

　　秦王问尉缭怎样才能并吞各国,尉缭回答说:"各国如果分散,就很容易把他们一个一个地消灭,如果他们联合在一起,就难进攻了。韩、魏、赵一联合,就消灭了荀瑶,五国一合作,就赶走了齐湣王,这些都是最好的例子,您不能不考虑。"

　　秦王问:"你有没有办法让他们分散,而不合作呢?"

　　尉缭回答说:"现在,各国的大权都在大臣的手里,这些大臣们有几个能真正效忠国家呢?大多数是想多弄一点儿钱跟东西,只顾自己享受,您只要舍得花钱,收买各国的大臣,最多只需要三十万斤黄金,就可以消灭各国了。"

　　秦王听了很高兴,把尉缭当作上等的宾客看待,尉缭所穿的衣裳,跟吃的东西,都是跟他自己一样。他常常亲自去尉缭的宾馆里,向尉缭请教。

尉缭曾经向人家说:"秦王的心眼儿很坏,做人很刻薄,用你的时候,对你好得不得了,不需要你的时候,就立刻扔掉你。现在天下还没有统一,所以他对我这样好,等到他统一了天下以后,全天下的人就都要倒霉了!"

一天晚上,尉缭忽然不见了,宾馆里的负责人,赶紧去报告秦王。秦王就像丢了手跟胳膊一样,赶紧派人去把他追回来,向他发誓,永远尊敬他,请他做太尉的官,主持秦国的军事,他的学生都做了大夫。

然后拿出大量的金子,派人去各国,看哪一个国家的大臣谁最有势力,就用金子收买他,并且派人打听各国的情形。

秦王用了尉缭的计策,先灭掉韩国、赵国、魏国,接着灭掉楚国、燕国,最后灭掉齐国,终于统一了天下。

秦王统一天下以后,觉得各国都称王,"王"的名号已不够尊重,就决定采用古代国君的称呼。古代国君的称呼,只有三皇五帝,他觉得自己比三皇五帝还要伟大,就兼用这两个称呼,管自己叫皇帝。他又觉得周公所作的谥法,儿子可以议论父亲,臣子可以议论国君,不合礼节,就宣布废除谥法,管自己叫"始皇帝",后代用数目字来称呼,二世、三世,一直传到百世、千世、万世。

　　尉缭见秦王很骄傲，很得意，今天改这样，明天改那样，知道秦国绝不能维持多久，就在一天晚上，跟他的学生王敖悄悄地走了，谁也不知道他去了什么地方。

"中国古典小说·青少版"丛书由台湾东方出版社股份有限公司授权

上海九久读书人文化实业有限公司联合人民文学出版社共同策划